DE

La Bible
de l'oncle Simon

Récits de l'Ancien Testament

Castor Poche Connaissances Flammarion

Castor Poche Connaissances
Collection animée par
François Faucher et Martine Lang

Une production de l'Atelier du Père Castor

© Giraudon, Musée Condé Chantilly,
(Psautier d'Ingeburg de Danemark)
pour les photos de couverture.
© Bibliothèque nationale de France
pour les documents intérieurs
© 1996, Castor Poche Flammarion pour le texte.

Denis Lindon, l'auteur, est né et vit à Paris.

Après avoir été successivement créateur d'entreprise, professeur à l'école des Hautes Études commerciales (HEC) et auteur de plusieurs livres sur le marketing, il a découvert que ce qui l'amusait le plus, dans la vie, c'était de raconter des histoires aux enfants.

Ses propres enfants étant devenus trop grands pour les écouter, et ses petits-enfants étant encore trop petits pour les comprendre, Denis Lindon a décidé de les écrire pour en faire des livres. Le premier, qui raconte les légendes fameuses de la mythologie grecque, a été publié sous le titre *Les dieux s'amusent*. Le deuxième, que voici, est consacré aux grands personnages de l'Ancien Testament.

Du même auteur en Castor Poche Connaissances :

Les dieux s'amusent n° C6 Senior

La Bible de l'oncle Simon :

Tout le monde a entendu parler des grands personnages de la Bible : Adam et Ève, Caïn et Abel, Abraham, Isaac et Jacob, Joseph et ses frères, Samson et Dalila, Moïse et Aaron, David et Goliath, Esther et bien d'autres encore. Mais peu de gens, surtout parmi les jeunes, connaissent bien les aventures et les exploits de ces héros légendaires.

La raison de cette méconnaissance, c'est que la Bible – le livre le plus vieux du monde – ne se lit pas aussi facilement qu'un roman : le texte en est long, souvent aride et parfois même – il faut le reconnaître – carrément ennuyeux. Mais pour peu qu'avec l'oncle Simon on choisisse les meilleurs morceaux de l'Ancien Testament et qu'on les assaisonne de quelques commentaires savoureux tirés de la tradition, on obtient un récit agréable auquel ne manquent ni le suspense, ni l'émotion, ni même l'humour.

Sommaire

Introduction 7

Première partie
De la création au déluge

- I. La création 11
- II. Le paradis perdu 17
- III. Caïn et Abel 25
- IV. Le déluge 29

Deuxième partie
Les patriarches Abraham, Isaac et Jacob

- V. La tour de Babel 39
- VI. Abram 42
- VII. Abram devient Abraham 53
- VIII. Sodome et Gomorrhe 58
- IX. Les deux sacrifices d'Abraham 68
- X. Le mariage d'Isaac 75
- XI. Jacob et Ésaü 81
- XII. Les deux mariages de Jacob 91
- XIII. Jacob fait fortune 101
- XIV. Les retrouvailles de Jacob et Ésaü 110
- XV. Les soucis familiaux de Jacob 118
- XVI. L'histoire de Job 124

Troisième partie
Joseph et ses frères

- XVII. Joseph vendu par ses frères 139
- VIII. Joseph en prison 148
- XIX.. Joseph devient Premier ministre 156
- XX. Joseph retrouve ses frères 163
- XXI. Les bénédictions de Jacob 178

Quatrième partie
La vie de Moïse

- XXII. La jeunesse de Moïse 187
- XXIII. La mission de Moïse 196
- XXIV. Les dix plaies d'Égypte 206
- XXV. La sortie d'Égypte 214
- XXVI. Les tables de la loi 222
- XXVII. La traversée du désert 231
- XXVIII. Les dernières épreuves 241
- XXIX. Testament et mort de Moïse 251
- XXX. La conquête de Canaan 262

Cinquième partie
Les grands roi d'Israël : Saül, David et Salomon

- XXXI. L'époque des juges 269
- XXXII. Les prophètes Éli et Samuel 282
- XXXIII. Saül, premier roi d'Israël 295
- XXXIV. La jeunesse de David 307
- XXXV. Saül contre David 321
- XXXVI. David, chef de bande 330
- XXXVII. David devient roi 342
- XXXVIII. Le gloire de David 353
- XXXIX. Les deux fautes de David 361
- XXXX. La révolte d'Absalon 371
- XXXXI. Salomon succède à son père 390
- XXXXII. La sagesse de Salomon 401

Sixième partie
L'époque des prophètes

- XXXXIII. La division du royaume 415
- XXXXIV. Élie et Élisée 421
- XXXXV. Isaïe et Jérémie 436
- XXXXVI. Daniel 444
- XXXXVII. Jonas, un prophète pas comme les autres 458
- XXXXVIII. Esther 462
- *Index* 475

Introduction

Lorsque j'étais enfant, mes parents jugèrent que je devais connaître la Bible juive – qu'on appelle aussi l'Ancien Testament. Comme il n'était pas question de me faire lire les vingt-quatre livres qui la composent, ils chargèrent un vieux monsieur très érudit de me la raconter, à raison d'une séance tous les samedis après-midi.

Ce monsieur, qu'on appelait l'oncle Simon bien qu'il n'eût aucun rapport de parenté avec ma famille, ne se contentait pas, dans ses leçons hebdomadaires, de résumer le texte des livres saints ; il l'agrémentait de nombreuses légendes tirées de la tradition et l'assortissait de commentaires – parfois humoristiques – empruntés aux « sages » qui, depuis des siècles, analysent et interprètent inlassablement chaque phrase, chaque mot et même chaque lettre de la Bible. Mes parents, lorsque je leur racontais, le samedi soir, quelques-uns des récits de l'oncle Simon, se demandaient parfois avec une pointe d'inquiétude s'ils étaient assez « sérieux » ; mais pour ma part, je ne m'ennuyais jamais en les écoutant.

C'est ce qui m'a décidé, bien des années plus tard, à rassembler mes souvenirs d'enfance, à les rafraîchir par quelques lectures, et à essayer de reconstituer les récits bibliques de l'oncle Simon.

PREMIÈRE PARTIE

De la création au déluge

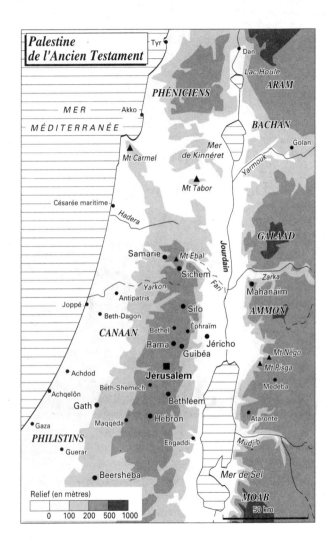

I. La création du monde

La plantation du décor

Selon la chronologie biblique, le monde a été créé il y a près de cinq mille neuf cents ans. Toutefois, avant sa création, on ne peut pas dire qu'il n'existait rien : il y avait Dieu – l'Éternel – et il y avait, entourant Dieu, le peuple des anges. Parmi eux, les plus élevés en grade étaient les quatre archanges, Michel, Gabriel, Uriel et Raphaël, ainsi que l'ange du mal, Satan.

Le premier jour, Dieu dit : « Que la lumière soit ! », et la lumière fut. Il sépara la lumière des ténèbres ; il appela la lumière « jour » et les ténèbres « nuit ». Il y eut un matin, il y eut un soir : ce fut le premier jour. Au cours des trois jours suivants, Dieu créa successivement le ciel, la mer et la terre. Dans le ciel, il plaça le soleil, la lune et les étoiles, qui permettent de mesurer l'écoulement des jours, des mois et des années.

Le cinquième jour, Dieu peupla la mer d'animaux aquatiques, et le ciel de volatiles ; il les bénit en disant : « Croissez et multipliez ! Remplissez les eaux, habitants des mers, et vous, oiseaux et insectes volants, remplissez le ciel. »

Le sixième jour, Dieu commença par créer tous les animaux terrestres : bétail, bêtes sauvages et reptiles de toutes espèces ; il leur enjoignit, comme il l'avait fait aux poissons et aux oiseaux, de croître et de multiplier. Puis, il fit une pause.

La création de l'homme

Tout ce qu'il avait créé jusque-là n'était, en vérité, qu'un décor planté pour accueillir dignement, dès son entrée en scène, le personnage principal de la pièce : l'homme. Mais, au moment de couronner son œuvre, Dieu eut un moment d'hésitation. Alors que, les jours précédents, il n'avait pris l'avis de personne, il jugea nécessaire, cette fois, de consulter les anges.

« J'ai l'intention, leur dit-il, de créer l'homme à notre image, à notre ressemblance. »

Les anges se récrièrent :

« A quoi bon créer un nouvel être semblable à nous ? Ne sommes-nous pas assez nombreux ? »

Dieu reconnut le bien-fondé de cette objection, et consentit à ce que l'homme qu'il s'apprêtait à créer fût un être non pas semblable en tout point aux anges, mais intermédiaire entre eux et les bêtes : angélique par l'esprit et bestial par le corps. Quant à la question de savoir si l'homme serait mortel comme les animaux ou immortel comme les anges, elle fut réservée pour plus tard.

Sa décision une fois prise, Dieu chargea ses quatre archanges d'aller recueillir, aux quatre coins de la terre, quelques poignées de poussière. De cette poussière, il fit un corps auquel il insuffla la vie par les narines. Ce premier homme fut nommé par Dieu « Adam ». Il avait, dès sa naissance, le corps d'un adulte d'une vingtaine d'années et ne présentait pas le moindre défaut.

Le jardin d'Éden

Dès qu'Adam se fut éveillé à la vie, Dieu le plaça dans un jardin riant, situé à l'orient de la terre, et qui a reçu le nom d'Éden. Ce jardin était planté d'arbres de toutes espèces, propres à assurer à l'homme sa subsistance. En son centre s'élevaient deux arbres dotés de propriétés particulières : l'arbre de la Connaissance, dont les fruits permettaient à celui qui les mangeait de distinguer le Bien et le Mal, et l'arbre de Vie, dont les fruits conféraient l'immortalité. Dieu dit à Adam :
« Je te permets de manger les fruits de tous les arbres de ce jardin, mais de l'arbre de la

Connaissance, tu ne mangeras point, car le jour où tu en mangerais, tu mourrais. »

Dieu ne parla pas de l'arbre de Vie, mais il ajouta :

« Quant aux poissons qui peuplent la mer, aux oiseaux qui peuplent le ciel et aux bêtes qui peuplent la terre, tu seras leur maître, tu les domineras, mais tu ne mangeras point de leur chair. Et, pour être sûr que tu ne prendras pas, par erreur, un animal pour une plante, je vais faire défiler devant toi toutes les espèces animales ; au fur et à mesure de leur passage, tu leur donneras un nom, affirmant ainsi, à tout jamais, ta supériorité et ton pouvoir sur elles. »

Cette opération fut longue, non seulement en raison du nombre élevé des espèces animales, mais aussi parce que Adam nomma chacune d'elles en soixante-dix langues différentes, celles qui devaient être parlées plus tard par les peuples issus du premier homme. Ce n'est pas sans dépit que les anges virent Adam s'acquitter de cette tâche, qu'ils n'avaient jamais su accomplir eux-mêmes : ils comprirent que, par l'invention du langage, l'homme nouvellement créé leur était déjà devenu supérieur.

La création de la femme

Lorsqu'il eut terminé, Adam se permit de présenter à Dieu une observation.

« Je constate que, pour chaque espèce animale, il existe un mâle et une femelle. Comment se fait-il qu'il n'en soit pas de même pour l'espèce humaine, et que je n'aie pas de compagne ?
— Je vais t'en donner une », répondit Dieu.

De nombreux sages se sont demandé pourquoi Dieu avait attendu, pour créer la femme, qu'Adam lui en fît la demande. Selon certains d'entre eux, c'est parce que Dieu, prévoyant qu'Adam ne tarderait pas à venir se plaindre de sa compagne, voulait pouvoir lui répondre alors : « C'est toi qui l'as voulue ! »

Pendant le sommeil d'Adam, Dieu lui prit une côte et en fit une femme. A son réveil, Adam trouva sa compagne étendue près de lui et l'aima : « Tu es la chair de ma chair, lui dit-il. Tu seras la mère de tous les hommes, et pour cette raison je te nomme Ève [1]. »

Ils étaient tous les deux nus, mais ils n'en éprouvaient point de honte.

Avant que la nuit ne tombât sur le sixième jour de la création, Adam eut le temps de faire visiter le jardin d'Éden à sa compagne. Il lui montra tous les arbres dont elle avait le droit de consommer les fruits puis, s'arrêtant devant l'arbre de la Connaissance, il crut bon, par un excès de précaution qui devait bientôt se révéler funeste, d'exagérer l'interdiction que Dieu avait formulée

---

[1]. « Ève », en hébreu, signifie « mère de tout vivant ».

à son propos : au lieu de dire à Ève que Dieu avait défendu de *manger* les fruits de cet arbre, il lui dit que le seul fait de *toucher* son tronc, ses feuilles ou ses fruits entraînerait la mort immédiate du contrevenant.

La nuit tomba, le soleil se leva ; ce fut l'aube du septième jour. Dieu le consacra au repos et l'appela « sabbat ». Il décida qu'à l'avenir les hommes se reposeraient ce jour-là de leurs labeurs de la semaine, comme il l'avait fait lui-même. Il contempla le monde et les êtres qu'il venait de créer, et fut éminemment satisfait de son œuvre.

II. Le paradis perdu

Ève et le serpent

De tous les animaux terrestres, celui qui ressemblait le plus à l'homme était le serpent. Il possédait en effet deux des trois caractéristiques angéliques que Dieu avait attribuées à Adam, à savoir l'intelligence et la parole ; la seule qui lui manquait était la position debout ; encore ne rampait-il pas comme il le fait actuellement : à l'origine, il marchait à quatre pattes. C'est sans doute parce qu'il était presque l'égal de l'homme qu'il en était jaloux ; en outre, s'il faut en croire certains commentateurs, il était secrètement amoureux d'Ève et, pour cette raison, souhaitait semer la zizanie entre elle et son mari.

Poussé par ces motifs, et inspiré peut-être aussi par Satan, l'ange du mal, qui enrageait de voir le premier couple humain mener une existence paisible et innocente, le serpent se mit en tête d'inciter Ève à enfreindre l'interdiction de Dieu concernant l'arbre de la Connaissance. Il procéda avec une ruse consommée.

« Est-il exact, demanda-t-il un jour à Ève, alors qu'elle était seule, que Dieu vous ait défendu, à toi et à Adam, de goûter les fruits de ce jardin ?
— Non, lui répondit Ève, il nous a seulement défendu de manger les fruits de l'arbre qui se trouve au milieu du jardin ; il nous a même interdit, sous peine d'une mort immédiate, d'y toucher. »

Cette deuxième partie de la prohibition, je le rappelle à mes lecteurs, ne venait pas de Dieu mais avait été inventée par Adam pour éviter que sa compagne ne fût tentée de s'approcher de l'arbre. Tout en causant, Ève et le serpent parcouraient les allées du jardin. Au moment où ils passaient à côté de l'arbre de la Connaissance, le serpent poussa brusquement Ève qui, pour ne pas tomber, dut se raccrocher au tronc.

« Tu vois, lui dit le serpent en riant, tu as touché l'arbre et tu n'en es pas morte ; tu ne mourrais pas non plus si tu en mangeais les fruits. Bien au contraire, tu deviendrais alors, par la connaissance du Bien et du Mal, l'égale de Dieu. C'est bien pour cela qu'il vous a interdit, à toi et à Adam, de toucher à cet arbre. »

Ève, ayant constaté que le contact avec l'arbre n'avait entraîné pour elle aucune conséquence fâcheuse, fut sensible aux arguments du serpent. Elle tendit la main, cueillit un fruit, le regarda de près, le huma. « Il est appétissant, songea-t-elle, et de plus il va me rendre intelligente. »

La tentation fut trop forte, elle y succomba. Mais à peine avait-elle porté le fruit à sa bouche qu'elle fut frappée de terreur : elle crut voir apparaître devant ses yeux l'ange de la mort, son épée flamboyante à la main.

« Tu m'as trompée, dit-elle au serpent, je vais mourir !
— C'est vrai, répond le serpent, et lorsque tu seras morte, ton mari s'empressera de se remarier. »

Ève ne put supporter cette pensée.

« Comment faire pour l'éviter ? demanda-t-elle au serpent.
— Il suffit de faire manger le fruit défendu à Adam ; ainsi il partagera jusqu'au bout ton destin. »

Ève suivit le conseil du serpent : elle alla trouver Adam et lui fit goûter le fruit.

Les commentateurs de la Bible se sont souvent demandé comment Ève s'y était prise pour convaincre Adam d'enfreindre l'interdiction divine. Selon certains, ce n'est pas le fruit lui-même qu'elle tendit à son mari : elle l'avait préalablement pressé pour en tirer le jus, et elle a offert ce jus à Adam sans lui en indiquer la provenance. Selon d'autres commentateurs, Ève aurait dit à son époux : « J'ai goûté du fruit défendu et je vais donc mourir. Si tu n'en manges pas toi aussi, tu resteras veuf et, comme la Création est désormais achevée, tu n'as aucune chance de trouver une autre femme. » Plutôt que de rester seul pour l'éternité, Adam aurait préféré mourir en même temps qu'Ève.

Quant à l'oncle Simon, il proposait une explication plus simple : Ève, disait-il, a tellement harcelé son mari de supplications, de menaces et de cris que, pour avoir la paix, il a fini par céder.

Le châtiment

Le premier effet produit sur Adam et Ève par la consommation du fruit défendu fut de leur faire prendre conscience de leur nudité et de leur inspirer le désir de s'habiller. Ils cueillirent quelques feuilles de figuier et entreprirent de les coudre ensemble pour en faire des pagnes. Ils étaient occupés à cette tâche lorsqu'ils entendirent la voix de Dieu qui appelait Adam.

Effrayé, Adam commence par ne pas répondre et tente de se cacher ; mais Dieu insiste :

« Adam, où es-tu ?

— Je suis ici, répond enfin Adam ; j'ai entendu ta voix et je me suis caché, parce que j'étais nu.

— Qui t'a appris que tu étais nu ? reprend Dieu ; cet arbre dont je t'avais défendu de manger les fruits, tu en as donc mangé ?

— Oui, reconnaît Adam, mais c'est Ève, l'épouse que tu m'as toi-même donnée, qui m'a fait goûter le fruit défendu. »

Pourquoi as-tu fait cela ? demande Dieu à Ève.

— C'est le serpent qui m'y a poussée, répond-elle.

— Vous serez tous punis, reprend Dieu. Toi, serpent, tu seras maudit entre tous les animaux : tu perdras tes pattes et tu ramperas désormais sur le ventre, en te nourrissant de poussière ; la femme te haïra à tout jamais ; elle cherchera à t'écraser la tête et tu chercheras à la mordre au talon. Quant à vous, Adam et Ève, vous allez mourir. Je vous avais dit que la mort vous frapperait le jour même où vous mangeriez de l'arbre de la Connaissance ; mais un jour, pour moi, est comme mille ans pour les hommes, et la durée de votre vie sera donc de mille années, au terme desquelles vous retournerez à la terre dont je vous ai tirés : poussière vous fûtes et poussière vous redeviendrez ! »

En réalité, selon la chronologie biblique, Adam ne vécut pas mille ans, mais seulement neuf cent trente. De cet écart, l'oncle Simon donnait une explication curieuse. Selon lui, voyant qu'Adam était très affecté par la perspective d'avoir à mourir un jour, Dieu, dans son extrême bonté, chercha à le consoler. « En tant qu'individu, lui dit-il, tu es désormais mortel ; mais ta lignée ne se terminera pas avec toi ; elle se prolongera, de génération en génération, jusqu'à la fin des temps. »

Et, pour mieux faire comprendre à Adam qu'au travers de sa descendance il conserverait une certaine forme d'immortalité, Dieu fit apparaître devant ses yeux, dans une vision prémonitoire, une liste de quelques-uns de ses principaux descendants, accompagnée de leurs dates de naissance et de mort.

Adam put ainsi lire :

	Né en	Mort en
Adam	1	1 000
Seth	130	1 042
Énos	235	1 140

etc.

Pour chaque nom, Adam faisait un rapide calcul mental, consistant à soustraire l'année de la naissance de l'année du décès, afin de déterminer la durée de vie de l'individu considéré : Seth, par exemple, vivrait neuf cent douze ans, et Enos neuf cent cinq ; « Ils n'auront pas à se plaindre », songeait Adam. Mais au fur et à mesure que son regard descendait le long de la liste, les durées de vie raccourcissaient. Parvenu à la trente-troisième génération, Adam put lire l'inscription suivante :

| David | 2 853 | 2 853 |

« Celui-là ne vivra donc qu'un an ? s'étonna Adam. — Même pas, répondit Dieu : il mourra une minute après sa naissance. » Adam, pris d'un étrange sentiment de pitié pour ce lointain descendant qu'il ne connaîtrait jamais, déclara à Dieu qu'il léguait à David soixante-dix ans de sa propre vie, à prélever sur sa dotation initiale de mille ans. Il est vrai que, neuf cent trente ans plus tard, lorsque l'ange de la mort vint chercher Adam, celui-ci commença par refuser de le suivre, en niant avoir jamais consenti à une réduction de sa durée de vie. Il fallut, pour le confondre, que Dieu produisît l'acte de donation en faveur de David, signé par Adam et contresigné, en qualité de témoin, par un ange du nom de Malatron, dont cette intervention constitue d'ailleurs l'unique titre de notoriété.

Si Adam n'avait pas fait ce sacrifice, c'est lui qui, avec mille ans de vie, aurait détenu le record de longévité humaine ; mais avec neuf cent trente ans, il n'arrive qu'en troisième position dans le classement, la première place étant occupée par Mathusalem, qui vécut neuf cent soixante-neuf ans.

L'expulsion

Après avoir annoncé à Adam et Ève qu'ils seraient désormais mortels, Dieu songea : « Maintenant que l'homme a mangé de l'arbre de la Connaissance, il pourrait étendre la main et cueillir aussi le fruit de l'arbre de Vie ; la condamnation à mort que je lui ai infligée resterait alors sans effet. » Il décida donc d'expulser Adam et Ève du jardin d'Éden.

« Au lieu de vivre sans travail et sans soucis, comme tu l'as fait jusqu'ici, dit-il à Adam, tu gagneras désormais ton pain à la sueur de ton front. C'est avec effort que tu tireras ta nourriture de la terre, tant que tu vivras. Quant à toi, Ève, parce que tu as exercé une mauvaise influence sur ton mari, tu seras désormais soumise à son autorité. La passion t'attirera vers lui et il te fera des enfants. Tes grossesses seront pénibles et tu enfanteras dans la douleur. »

Adam et Ève n'avaient guère le moral lorsqu'ils quittèrent le jardin d'Éden. En les voyant partir, l'air abattu et vêtus seulement de leurs modestes pagnes en feuilles de figuier, Dieu eut pitié d'eux. « Prenez, leur dit-il, ces tuniques de peau que j'ai confectionnées pour vous ; elles vous protégeront quelque temps du froid et des intempéries. »

Mais il ne revint pas sur sa décision d'expulsion et même, pour que la punition du couple déchu fût complète, il donna de strictes consignes à la terre : « Quand l'homme plantera du blé, tu feras pousser des chardons ; quand il se déplacera dans les champs, tu entraveras sa marche par des ronces et des orties ; et tu troubleras son sommeil par une foule d'insectes nuisibles, tels que les mouches, les moustiques et les puces. »

III. Caïn et Abel

Quelque temps après avoir quitté le jardin d'Éden, Ève donna le jour à des jumeaux : un garçon qui fut appelé Caïn, et une fille dont on ignore le prénom. Ève en ressentit une grande joie : « Comme Dieu, songea-t-elle avec orgueil, j'ai donné vie à l'homme. » Environ un an plus tard, deux autres jumeaux lui naquirent, un garçon nommé Abel et une fille dont le prénom est tout aussi inconnu que celui de sa sœur aînée. Pour éviter que ses fils ne fussent tentés de se disputer à propos de femmes, Adam attribua par avance à chacun d'eux, pour épouse, sa propre sœur jumelle ; et, pour éviter qu'ils ne se disputassent sur des questions de travail, il orienta l'aîné, Caïn, vers l'agriculture et le cadet, Abel, vers l'élevage.

Ces précautions se révélèrent vaines. Caïn commença par trouver que la sœur de son frère était plus jolie que la sienne, puis que le travail d'Abel était moins pénible que le sien. Enfin, un incident mit le comble à sa jalousie. Un jour, sur le conseil de leur père, les deux jeunes gens avaient décidé de présenter une offrande au Seigneur ; Caïn offrit les prémices de sa récolte et Abel quelques agneaux nouveau-nés. Mais, alors qu'Abel avait réservé à Dieu ses plus beaux animaux, Caïn, par avarice, choisit des fruits avariés et des épis noircis. Par la manière dont les flammes des bûchers consumèrent les offrandes des deux frères, Dieu fit clairement savoir que celle de Caïn ne lui plaisait pas autant que celle d'Abel.

A partir de ce moment, Caïn n'attendit plus qu'une occasion pour se venger de son frère. Le jour où, par négligence, Abel laissa une de ses brebis brouter un champ de blé de Caïn, une violente querelle éclata entre les deux frères, qui en vinrent aux mains. Caïn, se saisissant d'une lourde pierre, frappa Abel à la nuque et le tua. A peine son meurtre fut-il commis que Caïn entendit la voix de Dieu qui l'appelait :

« Où est ton frère Abel ? lui demandait Dieu.
— Comment le saurais-je ? répondit Caïn ; suis-je le gardien de mon frère ? »

Dieu savait naturellement fort bien ce qui s'était passé, et n'avait interrogé Caïn que pour le mettre à l'épreuve.

« Qu'as-tu fait, reprend-il d'une voix tonnante ; je vois le sang de ton frère répandu sur la terre, j'entends ce sang qui crie vers moi. Tu seras maudit, Caïn, pour l'avoir versé. »

Caïn cherche à se disculper en invoquant, non sans habileté, la thèse de l'irresponsabilité.

« Si j'ai commis un crime, dit-il à Dieu, ce n'est

pas ma faute, mais la tienne, car c'est toi qui gouvernes le monde et m'as donné de mauvais instincts.
— Je t'ai donné aussi, répond Dieu, une conscience morale capable de les vaincre.
— Il n'empêche, reprend Caïn, que toi qui vois tout et qui es tout-puissant, tu aurais pu intervenir plus tôt et m'empêcher de tuer mon frère ; ta passivité est inexcusable ! »

Le châtiment de Caïn

Dieu ne fut pas insensible aux arguments de Caïn, et lui accorda des circonstances atténuantes.
« Je te laisse la vie, lui dit-il, mais je te condamne à l'errance et à la fuite perpétuelles : jusqu'à ta mort, tu traîneras partout le souvenir de ton frère et le remords de ton crime.
— Ma mort ne tardera guère, objecte Caïn ; connaissant l'horreur de mon crime, le premier homme qui me rencontrera me tuera.
— J'interdis à quiconque de porter la main sur toi, réplique Dieu. Et pour que personne ne risque de te tuer par erreur, je vais te marquer d'un signe qui permettra de t'identifier facilement. »
Et Dieu fit pousser une corne sur le front de Caïn.

Pendant un ou deux siècles, Caïn erra sur la terre. Sa sœur jumelle, qui était aussi son épouse, l'accompagna dans sa fuite et lui donna des enfants qui procréèrent à leur tour. Un arrière-petit-fils de Caïn, nommé Lamec, chassait un jour dans une forêt en compagnie d'un de ses fils. Toute cette branche de la famille d'Adam avait une très mauvaise vue : Lamec était presque aveugle et son fils était très myope. Ils entendirent bruisser des feuilles mortes non loin d'eux.

« Vois-tu quelque chose ? demande Lamec à son fils.

— J'aperçois un animal ; ce doit être un rhinocéros ou une licorne, car il n'a qu'une corne sur le front. »

Lamec tira une flèche dans la direction d'où venait le bruit et, par hasard, atteignit sa cible ; en s'approchant, les chasseurs s'aperçurent que l'animal n'était autre que Caïn, et qu'il était mort.

IV. Le déluge

Apparition de l'immoralité

Après la mort de Caïn, Ève alla trouver Adam et le supplia de lui donner un fils pour remplacer les deux premiers, qu'elle avait perdus. Un troisième fils leur naquit, qu'ils appelèrent Seth. Celui-ci eut à son tour des descendants ; Mathusalem, qui détient le record de longévité humaine, fut l'un d'eux ; il appartenait à la huitième génération de l'humanité. Jusqu'à cette génération, les descendants d'Adam, tant du côté de Seth que du côté de Caïn, menèrent en général une vie frugale et innocente de chasseurs, de bergers et d'agriculteurs.

C'est à partir de la neuvième génération que les choses commencèrent à se gâter : avec les progrès du bien-être, l'immoralité sous toutes ses formes se répandit chez les hommes. En voyant combien ils étaient devenus pervers, Dieu regretta de les avoir créés, et résolut de les effacer de la surface de la terre, quitte à faire disparaître avec eux tous les êtres vivants, depuis le reptile et l'insecte jusqu'à l'oiseau du ciel.

Toutefois, avant d'exécuter son projet, il voulut s'assurer qu'il ne ferait périr aucun innocent. En examinant la conduite de tous les hommes de cette génération, il constata que l'un d'entre eux, un petit-fils de Mathusalem appelé Noé, avait réussi, malgré l'influence de son entourage, à conserver des mœurs irréprochables. Dieu apparut à Noé et lui dit : « Je vais anéantir les hommes en noyant, sous un déluge d'eau, la terre qu'ils ont souillée de leurs péchés. Je veux cependant t'épargner, toi et ta famille. Construis-toi donc une grande arche flottante, qui te permettra de survivre à l'inondation. »

L'arche de Noé

Noé construisit une arche de bois, longue de cent mètres, large de vingt et haute de dix. Pour la rendre étanche, il l'enduisit de poix et n'y fit que deux ouvertures : une porte sur le côté et une petite fenêtre dans le toit. Lorsque l'arche fut construite, Dieu dit à Noé :

« Dans une semaine, je ferai pleuvoir sur la terre un déluge, et l'eau commencera à monter. D'ici là, rassemble des spécimens de toutes les espèces d'animaux et enferme-les dans l'arche afin qu'elles ne s'éteignent pas et qu'elles puissent se multiplier à nouveau sur la terre lorsque les eaux s'en seront retirées. De chaque espèce utile, telle que les moutons, les vaches, les poules ou les colombes, tu prendras sept couples pour ne courir aucun risque d'extinction ; des espèces inutiles, comme les moustiques, les rats ou les corbeaux, tu pourras te contenter de recueillir un seul couple. N'oublie pas de te munir de provisions pour tous ces animaux et pour ta propre famille. Dès que les premières gouttes de pluie commenceront à tomber, monte à ton tour dans l'arche, en compagnie de ta femme, de tes trois fils, Sem, Cham et Japhet, et de leurs épouses. »

Noé avait écouté respectueusement le discours de Dieu mais, au fond de lui-même, il ne croyait qu'à moitié à cette histoire de déluge : son grand-père Mathusalem, qui avait vécu près de mille ans, ne lui avait en effet jamais dit qu'un tel événement se fût produit dans le passé.

Cependant, à tout hasard, il construisit l'arche et y fit entrer, par couples, des animaux de toutes espèces ; mais il attendit, pour y monter lui-même, de voir si la pluie allait vraiment durer. C'est seulement lorsque l'eau lui vint aux genoux qu'il finit par se décider.

L'année du déluge

Après quarante jours et quarante nuits d'une pluie torrentielle et ininterrompue, les plaines furent complètement inondées et l'arche se mit à flotter. Après cent cinquante jours de déluge, la surface entière de la terre était recouverte par les eaux. Tous les hommes, tous les animaux de la terre et du ciel furent noyés, pas un seul ne survécut, à l'exception de ceux qui se trouvaient dans l'arche.

La pluie cessa alors de tomber, et le niveau des eaux commença à baisser, mais très lentement : ce n'est que près d'un an après le début du déluge que le sommet des plus hautes montagnes réapparut au-dessus de la surface des flots. Pendant toute cette année, Noé et ses fils avaient été débordés de travail : il leur avait fallu nourrir chaque jour des centaines d'espèces animales, avec des menus différents pour chacune d'elles ; ils avaient dû aussi les empêcher de se battre et de se dévorer entre elles, et ils n'y seraient peut-être pas parvenus si, par chance, le lion n'avait été sujet au mal de mer.

Du fait que l'arche ne possédait pas de hublots latéraux et que sa seule fenêtre, petite et placée dans le toit, ne s'ouvrait que sur le ciel, Noé ne pouvait pas observer l'évolution du niveau des eaux. Il eut l'idée, pour s'en tenir informé, de faire périodiquement sortir de l'arche un oiseau. « Tant qu'il reviendra, pensa-t-il, c'est qu'il n'aura trouvé aucun endroit pour se poser ; le jour où il ne reviendra pas, c'est que la terre aura émergé. »

Pour cette mission qui n'était pas sans risque, il désigna le corbeau, un animal qu'il jugeait inutile et antipathique, et dont personne ne regretterait la disparition si jamais il se noyait. A plusieurs reprises, le corbeau sortit de l'arche et y revint ; puis, un jour, il ne revint pas. Noé en fut encouragé mais, considérant qu'une seule présomption n'était pas suffisante, il décida de faire sortir un autre oiseau ; cette fois, ce fut la colombe qu'il lâcha. A son vif désappointement, elle revint le soir même se poser sur le bord de la fenêtre de l'arche : plus délicate que le corbeau, elle n'avait sans doute pas voulu se salir les pieds en se posant sur la terre encore humide et boueuse.

Une semaine plus tard, Noé lâcha de nouveau la colombe. Elle revint encore, mais cette fois elle tenait dans son bec un rameau d'olivier. Noé en conclut que les eaux avaient baissé suffisamment pour laisser apparaître la cime des arbres. Il attendit encore une semaine pour lâcher la colombe, qui cette fois ne revint pas. Pendant la nuit qui suivit, Noé sentit tout à coup que l'arche cessait de bouger : elle s'était échouée sur la terre ferme.

L'arc-en-ciel

Au lever du jour, Noé ouvrit la porte de l'arche et en fit sortir les animaux, qui se dispersèrent aussitôt dans la nature. Puis, en témoignage de gratitude, il offrit un sacrifice au Seigneur. Dieu s'adressa alors à lui en ces termes : « Désormais, je te le promets, toi et tes descendants ne connaîtrez jamais plus le déluge. Quand bien même les hommes retomberaient dans l'immoralité – et je sais qu'ils ne manqueront pas de le faire – je ne les effacerai pas de la surface de la terre. »

En signe de l'alliance éternelle que Dieu contractait avec l'humanité, il plaça ce jour-là dans le ciel un arc multicolore. Depuis cette date, chaque fois qu'après l'orage un arc-en-ciel apparaît dans les nuées, Dieu se souvient de sa promesse et fait cesser la pluie.

En même temps qu'il signait ce pacte avec Noé, Dieu lui fit quelques recommandations morales : « Croissez, multipliez et remplissez le monde. Je vous donne l'empire de la terre, de la mer et du ciel. Toutes les plantes qui y poussent, tous les animaux qui y vivent, je les livre entre vos mains pour que vous en fassiez votre nourriture. Mais vous n'attenterez pas à la vie des hommes, car l'homme a été créé à l'image de Dieu : celui qui frappera son frère, celui qui fera couler le sang de son semblable, je lui en demanderai compte. »

L'ivresse de Noé

Après être sortis de l'arche, Noé et ses fils reprirent leurs activités agricoles. En plus des céréales, des légumes et des arbres fruitiers, qu'ils savaient cultiver depuis longtemps, ils plantèrent la vigne et apprirent à en tirer le vin.

Noé ne tarda pas à éprouver les effets de cette boisson : s'étant enivré du vin de sa première récolte, il tituba jusqu'à sa tente, se dévêtit et se laissa tomber, tout nu, sur sa couche. Son plus jeune fils, Cham, passant la tête par l'ouverture de la tente, vit l'état dans lequel se trouvait son père et alla en informer ses frères. Ceux-ci, pour ne pas voir la nudité de leur père, entrèrent à reculons dans la tente, en portant une couverture qu'ils posèrent sur lui. Lorsque Noé s'éveilla, il apprit ce qu'avait fait Cham et le maudit.

DEUXIÈME PARTIE

Les patriarches Abraham, Isaac et Jacob

Arbre généalogique de la descendance d'Abraham

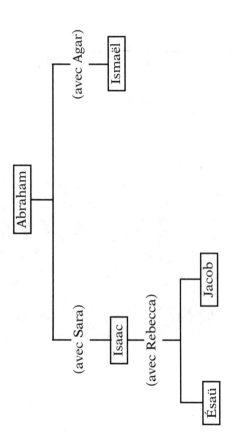

V. La tour de Babel

Au lendemain du déluge, Noé et ses fils s'établirent dans une région située entre le Tigre et l'Euphrate, que l'on appelle aujourd'hui la Mésopotamie. Leurs descendants y vécurent longtemps, ne formant d'abord qu'un seul peuple et ne parlant qu'un seul langage. Environ trois siècles après le déluge, ils se donnèrent pour la première fois un roi, en la personne d'un descendant de Cham, appelé Nemrod. S'il faut en croire l'oncle Simon, Nemrod avait été choisi comme roi en raison de ses éminentes qualités de chasseur, qualités qu'il devait à un héritage familial : lorsque Dieu avait expulsé Adam du paradis terrestre, il lui avait fait don d'une tunique de peau ; cette tunique donnait à celui qui la portait un ascendant surnaturel sur les bêtes sauvages ; elle avait été transmise de génération en génération jusqu'à Nemrod, lequel était devenu, grâce à elle, un grand chasseur devant l'Éternel.

Grisé par son accession au trône, Nemrod se crut le maître du monde et voulut se faire adorer comme un dieu. Il entreprit de construire, en un lieu appelé alors Babel et qu'on nomma plus tard Babylone, une tour qui monterait jusqu'au ciel. Toute la population fut mobilisée pour la réalisation de ce projet : les uns fabriquaient des briques, d'autres les transportaient sur leurs épaules, d'autres enfin les assemblaient. Au bout de quelques années, la tour avait atteint une telle hauteur qu'il fallait plus de six mois pour parvenir à son sommet. Parfois, épuisé par cette longue ascension, un porteur s'évanouissait après avoir déposé sa brique, et tombait dans le vide ; personne n'y prêtait attention. En revanche, si c'était la brique qui tombait, sa chute provoquait une clameur de consternation.

Dieu, qui observait avec une irritation croissante les progrès de la construction, décida d'y mettre un terme : « C'est, songea-t-il, parce qu'ils forment un seul peuple et parlent une même langue que les hommes sont capables de travailler de concert. Pour les empêcher de mener à bien leur orgueilleuse entreprise, il me suffira de brouiller leur langage. »

Un beau matin, en s'éveillant, les travailleurs du chantier s'aperçurent qu'ils ne se comprenaient plus lorsqu'ils se parlaient : Dieu, qui avait soigneusement conservé dans ses archives les soixante-dix langages inventés par Adam le jour de sa naissance, les avait distribués pendant la nuit d'une manière aléatoire entre les hommes.

Les effets de cet éclatement linguistique furent

immédiats. Lorsqu'un ouvrier disait à son voisin : « Passe-moi une brique », son compagnon lui tendait une truelle ; lorsque, à la cantine, on commandait une côte de porc – ce qui, à cette époque, n'était pas encore interdit par la religion –, on se voyait servir une carpe farcie ou une galette de figues. Cette incompréhension entraîna bientôt la cessation des travaux. En outre, elle amena les descendants de Noé, qui avaient vécu jusque-là ensemble, à se diviser en un grand nombre de peuples distincts qui se dispersèrent sur toute la surface de la terre : les descendants de Cham occupèrent l'Afrique, ceux de Japhet s'installèrent en Europe et ceux de Sem, qu'on appelle les Sémites, s'établirent au Moyen-Orient.

VI. Abram

L'enfance et l'adolescence d'Abram

Quarante ans environ avant la construction de la tour de Babel, c'est-à-dire au début du règne de Nemrod, un enfant prénommé Abram – je dis bien Abram, sans « h » – était né à Ur, dans une région qu'on appelle aujourd'hui la Chaldée. Son père, appelé Tharé, était un descendant de Sem, l'ancêtre de tous les Sémites ; il était général dans l'armée de Nemrod et possédait en outre un magasin d'idoles dont il s'occupait pendant son temps libre.

Abram fut naturellement élevé par son père dans le culte des idoles mais, dès son enfance, il manifesta une remarquable indépendance d'esprit en matière religieuse. Vers l'âge de vingt ans, son incrédulité à l'égard des faux dieux devint manifeste. Son père, lorsque ses occupations militaires l'obligeaient à s'absenter, confiait parfois la garde de son magasin d'idoles à Abram.

Celui-ci, loin de vanter aux clients les pouvoirs surnaturels des statues, se faisait un devoir de les dénigrer.

« Ces idoles d'argent et d'or, disait-il, sont l'œuvre de mains humaines. Elles ont une bouche, et elles ne parlent pas ; des yeux, et elles ne voient pas ; des oreilles, et elles n'entendent pas ; malgré leurs pieds, elles ne sauraient marcher, et leurs mains ne vous feront jamais aucun don. »

Tharé s'étonnait de voir son chiffre d'affaires baisser fortement pendant ses absences. Au retour de l'une d'entre elles, il eut une surprise encore plus désagréable : ses plus belles statues, brisées en morceaux, gisaient sur le sol du magasin.

« Pourquoi as-tu fait cela ? demande-t-il à son fils.

— Je n'y suis pour rien, répond Abram. C'est la plus grande des idoles qui, pendant la nuit, a été prise d'un accès de folie et a tout dévasté ; quand je suis arrivé, le lendemain matin, elle avait encore une hache à la main. Si tu ne me crois pas, tu n'as qu'à lui demander ! »

Effrayé par le comportement et les propos de son fils, qui risquaient de lui attirer les foudres de Nemrod, Tharé décida de quitter la ville d'Ur et de s'installer avec sa famille à Harran, une bourgade plus éloignée de la capitale. C'est là que, quelques années plus tard, Abram, âgé de vingt-cinq ans, épousa sa nièce, Saraï, âgée de quinze ans. Il l'avait choisie, entre autres raisons, pour sa beauté. Saraï était si belle que, selon l'oncle Simon, les plus jolies femmes de notre époque, à côté d'elle, auraient eu l'air de guenons.

Le départ d'Abram vers le pays de Canaan

Bien qu'Abram n'eût jamais cru aux idoles, il n'avait pas encore reconnu l'existence du Dieu unique, et cette découverte fut chez lui très progressive. C'est seulement à l'âge de soixante-quinze ans que sa conversion au monothéisme fut totale et définitive [1]. Peu de temps après, il crut un jour entendre la voix de Dieu qui lui disait : « Quitte ton pays natal et la maison de ton père ; va vers l'ouest, vers un pays que je t'indiquerai et que je destine à ta descendance. »

Abram prit avec lui sa femme Saraï, son neveu Loth, frère de Saraï, son bétail et ses serviteurs, et se mit en route vers l'ouest. Après un long voyage, il arriva dans le pays de Canaan et s'arrêta pour camper en un lieu appelé Sichem, qui se trouve à l'ouest du Jourdain. Là, dans un songe, il vit Dieu qui lui disait : « C'est ici le pays dont je t'ai parlé, celui que je destine à ta postérité. »

Abram s'y installa, mais n'y demeura pas longtemps ; il ne devait d'ailleurs jamais rester bien

[1]. Monothéisme : doctrine selon laquelle il existe un dieu unique.

longtemps au même endroit au cours de son existence qui fut, depuis le jour où il quitta la Mésopotamie, celle d'un nomade vivant sous la tente. Une famine s'étant déclarée dans le pays de Canaan, il prit le chemin du sud en direction de l'Égypte où la nourriture restait abondante.

Comme il approchait de ce pays, il fut pris d'une inquiétude dont il s'ouvrit à Saraï.

« Je crains, lui dit-il, que les Égyptiens ne soient séduits par ta beauté et que, pour se débarrasser d'un mari gênant, ils ne me fassent un mauvais sort. Ne leur révèle donc pas que nous sommes mariés, dis-leur plutôt que tu es ma sœur. »

Saraï accepta de se prêter à cette supercherie. Au passage de la frontière, comme l'avait prévu Abram, les officiers égyptiens remarquèrent la beauté de Saraï et se saisirent d'elle.

Abram avait pourtant essayé d'éviter cet accident en dissimulant Saraï dans une malle.

« Que contient cette malle ? lui demandèrent les douaniers égyptiens, en vue de calculer le montant des droits de douane à lui faire payer.

— De l'orge, répond Abram.

— Ne serait-ce pas plutôt du blé ? reprennent les douaniers, méfiants.

— Va pour du blé, répond Abram, je suis disposé à payer les droits correspondants.

— Et si c'était de l'or ? insistent les douaniers.

— Admettons que ce soit de l'or, répond Abram ; dans ce cas, combien vous dois-je ? »

L'excessive bonne volonté d'Abram leur ayant paru suspecte, les douaniers ouvrirent la malle et y trouvèrent Saraï.

Conformément aux instructions d'Abram, Saraï prétendit qu'elle était sa sœur et affirma qu'elle n'était pas mariée. Jugeant qu'une aussi jolie vierge était digne d'un roi, les officiers égyptiens la conduisirent chez le pharaon, qui la mit dans son harem. Quant à Abram, non seulement il ne fut pas inquiété, mais il reçut du pharaon, en qualité de frère de Saraï et à titre de dédommagement, du gros et du menu bétail, des chameaux et des esclaves.

Quelques jours plus tard, le pharaon apprit, on ne sait comment, que Saraï n'était pas la sœur d'Abram mais son épouse.

« Pourquoi m'as-tu menti ? demande-t-il à Abram. — Parce que, lui répond celui-ci, je craignais que tu ne me fisses mettre à mort ; d'ailleurs, je ne t'ai qu'à moitié menti, car Saraï est ma nièce, c'est-à-dire presque ma sœur. »

Le pharaon ne prit pas la chose aussi mal qu'on aurait pu le craindre.

« Je te rends ta femme, dit-il à Abram ; reprends-la et va-t'en. »

Il alla même jusqu'à offrir à Saraï, en souvenir de leur brève rencontre, quelques cadeaux de valeur, parmi lesquels sa propre fille Agar, en qualité de dame de compagnie. Et comme la perspective de ce changement de condition ne semblait pas enchanter Agar :

« Il vaut mieux pour toi, lui dit son père, être servante dans la maison d'un tel homme que princesse en Égypte ! »

Abram, cependant, demandait à Saraï :

« Comment s'est passé ton séjour dans le palais du pharaon ?
— Très bien, lui répondit Saraï ; j'ai été constamment sous la protection d'un ange qui a empêché le pharaon de me toucher. »

Abram et son neveu Loth

Abram, avec toute sa suite, quitta l'Égypte, retourna au pays de Canaan et s'installa à nouveau dans la région de Sichem. Mais les pâturages de cette région ne suffisaient plus à nourrir les troupeaux d'Abram et de son neveu Loth. Un jour, une dispute s'éleva entre les bergers d'Abram et ceux de Loth.

« Pourquoi, demandaient les premiers aux seconds, avez-vous laissé vos brebis brouter l'herbe des pâturages qui nous étaient réservés ?
— Quelle importance cela a-t-il ? répondirent ironiquement les bergers de Loth ; votre maître, Abram, est une mule stérile, il n'a pas d'enfants et c'est son neveu Loth qui héritera de lui. L'herbe que nos brebis ont broutée peut donc être considérée comme une avance sur sa succession ! »

Informé de cette altercation, Abram dit à Loth :

« Je ne veux pas de querelles entre toi et moi, entre tes pasteurs et les miens. Ce pays n'est-il pas assez vaste pour nous deux ? Séparons-nous donc et prenons-en chacun une partie : si tu vas à gauche, j'irai à droite, et si tu vas à droite, j'irai à gauche. »

Loth choisit d'aller vers l'est, vers les plaines fertiles du Jourdain, et Abram demeura sur le territoire de Sichem. Peu de temps après, Dieu s'adressa à lui et lui dit : « Lève les yeux et, du point où tu es placé, promène tes regards au nord, au midi, à l'orient et à l'occident : tout le pays que tu aperçois, je te le donne à perpétuité. Ta race sera semblable à la poussière de la terre ou aux étoiles du ciel ; pas plus qu'on ne peut les compter, on ne pourra compter tes descendants. Lève-toi et parcours cette contrée de long en large, car c'est à toi et à ta postérité que je la destine ! »

Abram leva le camp et partit vers le sud ; il s'établit pour quelque temps dans la région d'Hébron.

Loth, de son côté, s'était établi sur le territoire de Sodome, dans une région qui est recouverte aujourd'hui par les eaux de la mer Morte ; il y vivait en bonne intelligence avec les occupants antérieurs. Un jour, une guerre éclata entre le roi de Sodome et des peuplades venues de Syrie. Celles-ci, ayant remporté la victoire, s'emparèrent d'un butin considérable, ainsi que de nombreux prisonniers, parmi lesquels les familles du roi de

Sodome et de Loth. La nouvelle de ce désastre parvint à Abram.

Prenant tous ses serviteurs avec lui, trois cents hommes environ, il se lance à la poursuite des agresseurs, les rattrape et leur inflige une sanglante défaite. Il délivre les prisonniers, reprend le butin, et redescend la vallée du Jourdain. Le roi de Sodome s'avance à sa rencontre et lui dit :

« Je te laisse bien volontiers le butin que tu as récupéré ; mais rends-moi, je te prie, mes épouses et mes enfants.

— Par le Dieu éternel, lui répond Abram, je te jure que je ne garderai rien de ce qui est à toi, pas même le bouton d'une tunique ou la courroie d'une sandale ! Je ne veux pas que quiconque puisse dire : Abram s'est enrichi à mes dépens. »

Puis Abram prit congé de Loth et retourna à Hébron.

L'hospitalité d'Abram

Lorsque Abram avait quitté la Mésopotamie, il avait emmené avec lui, parmi ses serviteurs, un jeune garçon nommé Éliézer. Celui-ci, en grandissant, était devenu pour son maître le plus fidèle et le plus compétent des collaborateurs. Abram le traitait comme un fils et se reposait entièrement sur lui de la gestion de ses troupeaux ; cela lui laissait le temps de se consacrer, pour sa part, à ses deux passions dominantes, l'hospitalité et le prosélytisme [1].

Il possédait le sens de l'hospitalité à un degré extrême. Pour bien marquer que sa tente était ouverte à tous, il y avait découpé quatre portes, orientées vers les quatre points cardinaux. Aucun voyageur ne pouvait passer à proximité du camp d'Abram sans que celui-ci lui offrît le couvert et le gîte. Bien que son hospitalité fût désintéressée, elle lui donnait l'occasion de prêcher la vraie religion à ses hôtes idolâtres.

Lorsqu'un voyageur qu'Abram avait reçu à sa table lui demandait, à la fin du repas : « Combien te dois-je ? », Abram, d'un air sérieux, énonçait un prix exorbitant. Comme le voyageur s'étonnait de se voir réclamer dix schekels d'or pour une miche de pain, un morceau de fromage et une cruche d'eau, Abram lui expliquait que, dans le désert, les prix étaient forcément plus élevés qu'en ville. « Mais, ajoutait-il aussitôt, si tu veux bien prononcer avec moi la bénédiction que je vais adresser à Dieu, le Dieu unique qui a créé la terre et le ciel, je te ferai volontiers grâce de l'addition. »

---

1. Prosélytisme : efforts de persuasion que l'on déploie pour gagner des adeptes à une croyance religieuse.

Naissance d'Ismaël

Il ne manquait qu'une seule chose à Abram pour être tout à fait heureux : des enfants. Malheureusement, sa femme Saraï restait stérile. Un jour qu'Abram se promenait seul dans la campagne, Dieu lui apparut. Abram se prosterna devant lui, la face contre terre.

« Je suis venu, lui dit Dieu, pour te féliciter de ta bonne conduite et t'assurer qu'elle sera largement récompensée.

— À quoi me serviront tes récompenses, objecta Abram, si je dois mourir sans postérité et si mon seul héritier doit être Éliézer, qui n'est pour moi qu'un fils adoptif ?

— Ce n'est pas Éliézer qui héritera de toi, reprit Dieu, mais bien un enfant issu de tes entrailles. »

Abram, qui n'avait alors qu'une seule épouse, Saraï, âgée de soixante-quinze ans, resta sceptique ; pensant que Dieu ne pouvait pas voir son visage enfoui dans la poussière, il se permet un sourire dubitatif.

« Tu ne me crois pas ? lui demande Dieu qui voit tout ; ne t'ai-je pas promis que ta postérité serait aussi nombreuse que les étoiles du ciel ?

— Certes, répond Abram avec à-propos, mais j'ai beau regarder les étoiles, je n'y lis pas l'annonce de la naissance prochaine d'un fils !

— Tu es peut-être un bon prophète, réplique Dieu, mais tu es un mauvais astrologue. »

Quelques jours plus tard, Saraï, qui avait renoncé à tout espoir d'avoir un enfant, fit à Abram une proposition généreuse.

« Puisque je suis stérile, lui dit-elle, prends ma servante Agar, que le pharaon m'a donnée, et fais-en ta concubine ; tu auras peut-être plus de chance avec elle qu'avec moi. »

Abram cohabita avec Agar, et celle-ci donna naissance un an plus tard à un garçon qui fut nommé Ismaël. Abram était alors âgé de quatre-vingt-six ans.

VII. Abram devient Abraham

Le changement de nom

Le jour du quatre-vingt-dix-neuvième anniversaire d'Abram, Dieu lui apparut de nouveau. « Tu es né, lui dit-il, dans un peuple idolâtre et immoral ; par ton mérite, tu es devenu un croyant ; pour cette raison, j'ai décidé de changer ton nom. Tu t'appelleras désormais Abraham, et non plus Abram. Ta femme, elle aussi, s'est transformée au fil des ans et mérite une distinction ; tu lui donneras dorénavant le nom de Sara. »

On s'est souvent demandé pourquoi, dans le cas d'Abraham, Dieu avait décidé d'ajouter une lettre à son nom alors que, pour Sara, il en avait retranché une [1]. Selon l'oncle Simon, c'est parce que le mérite d'Abraham avait consisté à ajouter

---

1. En hébreu, Abram s'écrit avec quatre lettres et Abraham avec cinq.

une vertu supplémentaire, la foi, à ses nombreuses qualités naturelles, alors que celui de Sara avait consisté à se débarrasser d'un de ses multiples défauts, la jalousie : elle l'avait démontré en donnant Agar pour concubine à Abraham.

Le signe de l'alliance : la circoncision

Dieu poursuivit : « J'ai conclu, avec toi et tes descendants, une alliance perpétuelle ; pour que vous y restiez fidèles, je désire que vous en graviez le signe dans votre chair.

De génération en génération, vous circoncirez tous les enfants mâles qui naîtront dans vos demeures. A l'avenir, c'est à l'âge de huit jours que vous retrancherez le prépuce de vos enfants ; toutefois, pour les hommes qui vivent actuellement, à commencer par toi-même, Abraham, et par ton fils Ismaël, c'est demain que vous procéderez à cette opération, quel que soit votre âge. »

Le lendemain, Abraham aiguisa son épée et circoncit successivement son fils Ismaël, âgé de treize ans, et ses trois cent dix-huit serviteurs mâles ; puis, d'une main que la fatigue, l'âge et peut-être aussi l'appréhension faisaient un peu trembler, il se circoncit lui-même.

Le troisième jour après la circoncision est toujours, pour les adultes, celui pendant lequel la douleur est la plus vive et la fièvre la plus élevée. Abraham, ce jour-là, ne se sentait vraiment pas bien. Seule aurait pu le distraire l'arrivée de quelque voyageur à qui il aurait offert l'hospitalité. Assis à l'entrée de sa tente, il scrutait l'horizon mais ne voyait venir personne ; la chaleur était en effet si torride que nul ne circulait dans le désert. En temps normal, Abraham n'eût pas hésité, dans une telle circonstance, à envoyer son serviteur Éliézer à la recherche de voyageurs. Mais Éliézer, ce jour-là, n'était guère plus valide que son maître. Voyant l'état dans lequel se trouvait Abraham, Dieu décida de lui rendre visite.

L'annonce faite à Sara

Cette fois, au lieu d'apparaître à Abraham sous sa forme divine, Dieu revêtit une apparence humaine. Se faisant accompagner par deux de ses anges, déguisés comme lui en marchands, il descendit sur terre et s'avança vers la tente d'Abraham.

En voyant approcher les trois pseudo-voyageurs, Abraham se lève de son siège et, malgré ses douleurs, court à leur rencontre.

« Seigneurs, leur dit-il, ne passez point devant la tente de votre serviteur sans vous y arrêter. Reposez-vous un instant sous cet arbre ; je vous y ferai porter un peu d'eau, pour laver vos pieds couverts de poussière, et une tranche de pain pour réparer vos forces ; vous poursuivrez ensuite votre chemin. »

Les voyageurs acceptent cette invitation. Abraham rentre en hâte dans sa tente et dit à Sara :

« Vite, prends trois mesures de farine de froment, pétris-la et fais-en des gâteaux. »

Puis il court à son troupeau, choisit trois veaux et ordonne à ses serviteurs de les tuer et de les accommoder. Il offre, en cette occasion, un rare exemple d'hospitalité : malgré ses souffrances, il court à droite et à gauche, veillant personnellement au bien-être de ses invités et, bien qu'il ne leur ait promis qu'une tranche de pain, il leur fait servir des gâteaux et de la viande. En outre, alors qu'un seul veau aurait été largement suffisant pour trois personnes, il en fait tuer trois, sans doute pour pouvoir offrir à chacun de ses invités le morceau le plus apprécié à cette époque, à savoir la langue.

Bien qu'il eût de nombreux serviteurs, Abraham se fit un devoir de servir lui-même le repas à ses hôtes ; malgré leurs protestations, il resta debout à leurs côtés pendant qu'ils mangeaient. Lorsqu'ils eurent terminé, Dieu demanda à Abraham :

« Où est ta femme ?

— Dans sa tente, répond Abraham ; elle y passe de longues heures dans la solitude, car elle n'a pas d'enfants dont elle puisse s'occuper.

— L'année prochaine, reprend Dieu, à pareille époque, lorsque nous repasserons par ici, un fils sera né à Sara, ton épouse. »

Sara, qui se trouvait juste derrière la porte de sa tente, ne perdait pas un mot de cette conversation. En entendant Dieu annoncer qu'elle allait bientôt donner le jour à un fils, elle se mit à rire silencieusement, en murmurant :

« Comment Abraham, presque centenaire, pourrait-il encore procréer ? Et comment porterais-je un enfant, moi qui suis atteinte par la ménopause depuis bien des années ? »

Dieu entendit les paroles de Sara et en fut irrité :

« Fais venir ta femme, je te prie », dit-il à Abraham.

Sara sortit de sa tente et Dieu lui demanda :

« Pourquoi as-tu ri en disant : "Je suis trop vieille pour avoir un enfant" ? Ne sais-tu pas que rien n'est impossible au Seigneur ?

— Je n'ai pas ri, répond Sara, embarrassée.

— Si, reprend Dieu, tu as ri ; et en outre tu as menti ! »

C'est depuis cet incident que pendant des siècles, chez les Juifs, les femmes ne furent pas admises à tester en justice : comment, en effet, pourrait-on faire confiance au témoignage d'une femme ordinaire si Sara, épouse, mère et grand-mère de patriarches, était elle-même une menteuse ?

VIII. Sodome et Gomorrhe

Le plaidoyer d'Abraham

Les trois voyageurs prirent congé d'Abraham, qui tint à les accompagner jusqu'à la limite de son camp. Arrivé là, Dieu dit à ses deux compagnons : « Poursuivez votre route jusqu'à Sodome, et exécutez la mission que je vous ai confiée. »

En entendant prononcer le nom de Sodome, Abraham avait dressé l'oreille. Dieu s'en aperçut et songea : « En sa qualité de futur propriétaire de toute cette région, Abraham a le droit d'être informé des transformations radicales que je me propose d'y faire. » Il resta donc au côté d'Abraham et, dès que les deux anges se furent éloignés, il reprit sa forme divine et s'adressa au patriarche en ces termes : « Du haut des cieux, j'ai vu que les habitants de Sodome, ainsi que ceux de la ville voisine, Gomorrhe, avaient sombré dans l'immoralité et la perversion. J'ai décidé de les anéantir et d'effacer leurs cités de la surface de la terre. »

Abraham avait plusieurs raisons d'être affecté

par cette nouvelle : en premier lieu, il avait rendu, quelques années auparavant, un grand service au roi de Sodome qui lui en avait témoigné une flatteuse reconnaissance ; en second lieu, son neveu Loth, avec sa famille, vivait à Sodome ; enfin, plus généralement, Abraham était profondément humain et détestait la violence.

« Seigneur, dit-il à Dieu, permets-tu à ton serviteur de te faire part de sa pensée ?
— Parle, lui répond Dieu.
— Je veux bien croire, reprit Abraham, que beaucoup d'habitants de Sodome et Gomorrhe ont péché ; mais peut-être se trouve-t-il encore cinquante justes parmi eux. Serait-il équitable de faire périr l'innocent avec le coupable, de les traiter tous deux de la même façon ? Celui qui juge la terre serait-il un juge inique ? Ne pardonneras-tu pas à la ville en faveur des cinquante justes qui s'y trouvent ? »

Dieu répond :
« Si je trouve à Sodome cinquante justes, je ferai grâce, en leur faveur, à toute la contrée. »

Abraham reprend la parole :
« Puisque tu m'as permis de parler, à moi qui ne suis que poussière et cendre, ne t'irrite pas de mon insistance. Il me vient à l'esprit que peut-être, à ces cinquante justes, il en manquera cinq ; détruirais-tu, pour cinq, une ville entière ?
— Si je trouve quarante-cinq justes, répond Dieu, je ne sévirai point.
— Peut-être même ne s'en trouvera-t-il que quarante, ou même vingt ?

— Pour ces vingt, promet Dieu, je renoncerai à détruire Sodome.
— De grâce, dit encore Abraham, que mon Souverain ne se mette pas en colère, je ne parlerai plus qu'une seule fois : que feras-tu si tu n'en trouves que dix ?
— Pour l'amour d'eux, répond Dieu, et pour l'amour de toi, je pardonnerai à tous les autres. »

Lorsque Dieu eut achevé de parler, il disparut, et Abraham retourna à sa demeure.

On s'est parfois demandé pourquoi Abraham, étant parti de cinquante, avait cru devoir s'arrêter à dix. Pendant qu'il y était, n'aurait-il pu tenter de descendre jusqu'à un ? S'il ne le fit pas, c'est sans doute parce qu'il était convaincu qu'il se trouvait au moins dix justes à Sodome, à savoir Loth, sa femme, ses quatre filles, ses deux gendres – deux de ses filles étaient mariées – et ses deux petits-fils. La suite des événements montra cependant qu'Abraham aurait dû prendre une marge de sécurité, car les deux gendres de Loth se révélèrent aussi corrompus que le reste de la population, et il ne se trouva donc que huit justes à Sodome.

Les perversions de Sodome et Gomorrhe

La Bible ne dit pas précisément quels étaient les péchés que Dieu reprochait aux habitants de

Sodome et Gomorrhe. Selon l'oncle Simon, la liste de ces péchés aurait été trop longue à dresser, pour la simple raison que les valeurs morales, dans ces villes, étaient systématiquement inversées : les vices étaient érigés en vertus, les bonnes actions étaient regardées comme des crimes et punies comme tels. Faire la charité à un mendiant, par exemple, était strictement interdit. Pour avoir enfreint cette règle, la cinquième fille de Loth avait été condamnée à mort. De même, toute personne convaincue d'avoir offert l'hospitalité à un voyageur était passible d'une peine de prison ; elle pouvait toutefois bénéficier de circonstances atténuantes si elle pouvait apporter la preuve qu'elle s'était comportée, envers son hôte, d'une manière grossière ou indélicate. En matière de pratiques sexuelles, toutes les perversions étaient admises, et même vivement recommandées.

Le travail était naturellement très mal vu chez les Sodomites ; il n'y était d'ailleurs pas nécessaire, car le pays était d'une grande richesse naturelle : lorsqu'une ménagère descendait dans son potager pour y ramasser des légumes, il n'était pas rare qu'en arrachant un radis ou une carotte elle ne découvrît, sous les racines, une mine d'or. Quant au système fiscal, il était d'une injustice délibérée : seuls les pauvres payaient des impôts, et le taux d'imposition était proportionnel au degré d'indigence. En un mot, à Sodome et à Gomorrhe, tout était à l'envers.

Pendant longtemps, Dieu avait fermé les yeux sur cet état de choses ; il avait perdu patience le jour où le propre serviteur d'Abraham, Éliézer, avait été victime de la méchanceté des Sodomites. Éliézer s'était rendu à Sodome pour y remettre à Loth, de la part d'Abraham, un beau tapis de laine multicolore tissé par Sara. Étant arrivé en ville, avec son âne, en fin d'après-midi, Éliézer apprit que Loth et sa famille s'étaient absentés pour quelques jours. Comme il était trop tard pour retourner au camp d'Abraham, Éliézer décida de passer la nuit à Sodome. Après avoir essuyé plusieurs refus, il finit par trouver un habitant qui accepta de lui fournir l'hospitalité.

Le lendemain matin, Éliézer remercie son hôte et lui demande de lui rendre son âne.

« Quel âne ? demande le Sodomite.

— Mais, répond Éliézer, celui que je t'ai confié hier soir et qui portait sur son dos un tapis multicolore, attaché par une longue corde. »

Le Sodomite sourit d'un air entendu.

« Tu as rêvé, dit-il à Éliézer, et je vais te donner l'interprétation de ton rêve : la longue corde signifie que tu vivras très vieux, et le tapis multicolore que tu deviendras propriétaire d'un beau jardin rempli d'arbres et de fleurs.

— Je t'assure que je n'ai pas rêvé, insiste Éliézer, et je te prie de me rendre tout de suite mon âne et mon tapis.

— Tu te moques de moi, réplique le Sodomite, mais je ne t'en veux pas, car tu m'es sympathique. Habituellement, mes honoraires pour l'interprétation d'un rêve s'élèvent à cinq schekels d'argent, mais je suis prêt à te faire un rabais : tu me dois seulement trois schekels. »

Indigné, Éliézer refuse de payer et continue de réclamer son âne ; le Sodomite le frappe alors violemment au visage et le jette à la rue. Ensanglanté, Éliézer se rend chez un juge pour déposer plainte contre son hôte. Le juge écoute son récit, puis prononce son arrêt :

« Je te condamne à payer à l'homme qui t'a reçu trois schekels pour l'interprétation de ton rêve, plus trois schekels pour la saignée qu'il a bien voulu t'administrer et qui t'a sans doute évité une congestion cérébrale imminente. »

La destruction de Sodome et Gomorrhe

Les deux anges de Dieu, déguisés en voyageurs, arrivèrent à Sodome à la tombée de la nuit et se dirigèrent vers la maison de Loth. Celui-ci, assis devant sa porte, les vit approcher et les invita à passer la nuit chez lui.

« Nous ne voulons pas te causer d'ennuis, répondent les anges, nous dormirons dehors, sur la place publique.

— N'en faites rien, insiste Loth, les habitants de cette ville ne vous laisseraient pas tranquilles. »

Il les fait entrer discrètement chez lui et ordonne à sa femme de leur préparer un repas. Celle-ci s'aperçoit qu'il ne lui reste plus assez de sel et, comme les magasins sont fermés à cette heure tardive, elle va chez une voisine.

« Pourrais-tu me prêter un peu de sel ? lui demande-t-elle, deux beaux jeunes gens viennent d'arriver chez moi à l'improviste, et je tiens à leur faire un bon dîner. »

La nouvelle de l'arrivée des deux étrangers se répand dans Sodome comme une traînée de poudre ; tous les hommes de la ville s'attroupent devant la maison de Loth et l'appellent à grands cris. Il sort, ferme la porte derrière lui et leur demande ce qu'ils veulent.

« Nous savons, lui disent-ils, que deux jeunes étrangers sont chez toi ; fais-les sortir, pour que nous fassions connaissance avec eux. »

Loth savait ce que « faire connaissance » voulait dire, dans la bouche des Sodomites.

« Je vous en prie, mes frères, leur répond-il, ne me demandez pas cela. Si vous voulez, je ferai sortir mes deux filles, celles qui ne sont pas mariées ; vous en ferez ce que vous voudrez. Mais ne touchez pas à ces deux hommes qui sont venus s'abriter sous mon toit. »

La colère éclate chez les Sodomites.

« Quoi, crient-ils à Loth, tu es venu t'installer parmi nous et tu ne respectes même pas nos lois ! »

Ils étaient sur le point de se saisir de lui et de lui faire un mauvais parti lorsque, de l'intérieur de la maison, les deux anges lui ouvrirent la porte et le firent rentrer ; ils la refermèrent aussitôt et la barricadèrent.

« Nous réglerons cette affaire demain », décidèrent les Sodomites, et ils se dispersèrent dans les cabarets voisins.

Pendant ce temps, les deux hommes faisaient part à Loth de leurs intentions. « Nous sommes envoyés par Dieu pour détruire cette ville perverse ; va prévenir tes gendres, tes filles et tes petits-enfants afin qu'ils puissent s'enfuir pendant qu'il est encore temps. »

Loth alla chez ses gendres, mais ceux-ci ne voulurent pas le croire et refusèrent de le suivre. Lorsqu'il retourna chez lui, l'aube était proche.

« Le temps presse, lui dirent les anges ; prends ta femme et tes deux filles ici présentes et suis-nous. »

Arrivés à la sortie de la ville, ils se séparèrent de Loth et des siens en leur disant : « Nous allons retourner à Sodome pour y accomplir notre mission. Éloignez-vous d'ici et, quoi qu'il arrive, ne vous retournez pas, ne regardez pas en arrière, si vous ne voulez pas que la mort vous frappe. »

Quelques minutes plus tard, dans un grondement de tonnerre, un déluge de soufre et de feu s'abattit sur la ville ; tout fut anéanti : les maisons, les habitants, les animaux et jusqu'à la végétation. Au bruit de l'explosion, la femme de Loth, qui songeait à ses deux filles mariées et à ses petits-enfants qu'elle avait laissés derrière elle, ne put s'empêcher de tourner la tête et de regarder vers la ville ; elle fut transformée aussitôt en une statue de sel.

Loth, accompagné de ses deux filles survivantes, poursuivit sa route ; après avoir marché plusieurs jours, il s'installa dans une caverne. Il avait d'abord songé à se rendre chez son oncle Abraham, qui lui aurait volontiers offert l'hospitalité, mais il s'était dit : « Lorsque j'habitais Sodome, je pouvais passer pour un homme vertueux, en comparaison des crapules qui m'entouraient. En revanche, si je vivais au côté d'un saint homme comme Abraham, c'est moi qui aurais l'air d'un Sodomite. » Il préféra donc se retirer dans la solitude.

Contrairement à leur père, les deux filles de Loth ne savaient pas que Sodome et Gomorrhe avaient été les seules villes sur lesquelles se fût abattu le déluge de feu ; elles croyaient qu'il s'était agi d'un cataclysme universel et qu'à l'exception de leur père et d'elles-mêmes l'humanité tout entière avait été anéantie. « Si nous mourons sans enfants, songèrent-elles, l'espèce humaine s'éteindra avec nous ; il est donc de notre devoir de procréer. Et, puisqu'il ne reste pas d'autre homme vivant que notre père, faisons de lui notre époux. » Elles servirent du vin à leur père et, lorsqu'il se fut retiré, complètement ivre, sous sa tente, l'aînée alla s'unir à lui. Le lendemain matin, Loth ne se souvenait de rien. Ses filles l'enivrèrent à nouveau le soir suivant, et ce fut cette fois sa cadette qui partagea sa couche. De ces unions incestueuses naquirent deux fils, Moab et Ammon, dont les descendants, les Moabites et les Ammonites, furent quelques siècles plus tard les voisins et souvent les adversaires des descendants d'Abraham.

La destruction de Sodome et de Gomorrhe eut pour effet de tarir les courants commerciaux dans la région où vivait Abraham, le privant ainsi de la possibilité d'offrir l'hospitalité à des voyageurs de passage. Incapable de vivre sans sa ration quotidienne d'invités, il quitta Hébron et s'installa plus au sud, à Beershéba.

IX. Les deux sacrifices d'Abraham

L'expulsion d'Ismaël

Quelques mois après l'installation d'Abraham à Beershéba, sa femme Sara donna le jour à un fils, comme Dieu le lui avait promis. L'enfant fut appelé Isaac et fut circoncis à l'âge de huit jours. Abraham étant âgé alors de cent ans et Sara de quatre-vingt-dix, la naissance de leur enfant fut accueillie par leur entourage avec surprise et même avec scepticisme ; certaines personnes allèrent jusqu'à chuchoter qu'Isaac était un enfant trouvé. Sara eut connaissance de ces rumeurs malveillantes et crut, à tort ou à raison, qu'elles avaient pour origine Agar, l'ancienne servante de Sara devenue la concubine d'Abraham et la mère d'Ismaël.

Depuis longtemps, Sara n'attendait qu'une occasion pour se débarrasser d'une femme qu'elle considérait désormais comme sa rivale ; en outre, depuis la naissance d'Isaac, elle cherchait un moyen d'écarter Ismaël de la succession d'Abraham, afin de réserver à Isaac la totalité de l'héritage paternel. Elle alla donc trouver Abraham, lui rapporta les propos supposés d'Agar et le mit en demeure de les chasser, elle et son fils. Abraham, qui éprouvait pour Agar et plus encore pour Ismaël une profonde affection, commença par refuser. Mais, une nuit, Dieu lui apparut en songe et lui dit : « Obéis à Sara et renvoie Ismaël, car c'est Isaac et sa postérité qui porteront ton nom ; toutefois, je te le promets, Ismaël aussi deviendra une grande nation, car il est ta progéniture. »

Abraham alla trouver Agar dans sa tente, lui remit un pain et une outre d'eau, et la chassa avec son fils Ismaël. Celui-ci, ce jour-là, était malade, consumé de fièvre et incapable de marcher ; Agar dut le porter sur son dos. Ils partirent vers le sud, à travers le désert de Beershéba. Après quelques heures de marche sous un soleil brûlant, Agar s'arrêta ; sa provision d'eau était épuisée, ses jambes ne pouvaient plus la porter et Ismaël était mourant. A peu de distance de là, un arbre se dressait, tout seul, dans le désert. Agar s'en approcha, déposa Ismaël à l'ombre du feuillage et s'éloigna de quelques pas, de l'autre côté du tronc, pour ne pas voir mourir son enfant. C'est alors qu'elle aperçut, coulant entre les racines, une source d'eau fraîche ; elle y alla, remplit son outre et fit boire Ismaël. Ils passèrent là les heures les plus chaudes de la journée, puis reprirent leur route, après avoir remercié l'arbre qui leur avait sauvé la vie.

« Je voudrais te bénir, lui dit Agar, mais que pourrais-je te souhaiter que tu ne possèdes déjà ? Tes fruits sont savoureux, ton ombre est fraîche, la source qui coule à tes pieds est limpide. Le seul bonheur que tu puisses encore désirer – et je demande à Dieu de te l'accorder –, c'est que tes enfants te ressemblent. »

Le sacrifice d'Isaac

Une trentaine d'années s'étaient écoulées depuis qu'Abraham avait renvoyé Agar et Ismaël. Isaac était devenu un homme, sans cesser de manifester, à l'égard de ses vieux parents, un attachement et un dévouement exemplaires. Sa mère, Sara, ne vivait que pour lui, et son père, Abraham, se consolait grâce à lui de l'absence d'Ismaël. Un jour qu'Abraham était assis devant la porte de sa tente, il entendit la voix de Dieu qui l'appelait.

« Me voici », répond-il.

Dieu lui dit : « Prends ton fils, et sacrifie-le moi.
— Quel fils ? demande Abraham.
— Celui que tu aimes, répond Dieu.
— Je les aime tous les deux, réplique Abraham ; est-ce que le cœur d'un père distingue entre ses enfants ?

— C'est de ton fils Isaac qu'il s'agit, précise Dieu. Prends-le avec toi et va le sacrifier en mon honneur sur le mont Moriah [1]. »

Abraham coupa du bois pour le bûcher, le chargea sur un âne et partit, accompagné de son serviteur Éliézer et de son fils Isaac, vers le mont Moriah. N'ayant pas le courage de dire la vérité à Sara, il lui avait annoncé qu'il allait faire une tournée de ses troupeaux. Sara, sans méfiance, avait fait promettre à Abraham de revenir rapidement, et avait prodigué à Isaac des recommandations maternelles : « Ne marche pas sans tes sandales, de peur qu'un serpent ne te pique ; ne reste pas nu-tête au soleil pour ne pas attraper d'insolation ; et couvre-toi bien en te couchant, car les nuits sont fraîches... »

Après trois jours de marche, Abraham et ses compagnons parvinrent au pied du mont Moriah. Abraham dit à Éliézer d'attendre son retour et à Isaac de monter avec lui jusqu'au sommet, pour y offrir un sacrifice à Dieu.

« Je vois le bois du bûcher et le couteau du sacrifice, lui dit Isaac ; mais où est l'agneau ?

— Dieu y pourvoira, mon fils », répondit Abraham.

Lorsqu'ils furent arrivés au sommet, Abraham annonça à Isaac, en pleurant, que ce serait lui la victime.

---

1. Le mont Moriah est situé au centre de la ville actuelle de Jérusalem ; à l'époque d'Abraham, cette ville n'existait pas et le mont Moriah était en pleine campagne.

Isaac accueillit cette nouvelle avec une soumission absolue. Il pria seulement son père de le lier solidement sur le bûcher de peur, lui dit-il, de le gêner par un mouvement involontaire en voyant venir le coup. Quand il fut attaché, il demanda à Abraham :

« Que ferez-vous, maman et toi, après ma mort ?

— Nous ne te survivrons pas longtemps, lui répondit Abraham.

— En lui annonçant ma mort, reprit Isaac, veille à ce que ma mère ne se trouve pas à proximité d'une fenêtre ouverte ou d'un puits : elle pourrait être tentée de s'y jeter ! »

Au moment où Abraham levait son couteau, un ange apparut soudain à côté de lui et retint son bras en lui disant :

« Ne porte pas la main sur ce jeune homme, ne lui fais aucun mal ! Dieu voulait seulement te mettre à l'épreuve. »

Abraham n'y comprend plus rien : « Dieu me dit une chose, et toi tu me dis le contraire ! Je ne sais plus que faire. »

— Si tu veux à tout prix consommer ton sacrifice, reprend l'ange, cherche une autre offrande. »

En levant les yeux, Abraham aperçut à quelques pas de lui un bélier qui s'était pris les cornes dans un buisson ; il s'en empara et l'offrit en holocauste à la place de son fils. Puis il éleva la voix vers le Seigneur. « Tu vois, je n'ai pas hésité, lorsque tu me l'as demandé, à te sacrifier mon fils, malgré la promesse que tu m'avais faite de rendre ma postérité aussi nombreuse que le sable de la mer ou les étoiles du ciel. En échange, promets-moi de pardonner à mes descendants s'il leur arrive de mal se conduire. »

Dieu lui répondit : « Pour se faire pardonner par moi les péchés qu'ils ne manqueront pas de commettre, je désire que tes descendants, chaque année à pareille époque, consacrent une journée au jeûne et à la prière. Lorsque s'achèvera cette journée, leurs prêtres souffleront dans une corne de bélier ; en entendant cette sonnerie, je me souviendrai du bélier que tu m'as sacrifié aujourd'hui à la place de ton fils et, pour l'amour de toi, je pardonnerai à tes enfants. »

Mort et inhumation de Sara

Abraham et Isaac retournèrent à Beershéba. En arrivant, ils apprirent que Sara était morte pendant leur absence. « Où l'enterrerai-je, se demanda Abraham, moi qui suis un nomade et qui ne possède aucune terre ? » Il se rendit dans la région d'Hébron où il avait gardé beaucoup d'amis, et demanda à l'un d'entre eux, un nommé Éfron, de lui vendre un terrain situé dans un lieu appelé Makhpéla.

« C'est, lui dit Éfron, un grand honneur pour moi que tu aies choisi un de mes champs pour y creuser ton caveau de famille ; je t'en fais volontiers cadeau.

— Je tiens, insiste Abraham, à te le payer, afin qu'aucune contestation ne puisse s'élever à l'avenir sur mon titre de propriété. Combien en demandes-tu ?

— De grâce, reprend Éfron, ne parlons pas d'argent ! Un terrain d'une valeur de quatre cents sicles d'argent, qu'est-ce que cela représente pour des gens comme toi et moi ? »

Bien que le prix de quatre cents sicles énoncé par Éfron fût exorbitant, Abraham le paya sans discuter ; il devint ainsi propriétaire à perpétuité du caveau de Makhpéla, où il enterra Sara et où il devait être enterré plus tard lui-même, ainsi qu'Isaac et Jacob.

Abraham fut profondément affecté par la perte de sa femme.

« Je ne m'en consolerai jamais, dit-il à Isaac, et je ne lui survivrai pas longtemps ; cependant, avant de mourir, je veux être sûr que tu ne resteras pas seul ; tu as consacré assez d'années à tes vieux parents, il faut songer maintenant à te marier. »

X. Le mariage d'Isaac

La mission d'Éliézer

Pendant trois ans, Abraham chercha en vain une fiancée pour son fils Isaac parmi les jeunes filles des environs de Beershéba. Les candidates ne manquaient pourtant pas car Isaac, héritier unique de la fortune de son père, était un beau parti ; mais aucune ne trouvait grâce aux yeux d'Abraham.

« Comment se fait-il, finit par demander Isaac à son père, qu'il ne t'ait fallu que trois minutes pour acheter le terrain de Makhpéla, et qu'en trois ans tu ne sois pas parvenu à me trouver une femme ?

— Pour acheter une terre, lui répondit Abraham, il faut se décider vite, mais pour choisir une épouse, il faut prendre son temps. En outre, dans ce pays de Canaan que Dieu nous a promis, la terre est bonne mais les femmes ne valent pas grand-chose : elles sont pour la plupart incultes et idolâtres. »

Voyant que ses recherches étaient vaines, Abraham prit à part son fidèle serviteur Éliézer et lui dit :

« C'est en Mésopotamie, mon pays natal, que j'ai trouvé pour moi-même la meilleure des épouses ; c'est là, peut-être, que nous trouverons une épouse pour Isaac. Va donc à Harran, ville que tu connais bien pour y avoir vécu longtemps avec moi, et tâche d'y trouver une femme pour mon fils. Veille à ce qu'elle soit belle, douce et de bonne famille. »

« Avec tant de qualités, pensa Éliézer, il y aurait de quoi faire trois mariages ! »

Éliézer prit une dizaine de chameaux, qu'il fit charger de provisions et de cadeaux ; puis, accompagné de quelques serviteurs, il se mit en route. Après un voyage de quinze jours, il arriva en vue de la petite ville d'Harran et s'arrêta à proximité d'une fontaine. Le soir tombait, c'était l'heure où les jeunes filles d'Harran sortaient de la ville pour aller puiser de l'eau à la fontaine. Éliézer les apercevait déjà, venant vers lui et portant chacune une cruche sur l'épaule. Il songea : « Je vais demander à l'une de ces jeunes filles de me donner à boire de son eau ; si elle accède à ma demande, et si en outre elle offre de faire boire mes chameaux, ce sera le signe que Dieu l'a choisie pour être l'épouse d'Isaac. »

Il faut noter qu'Éliézer se donnait pour règle de s'adresser à *l'une* des jeunes filles, et non à *la première* jeune fille, ce qui lui laissait une certaine liberté de choix et le protégeait contre le risque d'avoir à ramener à son maître, par malchance, une borgne ou une boiteuse.

En fait, il se trouva que la première jeune fille qui arriva à la fontaine était d'une grande beauté. Elle remplit sa cruche, et se disposait à retourner à la ville lorsque Éliézer lui dit :

« Penche, je te prie, ta cruche vers mes mains, que je boive un peu de ton eau.

— Bois, seigneur », lui répondit la jeune fille en laissant glisser la cruche, dans un geste gracieux, de son épaule jusqu'à sa hanche. Lorsqu'il eut fini de boire, elle reprit :

« Tes chameaux doivent aussi avoir soif, je vais puiser de l'eau pour eux. »

Elle retourna à la fontaine, y remplit sa cruche, en versa le contenu dans un abreuvoir de pierre et recommença l'opération autant de fois qu'il fallut. Et Dieu sait la quantité d'eau qu'il faut pour désaltérer dix chameaux après un tel voyage ! Pendant ce temps, Éliézer la regardait en silence, émerveillé par sa beauté et ému par sa gentillesse. Lorsqu'elle eut terminé, il lui demanda qui elle était.

« Je suis Rébecca, lui dit-elle, fille de Béthouel. »

En entendant ce nom, Éliézer se réjouit : il savait en effet que Béthouel était un neveu d'Abraham ; dès lors, Rébecca répondait à toutes les conditions requises : elle était belle, douce et de bonne famille.

« Permets-moi, lui dit-il, de te remercier en t'offrant un modeste cadeau. »

Il alla prendre dans ses bagages deux bracelets d'or massif et une boucle pour les narines, qu'il lui donna. Puis, il lui demanda :

« Crois-tu qu'il y ait de la place dans la maison de ton père pour nous loger, moi et mes serviteurs ?
— Il y a de la place, répondit Rébecca, ainsi que de la paille et du fourrage pour tes chameaux. Attends-moi ici, pendant que je vais parler à mes parents. »

Rébecca retourna chez elle, raconta à ses parents la rencontre qu'elle avait faite et leur montra ses bracelets. Son père, Béthouel, et son frère, un jeune homme nommé Laban, étaient des gens intéressés et cupides. « Ce voyageur, pensèrent-ils, doit être fort riche et saura nous récompenser comme il convient de notre hospitalité. » Ce fut donc Laban qui courut vers la fontaine où Éliézer attendait.

« Ne reste pas dehors, lui dit-il, il y a chez moi de la place pour toi et pour tes chameaux. »

Éliézer le suivit ; les serviteurs de Béthouel firent manger les chameaux et apportèrent de l'eau tiède à Éliézer pour laver ses pieds. Puis Béthouel invita Éliézer à passer à table.

« Je ne mangerai pas, répondit Éliézer, avant de t'avoir exposé l'objet de ma visite.
— Parle, lui dit Béthouel.
— Je suis Éliézer, le serviteur de ton oncle Abraham. Je suis venu ici, envoyé par Abraham, afin de chercher une épouse pour son fils Isaac, son unique héritier. J'ai rencontré ta fille Rébecca à la

fontaine, et c'est sur elle que j'ai porté mon choix. »

Béthouel et Laban se consultèrent, jugèrent qu'Isaac était un excellent parti, et donnèrent leur accord à Éliézer. Celui-ci procéda alors à une distribution généreuse de cadeaux à toute la famille.

Le retour d'Éliézer et de Rébecca

Le lendemain, Éliézer exprima son intention de se mettre en route sans tarder, en compagnie de Rébecca ; mais la mère de Rébecca jugea ce départ un peu précipité.

« Permets à ma fille, dit-elle à Éliézer, de rester encore avec nous une dizaine de jours, avant de nous quitter pour un si long voyage.

— Demandons son avis à la jeune fille », propose Éliézer.

On appelle Rébecca et on lui demande :

« Veux-tu partir dès aujourd'hui avec cet homme ?

— Je pars », répond simplement Rébecca.

Deux semaines plus tard, Éliézer, Rébecca et leur suite atteignirent la région de Beershéba. Rébecca, du haut de son chameau, aperçut à quelque distance un homme de haute taille et de belle allure qui marchait dans la campagne.

« Qui est cet homme ? demanda-t-elle à Éliézer.

— C'est mon maître Isaac, ton futur mari. »

Rébecca se couvrit le visage de son voile et descendit de son chameau pour aller à la rencontre d'Isaac. Leur mariage eut lieu quelques jours plus tard.

Le remariage d'Abraham

Quant à Abraham, bien qu'il eût annoncé hautement, à la mort de Sara, qu'il ne lui survivrait guère, il avait bientôt repris goût à la vie et semblait même avoir rajeuni. Isaac pensa que la solitude ne convenait pas à son père et alla le trouver.

« Maintenant que je suis marié, lui dit-il, et que j'ai moins de temps à te consacrer, tu devrais prendre une nouvelle compagne.

— Je n'ai jamais aimé que deux femmes, lui répondit Abraham, ta mère, Sara, et sa servante Agar, que j'ai répudiée il y a bien des années et que j'ai chassée avec son fils Ismaël. »

Isaac comprit qu'Abraham aimait encore Agar. Il partit à la recherche de celle-ci, la retrouva et lui proposa de retourner auprès d'Abraham. Agar commença par refuser, alléguant que sa dignité lui interdisait de revenir ainsi, comme un chien qu'on siffle après l'avoir chassé. Pour ménager l'amour-propre d'Agar, Isaac eut l'idée de lui faire changer de nom. Elle prit celui de Kétoura ; c'est sous cette nouvelle identité qu'elle devint l'épouse d'Abraham.

XI. Jacob et Ésaü

La naissance des jumeaux

Pendant les vingt premières années de son mariage, Rébecca resta stérile. Puis, au moment où elle avait perdu tout espoir d'être mère, elle se trouva enceinte. Elle s'en réjouit d'abord mais se mit bientôt à le regretter, tant sa grossesse était pénible : les jumeaux qu'elle portait ne cessaient en effet de se disputer dans son ventre, comme ils devaient continuer à le faire tout au long de leur existence. Dès cette période prénatale – s'il faut en croire l'oncle Simon –, les deux fœtus manifestaient déjà leurs futurs penchants : lorsque Rébecca passait devant une maison d'étude, l'un des deux s'agitait frénétiquement comme s'il eût voulu y entrer ; l'autre faisait de même chaque fois que Rébecca passait devant une maison mal famée. Troublée par cette agitation intérieure, Rébecca eut une nuit un songe, où Dieu lui apparut et lui dit : « Deux nations sont dans ton sein et deux peuples sortiront de tes entrailles ; l'aîné l'emportera par la force physique, mais le plus jeune triomphera par la force spirituelle. »

Enfin vint l'époque de la délivrance, et Rébecca donna le jour à des jumeaux. Le premier qui sortit était robuste, velu, rouge de peau et roux de poil. On l'appela Ésaü, et on le surnomma Édom [1]. Le second sortit aussitôt après, tenant son frère par le talon ; il était plus petit et avait un teint normal ; on l'appela Jacob [2]. En voyant apparaître Ésaü et en observant la couleur de son corps, la sage-femme, qui se piquait de posséder des talents prophétiques, annonça à Rébecca que son aîné était destiné à verser le sang.

« Tu veux dire que ce sera un assassin ? s'inquiète Rébecca.
— Pas nécessairement, lui répond la sage-femme pour la rassurer ; il sera peut-être simplement chasseur.
— Ou boucher, suggère Isaac.
— Ou chirurgien, ajoute Éliézer.
— Ou circonciseur », conclut Abraham, qui se souvenait des flots de sang qu'il avait versés lui-même, le jour où il avait procédé à trois cent dix-huit circoncisions.

Tranquillisée sur le destin d'Ésaü, Rébecca demanda à la sage-femme quel serait celui de Jacob.

« Toute sa vie, lui répondit la sage-femme, il voudra rattraper et dépasser son frère, qu'il tenait par le talon en venant au monde. »

---

1. Édom, en hébreu, signifie « le Rouge ».
2. Jacob, en hébreu, ne signifie rien de particulier.

Bien qu'ils fussent jumeaux, Ésaü et Jacob manifestèrent très tôt de profondes différences de caractère. Ésaü n'était attiré que par les exercices et les plaisirs physiques ; dès quinze ans, c'était un chasseur émérite et un grand coureur de jupons ; très attaché à son père, il lui apportait chaque jour les produits de sa chasse. Jacob, au contraire, était un enfant sage, docile et studieux ; il partageait son temps entre sa mère Rébecca, qu'il aidait dans ses tâches ménagères, et son grand-père Abraham, qui s'était chargé de son instruction religieuse.

Isaac éprouvait, au fond de son cœur, une certaine préférence pour Ésaü ; Rébecca préférait de beaucoup Jacob, et ne s'en cachait guère.

Mort d'Abraham

Les jumeaux avaient quinze ans lorsque leur grand-père, Abraham, mourut de vieillesse. Depuis quelque temps, bien qu'il continuât de mener une vie active, il se sentait de plus en plus fatigué. Le jour de sa mort, il était assis devant sa tente et conversait avec son fils Isaac lorsqu'il aperçut un voyageur solitaire qui, venant du désert, se dirigeait vers eux. Ce voyageur était en réalité l'ange de la mort, que Dieu avait chargé d'aller recueillir l'âme d'Abraham. En l'apercevant, Abraham, chez qui le sens de l'hospitalité restait intact, se lève avec peine, s'avance à la rencontre de l'étranger, l'invite à s'arrêter quelques instants et à se restaurer avant de poursuivre sa route. L'ange accepte l'invitation. Abraham le fait asseoir et insiste pour lui laver lui-même les pieds, dans un bassin d'eau tiède qu'il s'était fait apporter. En s'agenouillant pour accomplir cette opération, il sent ses vieux os craquer et son cœur faiblir. « Dans ce bassin, dit-il avec mélancolie à l'étranger, je crois bien que jamais plus, après ton passage, je ne laverai les pieds d'aucun hôte. »

Isaac, qui pressent la mort prochaine de son père, se mit à pleurer ; l'ange de la mort, pourtant endurci par une longue et quotidienne expérience, éprouve – comme tout le monde – une telle affection pour Abraham qu'il se met à pleurer lui aussi. « Ne vous affligez point, leur dit Abraham en souriant ; j'ai connu une vieillesse heureuse, je suis rassasié de joies, ma descendance est assurée ; pourquoi craindrais-je la mort ? »

Il rentra dans sa tente, se coucha et mourut. Son âme, escortée par l'ange de la mort, monta aussitôt au ciel, où elle reçut le plus beau témoignage de considération que Dieu eût jamais donné à un homme. « Ouvrez la porte, dit Dieu à ses anges, et faites entrer *mon ami Abraham.* »

Le plat de lentilles

Pendant qu'Abraham mourait, Ésaü, comme à l'accoutumée, était à la chasse. Lorsque à la tombée du jour il en revint, exténué et affamé, Jacob se trouvait devant leur tente, occupé à préparer un plat de lentilles.

« Tu es gentil d'avoir pensé à moi, lance Ésaü d'un ton jovial.

— Ce n'est pas le moment de plaisanter, réplique Jacob, notre grand-père vient de mourir.

— Ce que c'est que la vie, murmure Ésaü ; ce matin, quand je l'ai quitté, il était en pleine forme, et ce soir... Enfin, rien ne sert de nous affliger, nous ne le ferons pas revenir ! Fais-moi plutôt goûter tes lentilles, car je meurs de faim.

— Ce n'est pas pour toi que je les ai préparées, répond Jacob ; c'est le repas de deuil de notre père. Cependant, je suis prêt à te l'échanger contre ton droit d'aînesse.

— En quoi consiste mon droit d'aînesse ? s'enquiert Ésaü, qui ne s'est jamais intéressé aux questions juridiques.

— A assister notre père dans les sacrifices rituels, explique Jacob, et à recevoir, au moment de sa mort, la plus grande part de son héritage.

— Je ne suis pas très porté sur les cérémonies religieuses, reprend Ésaü ; quant à l'héritage, je ne l'emporterai pas avec moi le jour où, comme grand-père, je quitterai ce monde. Alors, prends mon droit d'aînesse si tu y tiens, et donne-moi tes lentilles. »

Jacob donna à son frère un morceau de pain et une assiette de lentilles. Ésaü mangea, but, s'essuya la bouche et ressortit ; c'est ainsi qu'il renonça à son droit d'aînesse.

La bénédiction détournée

Les années s'écoulèrent. Jacob, qui ne s'était pas marié, partageait son temps entre sa mère et ses livres ; Ésaü continuait à consacrer la plus grande partie de ses journées à la chasse ; il avait pris successivement deux épouses parmi les filles idolâtres du pays de Canaan, ce qui avait attristé ses parents. Leur père, Isaac, avait beaucoup décliné et était devenu aveugle. Sentant venir la mort – à tort, d'ailleurs, car il devait vivre encore une bonne trentaine d'années –, il appela son fils aîné, Ésaü, et lui dit :

« Mon fils, je ne connais pas l'heure de ma mort, mais je sens qu'elle est proche. Prends ton arc et ton carquois, va dans les champs et tue du gibier pour moi ; prépare-moi un ragoût comme je les aime et sers-le-moi. Après mon repas, je te donnerai, à toi qui es mon premier-né, ma bénédiction paternelle. »

Rébecca avait, par hasard, surpris les paroles de son mari. Aussitôt qu'Ésaü se fut éloigné, elle alla trouver Jacob et lui dit :

« Ton père a demandé à Ésaü de lui chercher

du gibier et de lui préparer un ragoût. Il se propose de lui donner ensuite sa bénédiction paternelle. Alors écoute-moi bien : va prendre, dans notre troupeau, deux beaux chevreaux que tu m'apporteras ; j'en ferai un ragoût pour ton père ; tu le lui serviras, en faisant passer les chevreaux pour du gibier, et en te faisant passer toi-même pour Ésaü. Ton père, aveugle, ne s'apercevra de rien, et c'est toi qui recevras sa bénédiction. »

Jacob, qui était d'un caractère timoré et pessimiste, s'effraie du projet de sa mère.

« Tu sais bien, lui dit-il, que mon père ne permet pas qu'on abatte du bétail sans sa permission.

— Ne te soucie pas pour cela, le rassure Rébecca, mon contrat de mariage stipule que j'ai droit, pour mon usage personnel, à deux chevreaux par semaine. »

Jacob soulève alors une objection plus sérieuse.

« Mon frère Ésaü est un homme velu, alors que moi je n'ai presque pas de poils. Si par hasard mon père me tâte, il découvrira mon imposture et, en fait de bénédiction, c'est sa malédiction qui me tombera sur la tête !

— Je prends tout sur moi, lui répond Rébecca ; ne t'inquiète pas et fais ce que je t'ai dit. »

Jacob alla chercher deux chevreaux, que Rébecca apprêta avec une sauce si relevée que personne n'aurait pu reconnaître, au goût, de quelle viande il s'agissait. Elle revêtit Jacob de la tunique élégante qu'Ésaü avait coutume de porter pour aller voir son père. Enfin, pour le cas où Isaac s'aviserait de passer la main sur le cou ou sur les bras de Jacob, Rébecca les couvrit de la fourrure des chevreaux, qui ressemblait à la toison d'Ésaü. Elle conduisit alors Jacob jusqu'à la tente d'Isaac.

« Puis-je entrer ? demande Jacob d'une voix étranglée.
— Qui es-tu ? interroge Isaac.
— Ésaü, ton fils aîné, répond Jacob ; comme tu me l'as demandé, je t'apporte un cuissot de chevreuil en ragoût ; assieds-toi et mange, avant de me bénir comme tu me l'as promis.
— Comment se fait-il que tu reviennes si vite ? s'étonne Isaac ; d'habitude, tu restes plus longtemps à la chasse.
— Dieu m'a accordé de la chance, explique Jacob ; dès ma sortie du camp, il a fait passer un chevreuil à portée de mes flèches. »

Isaac est de plus en plus étonné, car il n'est pas habitué à entendre le mot de Dieu dans la bouche d'Ésaü.

« Approche-toi que je te tâte, dit-il à Jacob, et que je vois si tu es bien mon fils Ésaü. »

Une sueur d'angoisse inonde Jacob, qui s'avance cependant en tremblant. Isaac palpe le cou, les bras, les mains de son fils. « La voix, murmure-t-il, est celle de Jacob, mais les mains sont celles d'Ésaü. »

Pourtant, il hésite encore. Comme tous les aveugles, il a l'odorat très développé ; il renifle les vêtements que porte Jacob et en reconnaît l'odeur :

« C'est bien le parfum d'Ésaü », conclut-il.

Isaac mangea le ragoût, but un verre de vin et donna à Jacob une bénédiction qui se terminait par ces mots : « Les peuples t'obéiront, les nations tomberont à tes pieds, tes frères se prosterneront devant toi. Quiconque te bénira sera béni, et quiconque te maudira sera maudit. » Jacob remercia son père et sortit de la tente.

Quelques instants plus tard, le véritable Ésaü, revenu de la chasse, se présente à son tour devant son père, en lui annonçant d'une voix joyeuse :

« Voici le ragoût que tu m'as demandé.

— Qui es-tu ? demande Isaac, saisi d'une brusque inquiétude.

— Mais je suis Ésaü, ton fils aîné, ne reconnais-tu pas ma voix ? »

Isaac ne la reconnaît que trop bien.

« Si tu es Ésaü, demande-t-il, quel est cet autre qui est venu avant toi m'apporter du gibier qu'il avait chassé ? Ce ne peut être que Jacob, ton frère !

— Tu as mangé son ragoût ? demande Ésaü.

— J'ai mangé, j'ai bu et j'ai béni, avoue Isaac.

— Retire-lui ta bénédiction et maudis-le ! », suggère Ésaü.

— Comment le ferais-je, réplique Isaac, moi qui lui ai dit : "Quiconque te maudira sera maudit !"

— Il m'avait déjà enlevé mon droit d'aînesse, proteste Ésaü, et voici qu'il me vole maintenant ma bénédiction ! Mais, mon père, tu peux me bénir aussi. Ne possèdes-tu qu'une seule bénédiction ? Je t'en supplie, montre-moi que tu m'aimes encore, bénis-moi ! »

Et Ésaü se mit à pleurer. Pour le consoler, Jacob lui donna une bénédiction par laquelle il lui promettait la possession d'une contrée prospère, mais l'avertissait qu'il devrait toujours vivre « à la pointe de son épée ».

XII. Les deux mariages de Jacob

La fuite de Jacob

Plein de rancune à l'égard de son frère, Ésaü déclara hautement qu'il lui ferait son affaire sitôt que leur père serait mort – ce qui, de l'avis général, ne tarderait guère. Rébecca fut informée des menaces d'Ésaü et dit à Jacob :

« Ton frère veut se venger de toi et te faire mourir. Pour échapper à sa colère, pars d'ici et va demeurer quelque temps chez mon frère Laban, en Mésopotamie. Lorsque la fureur de ton frère se sera apaisée, je te ferai prévenir et tu rentreras chez nous. Va, ne perds pas un instant, je ne veux pas voir un de mes fils périr de la main de l'autre ! »

Pendant que Jacob, qui avait l'habitude d'obéir sans discussion aux ordres de sa mère, préparait ses bagages, Rébecca alla trouver Isaac pour obtenir son consentement au départ de leur fils.

Habilement, elle lui présenta l'affaire de manière qu'Isaac pût penser que l'idée venait de lui.

« Je ne me console pas, lui dit-elle, de voir notre fils aîné, Ésaü, marié à des femmes idolâtres. Si Jacob devait en faire autant, je crois que j'en mourrais.

— Tu as raison, lui répondit Isaac, il faut éviter à tout prix que Jacob n'épouse une fille cananéenne. »

Isaac fit venir Jacob et lui dit :

« Va au pays de ta mère, à Harran, et choisis-toi une épouse parmi les filles de ton oncle Laban, tes cousines. »

Le songe de Jacob

Après avoir embrassé sa mère, sans se douter que c'était le dernier baiser qu'il lui donnait, Jacob se mit en route sans escorte. Le voyage qu'il entreprenait, de Beershéba à Harran, était le même que celui qu'avait fait Éliézer, bien des années auparavant, lorsqu'il était allé chercher Rébecca. Ce voyage exigeait plusieurs semaines de marche, à travers des contrées le plus souvent désertiques.

Jacob, qui avait mené jusque-là une existence sédentaire et douillette, souffrit d'abord beaucoup de la fatigue, de la chaleur et de la soif. Il s'arrêta un soir, dans la région de Palestine où s'élève aujourd'hui la ville de Béthel, pour y passer la nuit. Lui qui avait l'habitude de reposer sa tête sur un moelleux oreiller de plumes, il dut se contenter d'une pierre ronde sur laquelle, la lassitude aidant, il s'endormit aussitôt. Il eut le songe que voici : une échelle se dressait verticalement à côté de lui, ses pieds reposant sur la terre et son sommet se perdant dans le ciel ; une multitude d'anges montaient et descendaient sans cesse le long de l'échelle [1]. Soudain, Dieu apparut au sommet de l'échelle et prononça les paroles suivantes :

« Je suis le Dieu d'Abraham, ton grand-père, et d'Isaac, ton père. Cette terre sur laquelle tu reposes, je te la donne à tout jamais, à toi et à ta postérité. Je veillerai sur tes pas et je te ramènerai dans cette contrée. »

Effrayé par ce songe, Jacob s'éveilla. « Sans le savoir, pensa-t-il, je m'étais arrêté dans la maison de Dieu. » Il assembla des rochers pour en faire un monument, au sommet duquel il plaça la pierre sur laquelle il avait dormi. Devant ce monument, il proposa un contrat au Seigneur. « Si tu me protèges pendant mon voyage, si tu me donnes chaque jour du pain pour me nourrir et des vêtements pour me couvrir, si tu me fais revenir sain et sauf à la maison de mes parents, alors je te reconnaîtrai comme mon Dieu unique et je te

---

[1]. L'oncle Simon, lorsqu'on lui demandait comment les anges faisaient pour se croiser sur l'échelle, proposait deux explications : « Peut-être s'agissait-il d'une échelle double, dont l'un des bras était réservé à la montée et l'autre à la descente ; ou peut-être avait-on institué sur l'échelle un système de sens unique alternatif... »

ferai don chaque année du dixième de mes récoltes et de mes troupeaux. »

Puis, comme le soleil était déjà levé, il reprit sa route.

Rachel et Léa

Après avoir marché encore une quinzaine de jours, Jacob aperçut, à quelques milles de distance, un gros bourg qu'il supposa être Harran. Plus près de lui, des bergers et leurs troupeaux étaient assemblés autour d'un puits dont la margelle était recouverte d'une grosse pierre plate.

Il s'approche d'eux et leur demande :
« D'où êtes-vous, mes frères ?
— Nous sommes de Harran, la ville que tu aperçois d'ici.
— Connaissez-vous un homme nommé Laban ?
— Bien sûr, lui disent-ils, nous le connaissons ; voici d'ailleurs sa fille Rachel, la bergère, qui s'approche avec son troupeau de chèvres et de brebis.
— Qu'attendez-vous, s'étonne Jacob, pour ôter la pierre du puits et pour abreuver vos bêtes ? Le soleil est encore haut dans le ciel et, si vous vous pressez un peu, il vous restera quelques heures pour faire paître vos troupeaux. »

Irrités de voir Jacob se mêler de ce qui ne le regarde pas et leur reprocher à mots couverts leur négligence, les bergers invoquent un prétendu règlement selon lequel la pierre ne doit être déplacée que lorsque tous les troupeaux sont réunis.

« Cela n'a pas de sens », rétorque Jacob, faisant preuve pour la première fois de ce souci d'efficacité qui devait par la suite lui permettre de faire fortune. A lui seul, il fait glisser la lourde pierre et invite Rachel à venir abreuver son troupeau.

Pendant que les bêtes boivent, Jacob regarde Rachel et se sent troublé. Il est vrai que Rachel est belle de corps et de visage, et qu'elle ressemble un peu à la mère de Jacob, Rébecca.

« Qui es-tu ? demande Rachel à Jacob, en le remerciant pour son aide.
— Je suis Jacob, fils de ta tante Rébecca », lui apprend-il.

Rachel l'embrasse affectueusement et le prie de garder son troupeau pendant qu'elle-même va prévenir son père.

Laban, qui était un homme cupide, fut d'abord très heureux d'apprendre l'arrivée de son neveu. Il se souvenait en effet qu'Éliézer, le serviteur d'Abraham, lorsqu'il était venu à Harran bien des années auparavant, avait apporté avec lui de somptueux cadeaux, et il ne doutait pas que Jacob, lui aussi, n'en fût chargé.

« Combien de chameaux Jacob a-t-il avec lui ? demande Laban à sa fille.
— Je n'en ai vu aucun, lui répond-elle, il voyage à pied et presque sans bagages. »

Malgré sa déception, Laban se crut tenu par les convenances d'offrir l'hospitalité à son neveu.

Après avoir chargé son épouse de préparer un bon repas, et avoir recommandé à ses deux filles, Léa, l'aînée, et Rachel, la cadette, de mettre leurs plus beaux vêtements, il alla lui-même chercher Jacob. En arrivant à la demeure de Laban, Jacob revit Rachel, qu'il trouva plus jolie encore, dans ses vêtements de fête, que la première fois. Sa sœur aînée, Léa, avait au contraire un physique ingrat et la vue basse ; Jacob la remarqua à peine.

Dès le lendemain, Jacob, qui se sentait gêné de n'avoir pas apporté de cadeaux et qui avait scrupule à accepter sans contrepartie l'hospitalité de son oncle, lui proposa de l'aider à s'occuper de ses troupeaux. Il fit preuve d'une telle activité et d'une telle compétence qu'au bout d'un mois Laban résolut de s'attacher durablement les services de son neveu.

« Ce n'est pas, dit-il à Jacob, parce que tu es le fils de ma sœur que tu dois continuer à me servir gratuitement, comme tu l'as fait jusqu'ici. Dis-moi quel est le salaire que tu souhaites. »

Jacob qui, depuis un mois, était de plus en plus amoureux de Rachel, répondit à Laban :

« Je te servirai sept ans sans aucun salaire, si tu me donnes en mariage ta fille Rachel.

— Ma foi, répondit Laban, enchanté de s'en tirer à si bon compte, j'aime autant te la donner à toi qu'à un autre ! »

Dès qu'il eut obtenu le consentement de Laban, Jacob s'empressa d'aller annoncer la nouvelle à Rachel.

« Méfie-toi de mon père, lui répondit-elle, c'est un homme rusé qui ne respecte pas toujours ses engagements ; il est fort capable de prétendre, dans sept ans, qu'il y a eu un malentendu entre vous, et de te donner une autre femme à ma place !
— Ne t'inquiète pas, la rassura Jacob, en matière de ruse, je n'ai rien à envier à ton père. »

Cependant, pour prévenir tout risque de contestation, Jacob fit signer par Laban un contrat de travail en bonne et due forme, rédigé ainsi : « Je soussigné Laban m'engage à donner à Jacob, lorsqu'il aura travaillé sept ans pour moi, ma fille Rachel en mariage. Je précise qu'il s'agit bien de ma fille, et non d'une autre personne portant le même prénom ; de ma fille Rachel, et non de ma fille Léa ; et je m'engage à ne pas intervertir les prénoms de mes filles au cours des sept prochaines années. »

Le trompeur trompé

Pendant sept ans, soutenu par la perspective d'épouser Rachel, Jacob servit Laban avec ardeur et dévouement. Il était si occupé par son travail et si amoureux de Rachel que ces années ne lui semblèrent avoir duré que quelques jours. Quand le temps fut écoulé, il alla réclamer son dû à Laban.

« Dès ce soir, lui assura celui-ci, tu seras marié. »

L'ambiguïté de cette déclaration inquiéta

quelque peu Jacob, qui crut prudent de s'en ouvrir à Rachel.

« Notre mariage est prévu pour ce soir, lui dit-il, mais je crains que ton père, au dernier moment, ne renie sa promesse et ne cherche à me refiler une autre épouse à la faveur de l'obscurité. Convenons donc, je te prie, de certains mots de passe qui me permettront, cette nuit, de m'assurer que c'est bien toi qui viendras partager ma couche. »

Rachel y consentit, et les deux jeunes gens mirent au point un code secret. Mais à peine Rachel avait-elle quitté Jacob et regagné sa tente qu'elle y reçut la visite de sa sœur Léa, qui paraissait très agitée.

« Notre père, dit Léa à Rachel, a décidé que ce serait moi, et non pas toi, qui deviendrais cette nuit l'épouse de Jacob ; il craint en effet, à juste titre, de me voir rester vieille fille. Es-tu disposée, ma sœur, à me céder ta place ? »

A toute autre que Léa, Rachel eût bien entendu refusé une telle faveur ; mais elle éprouvait tant d'affection pour sa sœur et se sentait si coupable d'être plus jolie qu'elle, qu'elle accepta de se sacrifier. Pour faciliter l'exécution de la manœuvre, elle révéla à sa sœur les signes de reconnaissance dont elle était convenue avec Jacob. Et comme Léa, dont la mémoire était aussi courte que la vue, craignait d'oublier les mots de passe, Rachel alla jusqu'à lui promettre de se tenir à côté d'elle, le moment venu, pour pouvoir lui souffler les réponses appropriées.

Pendant le dîner, Laban fit beaucoup boire Jacob, qui était légèrement ivre lorsqu'il regagna sa tente. Pour ménager la pudeur de sa fiancée, il éteignit toutes les lumières avant de se coucher. Quelques instants plus tard, une silhouette voilée se dessina dans l'ouverture de la tente. « Est-ce bien toi, Rachel ? » demande Jacob. Rachel, qui se cachait derrière sa sœur, répond à sa place et prononce les mots de passe. Léa pénétre alors dans la tente et se glisse au côté de Jacob qui, dans l'obscurité, ne la reconnaît pas. C'est seulement le lendemain, au lever du jour, qu'il s'aperçut de sa méprise. Comme il reprochait à Léa de s'être fait passer pour sa sœur Rachel, elle lui répondit, avec une présence d'esprit qui le surprit :

« C'est toi qui m'as donné l'exemple en te faisant passer, auprès de ton père, pour ton frère Ésaü. Tu avais trompé un aveugle, et tu es trompé par une myope ! »

Indigné, Jacob alla se plaindre à Laban :
« C'est pour Rachel que j'ai travaillé sept ans sans salaire. Pourquoi m'as-tu trompé ?
— C'est que, lui répondit Laban, cela ne se fait pas, chez nous, de marier la cadette avant l'aînée. Mais ne te fais pas de soucis : je suis disposé à te donner aussi Rachel pour épouse. Laissons seulement passer une semaine, pour respecter les convenances, après quoi nous célébrerons ton deuxième mariage. Tout ce que je te demande en contrepartie, c'est de rester sept années de plus à mon service – gratuitement, bien entendu. »

Jacob accepta ce contrat et, une semaine plus tard, il épousait Rachel. Ayant ainsi reçu son salaire par avance, Jacob, s'il avait été aussi fourbe que Laban, aurait pu se dérober à ses engagements. Mais il était, en affaires, d'une honnêteté scrupuleuse, et il travailla pour son oncle avec la même ardeur, pendant les sept années suivantes, que pendant les sept premières.

XIII. Jacob fait fortune

Les enfants de Jacob

Au cours des années qui suivirent le double mariage de Jacob, les relations entre Léa et Rachel se dégradèrent progressivement et leur affection mutuelle se transforma peu à peu en jalousie. Au début, ce fut Léa qui eut le plus de motifs de se plaindre : Jacob ne cachait pas sa préférence pour Rachel et passait presque toutes ses nuits avec elle.

Mais Léa ne tarda pas à prendre sa revanche grâce à sa supériorité évidente dans le domaine de la procréation : alors que Rachel restait obstinément stérile, Léa, faisant preuve d'une remarquable fécondité, donnait successivement à Jacob, en un peu plus de trois ans, quatre fils qui furent appelés Ruben, Siméon, Lévi et Juda. A chacun des accouchements de Léa, Rachel se sentait plus humiliée et plus jalouse de sa sœur. Après la naissance de Juda, elle fit une scène à son mari, lui disant en substance : « Fais-moi un enfant, ou je meurs ! » Jacob se fâcha.

« Est-ce ma faute, lui dit-il, si Dieu t'a refusé la fécondité ?

— Puisque je ne puis avoir d'enfants, reprit Rachel, je te fais cadeau de ma jeune servante Bilha, afin que tu en fasses ta concubine. Je l'assisterai dans ses accouchements et, par elle, je serai mère moi aussi. »

Bilha donna successivement à Jacob deux fils qui furent appelés Dan et Nephtali.

Ce fut alors au tour de Léa d'être jalouse. Jacob, qui n'avait jamais éprouvé beaucoup d'attirance pour elle, lui manifestait une froideur totale depuis qu'il avait pris Bilha pour concubine. Se voyant ainsi délaissée, Léa offrit à son tour sa jeune servante Zilpa à Jacob, qui n'eut garde de refuser. Coup sur coup, Zilpa eut aussi deux fils, qui furent appelés Gad et Aser.

Léa s'était résignée à ne plus avoir de relations intimes avec Jacob, lorsqu'une occasion se présenta pour elle de les renouer. Son fils aîné, Ruben, étant allé aux champs à l'époque de la moisson, y trouva des mandragores bien mûres qu'il rapporta à sa mère. Rachel, qui se trouvait là et qui adorait ces fruits, pria sa sœur de les lui donner.

« Quoi ! s'écria Léa, n'est-ce pas assez que tu m'aies volé mon mari, sans prendre encore les mandragores de mon fils ? »

Rachel lui répondit :

« En échange des mandragores, je dirai à Jacob qu'il aille passer la nuit prochaine avec toi. »

Le soir même, lorsque Jacob revint des champs, Léa se porta à sa rencontre et lui dit :

« C'est à mes côtés que tu viendras ce soir, car je t'ai retenu en échange d'un panier de mandragores. »

Rachel ayant confirmé la validité de ce contrat, Jacob se rendit ce soir-là chez Léa et la féconda à nouveau : elle eut un cinquième fils, qu'elle appela Issachar. Il faut croire que les retrouvailles amoureuses de Jacob avec Léa n'avaient pas été sans agrément pour lui, puisque après la naissance d'Issachar, et sans le secours d'aucune mandragore, il retourna la voir à plusieurs reprises et lui fit encore deux enfants : un garçon nommé Zabulon et une fille nommée Dina. C'est alors qu'à la surprise générale Rachel, qui depuis longtemps n'espérait plus être mère, se trouva enceinte et donna le jour à un fils nommé Joseph.

L'oncle Simon, qui aimait à dire qu'un bon croquis vaut mieux qu'un long discours, représentait la progéniture de Jacob sous forme du tableau reproduit ci-dessous.

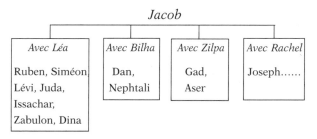

« Sur la droite du tableau, précisait l'oncle Simon, j'ai réservé une case en pointillé pour y inscrire, le moment venu, le nom du dernier fils de Jacob. »

La rupture avec Laban

Lorsque Jacob eut accompli les sept années supplémentaires de travail qu'il avait promises à Laban en échange de la main de Rachel, il alla trouver son beau-père et lui dit :

« Voilà quatorze ans que je te sers gratuitement ; grâce à mon zèle, le nombre de tes bêtes a décuplé et tu t'es considérablement enrichi. Il est temps maintenant que je travaille pour ma propre famille.

— C'est bien naturel, reconnut Laban ; je te paierai désormais un salaire. »

Effectivement, au cours des quelques mois qui suivirent, il versa un salaire à Jacob ; mais, avec une insigne mauvaise foi, il modifiait constamment – au détriment de Jacob – le mode de calcul de sa rémunération, sur laquelle il effectuait en outre d'innombrables retenues qui avaient pour effet de la réduire à presque rien. Excédé, Jacob retourna le voir.

« Je veux partir, lui dit-il ; donne-moi mes femmes et mes enfants, et laisse-moi retourner dans mon pays. »

La perspective de voir partir un employé aussi utile effraya Laban, qui supplia Jacob de revenir sur sa décision :

« Je suis prêt, lui dit-il, à te donner tout ce que tu demanderas.

— Je te propose, lui répondit Jacob, de fixer ma rémunération de la manière suivante : parmi les agneaux qui naîtront de tes troupeaux, les blancs seront pour toi et les autres – bruns, rayés ou mouchetés – seront pour moi ; à l'inverse, parmi les chevreaux, tu garderas les bruns, tandis que les blancs et les tachetés me reviendront. »

Étant donné qu'en Mésopotamie la grande majorité des moutons étaient blancs et la grande majorité des chèvres, brunes, Laban accepta volontiers la proposition de Jacob. Mais pendant la nuit qui suivit, il fit le tour de ses troupeaux, et en retira tous les animaux un tant soit peu panachés, pour les envoyer secrètement dans un champ éloigné sous la garde de ses fils. Le lendemain, lorsque Jacob fit sortir les troupeaux pour les mener aux pâturages, il n'y avait pas une seule tache brune parmi les moutons et pas un poil blanc parmi les chèvres. Jacob ne dit rien, mais se jura de prendre sa revanche.

Lorsque la saison de l'accouplement fut venue, il alla couper, dans la forêt, de jeunes pousses de peupliers et d'amandiers ; il y pratiqua des entailles qui mettaient à nu, par endroits, la blancheur de l'aubier, et les plaça dans les auges où le bétail venait boire. La vue de ces rayures exerça apparemment une mystérieuse influence sur les brebis et sur les chèvres, car elles mirent bas, quelques mois plus tard, une proportion exceptionnellement élevée d'agneaux et de chevreaux bigarrés.

Devant le succès de cette manipulation, Jacob en raffina encore les méthodes au cours des années suivantes. Au lieu de se contenter de déposer les rameaux dans les auges, il les mit sous les yeux des femelles au moment précis de leur accouplement, ce qui lui permit de pratiquer une sélection : chaque fois que les brebis ou les chèvres se livraient à l'accouplement avec ardeur, il exposait les rameaux à leurs regards ; lorsque au contraire elles se laissaient saillir de mauvaise grâce et avec langueur, il ne les leur montrait pas. Il en résulta que les agneaux et les chevreaux débiles furent pour Laban et les vigoureux pour Jacob.

En six ans, Jacob s'enrichit prodigieusement : ses troupeaux dépassèrent de beaucoup ceux de Laban, et il acquit des ânes, des chameaux et des serviteurs en grand nombre. Les fils de Laban voyaient cet enrichissement d'un mauvais œil.

« Cet homme, disaient-ils, a construit son opulence à nos dépens ! »

Laban, lui aussi, faisait de plus en plus grise mine à son gendre. Jacob, ayant constaté le changement d'attitude de son beau-père, décida de quitter Harran pour retourner dans son pays. Mais il ne voulait le faire qu'en accord avec ses deux épouses. Ayant réuni un soir, dans sa tente, Léa et Rachel, il leur tint le discours suivant :

« Je vois, au visage de votre père, qu'il a changé de sentiment vis-à-vis de moi. Pourtant vous savez avec quel dévouement je l'ai servi, et combien lui, au contraire, s'est mal comporté à mon égard ; dix fois, il a changé mon salaire et a cherché à me tromper ; mais Dieu est venu à mon aide, et tout ce que faisait Laban s'est retourné contre lui. Lorsqu'il disait : "Les bêtes pointillées seront ton salaire", tout le bétail produisait miraculeusement des animaux pointillés ; lorsqu'il disait : "les rayés seront pour toi", tous les nouveau-nés étaient rayés. Or voici qu'hier Dieu m'est apparu et m'a ordonné de quitter ce pays pour retourner dans celui de mon père. Avant de le faire, j'ai tenu à vous consulter. »

Léa et Rachel lui répondirent : « Nous ne devons plus rien à notre père, depuis qu'il nous a vendues à toi comme des étrangères. Si Dieu t'a dit de partir, partons, en emportant tous les biens que tu as acquis par ton travail. »

Profitant de ce que Laban et ses fils s'étaient absentés pour aller tondre leurs troupeaux, Jacob rassembla son bétail, ses chameaux, ses ânes, ses serviteurs, ses enfants, ses concubines et ses épouses, et partit vers le sud. Il avait veillé soigneusement à ne rien prendre qui appartînt à Laban mais, à son insu, Rachel avait dérobé à son père trois petites statues d'or auxquelles il vouait un culte idolâtre. Laban ne tarda pas à être informé de ce départ. En compagnie de ses fils, il se lança à la poursuite des fugitifs, qu'il rejoignit une dizaine de jours plus tard.

Apostrophant Jacob, il lui adressa de vifs reproches. « Pourquoi es-tu parti furtivement, sans me prévenir, en emmenant mes filles et sans même me laisser embrasser mes petits-enfants ? Si tu m'avais dit que tu voulais revoir ton pays et tes parents, j'aurais fort bien compris et, loin de m'opposer à ton départ, je t'aurais reconduit en grande pompe. Mais non, tu t'es enfui comme un voleur, en me dérobant mes dieux ! »

A cette accusation et à ce mot de « voleur », le sang de Jacob ne fait qu'un tour. Lui qui, pendant vingt ans, avait toujours marqué à l'égard de son beau-père une déférence craintive, il laisse enfin libre cours à sa colère accumulée. « Comment oses-tu me traiter de voleur, lui crie-t-il, toi qui pendant vingt ans n'as cherché qu'à m'exploiter ? Si je suis parti sans te prévenir, c'est parce que je craignais de te voir t'opposer, par la force, au départ de tes filles, que tu m'as pourtant chèrement vendues. Quant à voler tes dieux, l'idée ne m'en est même pas venue : à quoi me serviraient ces misérables statues ? Fouille mes bagages, ceux de mes épouses, de mes enfants, de mes serviteurs : si tu y trouves tes statues, je m'engage à mettre à mort, sur-le-champ, celui qui les aurait dérobées. Mais si tu ne les trouves pas, promets-moi que tu me laisseras partir en paix. »

Intimidé par la colère de Jacob, Laban accepte le marché. Il fouille sans résultat la tente de Jacob, celle de Léa, celles de Bilha et de Zilpa ; il passe à la tente de Rachel, la retourne de fond en comble mais n'y trouve rien non plus, et pour cause : Rachel avait placé les trois petites statues sur le dos de son chameau et s'était assise dessus.

« Excuse-moi, dit-elle à Laban, de ne pas descendre de mon chameau pour t'embrasser ; c'est que je souffre aujourd'hui de ces petites incommodités périodiques qui affligent les femmes. »

Laban n'insiste pas.

« Je t'avais accusé à tort, dit-il à Jacob ; je te laisse donc partir en paix comme je m'y étais engagé. D'ailleurs, ces filles sont mes filles, leurs enfants sont mes enfants ; pourquoi chercherais-je à leur faire du tort en reprenant ce bétail... » Et il ajoute en lui-même : « ... qui est le mien ! »

XIV. Les retrouvailles de Jacob et Ésaü

Le retour à Canaan

Bien que vingt ans se fussent écoulés depuis son départ de Beershéba, Jacob appréhendait vivement de se retrouver face à face avec Ésaü : il craignait en effet que son frère ne lui eût pas pardonné l'affaire du droit d'aînesse et le détournement frauduleux de la bénédiction paternelle. Quelques semaines après avoir pris congé de Laban, et alors qu'il n'était plus qu'à quelques milles du Jourdain, Jacob jugea donc prudent d'envoyer un messager à Ésaü pour lui annoncer son arrivée prochaine.

La distance entre Mahanaïm, où se trouvait Jacob, et Beershéba, où il croyait que se trouvait Ésaü, représentant au moins deux semaines de marche, Jacob ne s'attendait pas à voir revenir son messager avant près d'un mois. Mais Ésaü, qui avait déjà été prévenu de l'arrivée de Jacob, s'était aussitôt porté à sa rencontre. C'est pourquoi, quelques jours seulement après être parti, le serviteur de Jacob était de retour.

« J'ai transmis ton message à ton frère, dit-il à Jacob ; il vient à ta rencontre, accompagné de quatre cents hommes armés ; il ne doit plus être qu'à une ou deux journées de marche d'ici. »

En entendant ces paroles, Jacob fut saisi d'une extrême frayeur. Il se retira sous sa tente et adressa une prière à Dieu : « Seigneur, lui dit-il, tu m'as promis ton aide et ta protection. Il y a vingt ans, lorsque j'ai quitté mon pays natal, je n'avais pour toute fortune que mon bâton ; je reviens aujourd'hui chargé de richesses, mais dans un péril mortel : je crains que mon frère Ésaü ne m'attaque et ne tue, en même temps que moi, mes épouses et mes enfants. Que deviendrait alors cette postérité que tu m'as promise, et qui devait être innombrable comme le sable de la mer ? Sauve-moi donc, je t'en supplie, de la main de mon frère ! »

Ayant ainsi prié, Jacob délibéra en lui-même sur ce qu'il devait faire. Il songea d'abord à fuir, mais il rejeta cette idée : ralenti dans sa marche par sa suite et ses troupeaux, il serait bientôt rattrapé par Ésaü. Il résolut alors de faire front et, plutôt que d'attendre l'arrivée de son frère, de se porter à sa rencontre. « Si je ne puis éviter le combat, se dit-il, je me battrai, mais je vais d'abord tenter, par de riches cadeaux, d'apaiser la colère d'Ésaü. »

Il fit rassembler deux cents chèvres et vingt boucs qu'il confia à l'un de ses bergers en lui disant :

« Lorsque tu rencontreras Ésaü et qu'il te demandera : "Où vas-tu avec ce troupeau ?", réponds-lui : "Ce troupeau appartient à ton serviteur Jacob, qui t'en fait l'hommage. Lui-même, Jacob, me suit à quelque distance." »

Puis Jacob rassembla deux cents brebis et vingt béliers, qu'il confia à un deuxième berger en lui disant :

« Va, toi aussi, à la rencontre de mon frère, mais en ayant soin de garder, avec le berger qui te précède, un intervalle d'une heure environ. Lorsque tu trouveras Ésaü, réponds à ses questions comme le premier berger. »

Jacob fit ensuite rassembler un troupeau de quarante vaches et dix taureaux, et un autre composé de trente chamelles, de vingt ânesses et de dix ânes. Il confia ces troupeaux à des bergers différents et leur donna à tous la même consigne, en insistant pour qu'ils conservassent soigneusement leurs distances les uns par rapport aux autres. Si Jacob préférait séparer ainsi ses cadeaux plutôt que de les donner tous ensemble, c'est parce qu'il pensait que quatre cadeaux successifs feraient plus d'effet qu'un seul ; en outre, il souhaitait donner à Ésaü le plus de temps possible pour se calmer avant leur rencontre.

Le combat contre l'ange

Lorsque les quatre bergers eurent quitté successivement le camp, l'après-midi était déjà largement avancé. Jacob, sa famille et ses serviteurs prirent le repas du soir et se retirèrent dans leurs tentes. Mais Jacob ne put trouver le sommeil : au milieu de la nuit, il se leva, réveilla tout son monde, rassembla son bétail et partit à la rencontre d'Ésaü. Celui-ci se trouvait vers le nord, au-delà d'un cours d'eau appelé le Yabbok, que l'on ne pouvait traverser que par un gué assez incommode, surtout la nuit.

Allant et venant d'une rive à l'autre, Jacob fit passer successivement, à la seule lumière de la lune et des étoiles, ses épouses, ses enfants, ses serviteurs et ses troupeaux. Lorsqu'il eut terminé, il voulut s'assurer qu'il n'avait pas laissé derrière lui quelque animal ou quelque bagage et, seul, il retourna une dernière fois sur la rive sud de la rivière. Au moment où il y mettait le pied, un homme, sortant de l'ombre, se jeta sur lui et le frappa. Jacob lui ayant rendu son coup, une lutte silencieuse s'engagea.

Le combat fut long et acharné. Jacob avait cru d'abord que son agresseur n'était qu'un vulgaire bandit ; mais lorsqu'il constata que les coups qu'il lui portait semblaient ne lui faire aucun mal, il comprit qu'il avait affaire à un être surnaturel et supposa – à juste titre – qu'il s'agissait d'un ange de Dieu. Profitant d'un moment où il avait réussi à immobiliser son adversaire, il lui demanda, d'une voix haletante : « Qui es-tu ? — Qu'as-tu besoin de connaître mon nom », lui répondit l'autre.

Selon certains commentateurs, l'adversaire de Jacob n'était autre que l'archange Gabriel, et son refus de décliner son identité s'expliquait par son souci de ne pas porter atteinte à son prestige : il ne voulait pas que Jacob pût se vanter de lui avoir résisté victorieusement.

Pour se dégager, l'ange prend entre ses jambes la cuisse de Jacob, et la serre si fortement qu'il lui froissa le nerf sciatique. Sous l'effet de la douleur, Jacob relâche un instant sa prise ; l'ange se relève et dit à Jacob :

« Laisse-moi partir, car l'aube est venue.
— Je ne vois pas le rapport, réplique Jacob : pourquoi notre lutte devrait-elle cesser au lever du jour ?
— Parce que, lui explique l'ange, je dois remonter au ciel pour y chanter, comme chaque matin, les louanges du Seigneur.
— Tes collègues s'en chargeront, répond Jacob ; le chœur céleste est assez nombreux pour qu'une voix de plus ou de moins ne se remarque pas ! »

Et Jacob ajoute :

« Je ne te laisserai pas partir avant que tu ne m'aies béni. »

L'ange y consentit et prononça en faveur de Jacob la bénédiction suivante : « Ton nom ne sera plus désormais Jacob mais Israël [1], car tu as lutté contre les puissances divines et tu n'as pas été vaincu. Le pays dans lequel tu vas entrer, ce pays de Canaan que Dieu avait promis à Abraham et à Isaac, il te l'accorde maintenant, à toi et à ta postérité. Tu vas croître et multiplier, un peuple naîtra de toi, et des rois sortiront de tes entrailles. »

La réconciliation de Jacob et Ésaü

Après avoir béni Jacob, l'ange disparut. Aux premiers rayons du soleil levant, Jacob retraversa le gué en boitant un peu, car sa cuisse lui faisait mal. Parvenu sur l'autre rive, il leva les yeux et vit au loin, venant vers lui, Ésaü accompagné de ses quatre cents hommes. Il rassembla à la hâte tous les membres de sa famille et leur dit :

« Formez-vous en cortège pour aller à la rencontre de mon frère ; Bilha et Zilpa, accompagnées de leurs fils, se placeront au premier rang ; Léa et ses six garçons les suivront ; Rachel, avec Joseph, fermera la marche. Quant à moi, j'irai en tête du cortège pour vous protéger, le cas échéant, de la colère de mon frère. »

Quant à Dina, la Bible ne dit pas quelle place elle occupait, mais certains commentateurs ont supposé que Jacob l'avait cachée dans une malle,

---

1. Israël, en hébreu, signifie « jouteur puissant ».

en lui recommandant d'y demeurer jusqu'à la fin de l'alerte.

Lorsqu'il ne fut plus qu'à une vingtaine de pas d'Ésaü, qui s'avançait vers lui avec un visage grave, Jacob s'arrêta et se prosterna, la face contre terre. Ésaü courut vers lui, le releva, le serra dans ses bras, et se mit à pleurer. Jacob pleura aussi, et les deux frères restèrent longtemps embrassés. En levant les yeux, Ésaü vit, derrière Jacob, le cortège familial qui s'avançait vers eux.

« Quelle est cette troupe qui te suit ? demande-t-il à Jacob.

— Ce sont, lui répond celui-ci, les enfants dont Dieu a gratifié ton serviteur. »

Comme d'habitude, et malgré son émotion, Jacob pesait soigneusement ses mots. En se présentant comme « le serviteur » d'Ésaü, il entendait suggérer à son frère que, malgré l'affaire du plat de lentilles, il se considérait encore comme le cadet. D'autre part, en précisant que ses nombreux enfants lui avaient été donnés par Dieu, il laissait entendre qu'il entretenait avec celui-ci des relations privilégiées, et que par conséquent Ésaü n'avait pas intérêt à lui chercher querelle.

En fait, ces subtilités échappèrent complètement à l'esprit simple et sans malice d'Ésaü. Celui-ci reprend :

« Et qu'est-ce que c'est que ces quatre bergers que j'ai rencontrés, venant de ta part avec des troupeaux ?

— Je les avais chargés, dit Jacob, de t'offrir ces troupeaux, pour obtenir ta bienveillance.

— J'ai tout ce qu'il me faut, mon frère, répond Ésaü ; garde ton bien.

— Je t'en prie, insiste Jacob, si j'ai trouvé grâce à tes yeux, accepte ce présent que je t'offre, puisque Dieu m'a favorisé et que je suis riche. »

Après avoir embrassé les épouses et les fils de Jacob, Ésaü dit à son frère :

« Partons et marchons ensemble jusqu'à Beer-shéba ; je réglerai mon allure sur la tienne. »

Jacob lui répondit :

« Tu sais que les enfants sont délicats, et que les brebis qui allaitent exigent des soins constants. Pars donc devant, ne m'attends pas ; je cheminerai au pas de mes gens et de mes troupeaux, et nous nous retrouverons plus tard, à Beershéba.

— Laisse-moi au moins, reprit Ésaü, te faire escorter par une partie de mes hommes.

— Ce n'est pas nécessaire, dit Jacob ; maintenant que je sais que tu ne m'en veux plus, je n'ai plus rien à craindre ! »

Les deux frères se séparèrent ; Ésaü partit devant, cependant que Jacob, par petites étapes, se dirigeait vers le pays de Canaan. Il y arriva quelques jours plus tard, après avoir traversé le Jourdain, et dressa son camp à proximité de la ville de Sichem.

XV. Les soucis familiaux de Jacob

Le viol de Dina

Quelques jours après que Jacob eut établi son camp à proximité de Sichem, les habitants de cette ville célébrèrent une fête. Dina, la fille de Jacob, attirée par la musique et désireuse de rencontrer des jeunes filles de son âge, sortit du camp et se rendit à la ville. Le fils du seigneur de cette ville, appelé Sichem lui aussi, remarqua Dina pour sa beauté, s'empara d'elle par la force et la viola. Après quoi, il en tomba amoureux. Il alla trouver son père, un homme nommé Hamor, et lui dit :

« Obtiens-moi, je te prie, cette fille pour épouse.
— Nous irons voir demain le père de la jeune fille », promit Hamor.

Pendant ce temps, Jacob, s'étant aperçu de la disparition de sa fille, avait fait une enquête et avait appris que Dina avait été enlevée et déshonorée par Sichem. Lorsqu'il annonça cette nouvelle à ses fils, leur indignation fut extrême.

« Le viol de notre sœur, déclarèrent-ils à Jacob, est un affront pour notre famille ; ce sont là des choses qui ne se font pas ! »

Le lendemain, lorsque Hamor, accompagné de son fils Sichem, se présenta au camp de Jacob, celui-ci en était absent. A défaut de pouvoir lui parler, Hamor s'adressa à deux des frères aînés de Dina, Siméon et Lévi, qui se trouvaient là. Il leur dit :

« Sichem, mon fils, est amoureux de votre sœur ; donnez-la-lui, je vous prie, pour épouse. Allons même plus loin, si vous le voulez bien : ce pays vous est ouvert ; établissez-vous-y, donnez-nous vos filles et épousez les nôtres, pour ne plus former avec nous qu'un seul peuple. »

S'étant consultés, Siméon et Lévi décidèrent d'avoir recours à la ruse.

« Il ne nous est pas possible, dirent-ils à Hamor, de donner notre sœur à un homme incirconcis ; notre religion nous l'interdit absolument. Si donc vous souhaitez une alliance entre nos deux peuples, il faut commencer par circoncire tous vos mâles. »

Hamor et Sichem retournèrent dans leur ville et parlèrent aux habitants en ces termes : « Ces hommes nous paraissent de bonne foi. Ils sont prêts à nous donner leurs filles, à épouser les nôtres, et à s'installer dans ce pays en partageant avec nous leurs troupeaux et leurs richesses, qui sont considérables. La seule condition qu'ils y mettent, c'est que tous les mâles de chez nous se fassent circoncire. »

Les habitants de Sichem jugèrent cette proposition raisonnable, et une circoncision générale eut lieu le jour même. Trois jours plus tard, alors que tous les hommes de la ville étaient souffrants et affaiblis à la suite de l'opération qu'ils avaient subie, Siméon et Lévi prirent chacun une épée, marchèrent sur la ville et en massacrèrent la population mâle tout entière. Ils allèrent ensuite à la maison de Sichem et en firent sortir Dina qu'ils ramenèrent à leur camp. Pendant ce temps, les autres frères de Dina s'étaient rendus à leur tour dans la ville et l'avaient pillée de fond en comble.

Lorsque Jacob fut informé de ce massacre et de cette razzia, il adressa à ses fils des paroles de reproche.

« Par votre faute, leur dit-il, nous allons désormais être mal vus dans toute cette région. Les habitants des villes voisines vont se liguer contre nous, et comment leur résisterai-je, avec la poignée d'hommes dont je dispose ? En vérité, vous avez agi follement ! »

Les fils de Jacob l'écoutaient en silence, les yeux baissés et l'expression butée ; l'un d'entre eux, Siméon, finit par répondre à son père : « Fallait-il laisser ces hommes traiter notre sœur comme une prostituée ? »

Mort de Rachel et naissance de Benjamin

Craignant des représailles de la part des habitants de la région, Jacob quitta rapidement Sichem avec toute sa suite et se dirigea vers le sud. Il arriva quelques jours plus tard dans la région de Bethléem. C'est là que son épouse Rachel, qui était à nouveau enceinte, donna le jour à un second fils. L'accouchement fut très douloureux et coûta la vie à la mère. Avant d'expirer, elle donna à son enfant le prénom de Ben-Omi, qui signifie « fils de ma douleur ». Mais Jacob ne voulut point conserver ce prénom qui lui eût toujours rappelé le souvenir de son épouse préférée, et le changea en celui de Benjamin, qui signifie « fils de ma vieillesse ». Il enterra Rachel, éleva un monument sur sa tombe, et poursuivit sa route.

C'est pendant la fin de ce voyage que Ruben, le fils aîné de Jacob, eut une liaison avec Bilha, la concubine de son père. Jacob en fut informé mais, par amour pour son fils, il s'abstint de lui en faire reproche.

En arrivant à Beershéba, Jacob apprit que sa mère, Rébecca, venait de mourir et que son père, Isaac, avait quitté cette région pour s'établir à Hébron. C'est là que Jacob le retrouva et qu'il établit sa demeure.

Mort d'Isaac

Quelques mois après le retour de Jacob, Isaac sentit – à juste titre, cette fois – que sa fin était proche. Il réunit ses deux fils, Jacob et Ésaü, pour leur faire ses dernières recommandations.

« Après ma mort, leur dit-il, partagez-vous mon héritage à raison des deux tiers pour Jacob – puisqu'il a acquis de son frère le droit d'aînesse – et d'un tiers pour Ésaü...

— Mon père, interrompit Jacob, je ne saurais y consentir : tes biens seront divisés en deux parts égales. »

Jacob et Ésaü enterrèrent leur père dans le caveau de famille de Makhpéla. Après quoi, Ésaü dit à Jacob :

« Ce pays n'est pas assez grand pour nourrir tes troupeaux et les miens ; si nous y demeurons tous les deux, nos bergers ne tarderont pas à se disputer. Comme tu as plus d'enfants que moi, il est normal que je te cède la place et que j'émigre vers un autre pays, avec ma famille, mes serviteurs et mes troupeaux. »

Les deux frères s'embrassèrent pour la dernière fois – car ils ne devaient jamais plus se revoir – et Ésaü alla s'installer dans le pays d'Édom, au sud de la mer Morte. Jacob, pour sa part, s'établit à Hébron en compagnie de ses trois épouses restantes et de ses douze fils. Quant à sa fille Dina, s'il faut en croire certains commentateurs, il la donna en mariage à un étranger, nommé Job, qui l'emmena pour toujours loin du pays de Canaan [1]. L'histoire de ce Job, relatée dans un livre de la Bible qui porte son nom, n'a rien à voir avec celle de Jacob ; mais elle est si bizarre qu'elle mérite une digression, à laquelle sera consacré le chapitre qui suit.

---

1. D'autres commentateurs affirment toutefois que le Job en question vécut beaucoup plus tard – à l'époque de Moïse ou même de David – et que par conséquent il ne peut pas avoir été l'époux de Dina.

XVI. L'histoire de Job

Job demeurait dans le pays d'Ouç, situé entre le désert du Sinaï et le désert d'Arabie. C'était un homme à la fois richissime, intègre et généreux. Une anecdote qu'on lui attribue parfois est révélatrice du personnage.

Des négociants de Mésopotamie s'étaient rendus dans le pays d'Ouç, dans l'intention d'y acheter une énorme quantité d'huile d'olive. Ayant entendu dire que le seul producteur susceptible de la leur fournir était Job, ils se mirent à sa recherche. Apercevant dans un champ un homme d'apparence modeste, ils lui demandèrent où ils pourraient trouver Job.

« Je suis Job », leur dit-il.

— Pourrais-tu nous vendre pour un million de schekels d'huile d'olive ?

— Certainement, laissez-moi seulement finir mon travail, puis nous irons chez moi régler cette affaire. »

Arrivé chez lui, Job se lave les mains, se change et offre à déjeuner à ses visiteurs pendant que ses serviteurs chargent les jarres d'huile dans des charrettes. Lorsque l'opération est terminée, Job demande à ses clients :

« Êtes-vous sûrs que cette quantité vous suffira ?
— Nous en aurions bien acheté plus, mais nous n'avons qu'un million de schekels.
— Qu'à cela ne tienne, leur dit Job ; prenez-en le double, et payez-moi le complément l'année prochaine, quand vous repasserez. »

La générosité de Job prenait bien d'autres formes ; sa maison était largement ouverte aux voyageurs et sa bourse aux indigents ; une table était réservée chez lui, en permanence, aux veuves et aux orphelins. Propriétaire de troupeaux immenses, père de sept fils et de trois filles, aimé et respecté de son entourage, Job était un homme heureux et en rendait grâce tous les jours au Seigneur... jusqu'au jour où les catastrophes s'abattirent sur lui.

Tout commença par un étrange pari entre Dieu et Satan. Dieu était en conversation avec ses anges lorsqu'il vit s'approcher Satan.

« D'où viens-tu ? lui demande-t-il.
— De la terre, lui répond Satan ; je l'ai parcourue en tous sens, pour voir s'il s'y trouvait un homme intègre, et je n'en ai rencontré aucun.
— Tu oublies Job, réplique Dieu ; c'est un homme d'une droiture, d'une générosité et d'une piété parfaites.
— Ce n'est pas difficile d'être vertueux, reprend Satan, lorsque, comme Job, on est comblé de

bonheur. Mais étends seulement la main sur lui, fais fondre sur lui le malheur, et tu verras s'il ne te renie point !

— C'est ce que nous allons voir, dit Dieu à Satan ; tout ce qui appartient à Job est en ton pouvoir, fais-en ce que tu voudras, frappe-le dans ses biens et dans ses affections ; abstiens-toi seulement de t'en prendre à sa personne. »

Job se levait de sa sieste lorsqu'un de ses serviteurs, haletant, se présenta à lui.

« Je gardais, avec mes camarades, tes troupeaux de vaches, tes ânes et tes chameaux, lorsqu'une bande de brigands a fondu sur nous. Ils ont enlevé tout le bétail et massacré tous les bergers ; moi seul ai pu m'échapper. »

Il n'avait pas fini de parler qu'un deuxième serviteur entra, l'air consterné lui aussi.

« Un incendie a éclaté dans les bâtiments abritant le petit bétail ; toutes les brebis et toutes les chèvres ont péri, ainsi que le personnel ; je suis le seul survivant. »

Comme il achevait ces mots, un troisième serviteur apparut et annonça à Job :

« Tes fils et tes filles mangeaient dans la maison de leur frère aîné ; un ouragan, venant du désert, s'est brusquement abattu sur la maison, qui s'est écroulée sur les jeunes gens. Ils sont tous morts. »

Les genoux de Job se dérobèrent sous lui ; il tomba à terre et y resta, prostré et silencieux, pendant plusieurs heures. Puis il se releva et dit :

« Nu je suis sorti du sein de ma mère, et nu je

retournerai à la terre. L'Éternel avait donné, l'Éternel a repris ; que son nom soit béni ! »

« Eh bien, dit Dieu à Satan, tu vois que Job n'a pas faibli et ne m'a pas maudit, bien que tu m'aies incité à le ruiner sans motif.
— C'est que, répond Satan, Job n'a pas été atteint jusqu'ici dans sa personne : les hommes sont toujours prêts à renoncer à leurs biens pour sauver leur peau. Mais frappe-le seulement dans ses os et dans sa chair, et tu verras si, cette fois, il ne te renie point !
— Soit, reprend Dieu, fais de lui ce que tu voudras, à condition seulement de lui laisser la vie. »

Quelques jours plus tard, Job était affligé d'une lèpre maligne, depuis la plante des pieds jusqu'au sommet de la tête. Accroupi sur un tas de fumier, il ne cessait de se gratter tout le corps avec un tesson de bouteille. Sa femme lui dit :
« Alors, tu crois toujours en Dieu ? Maudis-le plutôt, et donne-toi la mort !
— Tu parles comme une insensée, lui répondit Job ; quoi, nous acceptons le bien de la main de Dieu, et le mal, nous le refuserions ? »

Ayant appris les malheurs de Job, trois de ses amis décidèrent de lui rendre une visite de condoléance et de consolation. En s'approchant de lui, ils eurent d'abord peine à le reconnaître ; puis, s'étant assurés que c'était bien lui qu'ils voyaient, couvert de pustules et vautré dans les immondices, ils se mirent à pleurer bruyamment. Leur arrivée produisit sur Job un effet exactement opposé à celui qu'ils avaient escompté : lui qui avait manifesté jusque-là une résignation stoïque, il laissa tout à coup libre cours à son désespoir.

« Maudits soient le jour où je suis né et la nuit où j'ai été conçu ! Qu'ils soient rayés à tout jamais du calendrier ! Que ne suis-je mort dans le sein de ma mère ? Pourquoi deux genoux m'ont-ils recueilli, pourquoi deux mamelles m'ont-elles allaité ? Si j'étais mort à ma naissance, je reposerais maintenant dans une paix profonde, insensible à la souffrance et aux tourments. Hélas, mes amis, tous les malheurs ont fondu sur moi ; je ne connais plus ni paix, ni sécurité, ni repos ; je ne puis manger un morceau de pain sans éclater en sanglots. Ah, si l'on mettait mon chagrin dans le plateau d'une balance, il pèserait plus lourd que tout le sable de mer ! »

Émus par la douleur de Job, ses amis crurent devoir lui adresser quelques paroles de réconfort ; mais, comme ils étaient bavards et sentencieux, ces quelques paroles se transformèrent en trois discours fleuris et solennels qu'il serait trop long de transcrire dans leur intégralité, et que l'on se contentera ici de résumer.

Discours du premier ami

« Au risque de provoquer ton irritation, Job, il faut que je te dise franchement ce que je pense. Toi-même, lorsque tu étais heureux, tu as consolé bien des affligés. Et maintenant que le malheur te frappe, tu te décourages, tu te laisses aller au désespoir ! Ta piété devrait pourtant te soutenir dans l'épreuve ; ne sais-tu pas que Dieu récompense les justes et ne punit que les méchants ? »

Réponse de Job

« Ce que tu me dis, je l'ai cru longtemps moi-même ; mais je suis forcé de constater que Dieu ne fait guère de différence entre les bons et les méchants, et même qu'il récompense plus souvent l'injustice que l'intégrité. Ne connais-tu pas, comme moi, de ces hommes sans scrupules, qui reculent les bornes de leurs champs, qui volent les troupeaux de leurs voisins, qui s'emparent de l'âne de l'orphelin et prennent en gage le bœuf de la veuve ? Le jour, ils se livrent au pillage, et la nuit, à l'adultère ; ils se rient de Dieu et se moquent de la justice. Et pourtant leurs maisons sont solides et ne s'écroulent pas sur eux ; leurs taureaux sont robustes et ne sont pas atteints de stérilité ; leurs vaches mettent bas et ne perdent pas leurs petits.

Ils coulent de longs jours dans la paix et l'abondance, et vivent plus vieux que leurs victimes. Sans doute mourront-ils eux aussi un jour – car Dieu extermine tous les hommes, qu'ils soient coupables ou innocents – mais ils auront connu le bonheur et se seront rassasiés de plaisirs ; le jour où la mort viendra les chercher, ils seront enterrés en grande pompe, avec tous les honneurs, laissant derrière eux une descendance nombreuse et prospère. »

Discours du deuxième ami

« Tu ne devrais pas, Job, prononcer ces paroles amères. Plutôt que d'accuser le Seigneur, tu devrais faire monter vers lui ta prière. Si tu es innocent, sa bonté s'éveillera en ta faveur, et il te rendra le bonheur. Car Dieu ne repousse jamais ceux qui le prient avec ardeur et humilité ; après avoir blessé, il panse les blessures, et ses mains réparent ce qu'elles ont détruit. »

Réponse de Job

« Dieu se moque pas mal de mes prières ! Lui qui a créé la terre et déployé les cieux, lui qui déplace le soleil et les étoiles, comment accorderait-il la moindre attention à mes paroles ? Dieu n'est pas un homme comme moi, pour que je lui parle ; je ne puis l'assigner en justice, car il n'y a pas d'arbitre entre lui et moi. »

Discours du troisième ami

« Je te trouve bien présomptueux, Job, lorsque tu te présentes comme une victime innocente de Dieu. Après tout, es-tu bien sûr d'être à l'abri de tout reproche ? Peut-être suffirait-il que tu renonces au péché pour que ton front se relève et que la paix te soit rendue. »

Réponse de Job

« Quel péché ai-je donc commis ? Que Dieu me pèse dans de justes balances, et il reconnaîtra mon intégrité. Si je me suis laissé séduire par la femme d'un autre, si j'ai porté mes regards sur une jeune fille vierge, je veux bien qu'à son tour ma femme me trompe et me déshonore avec des étrangers. Si j'ai levé la main sur l'orphelin, qu'on arrache mon épaule de mon omoplate, qu'on détache mon avant-bras de l'humérus. Si j'ai fait passer ma charrue sur la terre de mon voisin, que les ronces poussent dans mes champs à la place du blé, et l'ivraie à la place de l'orge. Ai-je mangé seul mon pain, sans que l'indigent en eût sa part ? A-t-on jamais vu un étranger passer la nuit dans la rue, devant ma porte ? Ai-je triomphé de la ruine de mes ennemis, exulté de joie quand le malheur les frappait ? Me suis-je réjoui de posséder de grandes richesses, ai-je mis ma confiance dans l'or, au lieu de la placer en Dieu ? »

Nouveaux discours des trois amis

Après ce premier échange d'arguments, chacun des trois amis reprit la parole en développant, avec quelques variantes, les mêmes idées que la première fois. Le troisième mit le comble à l'irritation de Job en l'accusant, à mots à peine couverts, de n'avoir pas été aussi vertueux qu'il le prétendait.

« Comment un mortel, quel qu'il soit, serait-il juste aux yeux de Dieu ? Si l'éclat de la lune est terni par les nuages, si le soleil n'est pas sans taches, si Dieu ne fait pas même confiance à ses anges, que dire de cet être méprisable et corrompu, de ce fils d'Adam qui n'est que pourriture ? »

A ces mots, Job explosa.

Réplique de Job à ses trois amis

« Jusqu'à quand m'accablerez-vous de vos discours ineptes ? Jusqu'à quand me débiterez-vous ces paroles qui sonnent creux, ces arguments sans valeur que j'ai entendus cent fois ? Vos maximes sont des maximes de cendre, et vos raisonnements, des raisonnements de boue. Moi aussi je pourrais parler comme vous, si seulement vous étiez à ma place ; je pourrais aligner des paroles sans fin et hocher sentencieusement la tête. Quel réconfort cela vous apporterait-il ? Je n'écouterai pas plus longtemps vos conseils de médecins incapables, vos recettes de charlatans. Si je dois m'expliquer avec quelqu'un, ce ne sera pas avec vous, mais avec Dieu.

« Ah ! si je pouvais seulement comparaître devant lui, je lui dirais : "Cesse de me torturer et laisse-moi reprendre haleine, ne serait-ce que le temps d'avaler ma salive ! J'étais heureux ; je vivais dans l'abondance, aimé de mes enfants, respecté par mon entourage. Lorsque je sortais de ma demeure, les vieillards comme les jeunes gens se levaient sur mon passage et restaient silencieux ; ils buvaient mes paroles comme la terre desséchée boit la pluie du printemps ; si je leur souriais, ils n'osaient y croire, et si j'allais vers eux, ils s'empressaient de me faire place. Pourtant, au sein de ma richesse et de ma puissance, je restais intègre : j'aidais le pauvre qui criait au secours et l'orphelin sans soutien, j'étais les yeux de l'aveugle, j'étais les jambes du boiteux. La justice était mon manteau et la charité ma parure.

« Soudain, sans préavis et sans raison, tu as fait fondre sur moi les catastrophes. Vois, Seigneur, dans quel état tu m'as mis : je suis ruiné, de ma richesse ancienne il ne me reste rien ; je n'ai sauvé du désastre que la peau de mes dents ! Mes entrailles bouillonnent sans relâche, mon corps est couvert de vermine et de croûtes, ma peau se crevasse et tombe en lambeaux, mes yeux sont éteints par le chagrin. Toute la journée, j'attends que vienne la nuit, en espérant que le sommeil apaisera ma douleur ; lorsque enfin je me couche, je n'échappe aux insomnies que pour sombrer dans les cauchemars. Je suis devenu la fable des nations, je suis l'homme à qui l'on crache au visage, les enfants eux-mêmes me traitent avec mépris. Mes amis sont devenus des étrangers pour moi ; les gens de ma maison, mes propres servantes, me considèrent comme un intrus ; j'appelle mon serviteur, il ne répond pas. Mon haleine et mes caresses sont devenues odieuses à ma propre femme.

« Si encore je pouvais me consoler par l'espoir d'une vie future ! Mais comment y croirais-je ? L'arbre, lui, a des raisons d'espérer : si on le coupe, il peut encore repousser ; aussi vieilles que soient ses racines, il suffit qu'il sente l'eau pour reverdir et produire des rejetons. Mais l'homme meurt et disparaît pour toujours, il se couche pour ne plus se relever. Ne peux-tu donc,

Seigneur, lui accorder un peu de répit pendant son bref passage ? Puisque ses jours sont comptés, détourne au moins ton attention de lui, cesse de surveiller chacun de ses pas, et laisse-le tranquille !" Oui, voilà ce que je dirais à Dieu s'il daignait m'écouter. Mais hélas, je le cherche vers l'orient, et je ne le trouve pas ; vers l'occident, il n'y est point ; vers le nord et vers le sud, et je ne vois nulle trace de sa présence. »

Comme Job achevait ce long discours, Dieu apparut et lui parla.

Discours de Dieu

« Quel est celui qui dénigre mes desseins par des discours insensés ? Ceins tes reins comme un homme, Job, je vais t'interroger et tu me répondras. Où étais-tu lorsque j'ai créé la terre ? Dis-le-moi, si tu le sais ! Qui en a posé les fondements et fixé les dimensions ? Qui a tracé les limites de la mer en lui disant : "Tu monteras jusqu'ici et non au-delà ; c'est ici que s'arrêtera l'orgueil des flots" ? As-tu jamais donné des ordres au soleil, à la terre et aux étoiles, pour qu'avec régularité la nuit succède au jour et le jour à la nuit ? As-tu mesuré l'immensité de la terre et la profondeur de la mer ? Est-ce toi qui fais jaillir les éclairs et tomber la pluie ? Est-ce par l'effet de ton intelligence que le cheval galope, que l'antilope bondit, que l'aigle prend son essor ? Réponds à mes questions, et je répondrai ensuite aux tiennes, puisque – paraît-il – tu souhaites aussi m'en poser. »

Réponse de Job à Dieu

« Tout cela me dépasse, répondit Job à Dieu, je suis trop peu de chose pour te répliquer ; j'ai parlé une fois, j'ai parlé deux fois, désormais je ne dirai plus rien ; je préfère mettre ma main devant ma bouche et retourner à mon tas de fumier. »

Quelques années plus tard, Dieu mit un terme aux épreuves de Job : il lui rendit, en la doublant, toute sa fortune passée ; il fit revenir vers lui tous ses parents et tous ses amis d'autrefois ; il lui donna sept autres fils et trois autres filles. Certains commentateurs attribuent ce soudain et surprenant revirement à une intervention personnelle qu'aurait faite Jacob, auprès de Dieu, en faveur de son gendre.

TROISIÈME PARTIE

Joseph et ses frères

XVII. Joseph vendu par ses frères

La jalousie des frères de Joseph

Jacob avait la fibre paternelle très développée et adorait tous ses enfants. Il avait cependant une préférence pour ses deux plus jeunes fils, Joseph et Benjamin, que lui avait donnés Rachel, son épouse préférée. Joseph, surtout, lui était particulièrement cher. Cette prédilection s'expliquait peut-être par le fait que Joseph ressemblait physiquement à sa mère et mentalement à son père. De Rachel, il avait hérité la beauté, une beauté un peu féminine qu'il n'hésitait pas à mettre en valeur par des vêtements recherchés ; il allait même, dit-on, jusqu'à se farder le visage et à se peindre les yeux. De son père, il tenait une grande intelligence ainsi qu'un goût prononcé pour les activités intellectuelles. De tous les fils de Jacob, il était le plus tranquille, le plus docile et le plus affectueux envers son père.

Les frères de Joseph étaient loin d'éprouver à son égard les mêmes sentiments que leur père. Ils le traitaient ironiquement d'« enfant sage », le taxaient de prétention et lui reprochaient de jouer un rôle de mouchard auprès de Jacob. Leur jalousie était alimentée par les nombreux cadeaux que Jacob lui faisait. C'est ainsi qu'à l'occasion du dix-septième anniversaire de Joseph, son père lui offrit une tunique de soie à manches longues, d'une telle finesse qu'on pouvait la tenir dans le creux de la main. « Jamais, se dirent les frères de Joseph, notre père ne nous a fait de tels présents ! » Joseph lui-même mit le comble à l'antipathie de ses frères en leur racontant, avec une insigne maladresse, deux songes qu'il avait faits et qui révélaient son orgueil et son ambition.

« J'ai rêvé, leur dit-il un matin, que nous étions ensemble dans un champ, occupés à lier des gerbes ; soudain, ma gerbe se dressa et se tint debout, tandis que les vôtres l'entouraient et s'agenouillaient devant elle. »

Ses frères lui dirent avec aigreur :

« As-tu la prétention de régner sur nous, de nous dominer comme un maître ? »

Joseph récidiva le lendemain, en présence cette fois de Jacob.

« J'ai rêvé, dit-il, que le soleil, la lune et onze étoiles se prosternaient devant moi. »

Jacob lui-même, malgré son indulgence paternelle, crut devoir réprimander Joseph.

« Qu'est-ce que c'est que ce rêve ? lui demanda-t-il ; faudra-t-il que moi, ta mère et tes onze frères, nous venions nous prosterner devant toi [1] ? »

Cet été-là, l'herbe étant venue à manquer dans les pâturages d'Hébron, Jacob fit transhumer ses troupeaux, sous la garde de ses dix fils aînés, dans la région de Sichem, située à environ soixante-cinq milles vers le nord. Quelques semaines après leur départ, comme il était sans nouvelles d'eux, il dit à Joseph, qui était resté avec lui :

« Va voir, je te prie, comment se portent tes frères, ainsi que le bétail, et rapporte-m'en des nouvelles. »

Joseph se vêtit de sa belle tunique de soie et partit en direction de Sichem.

Joseph jeté dans la citerne

Les frères de Joseph le virent arriver de loin.

« Voici venir l'homme aux songes, se dirent-ils l'un à l'autre ; tuons-le et débarrassons-nous de son corps. »

Un seul d'entre eux, Ruben, s'opposa à ce projet. Sans doute, en sa qualité de fils aîné de Jacob,

---

1. La mère de Joseph, Rachel, aurait d'ailleurs eu du mal à le faire, attendu qu'elle était morte huit ans auparavant. Mais, depuis la mort de Rachel, Joseph avait été élevé par sa belle-mère Bilha, et l'on peut supposer qu'il la considérait comme sa mère adoptive.

se sentait-il responsable de la vie de Joseph ; toujours est-il que, pour sauver Joseph des mains de ses frères, il leur dit :

« Ne versez pas son sang ! Jetez-le, si vous le voulez, dans une de ces citernes, mais ne portez pas la main sur lui. » Les citernes dont parlait Ruben étaient des sortes de puits creusés par les habitants de la région pour recueillir les pluies d'hiver et les conserver pendant une partie de la saison chaude. A l'époque où l'on était, c'est-à-dire au milieu de l'été, toute l'eau avait été utilisée pour abreuver le bétail, et les citernes étaient vides. En suggérant à ses frères de jeter Joseph vivant dans une citerne, Ruben comptait bien l'en faire sortir dès que possible pour le renvoyer à son père. Sa proposition fut agréée. Dès que Joseph arriva, ses frères s'emparèrent de lui, le dépouillèrent de sa tunique et le traînèrent jusqu'à la citerne la plus proche ; ce fut Siméon, croit-on, qui se chargea de l'y pousser.

La vente de Joseph

Deux jours passèrent sans que Ruben pût trouver l'occasion de délivrer Joseph. Celui-ci, au fond de la citerne, souffrait cruellement de la faim et de la soif, et craignait en outre à chaque instant d'être mordu par un serpent ou un scorpion. Le troisième jour, Ruben dut s'absenter du camp pour aller rechercher, dans la montagne, des brebis qui s'étaient égarées. Comme ses frères prenaient leur repas de midi, ils aperçurent une caravane de marchands ismaélites qui venaient du nord, chargés de marchandises, et se rendaient en Égypte pour les vendre. Juda, qui commençait à regretter son geste criminel, dit à ses frères :

« Quel avantage retirerions-nous de la mort de Joseph ? Vendons-le plutôt comme esclave à ces Ismaélites, et laissons-lui la vie : car c'est tout de même notre frère ! » La proposition de Juda ayant été approuvée, Joseph fut vendu aux marchands pour vingt sicles d'argent.

Vingt sicles d'argent, même à cette époque, ce n'était vraiment pas cher pour un garçon jeune et beau comme Joseph ; cela suffisait à peine pour que chacun des frères pût s'acheter une paire de sandales. Mais il faut reconnaître qu'après plus de deux jours de jeûne, Joseph, amaigri et affaibli, n'était guère présentable. Les Ismaélites n'étaient d'ailleurs pas disposés à payer plus cher, et ils demandèrent même un rabais lorsque, en prenant livraison du jeune homme, ils constatèrent qu'il était tout nu. Mais Zabulon qui, de tous les fils de Jacob, était le plus commerçant, en profita au contraire pour obtenir un petit supplément de prix.

« Nous vous avons vendu la marchandise en vrac, dit-il aux Ismaélites ; si vous voulez qu'on vous l'emballe, cela vous coûtera quatre sicles de plus ! »

Le chagrin de Jacob

Quelques heures plus tard, Ruben était de retour au camp. Il se rendit aussitôt à la citerne et constata qu'elle était vide. Consterné, il courut vers ses frères et leur cria :

« L'enfant n'y est plus ! Et moi, où voulez-vous que j'aille ? Comment oserai-je me présenter devant mon père ? »

Issachar eut une idée.

« Prenons la tunique de Joseph, celle que notre père lui a donnée, trempons-la dans le sang d'un chevreau et disons à notre père que nous l'avons trouvée dans la campagne ; il pensera que Joseph a été tué par une bête féroce. »

Siméon, qui s'était approprié la tunique de Joseph, consentit non sans difficultés à la rendre, et le plan d'Issachar fut mis à exécution. Un serviteur apporta la tunique ensanglantée à Jacob en lui disant :

« Voici ce que tes fils ont trouvé dans la campagne ; examine cette tunique, et vois si ce ne serait pas celle de Joseph. »

Jacob la reconnut et s'écria :

« C'est la robe de mon fils. Une bête féroce l'a dévoré. Joseph, mon fils Joseph m'a été arraché ! »

Lorsqu'à la fin de l'été les fils de Jacob retournèrent à Hébron, leur père était toujours plongé dans un profond désespoir. Ils en éprouvèrent un certain remords mais, pour soulager leur conscience, ils rejetèrent sur Juda toute la responsabilité de l'affaire.

« Comment ! protesta celui-ci, mais c'est moi, au contraire, qui ai sauvé la vie de Joseph en vous persuadant de le vendre aux Ismaélites !

— Justement, répliquèrent-ils ; puisque tu avais tant d'autorité sur nous, tu aurais dû nous dire de le ramener vivant à notre père ; nous t'aurions obéi. »

Juda, que cette douloureuse affaire avait mûri, n'allait pas tarder à montrer qu'il était le plus honnête et le plus noble des frères de Joseph.

Juda et Thamar

Juda avait trois fils. Lorsque le premier fut en âge de se marier, son père lui donna pour épouse une jeune fille d'une grande beauté nommée Thamar. Peu après le mariage, le fils aîné de Juda fut emporté par une maladie soudaine et Thamar resta veuve. Elle alla trouver son beau-père, Juda, et lui dit :

« Ton fils aîné étant mort sans me laisser d'enfants, la loi m'autorise à exiger que son frère puîné, Onan, m'épouse à son tour. »

Juda, qui connaissait cette règle, maria son second fils, Onan, à Thamar. Mais Onan, désireux de conserver, pour les enfants qu'il avait déjà, la plus grande part possible de l'héritage paternel, n'entendait pas donner une postérité à Thamar ;

pour éviter de la féconder, il eut recours, chaque fois qu'il s'approchait d'elle, à une méthode de contraception primitive mais efficace. Comme son frère aîné, Onan mourut peu de temps après avoir épousé Thamar.

La loi eût voulu qu'à la mort d'Onan le troisième fils de Juda épousât à son tour sa belle-sœur. Mais Juda, convaincu désormais que sa bru portait malheur à ses maris, refusa de lui donner son dernier fils sous prétexte qu'il était trop jeune pour se marier. Thamar quitta alors la demeure de Juda et retourna chez ses parents, qui habitaient un village éloigné.

Quelques années passèrent ; Thamar, qui n'entendait jamais parler de sa belle-famille, commençait à désespérer d'être jamais mère. Elle apprit un jour que son beau-père, Juda, était allé surveiller la tonte de ses brebis, dans des pâturages proches du village où elle demeurait. Sachant que, pour retourner chez lui, Juda passerait par un carrefour appelé les Deux Sources, Thamar ôta ses vêtements de veuve, se couvrit d'un voile semblable à celui que portaient les prostituées, et alla se poster au carrefour en question. En la voyant, Juda eut envie d'elle et lui demanda de coucher avec lui.

« Je n'ai pas d'argent, lui dit-il, mais aussitôt rentré chez moi je te ferai porter un agneau de mon troupeau.

— Je veux bien, répondit-elle, mais à condition que tu me laisses un gage.

— C'est bien naturel », reconnut Juda.

Et il lui laissa en gage son sceau, avec le cordon auquel il était attaché. Dès qu'il fut de retour chez lui, Juda chargea l'un de ses amis d'aller porter à la femme qu'il prenait pour une prostituée le chevreau qu'il lui avait promis, et de récupérer le gage qu'il lui avait laissé. Quelques heures plus tard, l'ami de Juda rentrait bredouille.

« Je n'ai pu retrouver cette femme, dit-il à Juda ; en outre, les habitants du village, auprès desquels je me suis renseigné, m'ont assuré qu'il n'y avait pas de prostituée au carrefour des Deux Sources.
— Que pouvons-nous y faire ? observa Juda ; j'ai tenu ma promesse en envoyant le chevreau, ce n'est pas ma faute si la femme n'a pu être retrouvée ! »

Trois mois plus tard, on vint annoncer à Juda que sa bru, Thamar, était enceinte. Comme elle n'avait pas de mari, sa grossesse ne pouvait être attribuée qu'à la débauche ou à la prostitution, fautes qui, en ce temps-là, étaient toutes deux passibles du bûcher.

« Qu'on se saisisse d'elle, et qu'elle soit brûlée », dit Juda.

Comme on l'emmenait, elle remit le sceau et le cordon de Juda à l'un des hommes qui l'escortaient, en lui disant :

« Va porter ces objets à mon beau-père, et dis-lui qu'ils appartiennent à l'homme qui m'a rendue mère. »

Juda reconnut son sceau et comprit qu'il avait mal agi.

« Libérez cette femme, dit-il à ses serviteurs ; elle est plus juste que moi ! »

XVIII. Joseph en prison

Joseph chez Putiphar

Les marchands ismaëlites, qui avaient acheté Joseph au prix de vingt sicles d'argent, le revendirent en Égypte à un homme appelé Putiphar, eunuque du pharaon et chef de sa garde, pour le prix de quatre cents sicles. Cette marge considérable se justifiait à la fois par les frais de transport dans le désert et par le fait que Joseph, au cours du voyage, avait retrouvé son poids et sa bonne mine. Putiphar commença par confier à son nouvel esclave des tâches subalternes ; puis, constatant que Joseph s'en acquittait avec compétence et dévouement, il étendit peu à peu ses attributions.

Quelques mois plus tard, Putiphar s'était déchargé complètement sur Joseph du soin de gérer ses affaires, lui avait remis toutes les clés de la maison et ne s'occupait plus, pour sa part, que de la nourriture qu'il trouvait dans son assiette. Sur ces entrefaites, Zuleikha, la femme de Putiphar, tomba amoureuse de Joseph.

Cette passion, bien que coupable, n'avait rien de surprenant, car Joseph exerçait sur les femmes un charme presque irrésistible ; il le devait, dit-on, non seulement à sa beauté et à son élégance, mais aussi à ses manières courtoises et attentionnées. Trompée par l'amabilité de Joseph à son égard, Zuleikha crut que l'attirance qu'elle éprouvait pour lui était mutuelle et, un jour qu'ils étaient seuls ensemble, elle lui proposa ouvertement de devenir sa maîtresse. Joseph repoussa cette proposition avec indignation.

« Ton mari, lui dit-il, me fait une confiance absolue ; toutes ses affaires, il les a remises entre mes mains ; il ne m'a interdit de toucher à rien, sauf à toi parce que tu es son épouse. Comment pourrais-je commettre une si grande trahison à son égard ? »

Après cet incident, Joseph évita soigneusement de se trouver seul avec Zuleikha. Celle-ci, dévorée par la passion, dépérissait à vue d'œil au point que sa meilleure amie s'en inquiéta.

« Tu veux savoir quelle est la cause de ma langueur ? lui demanda Zuleikha ; eh bien, je vais te la faire connaître. »

Les deux amies se trouvaient à ce moment dans la salle à manger de Putiphar, occupées à peler des oranges amères pour en faire de la marmelade. Zuleikha pria l'une de ses servantes d'aller chercher Joseph. Lorsqu'il entra dans la pièce, l'amie de Zuleikha, qui n'avait jamais vu le jeune homme, fut si frappée par sa beauté qu'elle se fit une blessure au pouce avec le couteau dont elle se servait. On s'empresse autour d'elle, on panse sa plaie, on lui donne un cordial.

« Tu vois, lui murmure Zuleikha, l'effet que produit sur toi la vue de Joseph pendant quelques secondes ; eh bien moi, je le vois toute la journée ! »

Zuleikha n'avait pas perdu l'espoir de conquérir Joseph et n'attendait qu'une occasion pour renouveler sa tentative. Une grande fête étant organisée en l'honneur de l'anniversaire du pharaon, Putiphar dut se rendre au palais. Ayant donné congé à tous ses serviteurs, il confia la garde de sa maison à Joseph. Zuleikha, qui devait accompagner son mari chez le pharaon, s'était excusée au dernier moment en prétextant une migraine. Elle resta donc seule avec Joseph.

Par cet après-midi d'été, une chaleur moite régnait dans la maison ; les persiennes fermées y maintenaient une pénombre discrète et propice aux ébats amoureux ; le silence n'était troublé que par le bourdonnement des insectes. Joseph, qui se reposait dans sa chambre, entendit Zuleikha qui l'appelait de la sienne. Pensant qu'elle était souffrante, il s'y rendit. Il la trouva allongée sur son lit, vêtue d'un négligé transparent ; ses cheveux étaient dénoués, ce qui était alors considéré comme le comble de l'impudeur et de la provocation chez une femme. Devinant les intentions de Zuleikha, Joseph amorce un mouvement de retraite.

« Ne crains rien, lui dit-elle, nous sommes seuls. J'ai même recouvert d'un drap la tête de mes idoles domestiques, pour qu'elles ne puissent pas nous voir.

— Mon Dieu à moi, réplique Joseph, nous voit parfaitement ! ».

Et il se dirige vers la porte. Hors d'elle, Zuleikha se lève, le poursuit et l'agrippe par sa tunique ; dans les efforts que fait Joseph pour se dégager, sa tunique se déchire et reste entre les mains de Zuleikha, cependant qu'il s'enfuit et va s'enfermer dans sa chambre.

Blessée dans son amour et dans son orgueil, Zuleikha décide de se venger. Dès que Putiphar est de retour, elle va se plaindre à lui.

« Cet esclave hébreu que tu nous as amené m'a manqué de respect : en ton absence, il a tenté de me violer. Quand je me suis mise à crier, il a pris peur et s'est enfui, en abandonnant dans ma chambre son vêtement que voici. »

Putiphar va trouver Joseph, lui demande des explications.

« Ce n'est pas moi qui ai tenté de violer ta femme, lui affirme Joseph, mais bien le contraire ; la meilleure preuve, c'est que ma tunique, qu'elle présente comme pièce à conviction, est déchirée de haut en bas : si je l'avais ôtée moi-même volontairement, j'aurais procédé avec plus de soin ! »

Convaincu au fond de lui-même de l'innocence de Joseph, Putiphar lui laissa la vie ; mais, pour sauver l'honneur de sa femme, il ne crut pouvoir moins faire que d'envoyer Joseph en prison.

Les rêves du panetier et de l'échanson

L'intelligence de Joseph et ses talents d'organisateur ne tardèrent pas à lui valoir, de la part du directeur de la prison, la même confiance que celle qu'il s'était acquise chez Putiphar ; au lieu d'être traité comme un prisonnier ordinaire, il exerça bientôt les fonctions d'administrateur de l'établissement. Le statut privilégié dont il jouissait lui laissait le loisir de se consacrer à l'étude. Il en profita, d'une part, pour apprendre dix langues étrangères – celles qui étaient les plus répandues dans le royaume d'Égypte et les pays voisins –, d'autre part, pour élaborer une théorie de l'interprétation des rêves, fondée sur les trois axiomes suivants :

1° Tous les rêves ont un sens ; il est donc aussi absurde de ne pas interpréter un rêve que l'on a fait que de ne pas lire une lettre que l'on a reçue.
2° Les rêves que l'on fait au début de la nuit ne reflètent que les désirs secrets du dormeur ; ceux que l'on fait le matin, juste avant le réveil, annoncent des événements qui se produiront effectivement ; quant à ceux que l'on fait au milieu de la nuit, on ne s'en souvient pas le matin.
3° Il y a dans tous les rêves certains éléments mineurs dépourvus de signification ; l'interprète doit donc s'attacher au sens symbolique général d'un rêve plutôt qu'à ses détails.

Joseph eut bientôt l'occasion de mettre cette théorie en pratique. Parmi une foule de petits délinquants de droit commun, la prison où il était enfermé comptait deux détenus de marque : le grand échanson et le grand panetier du pharaon [1]. Ils avaient été incarcérés à la suite d'une série d'offenses dont ils s'étaient rendus coupables à l'égard de leur maître et qui avaient fini par lasser sa patience. Ils s'étaient livrés, en premier lieu, à une tentative de viol sur la personne de l'une des filles du pharaon ; cette tentative ayant été infructueuse, le pharaon ne leur en avait pas tenu rigueur. Ils avaient ensuite ourdi un complot pour assassiner leur maître et s'emparer du pouvoir ; ce complot ayant été déjoué, le pharaon avait encore accepté de passer l'éponge. Mais le jour où, au cours d'un même repas, le pharaon trouva un caillou dans son pain et une mouche dans son vin, il se vit dans l'obligation de sanctionner le panetier et l'échanson pour des manquements aussi graves aux devoirs de leurs charges.

Joseph entretenait de bons rapports avec les deux dignitaires déchus. Un matin, au petit déjeuner, il leur trouva un air soucieux et leur en demanda la raison. Ils lui apprirent qu'ils avaient fait tous les deux, juste avant leur réveil, un rêve étrange dont la signification leur échappait.

1. Le grand échanson s'occupait de la cave du pharaon et, pendant les repas, lui servait son vin ; le grand panetier était responsable de l'approvisionnement du pharaon en pain et en pâtisserie.

« Racontez-les-moi, suggéra Joseph, peut-être pourrai-je les interpréter.

— J'ai rêvé, lui dit le grand échanson, que je me trouvais devant un pied de vigne portant trois belles grappes dorées ; je cueillais ces grappes, j'en pressais le jus dans la coupe du pharaon, et il le buvait. »

Joseph lui répondit :

« Voici l'explication de ton rêve : les trois grappes représentent trois jours ; dans trois jours, le pharaon te fera sortir de prison ; tu redresseras la tête et tu seras rétabli dans tes fonctions. J'espère que tu voudras bien alors te souvenir de moi et me rendre un service : parle de moi au pharaon, dis-lui que je n'avais rien fait de mal lorsqu'on m'a jeté dans ce cachot et demande-lui de me libérer.

— Si ta prédiction se réalise, promit l'échanson, je me souviendrai de toi. »

Voyant que Joseph avait donné une interprétation favorable du rêve de l'échanson, le panetier s'empressa de lui raconter le sien.

« Je me tenais debout avec trois corbeilles sur ma tête, posées l'une au-dessus de l'autre ; la corbeille supérieure contenait les petits pains que j'avais coutume de servir au pharaon ; des oiseaux, perchés sur le rebord de cette corbeille, en becquetaient le contenu.

— Les trois corbeilles, lui expliqua Joseph, représentent aussi trois jours ; dans trois jours, le pharaon te fera sortir de prison ; toi aussi, tu redresseras la tête... mais ce sera pour qu'on y passe une corde et qu'on te pende à un gibet où les oiseaux viendront becqueter la chair de ton crâne. »

Comme l'avait prédit Joseph, le pharaon fit sortir de prison, trois jours plus tard, le panetier et l'échanson ; le premier fut pendu, et le second rétabli dans ses fonctions. Mais l'échanson oublia la promesse qu'il avait faite à Joseph, et ne parla pas de lui au pharaon.

XIX. Joseph devient Premier ministre

Les rêves du pharaon

Deux années plus tard, le pharaon eut, au cours de la même nuit, deux rêves étranges. Dans le premier de ces rêves, il se trouvait au bord du Nil et voyait sortir du fleuve sept vaches belles et grasses qui se mettaient à paître dans l'herbage ; puis sept autres vaches, chétives et décharnées celles-là, sortaient à leur tour du fleuve, se jetaient sur les premières et les dévoraient. Le plus bizarre, c'est que les vaches maigres, après avoir dévoré les vaches grasses, restaient aussi maigres qu'avant.

Le pharaon s'éveilla, alla boire un verre d'eau, se rendormit et fit un second rêve : deux tiges de blé poussaient côte à côte ; la première portait sept épis bien pleins, la seconde sept épis maigres et flétris par le vent d'est ; les sept épis maigres se jetaient sur les sept épis pleins et les engloutissaient.

Les magiciens du pharaon, convoqués par lui, furent incapables de lui expliquer ses deux rêves. Bien entendu, ils se gardèrent bien de reconnaître leur incompétence ; après plusieurs heures de délibération, ils déclarèrent au pharaon que ses rêves n'admettaient aucune interprétation satisfaisante, en raison des invraisemblances qu'ils comportaient : dans le premier, on ne pouvait s'expliquer ni que des vaches sortissent du Nil – à moins qu'elles ne fussent en réalité des hippopotames –, ni qu'après un si plantureux repas elles restassent aussi maigres ; dans le second rêve, l'absurdité était plus criante encore car, s'il était à la rigueur admissible qu'un animal, pourvu d'une bouche, pût en manger un autre, on ne voyait pas en revanche par quel orifice un épi pouvait ingérer un de ses semblables.

« En outre, ajoutèrent les magiciens – qui inventaient pour la circonstance un principe nouveau –, il est bien connu qu'on ne peut pas interpréter deux rêves différents faits par une même personne au cours d'une même nuit ! »

Le pharaon, peu convaincu par les arguments de ses magiciens, demanda aux officiers qui l'entouraient si l'un d'entre eux se sentait capable de lui expliquer ses rêves. Se souvenant tout à coup de Joseph, auquel il n'avait plus pensé depuis deux ans, le grand échanson dit au pharaon :

« Il y a quelques années, alors que j'étais en prison avec le grand panetier, chacun de nous fit un rêve que nous racontâmes, le lendemain matin, à nos compagnons de captivité. L'un d'entre eux, un jeune esclave hébreu, interpréta nos rêves d'une manière qui se trouva confirmée en tout point quelques jours plus tard. Je suis sûr que ce jeune homme serait capable de t'expliquer aussi tes deux rêves.

— Qu'on l'amène », ordonna le pharaon.

Depuis le temps qu'il se morfondait en prison, Joseph se laissait un peu aller : lui qui était naguère si soigneux de sa personne, il ne se rasait plus et portait tous les jours la même tunique élimée. Lorsqu'on vint lui dire que le pharaon voulait le voir, il eut honte de sa tenue négligée ; malgré les protestations des gardes qui étaient venus le chercher, il prit le temps de se laver, de se parfumer et de s'habiller décemment. Le pharaon l'attendait avec impatience.

« Il paraît, lui dit-il, que tu es expert dans l'interprétation des rêves ?

— Ce n'est pas mon métier, répond modestement Joseph, mais il m'arrive parfois, avec l'aide de Dieu, de comprendre la signification de certains songes.

— Eh bien, reprend le pharaon, tâche de m'expliquer ces deux-là. »

Et il en fait à nouveau le récit.

« Tes deux rêves, lui déclare Joseph après quelques instants de réflexion, n'en sont en réalité qu'un seul ; sa répétition, sous deux formes légèrement différentes, souligne seulement la certitude de sa réalisation. Si, au lieu de s'arrêter à certains détails invraisemblables mais sans importance, on s'attache à la signification symbolique de ton rêve, voici comment il faut l'interpréter : les sept vaches grasses et les sept beaux épis, ce sont les sept prochaines années, qui seront des années d'abondance ; les sept vaches maigres et les sept épis vides, ce sont les sept années suivantes, qui seront des années de sécheresse, et qui risquent d'être aussi des années de famine, si tu ne prends pas les dispositions appropriées.

— Que dois-je donc faire ? demande le pharaon.
— Choisis un homme prudent et sage, mets-le à la tête de ton administration, et charge-le d'accumuler dans tes greniers de grandes provisions de blé pendant les années d'abondance. Ces réserves te permettront de faire face aux sept années de disette qui surviendront ensuite.
— Ton conseil me paraît bon, observe le pharaon ; et puisque tu es plus sage, à toi tout seul, que tous mes magiciens et officiers réunis, c'est à toi que je confie la collecte du blé. Tu seras désormais mon Premier ministre ; tu n'auras de comptes à rendre qu'à moi seul, tous les autres te devront une obéissance absolue ; sans ton ordre, nul ne remuera la main ni le pied dans ce pays. »

En disant ces mots, le pharaon ôta son anneau d'or et le passa au doigt de Joseph.

La nomination de Joseph souleva un tollé général parmi les officiers de la cour. Ils firent observer au pharaon que Joseph n'avait que trente ans, qu'il était un esclave, qu'il sortait de prison et qu'il était hébreu.

« Je ne suis pas raciste », se contenta de répondre le pharaon.

Le chef du protocole lui rappela alors qu'il existait, dans la Constitution égyptienne, une règle selon laquelle nul ne pouvait être nommé Premier ministre sans avoir préalablement passé avec succès une épreuve d'aptitudes linguistiques. Les fondateurs de la dynastie avaient en effet estimé que pour être pharaon, il fallait savoir parler onze langues, et que pour être Premier ministre, il fallait en connaître dix. L'épreuve se déroulait de la manière suivante : le pharaon siégeait sur son trône, au sommet d'un escalier de onze marches ; le candidat au poste de Premier ministre gravissait l'escalier marche par marche, en s'arrêtant à chacune d'elles pour prononcer un discours dans une langue différente ; s'il parvenait jusqu'à la dixième marche sans avoir commis une seule faute de grammaire, le pharaon lui donnait l'accolade et l'investiture.

Devant toute la cour assemblée, Joseph dut se soumettre à cette épreuve. Il en triompha aisément, grâce aux études qu'il avait menées en prison : il s'exprima successivement en égyptien, en perse, en chaldéen, en assyrien, en hittite, en cananéen, en syrien, en araméen, en phénicien et en moabite. C'étaient là les dix langues figurant au programme du concours de Premier ministre ; venait s'y ajouter – mais pour les pharaons seulement – l'hébreu. Parvenu à la dixième marche, Joseph voulut, par une coquetterie d'élève brillant, montrer qu'il parlait aussi l'hébreu, et il adressa au pharaon quelques mots dans cette langue. Il s'aperçut, avec surprise, que son interlocuteur n'y comprenait rien.

« N'en parle à personne, lui chuchota le pharaon en lui donnant l'accolade ; tout le monde s'imagine que je parle hébreu couramment.
— Je te promets d'être discret », répondit Joseph.

Après avoir revêtu une robe de lin pourpre et passé autour de son cou un collier d'or, insigne de sa nouvelle fonction, Joseph monta sur un char et, précédé par les hérauts du roi qui criaient au peuple « A genoux ! », il parcourut les rues de la ville. Sur son passage, les hommes massés sur les trottoirs l'acclamaient cependant que, des balcons et des terrasses, les femmes lui jetaient des fleurs.

Comme l'avait prédit Joseph, l'Égypte connut sept années d'une abondance extraordinaire au cours desquelles, sous la direction de son Premier ministre, elle accumula d'immenses réserves de blé. Puis vinrent les années de sécheresse, qui affectèrent non seulement l'Égypte, mais aussi tous les pays voisins. La disette et la famine régnèrent partout, sauf en Égypte où la farine et le pain ne manquaient pas. Devant l'afflux des voyageurs étrangers, et pour éviter l'accaparement et la spéculation, Joseph dut instituer un rationnement rigoureux : nul étranger ne fut autorisé à acheter plus que le chargement en blé d'un seul âne, ni à venir s'approvisionner en Égypte plus d'une fois par an. Pour assurer le respect de cette règle, tous les voyageurs qui se présentaient aux portes de la capitale furent tenus de décliner leur identité, c'est-à-dire leur nom, le nom de leur père et celui de leur grand-père paternel ; chaque soir, Joseph s'en faisait apporter la liste, qu'il examinait avec attention.

XX. Joseph retrouve ses frères

Le premier voyage en Égypte des frères de Joseph

Le pays de Canaan, comme toutes les régions voisines de l'Égypte, était affecté par la disette. Voyant que le grain commençait à manquer, Jacob réunit ses fils et leur dit :

« Ne restez pas là à vous regarder ! J'ai entendu dire qu'il y avait du blé à vendre en Égypte ; allez-y donc, sauf Benjamin qui est encore trop jeune, et achetez tout ce que vous pourrez. »

Jacob savait que chaque étranger ne pouvait entrer en Égypte qu'avec un seul âne et n'avait le droit d'y acheter qu'une quantité de blé limitée ; c'est la raison pour laquelle il avait décidé d'envoyer tous ses fils en mission, à l'exception de Benjamin qui était devenu son préféré depuis la disparition de Joseph.

Pour éviter de donner aux Égyptiens une fâcheuse impression de masse, Jacob recommanda à ses fils de se séparer aux abords de la capitale et d'y entrer chacun par une porte différente.

Mêlés à la foule des voyageurs, les dix fils de Jacob pénétrèrent sans difficultés dans la ville, non sans avoir décliné leur identité comme l'exigeait le règlement. Le soir, en parcourant la liste des nouveaux arrivants, Joseph, le cœur battant, y découvrit les noms que, depuis longtemps, il espérait y voir : *Siméon, fils de Jacob, petit-fils d'Isaac... Issachar, fils de Jacob, petit-fils d'Isaac... Juda, fils de Jacob, petit-fils d'Isaac...* Il remarqua que seul Benjamin ne figurait pas sur la liste.

« Qu'on trouve ces dix hommes, dit-il à ses gardes, et qu'on me les amène. »

Il fallut trois jours à la police pour mettre la main sur eux, car, au lieu de se rendre au marché aux céréales dès leur arrivée, ils avaient décidé de s'offrir d'abord un peu de bon temps : c'est dans le quartier chaud de la ville qu'on finit par les dénicher.

Ils furent effrayés d'apprendre que le vice-roi d'Égypte – car tel était désormais le titre officiel de Joseph – voulait les voir. Lorsqu'ils furent en sa présence, ils ne le reconnurent point ; il est vrai que le personnage imposant, barbu, couvert de pourpre et d'or, qu'ils avaient devant eux ne ressemblait guère au jeune homme frêle et efféminé qu'ils avaient vu pour la dernière fois vingt ans plus tôt. Joseph, lui, les avait identifiés dès le premier regard, mais il feignit de ne pas les connaître et leur parla durement, s'adressant à eux en égyptien par le canal de son interprète, pour leur laisser croire qu'il ne connaissait pas l'hébreu.

« Vous êtes des espions, leur dit-il ; c'est pour passer inaperçus que vous êtes entrés séparément par dix portes différentes, et c'est pour recueillir des informations secrètes sur nos ministres et nos généraux que vous vous êtes rendus aussitôt au quartier des tripots, qu'ils ont malheureusement l'habitude de fréquenter !

— Notre seigneur se trompe, lui répondirent ses frères ; nous ne sommes pas des espions, nous ne sommes venus ici que pour acheter des vivres. Nous appartenons à une famille de douze frères, tous fils d'un même père ; le plus jeune des douze est resté avec son père, et il y en a un autre qui n'est plus.

— C'est bien ce que je disais, répliqua Joseph, vous êtes des espions ; sinon, vous n'auriez pas craint d'amener votre jeune frère avec vous. Eh bien, voici l'épreuve que vous allez subir : vous ne sortirez pas d'ici tant que votre frère ne vous aura pas rejoints ; envoyez l'un de vous le chercher, les autres resteront en prison jusqu'à son retour. »

Les frères de Joseph restèrent quelques moments interdits ; puis, persuadés que l'homme qui leur parlait ne comprenait pas l'hébreu, ils se mirent à se lamenter à haute voix et à se reprocher leur conduite passée à l'égard de Joseph.

« Je vous avais bien dit, criait Ruben, de ne pas porter la main sur l'enfant ; vous ne m'avez pas écouté, et voici que son sang retombe sur nos têtes !

— Hélas, reconnaissaient les autres, nous avons entendu les supplications de notre frère et nous n'avons pas eu pitié de lui ! Nous recevons aujourd'hui le châtiment de notre crime. »

En entendant ces paroles, Joseph se détourna et s'écarta de ses frères pour ne pas leur laisser voir son émotion.

Quelques instants plus tard, Joseph revint vers ses frères et leur annonça qu'il avait changé d'avis.

« J'ai décidé d'être indulgent envers vous, car, après tout, vous m'avez peut-être dit la vérité. Je vous autorise donc à acheter du grain et à retourner dans votre pays afin que votre père et vos enfants ne souffrent pas de la faim. Toutefois, pour me prouver que vous ne m'avez pas menti, je veux que vous reveniez me voir, accompagnés de votre plus jeune frère. En attendant, l'un d'entre vous restera ici en prison. C'est toi, ajouta Joseph en désignant Siméon, qui resteras ici en otage. »

Après que ses frères se furent retirés, Joseph dit à son intendant :

« Veille à ce qu'on vende à ces hommes du froment de premier choix ; fournis-leur en outre, gratuitement, des provisions pour leur voyage ; enfin, profite d'un moment d'inattention de leur part pour remettre dans leurs sacs, à leur insu, l'argent avec lequel ils auront réglé leurs achats. »

Ayant chargé leurs ânes, les frères de Joseph, à l'exception de Siméon qui était en prison, se mirent en route de bon matin. Ils ne s'arrêtèrent que le soir, pour dresser leur campement. En ouvrant son sac pour donner du fourrage à son âne, l'un d'entre eux découvre l'argent que l'intendant y avait placé.

« Qu'est ceci ? dit-il à ses frères, on m'a remis mon argent ! »

Les autres s'empressent d'examiner leurs bagages et y font la même découverte. Stupéfaits, ils se regardent et se demandent avec inquiétude : « Qu'est-ce que Dieu nous prépare ? »

De retour chez leur père, ils l'informèrent de tout ce qui leur était arrivé.

« Malgré nos dénégations, lui dirent-ils, l'homme qui gouverne l'Égypte nous a pris pour des espions. Il nous a fait promettre de retourner le voir avec Benjamin, pour lui prouver que nous ne lui avions pas menti. Permets donc que nous repartions pour l'Égypte, en compagnie cette fois de Benjamin. »

Jacob se répand en lamentations.

« C'est toujours sur moi que tout retombe ! Pourquoi faut-il que je perde, l'un après l'autre, tous mes fils ? Joseph n'est plus, Siméon n'est plus, et vous voulez maintenant me prendre Benjamin ! Et d'abord, quel besoin aviez-vous de dire à cet homme que vous aviez encore un frère ?
— C'est que, répondent les fils de Jacob, il nous a beaucoup questionné sur notre famille ; il semblait d'ailleurs en savoir sur elle presque autant que nous ; c'est tout juste s'il ne nous a pas dit de quel bois étaient faits nos berceaux ! »

Devant la réticence de son père à laisser partir Benjamin, Ruben lui fait une étrange proposition :

« Confie-moi Benjamin, lui dit-il, et si par malheur je ne le ramène pas vivant, je t'autorise à tuer mes deux fils.

— Ne dis pas d'absurdités, réplique Jacob ; les enfants de mes enfants sont mes enfants ! Crois-tu que je me consolerais de la mort d'un de mes fils en tuant deux de mes petits-fils ? Non, n'insistez pas, je ne laisserai pas partir Benjamin ; depuis que son frère a disparu, il est le seul enfant qui me reste de Rachel. S'il lui arrivait malheur, j'en mourrais de chagrin. »

Le second voyage des frères de Joseph

Quelques mois plus tard, les provisions que les frères de Joseph avaient rapportées étant épuisées, Jacob dit à ses fils :

« Retournez en Égypte pour nous acheter quelques vivres.

— Nous voulons bien, lui répond Juda, mais cet homme nous a avertis clairement : "Vous ne paraîtrez pas devant moi, nous a-t-il dit, si votre jeune frère n'est pas avec vous." Laisse donc partir Benjamin : si tu t'y refuses, il est sûr que nous mourrons tous de faim – y compris Benjamin ! »

Jacob finit par se laisser convaincre.

« C'est bon, dit-il à ses fils, emmenez Benjamin avec vous. Mais au moins, pour gagner les faveurs de l'homme qui gouverne l'Égypte, apportez-lui quelques cadeaux. Prenez aussi, pour payer vos achats, trois fois plus d'argent que la première fois ; d'une part, il faut rembourser à ces gens l'argent qui a été remis dans vos sacs, d'autre part, les prix ont sans doute doublé depuis votre dernier voyage. Que Dieu vous bénisse et vous protège, et qu'il veille sur Benjamin !

— Ne t'inquiète pas, déclare Juda, je me porte garant de Benjamin ; s'il lui arrive quelque chose, c'est à moi que tu en demanderas compte. Allons, pressons-nous ! Si nous ne nous étions pas tant attardés, nous serions déjà revenus deux fois ! »

Quelques semaines plus tard, les dix frères de Joseph se présentaient, tous ensemble cette fois, à l'une des portes de la capitale égyptienne. Aussitôt prévenu, Joseph dit à son intendant :

« Envoie-les chercher et fais-les venir ici ; dis au cuisinier d'égorger et d'apprêter un mouton, car ces hommes mangeront avec moi à midi. »

Lorsqu'on vint leur dire que le vice-roi désirait les voir, les frères de Joseph furent pris de frayeur. « C'est, se dirent-ils, à cause de l'argent qui a été remis dans nos sacs à blé ; on va nous tomber dessus, saisir nos ânes et nous vendre comme esclaves ! »

En arrivant au palais de Joseph, ils virent l'intendant qui les attendait devant la porte. « Nous n'avons rien fait de mal, s'empressèrent-ils de lui dire ; la dernière fois que nous sommes venus acheter du blé, lorsqu'au retour nous nous sommes arrêtés pour la nuit et que nous avons ouvert nos sacs, nous avons eu la surprise d'y trouver notre argent, l'intégralité de ce que nous avions payé. Nous ne savons vraiment pas qui l'a remis dans nos sacs. De toute manière, nous l'avons rapporté.

— Ne vous inquiétez pas, leur répondit l'intendant ; c'est certainement votre Dieu qui a placé pour vous un trésor dans vos sacs ; pour ma part, j'avais été dûment payé. »

L'intendant les fit entrer dans la maison, leur fit porter de l'eau pour se laver les pieds et du fourrage pour leurs ânes.

« Mon maître, leur dit-il, va vous rejoindre pour le repas ; attendez-le dans cette salle. »

Lorsqu'ils pénétrèrent dans la grande salle à manger où étaient dressées plusieurs tables, leur frère Siméon s'y trouvait déjà.

« Tu as une mine superbe, lui disent-ils : tes joues sont rebondies comme une outre de cuir !

— J'ai été fort bien traité, leur confie Siméon ; le cuisinier ayant deviné, je ne sais comment, ma passion pour le canard farci, il m'en servait presque tous les jours. »

En attendant l'arrivée du vice-roi, ils disposent sur la table d'honneur les présents qu'ils ont apportés pour lui. Joseph entra enfin ; ses frères, d'un seul mouvement, se prosternent devant lui.

« Relevez-vous, relevez-vous, leur dit-il avec cordialité, et donnez-moi des nouvelles de votre famille : votre père est-il toujours en vie, se porte-t-il bien ?

— Ton serviteur, notre père, se porte bien et t'envoie ses salutations », lui répondent-ils.

C'est alors que Joseph aperçoit Benjamin, qui se tenait au dernier rang.

« Est-ce là votre plus jeune frère, celui dont vous m'avez parlé ? », demande-t-il.

Mais il n'a pas besoin d'attendre la réponse, tant était frappante la ressemblance de Benjamin avec leur mère à tous les deux, Rachel.

Joseph s'approchait de Benjamin en lui disant : « Que Dieu te protège, mon enfant », lorsque tout à coup il sentit sa gorge se nouer et les larmes lui monter aux yeux. Il sortit précipitamment, alla dans sa chambre et pleura. Quand il eut pleuré, il se lava le visage, redescendit et, contenant son émotion, dit à ses serviteurs : « Servez le repas. »

Joseph répartit ses frères entre les différentes tables, en plaçant ensemble ceux qui étaient nés d'une même mère : les fils de Léa à une table, ceux de Bilha à une autre, ceux de Zilpa à une troisième. Comme ses frères s'étonnaient que Joseph connût si bien leurs origines, il leur répondit avec un sourire, en leur montrant la coupe d'argent dans laquelle il buvait :

« C'est cette coupe magique qui me donne le pouvoir de divination. »

Quand ce fut au tour de Benjamin, il lui dit : « Tu es orphelin de mère, je le suis aussi ; viens donc t'asseoir à ma table. »

Pendant tout le repas, Joseph veilla à ce qu'aucun de ses frères ne manquât de rien ; mais les meilleurs morceaux, il les fit servir à Benjamin. Ils restèrent longtemps à table, burent beaucoup et s'enivrèrent. Vers la fin de l'après-midi, Joseph dit à son intendant :

« Accompagne ces hommes pendant qu'ils feront leurs achats de grain et fais remplir leurs bagages à ras bord. Dans le sac du plus jeune, tu dissimuleras, sans qu'il s'en aperçoive, ma coupe d'argent que voici. »

Le lendemain, au lever du soleil, les onze frères de Joseph quittèrent sa maison et prirent le chemin du pays de Canaan. Ils n'étaient pas partis depuis une heure que Joseph appelait son intendant et lui disait :

« Cours après ces hommes et, quand tu les auras rejoints, dis-leur : "Pourquoi avez-vous rendu le mal pour le bien, pourquoi avez-vous dérobé la coupe d'argent de mon maître, celle dans laquelle il boit et avec laquelle il pratique la divination ?" Puis, tu t'empareras du plus jeune et tu le ramèneras ici. »

L'intendant n'eut pas de mal à rattraper les frères de Joseph, mais ils nièrent avec indignation le méfait dont il les accusait :

« Comment aurions-nous fait une chose pareille ? Tu sais bien que l'argent que nous avions trouvé dans nos sacs, au précédent voyage, nous l'avons rapporté ; pourquoi aurions-nous, cette fois-ci, dérobé la coupe de ton maître ? D'ailleurs, tu n'as qu'à fouiller nos bagages, tu verras bien qu'elle n'y est pas. »

Les frères déchargèrent leurs sacs, que l'intendant ouvrit tour à tour, en commençant par celui de l'aîné et en finissant par celui du plus jeune – où la coupe fut découverte.

Malgré les protestations de Benjamin, ses frères ne doutèrent pas de sa culpabilité, et leur première réaction fut de l'accabler de reproches.

« Tu as de qui tenir, lui dirent-ils ; ta mère Rachel avait commis le même genre de larcin lorsqu'elle avait quitté avec nous la demeure de son père, Laban, en volant les idoles de celui-ci. Comme dit le proverbe, "la corde a suivi le seau !" ».

Voyant qu'il ne parvenait pas à convaincre ses frères de son innocence, Benjamin contre-attaqua sur un autre terrain.

« Il y a une autre affaire à propos de laquelle je n'ai rien à me reprocher, moi : je n'étais pas avec vous lorsque notre frère Joseph a mystérieusement disparu ! »

Ses frères baissèrent la tête et se turent.

Conformément à l'intention qu'il avait exprimée, l'intendant s'apprêtait à emmener Benjamin avec lui. Juda tenta de s'y opposer à l'aide d'arguments juridiques.

« Ni la loi hébraïque ni la loi égyptienne ne t'autorisent à te payer sur la personne de notre frère, s'il est disposé à réparer financièrement son délit – ce qui est le cas. En outre, crois-tu qu'il soit prudent de prendre un voleur sous ton toit ? »

L'intendant resta sourd à ce plaidoyer.

« Je prends le jeune homme, se contenta-t-il de répéter, et vous, vous êtes libres.

— Puisque nous sommes libres, rétorqua Juda, nous te suivrons jusqu'à la capitale, et nous irons parler à ton maître. »

La réconciliation de Joseph avec ses frères

Lorsqu'ils arrivèrent à la maison de Joseph, celui-ci s'y trouvait. Dès qu'il les voit entrer, il les apostrophe avec dureté :

« Comment avez-vous pu commettre une si vilaine action ? Ne saviez-vous pas qu'un homme comme moi allait tout deviner ? »

Juda s'avance vers lui et lui répond :

« Je ne sais que dire pour nous justifier. Dieu a sans doute voulu nous punir. Si tu le veux, nous deviendrons tes esclaves.

— Loin de moi d'agir ainsi ! s'exclame Joseph ; seul le jeune homme qui a volé ma coupe sera mon esclave ; les autres, vous pouvez retourner librement auprès de votre père.

— Seigneur, reprend Juda, me permets-tu de dire encore quelques mots en faveur de mon frère ?

— A quel titre ? lui demande Joseph ; tu n'es pas l'aîné, que je sache !

— C'est que, explique Juda, je me suis porté garant de lui auprès de mon père.

— C'est, observe Joseph, ce que tu aurais déjà dû faire pour ton autre frère, celui qui a disparu il y a vingt ans !

— Tu te souviens, reprend Juda sans relever l'allusion, qu'à notre arrivée ici, la première fois que nous sommes venus, tu nous avais questionnés sur notre famille. Nous t'avions répondu que nous avions un jeune frère appelé Benjamin, et que ce jeune frère était particulièrement cher au cœur de notre père. Tu nous avais dit alors : "Amenez-moi le jeune homme" et, comme nous soulevions des objections, tu nous avais déclaré : "Vous ne reparaîtrez pas devant moi sans votre frère !" Lorsque la faim nous a forcés à revenir ici acheter du blé, nous avons eu beaucoup de peine à persuader notre père de laisser Benjamin partir avec nous : "J'ai déjà perdu le premier fils de sa mère, nous disait-il, et je ne m'en suis jamais consolé ; si maintenant il arrivait malheur à celui-ci, j'en mourrais de chagrin." Il a fallu, pour décider mon père, que je m'engage personnellement à ramener Benjamin sain et sauf. Alors, seigneur, je t'en supplie, garde-moi comme esclave à la place de mon frère, et laisse l'enfant retourner chez lui ! »

Ému par la générosité de Juda et incapable de se contenir plus longtemps, Joseph cria à ses serviteurs et à son interprète, d'une voix étranglée :

« Que tout le monde sorte d'ici, qu'on me laisse avec ces hommes ! »

Lorsqu'il fut seul avec ses frères, il leur dit en hébreu :

« Approchez-vous et regardez-moi : je suis Joseph ! » Ses frères restaient immobiles, trop bouleversés pour pouvoir lui répondre. Joseph s'avança vers eux et répéta :

« Je suis Joseph, votre frère, celui que vous avez vendu à des marchands. Mais ne vous tourmentez plus pour cela et n'en ayez plus de remords, car du mal est sorti le bien : ma venue en Égypte et la puissance que j'y ai acquise m'ont permis de vous préserver de la famine. Ce n'est donc pas vous qui m'avez envoyé ici, mais Dieu ! »

En disant ces mots, Joseph se jeta au cou de Benjamin et l'embrassa en pleurant ; leurs frères, qui les entouraient, pleuraient aussi. De l'extérieur, les Égyptiens entendirent ce tumulte et se dirent l'un à l'autre : « Joseph a retrouvé ses frères ! »

Après avoir mangé et bu avec ses frères, Joseph leur dit :

« Je voudrais bien retourner avec vous chez notre père, mais le pharaon ne saurait se passer de mes services. Repartez donc sans moi et dites à notre père : "Joseph, ton fils, est vivant ; Dieu a fait de lui le gouverneur de toute l'Égypte. Il te prie d'aller le rejoindre là-bas, avec ta famille, tes serviteurs et ton bétail. Il pourvoira à ta subsistance et t'établira dans un vaste territoire où tu ne manqueras de rien." »

Joseph mit à la disposition de ses frères plusieurs chariots qu'il fit charger de provisions et de cadeaux. A chacun de ses frères, il donna un vêtement de rechange et cent sicles d'argent ; mais à Benjamin, il donna cinq vêtements et trois cents sicles. Puis, il tint à accompagner personnellement ses frères jusqu'aux portes de la ville.

« Notre père, leur dit-il, avait fait de même pour moi lorsque je l'ai quitté pour la dernière fois. »

Il prit enfin congé d'eux en leur disant :

« Ne vous disputez pas pendant le voyage ! »

Dès qu'ils arrivèrent à Hébron, les frères de Joseph coururent annoncer la nouvelle à leur père.

« Joseph vit encore, et c'est lui le vice-roi d'Égypte ! »

Mais le cœur de Jacob resta froid, car il ne les croyait pas. Ils lui montrèrent les présents que Joseph leur avait remis pour lui, et lui rapportèrent toutes les paroles que Joseph avait prononcées.

« En nous raccompagnant jusqu'aux portes de la ville, précisèrent-ils, Joseph nous a dit : "Je tiens à me conduire envers vous comme mon père s'est conduit envers moi, la dernière fois que je l'ai vu." »

Alors Jacob s'écria :

« Cela suffit ! Mon fils Joseph vit encore ! Je veux le voir avant de mourir. »

Jacob partit pour l'Égypte avec ses soixante-dix enfants et petits-enfants, ses serviteurs et ses troupeaux. En passant à Beershéba, il eut, pendant son sommeil, une vision de Dieu.

« Ne crains pas de descendre en Égypte, lui disait le Seigneur, car j'y ferai, de ta descendance, une grande nation ; et c'est ton fils Joseph qui te fermera les yeux. »

XXI. Les bénédictions de Jacob

Jacob revoit Joseph

Joseph partit à la rencontre de son père. Toutefois, comme il craignait que Jacob n'éprouvât une trop grande émotion en le voyant, il jugea prudent de se faire précéder par ses deux fils, Manassé et Éphraïm. [1]

« Vous annoncerez à votre grand-père, leur dit-il, mon arrivée imminente. »

Les fils de Joseph avaient à cette époque à peu près l'âge qu'avait leur père lorsque Jacob l'avait vu pour la dernière fois ; en outre, ils ressemblaient tous les deux beaucoup à leur père. A deux reprises, en les voyant s'approcher l'un après l'autre, Jacob crut que c'était Joseph qu'il avait devant les yeux. Ils le détrompèrent et lui dirent :

« Notre père nous suit de près. »

Pour accueillir Jacob, Joseph avait revêtu sa

---

1. Peu de temps après être devenu Premier ministre, Joseph avait épousé une princesse égyptienne dont il avait eu ces deux fils.

tenue de gala et s'était fait escorter par toute sa garde. Il descendit de son char et courut vers son père. Jacob, bouleversé de joie et de fierté, prit son fils dans ses bras et le couvrit de baisers.

« Maintenant, répétait-il entre ses sanglots, je peux mourir, puisque j'ai revu ton visage ! »

Joseph retourna à la capitale en compagnie de son père. Il tint à le présenter au pharaon, qui le reçut avec courtoisie.

« Quel âge as-tu ? demanda-t-il à Jacob.
— Ma vie est déjà longue par le nombre des années ; mais si l'on ne tient compte que des moments de bonheur que j'ai connus, elle est bien courte ! répondit Jacob qui, en vieillissant, n'avait rien perdu de son pessimisme.
— Tu seras heureux ici, lui dit le pharaon : tout ce que ton fils me demandera pour toi lui est accordé d'avance. »

Joseph fit don à son père d'un territoire vaste et fertile situé à quelques jours de marche de la capitale. Les dix-sept années qu'y passa Jacob furent, dit-on, les plus heureuses de sa vie, bien qu'il fût devenu presque aveugle, comme l'avait été son père Isaac.

Lorsqu'il sentit que sa fin était proche, il voulut revoir Joseph une dernière fois et lui fit porter un message, lui demandant de venir avec ses deux fils. Quand on lui annonça leur arrivée, il rassembla ses forces, se fit habiller et s'assit sur son lit pour les recevoir. Ses enfants lui dirent :

« Ne te fatigue pas tant ! Tu n'as pas besoin de te donner tant de mal pour recevoir un de tes fils !
— Joseph est mon fils, leur répondit-il, mais il est aussi le vice-roi de ce pays. »

La bénédiction croisée d'Éphraïm et de Manassé

Jacob dit à Joseph :
« Pour te témoigner mon affection particulière, je veux que tes deux fils soient considérés désormais comme mes propres enfants ; au même titre que Ruben, Siméon, Lévi ou toi-même, ils auront droit chacun à une part de mon héritage, et chacun d'eux deviendra le fondateur d'une tribu d'Israël. Il y aura donc, à l'avenir, deux tribus – et non une seule – descendant de Joseph : celle de Manassé et celle d'Éphraïm. Et maintenant, je te prie, amène-moi tes fils pour que je les bénisse. »

Joseph les prit tous les deux, Éphraïm, le cadet, de sa main droite, pour qu'il fût à la gauche de Jacob, et Manassé, l'aîné, de sa main gauche, pour qu'il fût à la droite de Jacob ; car la coutume voulait que l'aîné fût béni de la main droite et le cadet de la main gauche. Mais Jacob croisa ses mains, posant celle de droite sur la tête d'Éphraïm et celle de gauche sur la tête de Manassé. Joseph crut que son père, presque aveugle, avait commis une erreur involontaire.

« Pas comme cela, lui dit-il en lui prenant les mains pour les décroiser ; Manassé est à ta droite et Éphraïm à ta gauche.
— Je sais, mon fils, je sais, répondit Jacob ; mais j'ai mes raisons pour agir ainsi. »

Et il ne changea pas la position de ses mains, instituant ce jour-là une tradition qui est encore respectée, de nos jours, par les pères juifs lorsqu'ils bénissent leurs enfants.

On n'a jamais pu établir avec certitude les raisons de cet étrange comportement de Jacob, mais différentes hypothèses ont été avancées pour l'expliquer. Selon certains, Jacob, se souvenant de la manière frauduleuse dont il avait lui-même détourné à son profit, avec l'aide de sa mère, la bénédiction de son père aveugle, aurait soupçonné Joseph de vouloir en faire autant en faveur d'Éphraïm, le cadet. Croyant, à tort, que Joseph avait interverti la position normale des deux frères, Jacob aurait donc croisé les mains pour déjouer cette manœuvre. Selon d'autres commentateurs, Jacob voulait seulement montrer par son geste que, chez les Israélites, l'aîné ne jouit pas de privilèges particuliers.

Ayant posé ses mains sur les têtes inclinées d'Éphraïm et de Manassé, Jacob prononça les paroles suivantes : « Que Dieu vous bénisse et vous protège, mes enfants, et qu'en vous il perpétue mon nom et le nom de mes pères ! Qu'à tout jamais, de génération en génération, les pères d'Israël bénissent leurs enfants par ces mots : "Dieu vous rende semblables à Éphraïm et à Manassé !" »

Jacob bénit ses fils

Jacob dit ensuite à Joseph :

« Fais venir tes frères autour de moi, afin que je les bénisse à leur tour et que je leur fasse part de mes dernières volontés. »

Quand ils furent assemblés autour de son lit, il leur adressa des paroles prophétiques relatives au caractère et à la destinée des tribus qui porteraient leurs noms. A certains d'entre eux, il ne mâcha pas ses mots.

« Ruben, tu fus mon premier-né ; mais, impétueux comme le torrent, tu as perdu ta noblesse, car tu as profané la couche de ton père... Siméon et Lévi, digne couple de frères ! Vos épées sont des instruments de violence ; maudite soit votre colère, car elle a été malfaisante ! »

A d'autres, et surtout à Juda, il promit un destin glorieux.

« Tu es un jeune lion, ô Juda ! Ta main fera ployer le cou de tes ennemis, et tes frères s'inclineront devant toi. Le sceptre royal reviendra à ta descendance. »

Après avoir béni ses fils, Jacob leur dit :

« Je vais maintenant rejoindre mes ancêtres ; enterrez-moi, je vous prie, dans le caveau de

Makhpéla, près d'Hébron, là où reposent déjà mes grands-parents, Abraham et Sara, mes parents, Isaac et Rébecca, et mon épouse Léa. »

Ayant ainsi dicté ses dernières volontés, Jacob ramena ses pieds dans le lit et mourut.

Joseph tint à participer en personne aux funérailles de son père à Makhpéla. Mais, pour pouvoir s'absenter d'Égypte pendant plusieurs semaines, il avait besoin de l'autorisation du pharaon. Celui-ci commença par la lui refuser, en alléguant qu'il ne pouvait pas se passer si longtemps de son Premier ministre. Joseph insista :

« J'ai solennellement promis à mon père, dit-il au pharaon, d'aller l'enterrer dans son pays, à Hébron.

— Qu'à cela ne tienne, lui répondit le pharaon, tu n'as qu'à te faire délier de cette promesse par la Cour suprême : elle en a le pouvoir.

— Dans ce cas, répliqua habilement Joseph, j'en profiterai pour lui demander de me délier aussi d'un autre serment, celui que je t'ai fait, tu t'en souviens sans doute, le jour où tu m'as nommé Premier ministre. »

Joseph faisait allusion à l'engagement qu'il avait pris ce jour-là de ne révéler à personne que le pharaon ne parlait pas l'hébreu ; le pharaon le comprit à demi-mot et ne s'opposa plus au départ de Joseph.

Joseph et ses frères ensevelirent Jacob avec ses ancêtres dans le caveau de Makhpéla. Puis ils retournèrent en Égypte. Joseph y exerça encore pendant de nombreuses années les fonctions de vice-roi, sans que jamais la confiance et l'affection du pharaon à son égard se démentissent. De tous les fils de Jacob, il fut le premier à mourir. Lorsque ses frères comprirent que sa fin était proche, ils se réunirent une dernière fois autour de son lit et lui demandèrent pardon du mal qu'ils lui avaient fait jadis.

« N'ayez point de remords, leur répondit Joseph, puisque le mal que vous aviez médité s'est transformé en bien. D'ailleurs, suis-je à la place de Dieu, pour juger les hommes ? Un jour viendra, soyez-en sûrs, où Dieu fera sortir d'Égypte notre peuple, pour le conduire au pays de Canaan ; ce jour-là, jurez-moi que vous-mêmes ou vos descendants ne laisserez pas mes ossements en Égypte, mais que vous les emporterez avec vous, pour les ensevelir au pays d'Israël, à Sichem, là où est enterrée ma mère, Rachel. »

QUATRIÈME PARTIE

La vie de Moïse

XXII. La jeunesse de Moïse

La captivité en Égypte

Les descendants de Jacob, que l'on appelait indifféremment Israélites ou Hébreux, demeurèrent plus de quatre siècles en Égypte. Au cours de cette période, ils passèrent de soixante-dix personnes à près de six cent mille, sans compter les femmes et les enfants. Tant que régna sur l'Égypte le pharaon qu'avait servi Joseph, les Égyptiens vécurent en bonne intelligence avec les Israélites ; mais, sous le règne de ses successeurs, les choses se gâtèrent progressivement. Les Égyptiens s'étonnaient de l'obstination du peuple d'Israël à refuser toute assimilation, à conserver sa langue et ses coutumes, à donner des prénoms hébreux à ses enfants ; ils s'irritaient de voir les Israélites s'enrichir, grâce à l'activité et à la compétence qu'ils déployaient dans l'agriculture, l'artisanat et le commerce ; enfin, ils s'inquiétaient de leur croissance démographique continue.

C'est pour essayer de l'enrayer qu'ils finirent

par avoir recours à diverses mesures discriminatoires. La première consista à imposer aux Israélites de dures corvées, en les forçant à construire des routes, des monuments et des palais pour le pharaon. L'imposition de ces corvées se fit d'une manière habile. Le pharaon commença par faire travailler les Israélites sur ses chantiers en les payant à la pièce : un schekel par brique fabriquée et posée. A l'exception d'un seul d'entre eux, un intellectuel nommé Amram qui appartenait à la tribu de Lévi et qui, pour consacrer plus de temps à ses études, se contentait de gagner un schekel par jour en ne posant qu'une seule brique, tous les Israélites se donnèrent beaucoup de mal pour atteindre un niveau de production élevé.

Le pharaon annonça alors qu'il ne leur paierait plus de salaire, mais qu'il continuerait d'exiger de chacun d'eux le même rendement qu'avant. En instituant ce système de travaux forcés, le pharaon n'avait pas seulement pour but de se procurer gratuitement une main-d'œuvre qualifiée ; il espérait aussi qu'épuisés par leurs dures journées de travail, les Israélites auraient moins envie, le soir venu, de faire des enfants à leurs épouses. Mais ce calcul fut déjoué par les femmes elles-mêmes, qui prirent l'habitude de venir retrouver leurs maris sur les chantiers, à l'heure de la sieste.

Constatant que le taux de natalité des descendants de Jacob ne baissait pas, le pharaon adopta alors une méthode plus radicale de contrôle des naissances.

La condamnation des bébés mâles

Il convoqua les sages-femmes israélites et leur dit :

« Lorsque vous accoucherez les femmes de votre peuple, vous examinerez le sexe de l'enfant : si c'est une fille, vous la laisserez vivre, mais si c'est un garçon, vous le ferez périr. »

Bien entendu, les sages-femmes n'eurent garde d'appliquer les consignes du pharaon. Lorsqu'il s'en aperçut, il leur en fit reproche.

« Pourquoi, malgré mes ordres, avez-vous laissé vivre les garçons ?

— C'est que, répondirent les sages-femmes, les femmes de chez nous ne sont pas comme les vôtres ; elles sont vigoureuses et expéditives ; avant que nous n'arrivions auprès d'elles, elles ont déjà accouché ! »

Le pharaon ordonna alors à sa police d'inspecter chaque semaine les maisons des Israélites, de s'emparer de tous les nouveau-nés mâles qu'ils y trouveraient, et de les jeter dans le Nil.

On devine la consternation que ce décret provoqua chez les Israélites. L'un de leurs principaux chefs était Amram, ce lévite qui, vous vous en souvenez, avait réussi à échapper aux corvées royales en ne se laissant fixer, comme quota journalier de production, que la pose d'une seule brique. Il était marié et avait déjà deux enfants, une fille appelée Miryam et un fils appelé Aaron. Lorsqu'il fut informé des ordres du pharaon, il entreprit auprès de ses coreligionnaires une campagne destinée à dissuader ceux qui étaient célibataires de se marier, et à inciter ceux qui étaient déjà mariés à divorcer. « Il vaut mieux, leur disait-il, ne pas avoir d'enfants du tout que de les exposer à être tués dès leur naissance. » Pour donner l'exemple, il répudia lui-même sa femme. Sa fille aînée, Miryam, bien qu'elle ne fût encore qu'une enfant, manifesta pour la première fois en cette occasion la droiture d'esprit et l'autorité qui devaient faire d'elle l'une des grandes figures du peuple israélite. Elle alla trouver son père et lui dit :

« Tu es pire que le pharaon ! Lui ne s'en prend qu'aux garçons et ne les prive que de leur vie terrestre, tandis que toi, tu frappes les filles aussi bien que les garçons, et, en les empêchant de venir au monde, tu ne leur laisses même pas l'espoir d'une vie future. »

Reconnaissant la justesse de ces arguments, Amram se remaria avec sa femme, qui enfanta quelques mois plus tard un troisième enfant – un garçon.

Naissance et enfance de Moïse

Pendant quelques semaines, elle le garda secrètement chez elle. Mais le bébé pleurait beaucoup, et ses cris ne pouvaient manquer d'attirer l'attention de la police égyptienne. Comprenant qu'elle ne pourrait pas le tenir caché bien longtemps, sa mère prépara pour lui une corbeille de jonc, qu'elle enduisit de bitume et de poix ; elle y plaça le bébé et le déposa dans les roseaux, sur la rive du Nil. La sœur du bébé, Miryam, resta à proximité de la corbeille, pour voir ce qui allait se passer. C'était l'heure où, chaque jour, la fille du pharaon, Bithia, accompagnée de ses servantes, allait se baigner dans le fleuve.

Attirée par les cris stridents du bébé, elle aperçoit la corbeille, l'ouvre et s'écrie :

« Comme il est mignon ! Ce doit être un petit Hébreu que sa mère a abandonné. »

Miryam, qui observait la scène, s'approche alors et dit à Bithia :

« Veux-tu que j'aille chercher, parmi les femmes israélites, une nourrice pour allaiter cet enfant ?
— Va, lui répond Bithia, et ramène-la-moi. »

Miryam revient quelques instants plus tard, accompagnée de sa propre mère. Bithia demande à celle-ci de servir de nourrice au bébé.

« Lorsqu'il sera sevré, précise-t-elle, tu me le rendras et il deviendra mon fils adoptif.
— Comment veux-tu l'appeler ? » demande la mère à Bithia.
— Il se nommera Moïse, répond celle-ci, parce que je l'ai retiré des eaux [1].

Lorsque Moïse eut deux ans et demi, sa mère le conduisit au palais du pharaon, où Bithia l'éleva comme s'il eût été son propre fils. Toutefois,

---

1. C'est le sens approximatif du nom hébreu de Moïse.

Bithia ne cacha pas à son père l'origine de Moïse, et elle lui raconta les circonstances dans lesquelles elle avait trouvé le bébé. Le pharaon ne fut d'ailleurs nullement contrarié d'apprendre que Moïse était d'origine hébraïque ; car s'il persécutait implacablement le peuple d'Israël dans son ensemble, il ne voulait aucun mal aux Israélites pris individuellement, et – comme la plupart des antisémites des époques ultérieures – se flattait même d'en compter plusieurs parmi ses amis. En revanche, certains membres de l'entourage du pharaon ne virent pas d'un bon œil l'arrivée de cet enfant. Irrités de voir que le pharaon et sa fille lui témoignaient une affection croissante, ils résolurent d'éliminer l'intrus dès qu'ils en auraient l'occasion.

Un jour que Moïse, qui avait à peine trois ans, était assis sur les genoux de son grand-père adoptif, il s'empara de la couronne royale et la posa sur sa tête.

« Voilà un geste qui en dit long, observèrent les conseillers du roi ; cet enfant médite déjà d'usurper le trône. »

Bithia prit la défense de son fils adoptif.

« Vous interprétez mal son geste, dit-elle aux conseillers ; Moïse est simplement attiré, comme tous les enfants de son âge, par les objets brillants.

— Pas du tout, insistèrent les conseillers ; ce qui l'attire, c'est ce qui est précieux, et non ce qui est brillant. Si tu veux t'en assurer, Pharaon, fais placer devant l'enfant un onyx, pierre précieuse de grand prix mais de peu d'éclat, et un morceau de charbon ardent, qui brille beaucoup mais qui ne vaut rien ; tu verras bien que Moïse choisira l'onyx ! »

Le pharaon consentit à tenter cette expérience. D'un geste si rapide que personne n'eut le temps de s'interposer, Moïse saisit le charbon ardent et le porta à sa bouche ; les brûlures qu'il se fit à la langue et aux lèvres lui laissèrent, pour le restant de sa vie, un irrémédiable défaut de prononciation.

La fuite de Moïse

Bien qu'il fût élevé comme un prince égyptien, Moïse, qui connaissait ses origines, éprouvait un sentiment de solidarité à l'égard de ses frères de sang. Adolescent, il allait souvent se promener dans les quartiers israélites, où il rencontrait parfois sa sœur Miryam et son frère Aaron. Un jour qu'il se trouvait là, il vit un Égyptien rouer de coups un jeune Israélite qui, apparemment, n'osait même pas se défendre. Le sang de Moïse ne fait qu'un tour : il se rue sur l'Égyptien et le frappe si violemment qu'il le tue. Puis, il enfouit rapidement le cadavre et retourne au palais. Quelques jours plus tard, il se hasarde à nouveau dans le même quartier, et y trouve, cette fois, deux Israélites en train de se quereller. Comme ils en venaient aux mains, Moïse intervient pour les séparer, en disant à celui qui avait porté le premier coup :

« Pourquoi frappes-tu ton frère ?
— De quoi te mêles-tu, lui répond l'homme, tu n'es pas juge, que je sache ! »

Et, comme Moïse fronçait les sourcils, l'Israélite lui lance :

« Aurais-tu l'intention de me tuer, comme tu as tué, l'autre jour, un Égyptien ? »

« L'affaire est connue, songe Moïse avec épouvante ; le pharaon ne tardera pas à en être informé et me fera mettre à mort. »

Pour échapper à ce danger, il décide de prendre la fuite et de quitter l'Égypte.

Après avoir traversé une grande partie du désert du Sinaï, Moïse entra au pays des Madianites [1]. Il se reposait, assis à côté d'un puits, lorsqu'il vit venir vers lui sept jeunes filles conduisant un troupeau. C'étaient les filles d'un prêtre madianite appelé Jéthro. À peine avaient-elles commencé à faire boire leur bétail que d'autres bergers survinrent, qui voulurent les chasser pour prendre leur place. Moïse, incapable de supporter le spectacle de l'injustice et de l'oppression, prend aussitôt la défense des jeunes filles, fait respecter leurs droits et donne lui-même à boire à leur bétail. Les filles de Jéthro remercient leur protecteur et rentrent chez elles.

---

1. Peuple nomade de l'Arabie du Nord dont Madian (un des fils d'Abraham et de Kétoura) est l'ancêtre.

« Vous revenez de bien bonne heure, aujourd'hui, s'étonne leur père.
— C'est que, répondent-elles, pour une fois les bergers ne nous ont pas chassées du puits : un Égyptien a pris notre défense, et a même puisé l'eau pour notre bétail.
— Et où est-il donc ? demande Jéthro ; pourquoi l'avez-vous laissé là-bas ? Allez le chercher, qu'il partage notre repas ! »

Entré chez Jéthro pour prendre un repas, Moïse y demeura plus de dix ans. Jéthro lui confia la garde de ses troupeaux et lui donna sa fille aînée en mariage.

XXIII. La mission de Moïse

Le buisson ardent

Pendant plusieurs années, Moïse demeura au pays des Madianites, s'occupant des troupeaux de son beau-père Jéthro. En Égypte, un nouveau pharaon avait succédé au grand-père adoptif de Moïse, et les persécutions avaient repris de plus belle contre les Hébreux. Dieu entendit leurs plaintes et, se souvenant de l'alliance qu'il avait conclue avec Abraham, Isaac et Jacob, il résolut de libérer son peuple.

L'époque de la transhumance étant venue, Moïse conduisit ses troupeaux sur la montagne de l'Horeb, appelée aussi le mont Sinaï. Un matin, alors qu'il déplaçait ses brebis d'un pâturage à l'autre, son attention fut attirée par un phénomène singulier : un peu plus haut sur la montagne, un buisson brûlait sans se consumer ! Oui, malgré l'ardeur des flammes, le buisson restait intact. Il en fallait beaucoup pour distraire Moïse, ne fût-ce qu'un instant, de ses occupations pastorales ; mais, cette fois, le spectacle était si surprenant que Moïse décida d'aller l'examiner de plus près.

En s'approchant du buisson, il entendit une voix qui en sortait et qui l'appelait par son nom :

« Moïse, Moïse !
— Me voici, répondit Moïse.

La voix reprit :

« Ote tes sandales de tes pieds, car la terre que tu foules est une terre sainte. Je suis le Dieu de tes pères, le Dieu d'Abraham, d'Isaac et de Jacob. »

Moïse se déchaussa et se voila la face, car il n'osait regarder Dieu en face. Dieu reprit la parole et lui dit :

« J'ai vu le malheur de mon peuple et j'ai entendu ses plaintes. Je suis descendu du ciel pour le délivrer de la main de ses oppresseurs, pour le faire sortir d'Égypte et lui donner le pays de Canaan, ce pays ruisselant de lait et de miel que j'ai promis à ses ancêtres. Va donc en Égypte, parle au pharaon, et fais sortir d'Égypte le peuple d'Israël. »

Moïse ne se sentait pas l'étoffe d'un héros. « Cet homme, dit la Bible en parlant de lui, était très humble, le plus humble qui fût sur la terre. » Craignant de ne pas être à la hauteur de la tâche que Dieu voulait lui assigner, il commença par se récuser.

« Qui suis-je, demande-t-il à Dieu, pour que tu me confies une telle mission ? »

Dieu lui répond :

« Celui qui a su prendre soin de ses troupeaux saura prendre soin de son peuple. D'ailleurs, je serai avec toi, et c'est en mon nom que tu parleras aux Israélites.

— Admettons un instant, reprend Moïse, que j'aille trouver mes compatriotes et que je leur dise : "C'est Dieu qui m'envoie vers vous", s'ils me demandent : "Quel est son nom ?", que leur dirai-je ?

— Mon nom, répond Dieu à Moïse, est Yahvé : celui qui a été, qui est et qui sera. Je me suis révélé à tes pères, Abraham, Isaac et Jacob, sous les noms de Dieu ou de Seigneur, mais mon nom est Yahvé ; tu es le premier à le connaître. Va en Égypte, réunis les anciens d'Israël et dis-leur : "Yahvé, le Dieu de vos pères, a vu votre misère et entendu vos plaintes. Il m'a envoyé vers vous pour vous faire sortir du pays d'Égypte." Ensuite, accompagné par les anciens d'Israël, tu te rendras chez le pharaon et tu lui demanderas d'autoriser les Israélites à s'absenter d'Égypte pendant quelques jours pour célébrer, dans le désert, une cérémonie religieuse.

— Le pharaon, objecte Moïse, et les Israélites eux-mêmes, ne me croiront peut-être pas ; ils me diront : "Yahvé ne t'est pas vraiment apparu !" »

Pour toute réponse, Dieu dit à Moïse :

« Qu'as-tu dans ta main ?

— Un bâton.

— Jette-le à terre ! » Moïse jette son bâton, qui se transforme en un serpent. Moïse recule avec effroi. Dieu lui dit alors :

« Avance ta main et prends le serpent par la queue. »

Moïse saisit le serpent, qui redevient un bâton.

« Voilà, commente Dieu, ce que tu feras devant les Israélites et devant le pharaon pour leur prouver que c'est Dieu qui t'envoie. »

Moïse ne paraît pourtant pas convaincu.

« Tu oublies, dit-il à Dieu, que je n'ai pas la parole facile ; j'ai la bouche pesante et la langue embarrassée. Et ce n'est pas seulement parce que je suis intimidé en ta présence. Tu sais fort bien que mon défaut de prononciation ne date pas d'hier ! »

Dieu cherche à le rassurer.

« Qui a donné une bouche à l'homme ? N'est-ce pas moi, Yahvé ? Ne t'inquiète donc de rien, je serai avec toi et je t'inspirerai ce que tu devras dire.
— Je t'en supplie, Seigneur, implore Moïse à bout d'arguments, envoie quelqu'un d'autre à ma place ! »

Alors la colère de Dieu s'enflamma contre Moïse et il lui dit :

« Eh bien ! oui, c'est Aaron, ton frère, que je désigne ; il saura bien parler, lui ! Tu lui enseigneras ce qu'il devra dire, et c'est lui qui s'adressera au peuple ; tu seras le cerveau, et lui sera la bouche. Prends ton bâton et va retrouver ton frère en Égypte. »

Moïse alla chez son beau-père, Jéthro, et lui dit :
« Je souhaite retourner auprès de mes frères,

en Égypte, pour les faire sortir de ce pays où on les persécute. Laisse-moi partir, je te prie, avec ma femme et mes deux fils. »

Jéthro se fit d'abord un peu prier.

« Tu prétends, dit-il à Moïse, faire sortir d'Égypte les Israélites qui s'y trouvent, et tu commences par en faire entrer dans ce pays quatre de plus, toi, ta femme et tes deux enfants. Ce n'est pas logique ! »

Il finit cependant par donner son accord, et Moïse partit. L'objection de son beau-père continuait cependant de lui trotter dans la tête : après quelques jours de marche, il renvoya sa famille en arrière et continua seul sa route.

Premières démarches de Moïse et Aaron

Arrivé en Égypte, Moïse alla d'abord trouver son frère Aaron, à qui il exposa la mission que Dieu leur avait confiée. Ensemble, ils convoquèrent l'assemblée des anciens d'Israël ; Aaron leur parla, et Moïse opéra des prodiges devant leurs yeux. Ils eurent foi en ce que leur disaient Moïse et Aaron, et acceptèrent de les accompagner chez le pharaon. Cependant, au fur et à mesure que le cortège des anciens s'approchait du palais royal, il se réduisait à vue d'œil. Lorsque Moïse et Aaron, qui marchaient en tête, furent devant les grilles, ils s'aperçurent, en se retournant, qu'ils étaient seuls. Moïse dit à son frère :

« Cela commence mal ! Comment le pharaon nous écouterait-il, si nos frères eux-mêmes n'ont pas confiance en nous ? »

Mais il est trop tard pour reculer ; ils entrent dans le palais, et demandent audience au pharaon.

« Qui dois-je annoncer ? demande le chambellan.

— Dis à ton maître que Moïse et Aaron désirent le voir, pour lui transmettre un message de la part de leur Dieu. »

Le pharaon les fait entrer.

« Quel est le Dieu qui vous envoie ? demande-t-il à Moïse.

— Son nom est Yahvé, » répond Moïse.

Le nouveau souverain d'Égypte, homme cruel et rusé, n'est pas dépourvu d'esprit et se plaît à manier l'ironie.

« Yahvé, dit-il, Yahvé... je ne connais aucun dieu de ce nom. Mais peut-être ma mémoire me joue-t-elle un tour ; je vais consulter mon annuaire alphabétique des dieux, pour voir si votre Yahvé y figure. »

Il feuillette son annuaire et, naturellement, n'y trouve pas le nom de Yahvé, qui n'a été révélé à Moïse que quelques jours plus tôt.

« Je suis désolé, dit-il à Moïse, mais ton Yahvé n'existe pas !

— Bien sûr que si, rétorque Moïse : c'est le Dieu d'Israël, le Dieu de mes ancêtres, Abraham, Isaac et Jacob.

— Il fallait le dire plus tôt ! s'exclame le pharaon ; sous ce nom-là, je le connais. Et que me veut-il, le Dieu de tes ancêtres ?

— L'Eternel, Dieu d'Israël, m'a chargé de te dire : "Laisse partir mon peuple quelques jours dans le désert, pour qu'il y célèbre mon culte par des sacrifices."

— Il n'en est pas question, réplique le pharaon ; les Israélites forment l'essentiel de ma main-d'œuvre, et je ne saurais me passer d'eux, même pendant quelques jours. »

Moïse insiste, en invoquant l'autorité du Dieu de ses ancêtres, mais le pharaon reste inflexible.

« Tes ancêtres eux-mêmes, Abraham, Isaac et Jacob, reviendraient-ils sur terre, en personne, pour me demander cette faveur, que je la leur refuserais ; je leur mettrais entre les mains un seau et une truelle, et ils iraient travailler avec leurs descendants sur mes chantiers ! »

Et il congédia les deux frères.

Les représailles du pharaon

Dès que Moïse et Aaron furent sortis, le pharaon convoqua les commissaires égyptiens chargés de faire travailler la main-d'œuvre israélite et leur donna de nouvelles instructions :

« Vous ne fournirez plus désormais aux Hébreux, comme vous le faisiez jusqu'ici, de la paille pour la préparation des briques ; ils iront ramasser eux-mêmes leur paille. Pour autant, vous ne réduirez pas leurs quotas de production journaliers ; car ces Israélites sont des fainéants, oui, des fainéants ! Voilà pourquoi ils viennent me demander un congé, sous prétexte de rendre un culte à leur Dieu. »

Dès le lendemain, les nouvelles consignes du pharaon furent mises en application. Les Israélites durent passer plusieurs heures par jour à ramasser la paille qu'on ne leur fournissait plus, et leur production de briques s'en ressentit. Les contremaîtres israélites chargés de superviser leurs compatriotes se trouvèrent pris entre le marteau et l'enclume : d'un côté, les commissaires égyptiens les harcelaient, de l'autre, les ouvriers israélites se plaignaient de n'avoir plus le temps de respirer. Une délégation de contremaîtres se rendit auprès du pharaon.

« Pourquoi, lui dirent-ils, traites-tu ainsi tes serviteurs ? La paille ne nous est plus fournie, et pourtant on nous dit : "Faites autant de briques qu'avant !" C'est sur nous que tout retombe !
— Cela vous apprendra, leur répondit le pharaon, à vouloir faire des excursions dans le désert ! »

En sortant du palais, les contremaîtres rencontrèrent Moïse et Aaron.

« Vous pouvez être fiers de vous ! leur dirent-ils avec amertume. Vous nous avez fait mal voir du pharaon, et notre situation n'a fait qu'empirer. Nous sommes comme un agneau qu'un loup tient entre ses dents et que le berger cherche à lui arracher ! »

Le prodige du bâton qui se change en serpent

Consterné, Moïse s'adressa à Dieu.
« Pourquoi, lui dit-il, m'as-tu envoyé ici ? Depuis que je me suis présenté au pharaon, la situation de ce peuple, bien loin de s'améliorer, est devenue plus cruelle encore ! »
Dieu lui répondit :
« Ne te décourage pas. Je savais bien que, d'abord, le pharaon ne t'écouterait pas. Mais, quand j'aurai levé la main sur lui, il ne s'opposera plus à votre départ – que dis-je, c'est lui-même qui vous suppliera de vous en aller ! Pour commencer, retourne le voir, et impressionne-le en opérant, devant lui, le prodige du bâton qui se change en serpent. »

Le pharaon ne fit aucune difficulté pour accorder une nouvelle audience aux deux frères ; il avait en effet reconnu en Moïse un esprit éminent, et trouvait sa conversation stimulante.
« Que me veux-tu, cette fois-ci ? lui demande-t-il.
— Pour te prouver que je suis envoyé par Dieu, lui répond Moïse, je vais accomplir devant toi un miracle.

— Tu es bien présomptueux, réplique le pharaon, de venir faire des miracles en Égypte ; ne sais-tu pas qu'ici tout le monde en fait, depuis les magiciens professionnels jusqu'aux enfants de l'école maternelle ? Et tu voudrais nous impressionner par des prodiges ? »

Moïse dit à Aaron de jeter à terre son bâton de berger, et le bâton devient un serpent.
« Etes-vous capables d'en faire autant ? demande le pharaon à ses magiciens.
— C'est l'enfance de l'art », répondent-ils, et ils jettent à leur tour leurs baguettes, qui se transforment elles aussi en serpents.

Sur un ordre d'Aaron, son serpent s'attaque à ceux des magiciens et les avale.
« Que dites-vous de cela ? demande le pharaon à ses magiciens.
— C'est tout à fait normal, répondent-ils : le bâton d'Aaron était plus gros que nos baguettes !
— Il faudra que vous fassiez mieux la prochaine fois », dit le pharaon à Moïse et Aaron.

Et il les congédie.

XXIV. Les dix plaies d'Égypte

Une conversation discrète

En sortant du palais, Moïse dit à son frère :
« Nous avons eu tort d'aller trouver le pharaon en présence de son entourage : il ne pouvait pas, sans perdre la face, se laisser impressionner par nous. La prochaine fois, j'irai le voir lorsqu'il sera seul et je lui parlerai en tête à tête. »

Tous les jours, de très bonne heure, le pharaon se rendait sans escorte sur les bords du Nil, pour y satisfaire certains besoins corporels dont je n'ai pas besoin, chers lecteurs, de vous préciser la nature. Il avait en effet renoncé depuis longtemps à utiliser les nombreux cabinets d'aisances de son palais, parce qu'il craignait que ses sujets, en le voyant y entrer, ne se disent : « Après tout, c'est un homme comme nous, et non un Dieu ! »

Moïse connaissait l'heure exacte du pèlerinage quotidien du monarque. Il se rendit donc sur les bords du Nil, où il découvrit sans difficulté le pharaon, dans une position qui ne laissait aucun doute sur ses intentions.

« Qu'est-ce que c'est que ce dieu qui s'accroupit et se couvre les pieds ? s'exclame Moïse d'un ton ironique.

— Qui t'a dit que j'étais un dieu ? s'étonne le pharaon.

— Mais, réplique Moïse, c'est toi-même qui ne cesses de le répéter à tes sujets !

— Bah, confie le pharaon, on peut leur dire n'importe quoi, ils sont assez bêtes pour le croire !

— Je suis venu, reprend Moïse, pour t'adresser une dernière mise en garde : si tu n'autorises pas les Israélites à partir, Dieu fera pleuvoir sur ce pays une série de fléaux effroyables, jusqu'à ce que tu finisses par céder. »

Mais le pharaon ne crut pas Moïse, et resta inflexible.

Le Nil rouge

La première plaie qui s'abattit sur l'Égypte fut la transformation de l'eau du Nil en sang : Aaron ayant, de son bâton, frappé l'eau du fleuve, l'eau devint rouge, poisseuse et infecte ; les Égyptiens ne purent plus la boire, et les poissons moururent par milliers. Le pharaon ayant ordonné à ses magiciens d'opérer un prodige analogue, ils changèrent à leur tour en sang l'eau d'une rivière voisine.

« Tu vois, dit le pharaon à Moïse, que ton miracle n'a rien d'extraordinaire. Quant aux Égyptiens, s'ils sont privés d'eau potable, qu'ils creusent des puits dans leurs jardins ! »

Les grenouilles

Une semaine plus tard, Dieu frappa l'Égypte d'une deuxième plaie : une multitude innombrable de grenouilles sortit du Nil et envahit le pays ; il y en avait partout, dans les champs, sur les chemins, dans les demeures des habitants, dans la chambre du roi et jusque dans son lit. Mais les magiciens égyptiens ayant été capables eux aussi de faire sortir des grenouilles des cours d'eau, le pharaon refusa encore de se laisser impressionner.
« Si les grenouilles vous gênent, dit-il aux Égyptiens, mangez-les ! Pour une fois, elles ne sont pas chères. »

La vermine

La troisième plaie fut une invasion de vermine. Frappée par le bâton d'Aaron, la poussière des chemins se transforma en puces et en poux, qui se répandirent sur toute la population en n'épargnant personne, pas même ceux dont le linge était propre. Cette fois, les magiciens ne réussirent pas à reproduire le prodige d'Aaron. Mais le pharaon n'était guère ému. « Étant donné, songeait-il, que ces calamités frappent indistinctement toute la population du pays, et que par conséquent les Israélites en souffrent autant que les Égyptiens, Moïse sera bien forcé de les faire cesser. »

Moïse, ayant deviné le raisonnement du pharaon, pria Dieu de faire en sorte que les plaies suivantes n'atteignissent que les Égyptiens.

Les moustiques, l'eczéma et la maladie du bétail

De fait, la quatrième et la cinquième plaie, à savoir une invasion de moustiques et une épidémie d'eczéma, n'affectèrent que les Égyptiens. Mais le pharaon tint bon.

« Ce ne sont là, disait-il aux gens de son entourage, que de petites incommodités ; si les moustiques vous piquent ou si vos boutons vous démangent, grattez-vous ! »

Il ne commença à s'inquiéter sérieusement qu'à partir de la sixième plaie. Cette fois, en effet, ce ne furent plus les humains qui souffrirent, mais le bétail, sur lequel s'abattit une grave épizootie. Devant les ravages de la maladie, le pharaon fit mine de céder à Moïse.

« Je vous laisse partir, lui dit-il, si tu fais cesser cette épidémie. »

Le lendemain, l'épizootie était enrayée, et Moïse alla trouver le pharaon pour organiser le départ des Israélites.

« Nous verrons cela plus tard, lui dit le pharaon ; j'ai promis de vous laisser partir, mais je n'ai pas fixé de date !

— Dans ce cas, menace Moïse, après ton bétail, ce sont tes champs qui vont être frappés. »

La grêle et les sauterelles

La septième plaie fut un déluge de grêle comme on n'en avait jamais vu de semblable en Égypte ; en quelques heures, tous les champs de lin et d'orge furent fauchés ; seules les tiges de blé et de seigle, qui sont plus tardives et n'étaient pas encore hautes, restaient sur pied. Pour que Moïse fît cesser la grêle, le pharaon s'engagea à laisser les Israélites célébrer leur cérémonie religieuse dès la semaine suivante. Mais, lorsque le moment fut venu, il se déroba encore.

« Je vous autorise à faire vos sacrifices, mais ici même, en Égypte, et non dans le désert.

— Il n'en est pas question, rétorqua Moïse ; nous ne saurions célébrer notre culte sous les regards malveillants des Égyptiens. »

Et la huitième plaie survint, sous la forme d'un nuage immense de sauterelles, porté par un vent d'est. Tout ce qui n'avait pas été détruit par la grêle fut mangé par les sauterelles, rien de vert ne subsista, tout au moins dans les champs appartenant aux Égyptiens ; car pas une sauterelle ne posa les pattes sur les possessions des Israélites, ni ne sortit des limites territoriales de l'Égypte. Cette circonstance permit d'ailleurs au pharaon de régler enfin un conflit qui, depuis de longues années, opposait l'Égypte à son voisin éthiopien à propos du tracé de leur frontière commune ; après le passage des sauterelles, les territoires égyptien et éthiopien se distinguèrent, sur le terrain, avec autant de netteté que sur une carte géographique, par la différence de leurs couleurs respectives !

Les ténèbres

A la requête du pharaon, Moïse fit souffler un vent d'ouest qui chassa les sauterelles ; le pharaon avait promis, en contrepartie, de laisser partir les Israélites trois jours plus tard. Mais, dès que les sauterelles eurent disparu, il donna une nouvelle preuve de sa mauvaise foi.

« Mon autorisation, dit-il à Moïse, ne concerne que les hommes adultes, à l'exclusion des femmes et des enfants.

— Nous ne partirons pas sans eux », répliqua Moïse.

Et une neuvième plaie frappa l'Égypte, sous la

forme de ténèbres épaisses qui enveloppèrent le pays. Les Égyptiens n'y voyaient plus goutte, ni dans les rues, ni dans les champs, ni dans les maisons ; même les flambeaux et les bougies étaient impuissants à percer l'obscurité.

La colère de Moïse

Pour que Moïse acceptât de faire revenir la lumière, le pharaon s'engagea, cette fois, à laisser partir toute la population israélite. Mais, lorsque le jour du départ fut venu, il s'opposa à ce que les Israélites emmenassent avec eux leurs troupeaux :

« Ne viens pas me raconter, dit-il à Moïse, que tes moutons et tes chèvres ont aussi l'intention de prier !

— Non, répondit Moïse, mais nous en avons besoin pour faire des sacrifices à notre Dieu.

— Tu te moques de moi, s'écria le pharaon, et je suis fatigué de ton chantage. Sors d'ici, et ne te présente plus jamais devant mes yeux, sous peine de mort !

— Tu as bien parlé, répliqua Moïse ; je ne viendrai plus te voir. Mais écoute ce que j'ai à te dire, de la part du Seigneur : au milieu de la nuit, Yahvé s'avancera à travers l'Égypte, et y fera périr tous les premiers-nés, depuis ton premier-né à toi, l'héritier du trône, jusqu'au premier-né de l'esclave qui fait tourner la meule. Seuls les enfants d'Israël ne seront pas touchés. Alors s'élèvera, dans tout le pays d'Égypte, une immense clameur. Tous tes sujets, tous les courtisans qui t'entourent et toi-même, vous viendrez à genoux nous supplier de partir ; nous emmènerons toutes nos bêtes, sans en laisser derrière nous ni un poil ni un ongle et, pour faire bonne mesure, vous nous comblerez de cadeaux. Nous partirons la tête haute, et vos chiens eux-mêmes n'oseront pas aboyer contre nous. »

Sur ces mots, Moïse se retira.

XXV. La sortie d'Égypte

La nuit pascale

Il était midi passé lorsque Moïse, à peine sorti du palais, assembla les anciens d'Israël pour leur donner ses instructions.

« Que chacun de vous se procure un agneau pour le repas de ce soir, un agneau par foyer. En égorgeant l'agneau, vous prendrez un peu de son sang ; vous en badigeonnerez le linteau de votre porte, afin que l'ange de la mort, qui parcourra ce pays la nuit prochaine, vous reconnaisse à ce signe et ne pénètre pas dans vos maisons. Vous apprêterez l'agneau de la façon la plus rapide, en le rôtissant tout entier et non en le faisant bouillir morceau par morceau. Ne perdez pas non plus de temps à faire lever la pâte de votre pain de ce soir, préparez-vous des pains azymes, des pains sans levain. Votre repas, vous le mangerez à la hâte, debout, la ceinture aux reins, les sandales aux pieds et le bâton à la main, comme il sied à des voyageurs qui s'apprêtent à partir.

Les instructions que je vous donne aujourd'hui, vous les transmettrez à vos enfants, de génération en génération, afin que chaque année ils célèbrent l'anniversaire de ce jour par un repas semblable à celui que vous allez prendre ce soir. Et lorsque, dans les siècles à venir, l'enfant demandera : "Pourquoi le repas de ce soir est-il si différent des autres ?", son père lui répondra : "C'est pour que tu te souviennes du jour où l'Éternel a fait sortir d'Égypte notre peuple et lui a rendu sa liberté." »

Au début de la nuit suivante, alors que les familles israélites prenaient leur repas, l'ange de la mort passa sur l'Égypte et fit périr tous les premiers-nés ; mais il épargna ceux d'Israël. Comme l'avait prévu Moïse, le pharaon céda devant l'étendue du cataclysme. C'est lui-même qui, cette fois, se donna la peine d'aller trouver Moïse et Aaron, en pleine nuit, pour leur accorder l'autorisation qu'ils réclamaient depuis si longtemps.

« Debout ! leur dit-il, levez-vous et quittez ce pays, vous et les vôtres ! Allez adorer votre dieu dans le désert, comme vous me l'avez demandé ; prenez vos épouses, vos enfants, votre bétail, et partez séance tenante ! Et lorsque vous ferez vos sacrifices, ne m'oubliez pas dans vos prières ! »

Moïse le prit de haut :

« Nous partirons, dit-il au pharaon, mais pas nuitamment, comme des voleurs ; nous attendrons que le jour se lève. »

Pendant le reste de la nuit, les Israélites allèrent trouver leurs voisins égyptiens, à qui ils « empruntèrent », pour leur expédition, de la vaisselle, des bijoux, des objets d'art en or et en argent. Les Égyptiens étaient si pressés de voir partir les Hébreux qu'ils leur consentirent volontiers ces prêts. Seul de tous les Israélites, Moïse ne participa pas à la collecte : il s'était souvenu, au dernier moment, de la promesse faite jadis à Joseph par ses frères d'emporter sa dépouille mortelle lorsque eux-mêmes ou leurs descendants quitteraient l'Égypte. Il alla déterrer le cercueil de Joseph et le chargea sur un chariot.

Au lever du jour, le peuple d'Israël prit le chemin du désert. Il y avait quatre cent trente ans que Jacob, avec ses soixante-dix enfants et petits-enfants, était entré en Égypte ; ses descendants étaient maintenant six cent mille à partir, croulant sous les objets précieux prêtés par les Égyptiens, mais n'emportant pour toutes provisions que la pâte sans levain dont on fait le pain azyme. Comme l'avait annoncé Moïse, les chiens n'aboyèrent pas en voyant passer l'immense cortège. Cette délicatesse leur valut de se voir accorder par les rabbins juifs, bien des années plus tard, un privilège exceptionnel : ils furent autorisés à manger de toutes les viandes, même celle du porc dont la consommation est interdite aux Israélites.

Tell millions of people about your dot.com

Connect to
ticket advertising
www.ticketmedia.com

RSP No. 4599   1BB 1103 9 8 7

Class	Ticket type		Adult	Child	
STD	DAY SINGLE		ONE	NIL	SGL
	Date	Number			
	22-NOV-03	81304	2072B5565S01		
From		Valid		Price	
KINGSTON *		ON DATE SHOWN		£1.60M	
To		Route			
NEW MALDEN *				1836	

Travel on Train Companies' trains is subject to the National Rail Conditions of Carriage. This ticket is not transferable. Unless otherwise stated, it may be used on any Train Company's trains by any Permitted Route, and if marked "*" on London Underground trains between Train Company stations. Names of the Train Companies, copies of the National Rail Conditions of Carriage and details of Permitted Routes are available at Ticket Offices.

La traversée de la mer Rouge

Une semaine après le départ des Israélites, le pharaon, qui ne les avait autorisés à s'absenter que pour quelques jours, s'étonna de ne pas les voir revenir. Une enquête rapide lui apprit qu'ils avaient déjà quitté le territoire égyptien et qu'ils se dirigeaient vers le sud, sans manifester la moindre intention de rebrousser chemin.

« J'ai été trompé ! s'écria le pharaon ; ils prennent la fuite avec leur butin. »

Il rassembla ses troupes et, se mettant à leur tête, s'élança à la poursuite des Israélites. Comme il se déplaçait plus vite qu'eux, il n'eut pas de peine à les rattraper. La caravane israélite était en train de longer la rive occidentale de la mer Rouge, lorsque son arrière-garde vit apparaître, au loin, l'armée égyptienne qui s'avançait dans un nuage de poussière. Les Israélites, frappés d'effroi, se mirent à adresser des reproches véhéments à Moïse.

« Quelle idée as-tu eue de nous faire quitter l'Égypte ? Est-ce parce qu'il n'y avait pas assez de cimetières là-bas que tu as décidé de nous faire mourir ici ? Ne valait-il pas mieux être esclaves en Égypte que morts dans le désert ?

— Tranquillisez-vous, répondit Moïse à ses compatriotes ; l'Éternel combattra pour nous. »

Et il se mit à prier. Au bout d'un instant, il entendit la voix de Dieu qui lui disait : « Ce n'est pas le moment de prier – ou du moins pas trop longtemps – car le temps presse. Dirige-toi vers la mer, et frappe-la de ton bâton ; les flots s'écarteront pour laisser passer le peuple d'Israël. »

Moïse fit ce que lui ordonnait le Seigneur. Poussée par un fort vent d'est, la mer s'entrouvrit, ses eaux se divisèrent ; entre deux immenses murailles liquides, les Israélites purent la traverser à pied sec. Derrière eux, l'armée égyptienne tout entière s'engagea à son tour dans la brèche. Mais les chars et les chevaux avançaient malaisément sur le fond visqueux. Lorsque le peuple d'Israël eut atteint l'autre rive, les Égyptiens se trouvaient encore au milieu de la mer. Moïse se retourna alors et étendit le bras : les murailles d'eau s'écroulèrent, les flots se refermèrent, le pharaon et son armée furent engloutis en un instant.

La manne

Un mois après leur sortie d'Égypte, alors que les Israélites se trouvaient en plein désert du Sinaï, ils constatèrent que leurs provisions de pain azyme étaient épuisées et qu'ils n'avaient plus rien à manger. Ils se remirent à murmurer contre Moïse.

« Que ne sommes-nous restés dans le pays d'Égypte, où nous trempions notre pain dans des marmites de viande, plutôt que de venir dans ce désert pour y mourir de faim !

— Ce n'est pas à moi qu'il faut vous en prendre, leur répondit Moïse. C'est Dieu qui vous a fait sortir d'Égypte, et il pourvoira, j'en suis sûr, à votre nourriture. »

De fait, lorsque les Israélites se réveillèrent le lendemain matin, une couche de rosée s'étendait autour du camp ; en s'évaporant, elle laissa apparaître une substance floconneuse qui couvrait le sol.

« Qu'est-ce que cela peut être ? se demandèrent les Israélites.

— C'est, leur répondit Moïse, la nourriture que vous envoie le Seigneur. Recueillez-en chaque jour selon vos besoins : un omer [1] par tête. Inutile d'en ramasser plus et de faire des réserves pour le lendemain, elles ne se garderaient pas. »

Malgré cette recommandation, beaucoup d'Israélites crurent prudent de faire des provisions pour plusieurs jours ; mais tout ce qu'ils ne mangeaient pas le jour même se gâtait et fourmillait de vers le lendemain. On donna à cette substance le nom de « manne ». Elle était blanche, et avait la saveur d'un beignet au miel. Elle allait servir à l'alimentation du peuple pendant quarante ans.

La seule denrée que la manne ne remplaçait pas était l'eau. Or celle-ci était rare dans le désert.

---

[1]. Environ quatre litres.

Lorsque les Israélites atteignirent la halte de Refidim, ils y trouvèrent tous les puits à sec. C'est sur Moïse, une fois de plus, que retomba leur colère.

« Est-ce pour nous faire mourir de soif que tu nous as fait sortir d'Égypte ? »

Moïse, désemparé, s'adressa au Seigneur.

« Dis-moi ce que je dois faire pour ces gens, car, au train où vont les choses, ils ne tarderont pas à me lapider ! »

Dieu lui répondit :

« Va vers ce rocher qui est devant toi, et frappe-le de ton bâton ! »

Moïse frappa le rocher, une source en jaillit, et le peuple se désaltéra.

La victoire sur les Amalécites

Le lendemain du jour où s'était produit ce miracle, on vint annoncer à Moïse qu'une troupe d'Amalécites [1] s'approchait du camp et se disposait à l'attaquer. Moïse n'avait pas un tempérament belliqueux et se croyait dépourvu de talents militaires ; aussi, plutôt que de diriger lui-même les opérations, il fit appel à un jeune homme de la tribu d'Éphraïm, un certain Josué, qui était réputé pour sa bravoure.

---

1. Tribu sémitique nomadisant dans le désert du Néguev, conduite par Amalek.

« Va livrer combat à Amalek, lui dit-il ; quant à moi, je me tiendrai en haut de cette colline et je prierai pour vous. »

Pendant que Moïse, accompagné de son frère Aaron et de son neveu Hour, fils de Miryam, montait sur la colline, Josué et ses hommes se portèrent à la rencontre des assaillants. Le combat fut sauvage et dura toute la journée, avec des hauts et des bas ; tant que Moïse, dans sa prière, levait les bras vers le ciel, les Israélites avaient le dessus ; mais dès qu'il les baissait, c'est Amalek qui l'emportait. Sentant la fatigue le gagner, Moïse se fit apporter une grosse pierre, sur laquelle il s'assit, et demanda à ses deux compagnons de lui soutenir les bras, l'un à droite et l'autre à gauche. Ils lui tinrent les bras levés jusqu'au coucher du soleil ; les Amalécites furent battus et prirent la fuite.

Trois mois après leur sortie d'Égypte, les Israélites dressèrent leur camp au pied du Sinaï, cette montagne où, dans un buisson ardent, Dieu était apparu à Moïse pour la première fois.

XXVI. Les tables de la Loi

Les dix commandements

Pendant que les Israélites dressaient leur camp, Dieu appela Moïse et lui dit :

« Adresse de ma part ce discours aux enfants d'Israël : "Vous avez vu ce que j'ai fait aux Égyptiens et comment je vous ai libérés de l'esclavage. Désormais, si vous êtes dociles à ma voix, vous serez mon trésor entre tous les peuples : je ferai de vous une nation sainte." »

Moïse convoqua les anciens d'Israël et leur transmit les paroles de Dieu. D'une seule voix, ils lui répondirent :

« Tout ce que dira le Seigneur, nous le ferons ! »

Dieu dit alors à Moïse :

« Dans trois jours, du haut de la montagne, je parlerai au peuple, je lui donnerai mes instructions. D'ici là, qu'il se prépare à écouter ma voix ; puis, le troisième jour, qu'il s'assemble au bas de la montagne ; mais qu'il se garde bien de la gravir, et même d'y poser le pied ! Quiconque toucherait à la montagne mourrait aussitôt ! »

Le matin du troisième jour, de sombres nuées recouvrirent la montagne, des éclairs jaillirent et le tonnerre gronda. La montagne se mit à trembler et son sommet s'embrasa. Épouvantés, les Israélites se prosternèrent, face contre terre, et ils entendirent alors, de leurs propres oreilles, Dieu promulguer les dix commandements fondamentaux :

I. Je suis l'Éternel, ton Dieu, qui t'ai fait sortir du pays d'Égypte où tu étais esclave.

II. Tu n'auras point d'autre dieu que moi ; tu ne te feras point d'idoles, tu ne te prosterneras pas devant elles, tu ne les adoreras pas ; car moi, l'Éternel, je suis un dieu jaloux...

III. Tu n'invoqueras pas le nom de l'Éternel à l'appui du mensonge...

IV. Observe le jour du sabbat pour le sanctifier. Pendant six jours, tu travailleras et vaqueras à tes affaires. Mais le septième jour est la trêve de l'Éternel : vous ne travaillerez point, toi, ton fils ou ta fille, ou même l'étranger qui sera dans tes murs ; tu ne feras pas travailler non plus ton bétail ni tes esclaves, car ils doivent se reposer comme toi...

V. Honore ton père et ta mère...

VI. Ne commets point d'homicide.

VII. Ne commets point d'adultère.

VIII. Ne commets point de vol.

IX. Ne porte pas un faux témoignage contre ton prochain.

X. Ne convoite pas la femme de ton prochain, ni son esclave, ni sa servante, ni son bœuf, ni son âne, ni rien de ce qui est à lui. »

Ces dix commandements ne constituaient que le préambule du long discours que Dieu se proposait d'adresser à son peuple. Mais les Israélites furent incapables d'en entendre davantage : d'une part, en raison des roulements continus du tonnerre, seuls les deux premiers commandements étaient parvenus à peu près distinctement aux oreilles de l'auditoire ; d'autre part et surtout, la terreur que causait aux Israélites l'apparition divine paralysait leurs facultés d'attention.

« De grâce, dirent-ils à Moïse, demande à Dieu de cesser de s'adresser à nous directement. Qu'il veuille bien communiquer ses instructions à toi seul, pour que tu nous les transmettes ensuite. »

Moïse fit part à Dieu de cette requête.

« Pour une fois, lui répondit Dieu, ils ont bien parlé ! Monte donc sur la montagne ; désormais, c'est à toi seul que je m'adresserai. »

Premier séjour de Moïse sur le Sinaï

« Attendez-moi dans le camp jusqu'à mon retour, dit Moïse aux Israélites ; si quelque affaire urgente survenait pendant mon absence, adressez-vous à Aaron. »

Moïse sortit du camp et gravit seul la montagne. Parvenu au sommet, il se trouva face à face avec Dieu. Dès son arrivée, Dieu lui remit deux tables de pierre sur lesquelles il avait gravé, de sa main, le texte des dix commandements. Puis il entreprit de lui dicter la Loi dans tous ses détails. Ce n'était pas une mince affaire, car la Loi d'Israël, telle que Dieu la promulgua sur le mont Sinaï, couvrait avec une minutie extrême tous les aspects de la vie religieuse, sociale, familiale et individuelle du peuple élu. Elle comportait à la fois de grands principes religieux et moraux, des lois civiles et pénales, et une multitude de règles de vie quotidienne relatives à l'alimentation, à l'hygiène et même aux bonnes manières. Après quarante jours de dictée, alors que Dieu avait transmis à Moïse à peu près la moitié du texte de la Loi, des événements graves se produisirent dans le camp israélite.

Le veau d'or

Pendant les premiers jours qui avaient suivi le départ de Moïse, les Israélites avaient attendu patiemment son retour ; son absence se prolongeant, ils commencèrent à s'inquiéter ; enfin, au bout d'un mois, comme ils étaient sans nouvelles de lui, ils perdirent l'espoir de le voir revenir. Les anciens allèrent trouver Aaron et lui dirent :

« Puisque Moïse, qui nous a fait sortir d'Égypte, a disparu et n'est plus là pour nous guider, donne-nous un dieu pour le remplacer ! »

Aaron n'osa pas s'opposer de front à leur projet ; il crut habile, pour les en détourner, de faire fond sur leur avarice et sur la coquetterie de leurs femmes.

« Pour vous fabriquer un dieu, leur dit-il, j'ai besoin de beaucoup d'or ; apportez-moi donc les bijoux de vos épouses. »

A la surprise d'Aaron, le désir des Israélites de se doter d'un nouveau dieu était tel que, non seulement ils parvinrent à persuader leurs femmes d'apporter leurs colliers et leurs bracelets, mais qu'eux-mêmes se dépouillèrent en masse de leurs boucles d'oreilles. Seule la tribu de Lévi, à laquelle appartenaient Moïse et Aaron, refusa de participer à la collecte. Aaron dut s'exécuter : il fondit l'or et le coula dans un moule en forme de veau, grandeur nature. En voyant le veau d'or, les Israélites s'écrièrent :

« Voici le dieu qui nous a fait sortir d'Égypte ! »

Le soir même, ils célébrèrent en son honneur une cérémonie de sacrifices, suivie de grandes réjouissances populaires.

Le lendemain matin, sur le Sinaï, Moïse s'apprêtait à reprendre, sous la dictée de Dieu, la rédaction de la Loi au point où ils s'étaient arrêtés la veille, lorsque Dieu, enflammé de colère, lui annonça la trahison d'Israël.

« Apprends, lui dit-il, ce qu'a fait ton peuple.

Quarante jours à peine après avoir reçu, de ma bouche, les dix commandements fondamentaux, il a déjà violé les deux premiers d'entre eux, les seuls que, de son propre aveu, il avait entendus distinctement : il s'est livré à l'idolâtrie, il s'est prosterné devant un veau d'or et lui a offert des sacrifices ! »

Tout d'abord, Moïse ne peut en croire ses oreilles.

« Ce n'est pas possible, murmure-t-il d'un ton dubitatif.

— Puisque je te le dis ! s'exclame Dieu avec irritation.

— Ce n'est pas que je doute de ta parole, reprend Moïse, mais tu m'as dit toi-même, pas plus tard qu'hier, à propos des règles judiciaires relatives aux procès, qu'un juge ne doit jamais se fier à un seul témoignage, quelle que soit l'autorité de son auteur.

— Si tu ne me fais pas confiance, réplique Dieu, descends de la montagne et va te rendre compte par toi-même ! »

Comme Moïse se disposait à descendre de la montagne, Dieu ajouta :

« Ton peuple a lassé ma patience. C'est un peuple désobéissant, à la nuque raide ; tu es, parmi eux, le seul homme de bien. Cesse donc d'implorer pour eux ma bienveillance, car je vais les détruire, les effacer à jamais de la surface de la terre. De tes descendants à toi, en revanche, je ferai une grande nation que je comblerai de bienfaits.

— Il n'y a pas longtemps, observe Moïse, tu par-

lais d'Israël en disant "mon peuple" ; aujourd'hui, dans ta colère, tu me dis "ton peuple" ; il n'a pourtant pas changé de propriétaire du jour au lendemain ! Ne prends pas à son égard, je t'en supplie, de décision hâtive ; n'oublie pas l'alliance que tu as contractée avec Abraham, Isaac et Jacob.
— Nous reparlerons de cela plus tard », répondit Dieu à Moïse.

Moïse prend avec lui les deux tables de pierre gravées par Dieu, redescend de la montagne et se rend au camp israélite. En y arrivant et en voyant le peuple danser autour du veau d'or, Moïse est pris d'une sainte colère ; il brise, en les jetant à terre, les tables de la Loi qu'il portait sur l'épaule ; il renverse le veau d'or, l'écrase à coups de masse et le réduit en fine poussière. Cette poussière, il la mélange à l'eau d'une citerne, et la fait boire, jusqu'à la dernière goutte, aux Israélites épouvantés. Puis il apostrophe son frère Aaron :

« Qu'est-ce que ce peuple t'a donc fait, pour que tu l'incites à commettre un tel crime ?
— Ce n'est pas moi qui l'ai incité, proteste Aaron ; tu sais bien comment sont les Israélites : toujours prêts à faire le mal ! Seuls les membres de notre tribu, les Lévites, sont restés fidèles à Dieu. »

Moïse rassemble les Lévites.

« Armez-vous de vos épées, leur dit-il, et frappez sans pitié tous les meneurs ! »

Le lendemain, Moïse réunit le peuple et lui dit :

« Vous avez commis un grand péché. Je vais

cependant remonter vers le Seigneur pour tenter d'obtenir votre pardon. »

Et il remonta sur le mont Sinaï.

Deuxième séjour de Moïse sur le mont Sinaï

« Eh bien, lui dit Dieu, tu as vu ?
— Hélas, répond Moïse, tu avais raison : ce peuple est indocile et s'est rendu coupable d'un grand péché. Pourtant, si tu voulais lui pardonner sa faute... »

Et Moïse prononça alors un éloquent plaidoyer, en exhortant Dieu à ne pas céder à des sentiments de jalousie.

« Prends exemple, lui dit-il, sur Rachel, l'épouse de Jacob : elle sut, elle qui n'était qu'un être humain, pardonner à sa sœur Léa qui lui avait volé un fiancé. Et toi, qui es Dieu, tu serais jaloux d'une misérable idole, avec laquelle Israël n'a eu qu'une brève aventure ? »

Dieu hésitait encore.

« Je me suis promis, rappelle-t-il à Moïse, d'effacer ce peuple indocile de la surface de la terre ; je ne peux pas revenir sur ma décision.
— Tu sais bien, rétorque Moïse, qu'on peut toujours se faire délier, par un prêtre, d'un engagement qu'on a pris ; eh bien ! je suis prêt, moi qui suis prophète, à te délier du tien !
— C'est bon, répond Dieu, pour cette fois, je leur

pardonne. Toutefois, si jamais ils récidivent, ils seront doublement punis. Pour l'instant, ne parlons plus de cette affaire, et reprenons l'étude de la Loi. »

Pour remplacer les premières tables de pierre que Moïse avait brisées, Dieu en grava un nouveau jeu. Puis il reprit la dictée de la Loi. Il leur fallut encore quarante jours pour achever l'examen de tous les articles. Le quarantième jour, vers midi, Moïse prenait note de l'ultime disposition : « Tu ne feras pas cuire un chevreau dans le lait de sa mère. »

« Maintenant, lui dit Dieu, tu peux redescendre de la montagne et communiquer mes instructions au peuple d'Israël. »

Quand Moïse, tenant dans ses mains les nouvelles tables de la Loi, réapparut aux yeux des Israélites, son visage, sans qu'il le sût, rayonnait d'une lumière surnaturelle. Devant tout le peuple réuni, il prononça les paroles suivantes :

« Pendant mes deux séjours sur le mont Sinaï, Dieu m'a fait connaître la Loi qu'il vous a destinée. C'est une loi parfaite et intangible, il n'y a rien à y ajouter ni rien à en retrancher ; on ne doit s'en écarter ni à droite ni à gauche. C'est une loi élevée mais non inaccessible. Ce n'est pas au ciel que vous devez la placer, mais dans votre cœur, pour l'observer journellement. »

D'une seule voix, le peuple répondit à Moïse :

« Tout ce qu'a décrété l'Éternel, nous l'exécuterons ! »

XXVII. La traversée du désert

Les préparatifs du départ

« Avant de reprendre notre route vers le pays de Canaan, dit Moïse aux Israélites, nous devons accomplir une tâche urgente : la construction et la décoration de notre sanctuaire. »

Dieu avait donné à Moïse des instructions précises à cet égard. Les lieux saints devaient être composés de plusieurs éléments, dont le principal était l'arche sacrée, sorte de grande armoire construite en bois précieux et en or, facilement transportable à l'aide de barres de bois placées sur les côtés ; c'est dans cette arche que devaient être déposées les tables de la Loi gravées par Dieu et les rouleaux de la Loi écrits de la main de Moïse.

Pour se procurer les matériaux nécessaires, Moïse lança un appel au peuple, demandant à tous ceux qui avaient à cœur de participer à la construction des lieux saints d'apporter des dons en nature. Le résultat de cette souscription dépassa les espérances de Moïse : deux jours après son lancement, il y avait déjà assez de matériaux pour construire trois sanctuaires ! Ce succès plongea Aaron dans la perplexité. « Au moment de la construction du veau d'or, observa-t-il, il s'est trouvé environ six cent mille Israélites pour m'apporter leurs bijoux ; il y en a autant, cette fois-ci, qui ont fait une offrande pour la construction du sanctuaire. Comme il est difficile de croire que ce sont les mêmes personnes qui, à quelques jours de distance, se seraient dépouillées en faveur d'une idole puis en faveur de Dieu, on doit en conclure que notre peuple compte à peu près douze cent mille âmes. »

Pour en avoir le cœur net, Moïse décida de procéder à un recensement de la population mâle de plus de vingt ans. Par la même occasion, un impôt d'un demi-sicle par personne serait levé. Le décompte fit apparaître que, contrairement aux calculs d'Aaron, la population d'Israël ne s'élevait qu'à six cent trois mille cinq cents individus.

Lorsque les travaux de construction des lieux saints furent achevés, Moïse annonça au peuple que les fonctions de prêtres seraient dévolues, d'une manière exclusive et perpétuelle, à Aaron et à ses descendants. Quant aux fonctions religieuses annexes, telles que la garde et l'entretien des lieux saints, elles seraient exercées exclusivement par les membres de la tribu de Lévi, les Lévites. Cette tribu se trouvait ainsi récompensée pour être restée fidèle à Dieu, seule parmi toutes les autres, au moment du malheureux épisode du veau d'or.

Après la consécration du sanctuaire, Moïse fit savoir aux Israélites que le moment était venu pour eux de reprendre la marche vers le pays de Canaan.

« Nous partirons, leur dit-il, aussitôt que la nuée qui couvre le Tabernacle s'élèvera au-dessus de lui ; c'est elle qui nous précédera et qui nous montrera le chemin. Lorsqu'elle s'arrêtera, nous nous arrêterons aussi, et nous ne repartirons qu'avec elle. »

Les cailles

Peu de temps après leur départ du mont Sinaï, les Israélites manifestèrent une fois de plus leur mécontentement : les questions alimentaires furent, comme d'habitude, à l'origine de cette nouvelle crise.

« Nous sommes excédés, dirent-ils à Moïse, de manger tous les jours de la manne. De la manne au petit déjeuner, de la manne à midi, de la manne au souper, cela finit par être fastidieux ! Ah, qu'ils étaient savoureux, les poissons que nous mangions en Égypte, les concombres et les poireaux, les oignons, et surtout la viande ! Quand est-ce que nous mangerons à nouveau de la viande ? »

Harcelé par les reproches du peuple, Moïse alla se plaindre à Dieu.

« Pourquoi, lui dit-il, m'imposes-tu le fardeau de cette nation ? Est-ce moi qui l'ai enfantée, pour que tu me forces à la porter dans mes bras et à la nourrir comme la nourrice fait de son nourrisson ? Où trouverai-je de la viande pour tous ces gens qui me harcèlent ? » La colère de Dieu s'enflamma.

« Réunis le peuple, ordonna-t-il à Moïse, et dis-lui ceci de ma part : "Puisque vous avez sangloté aux oreilles de l'Éternel, que vous vous êtes plaints d'être plus malheureux qu'en Égypte, et que vous lui avez réclamé de la viande, eh bien, de la viande, il va vous en donner ! Ce n'est pas seulement un jour ou deux que vous en mangerez, ni dix ni vingt jours, mais un mois entier, tellement qu'elle vous ressortira de la gorge et vous donnera des nausées !" »

Le soir même, un vent du nord se leva et porta vers le camp des nuées de cailles qui s'abattirent sur le sol. Les Israélites n'eurent qu'à se baisser pour les ramasser. Pendant tout un mois, le même phénomène se reproduisit chaque soir, ce qui permit au peuple de se rassasier de viande. Il s'en rassasia si bien qu'une épidémie se déclara dans le camp et fit, en quelques jours, des milliers de victimes. Les Israélites jugèrent alors prudent de renoncer aux cailles et de s'en tenir, pendant tout le reste de leur voyage, à la consommation de manne.

La discipline

Au cours de la marche d'Israël vers le nord, plusieurs incidents obligèrent Moïse à faire preuve de sévérité. C'est ainsi qu'il dut condamner à la lapidation un homme qui avait été surpris en train de ramasser du bois le jour du sabbat. Et Dieu lui-même dut intervenir personnellement pour remettre au pas la propre sœur de Moïse, Miryam, qui avait manqué de respect envers son frère. Elle était allée trouver un jour Moïse pour lui dire :

« Ta femme est venue se plaindre à moi : il paraît que tu la délaisses depuis près d'un an !

— C'est que, répond Moïse, je dois consacrer tout mon temps à m'occuper du peuple.

— Pour qui te prends-tu ? reprend Miryam ; crois-tu être ici le seul prophète ? Est-ce que Dieu ne nous a pas parlé aussi, à Aaron et à moi-même ? »

Moïse, qui était l'homme le plus humble de la terre, ne répondit rien. Mais Dieu répondit à sa place :

« Rendez-vous tous les trois au Tabernacle, séance tenante ! », dit-il à Moïse, à Aaron et à Miryam.

Lorsqu'ils furent réunis, Dieu dit à Aaron et à Miryam :

« Écoutez bien mes paroles. Si votre frère, Moïse, n'était qu'un prophète ordinaire, je me manifesterais à lui par des visions ou par des songes. Mais tel n'est pas le cas : Moïse est mon serviteur le plus dévoué ; je lui parle face à face, clairement et sans énigmes, comme un homme parle à un autre homme ; c'est mon image même qu'il contemple. Tu seras donc punie, Miryam, pour avoir médit de mon serviteur ! »

Aussitôt, Miryam se trouva couverte d'une lèpre blanche comme la neige. Moïse, qui n'est pas rancunier, implore pour elle l'Éternel : « De grâce, Seigneur, guéris-la !
— Si elle avait craché au visage de son père, répond Dieu, ne mériterait-elle pas d'être punie ? Qu'a-t-elle fait d'autre, en insultant mon serviteur ? Toutefois, par amour pour toi, je la guérirai dans sept jours. »

Les éclaireurs

Lorsque les Israélites furent arrivés aux confins du pays de Canaan, Moïse jugea prudent d'y envoyer une mission de reconnaissance. Il désigna douze éclaireurs, à raison d'un par tribu ; Josué, pour la tribu d'Éphraïm, et un certain Caleb, pour celle de Juda, faisaient partie de l'équipe. Moïse donna aux éclaireurs les instructions suivantes :

« Allez explorer le pays de Canaan, voyez si son aspect est bon ou mauvais, si son sol est gras ou maigre, s'il est boisé ou non, et tâchez de rapporter quelques fruits du pays. Examinez aussi le peuple qui l'habite, pour savoir s'il est nombreux, s'il est fort ou faible, si ses villes sont fortifiées ou non. »

Les éclaireurs se mirent en route et parcoururent le pays de Canaan en tous sens. Quarante jours plus tard, ils étaient de retour ; ils rapportaient divers échantillons de fruits qu'ils avaient cueillis, notamment un sarment de vigne chargé de raisins, qu'ils avaient coupé et que deux d'entre eux portaient sur une perche. En présence de tout le peuple, ils présentèrent leur rapport à Moïse.

« Le pays que nous avons visité est, comme tu nous l'avais annoncé, un pays ruisselant de lait et de miel, riche en fruits de toutes sortes. Mais sa population est nombreuse, ses guerriers sont redoutables, ses villes sont grandes et puissamment fortifiées. Il serait dangereux pour nous de chercher à le conquérir. »

Deux des douzes éclaireurs, Josué et Caleb, étaient toutefois d'un avis différent. « Nous ne devons pas avoir peur de ces peuples, assurent-ils ; si nous les attaquons hardiment, nous serons certainement vainqueurs, avec l'aide de Dieu.

— Gardons-nous-en bien, répliquent les autres éclaireurs, nous serions à coup sûr battus ; nous avons vu dans ce pays de véritables géants. À côté d'eux, nous nous sentions comme des sauterelles, et eux, en nous regardant, il nous prenaient pour des puces !

— Vous saviez sans doute, objecte Josué, comment vous vous sentiez à côté d'eux, mais comment pouvez-vous savoir de quoi vous aviez l'air à leurs yeux ? »

Malgré les réserves émises par Josué et Caleb, le rapport des éclaireurs fut accueilli par les Israélites avec consternation.

« Pourquoi, s'écrièrent-ils, irions-nous mourir dans ce pays, nous et nos familles ? Choisissons un autre chef, et qu'il nous ramène en Égypte ! »

Et comme Moïse, Aaron, Josué et Caleb cherchaient à s'opposer à ce projet, les Israélites, menaçants, s'apprêtèrent à les lapider. Précipitamment, Moïse se rend au tabernacle pour demander des instructions au Seigneur. Dieu l'y attendait. « Quand donc, demande-t-il à Moïse, ce peuple cessera-t-il de m'outrager et de me refuser sa confiance, après tous les miracles que j'ai accomplis devant ses yeux ? Ma patience est à bout, je vais l'anéantir ! »

Une fois de plus, Moïse crut devoir intercéder en faveur de ses frères et parvint à fléchir le Seigneur.

« Je lui pardonne cette fois encore, déclara Dieu ; mais je te le jure, aussi vrai que je m'appelle Yahvé, tous ces hommes, qui ont vu de leurs yeux ma gloire et ma puissance, et qui pourtant m'ont renié dix fois, jamais ils ne verront le pays que j'ai promis par serment à leurs aïeux ! Va leur parler et dis-leur de ma part ceci : "J'ai entendu vos murmures, j'ai vu votre désobéissance, vous en serez punis : de toute la génération qui a été dénombrée dans le désert, de tous les hommes âgés de plus de vingt ans qui ont été recensés, pas un – à l'exception de Josué et de Caleb – ne posera le pied sur la Terre promise. Vous allez errer dans le désert pendant quarante ans – une année d'errance pour chaque journée que vos éclaireurs ont passée dans le pays de Canaan. Lorsque ces quarante années se seront écoulées, tous les hommes de cette génération seront morts, et leurs cadavres pourriront dans le désert. Alors, vos enfants prendront possession du pays que je vous avais promis et dont vous n'avez pas voulu. Oui, je vous le dis, moi qui suis l'Éternel : c'est dans le désert que vous mourrez !" »

Moïse tenta en vain de faire revenir Dieu sur sa décision ; tout ce qu'il put obtenir, ce fut que les quinze mois qui s'étaient déjà écoulés depuis la sortie d'Égypte seraient décomptés des quarante années d'errance dans le désert, la peine restant à courir se trouvant ainsi ramenée à trente-huit ans et neuf mois.

La révolte de Coré

Pendant les trente-huit années qui suivirent, les Israélites tournèrent en rond dans le désert de Cin, qui est au sud du Néguev. Le seul événement marquant de cette période fut une grave rébellion contre Moïse, menée cette fois par un groupe de deux cent cinquante Lévites, à l'instigation de l'un des leurs nommé Coré. Coré était un homme éminent, réputé pour son érudition ; mais il était jaloux de Moïse et dévoré d'ambition. Profitant de la lassitude et du découragement des Israélites, il lança contre Moïse une campagne de dénigrement, en l'accusant notamment de favoritisme sous prétexte qu'il avait réservé les fonctions sacerdotales aux seuls descendants d'Aaron. Il osa même s'en prendre à l'autorité religieuse de Moïse, à l'occasion d'une des séances quotidiennes au cours desquelles celui-ci enseignait la Loi à son peuple.

Le sujet traité ce jour-là était celui des impuretés.

« Puis-je te poser une question ? demande Coré à Moïse : si, sur un homme à la peau noire, on voit apparaître une petite tache blanche, cet homme est-il pur ou impur ?

— Impur », répond Moïse. Coré reprend :

« Et si la tache s'agrandit au point de couvrir le corps entier de cet homme et d'en faire un homme blanc, est-il pur ou impur ?

— Pur », répond Moïse.

Coré triomphe :

« Comment Dieu aurait-il pu édicter des règles aussi absurdes ? En vérité, c'est toi, Moïse qui as inventé la Loi de toutes pièces ! »

Ulcéré, Moïse va trouver Dieu dans le sanctuaire.

« Coré et sa bande, lui dit-il, veulent nous dépouiller, Aaron et moi, de notre autorité. Si tu souhaites me voir poursuivre ma tâche, manifeste, par un signe éclatant, que tu ne leur accordes pas ta faveur. »

Le signe réclamé par Moïse fut plus éclatant encore qu'il ne le souhaitait : un gouffre s'ouvrit sous les pieds de Coré et l'engloutit vivant, avec les deux cent cinquante Lévites qui l'entouraient.

XXVIII. Les dernières épreuves

Le rocher de Mériba

Lorsque, après trente-huit années d'errance dans le désert, la plupart des hommes de la génération du mont Sinaï – ceux que Dieu avait condamnés à ne jamais entrer au pays de Canaan – eurent disparu, Moïse jugea que le moment était venu de se remettre en route vers la Terre promise. Après quelques jours de marche, comme le peuple campait près de Mériba, dans une région particulièrement aride, l'eau vint à manquer complètement. Une fois de plus, les Israélites accablèrent Moïse et Aaron de reproches :

« Pourquoi nous avez-vous fait venir dans cette région sinistre, où il n'y a ni arbres ni eau ? Heureux ceux qui ont été engloutis vivants, avec Coré ! »

Moïse et Aaron allèrent demander des instructions à Dieu.

« Ordonnez à un rocher, leur dit-il, de produire de l'eau. »

Ce n'était pas la première fois que Moïse et Aaron étaient chargés par Dieu de faire jaillir une source d'un rocher ; bien des années auparavant, à Réfidim, il leur avait déjà demandé d'accomplir un miracle analogue. Mais, cette fois-ci, leur tâche fut compliquée par la mauvaise volonté des Israélites.

« Nous voulons bien, dirent-ils à Moïse, que tu essaies de faire sortir de l'eau d'un rocher – et nous sommes prêts, si tu y parviens, à reconnaître que c'est un miracle –, mais à condition que nous choisissions nous-mêmes le rocher ; car, pour un ancien berger comme toi, il est trop facile de trouver un rocher sous lequel il y a de l'eau ! »

Moïse dut se plier à leurs exigences, mais il n'était guère optimiste en s'approchant du rocher que les Israélites lui avaient désigné.

« Comment voulez-vous, s'exclama-t-il, que je fasse sortir de l'eau d'un rocher pareil ? » Pour mettre toutes les chances de son côté, il ordonna à Aaron de frapper le rocher deux fois de son bâton. Aaron s'exécuta, l'eau jaillit en abondance, et le peuple se désaltéra. Mais quand, le soir venu, Moïse se rendit au tabernacle pour y parler au Seigneur, Dieu lui dit :

« Puisque vous avez douté de moi, toi et ton frère, ce n'est pas vous qui conduirez ce peuple dans le pays que je lui ai promis. »

Le lecteur se demandera peut-être en quoi Moïse et Aaron avaient « douté de Dieu ». Les commentateurs se sont posé la même question et ont proposé l'explication suivante. Alors que Dieu avait dit à Moïse : « *Ordonne* au rocher de produire de l'eau », Moïse, au lieu de se contenter d'une simple injonction verbale, avait cru devoir employer la manière forte en demandant à Aaron de *frapper* le rocher, et même de le frapper deux fois. Quoi qu'il en soit, Moïse, qui s'attendait à recevoir les félicitations de Dieu, fut très étonné de se voir infliger une sanction. Mais, attribuant cette réaction imprévue à une mauvaise humeur passagère de Dieu, il ne s'en inquiéta pas outre mesure. « Je lui en reparlerai, songea-t-il, lorsqu'une occasion favorable se présentera. »

Mort d'Aaron

Quatre mois après l'affaire du rocher, la sentence de Dieu reçut un commencement d'exécution. Alors que les Israélites campaient au pied de la montagne d'Hor, Dieu dit à Moïse :

« C'est ici que ton frère Aaron doit mourir, et c'est à toi qu'il appartient de le lui annoncer. Monte avec lui et avec son fils Eliazar au sommet de la montagne. Lorsque vous y serez, dis à ton frère de se dépouiller de ses habits de grand prêtre et de les remettre à son fils, qui lui succédera. »

Moïse invita Aaron et Eliazar à monter avec lui sur la montagne d'Hor. Ne pouvant se résoudre à annoncer brutalement à Aaron que l'heure de sa mort avait sonné, il essaya de le lui faire comprendre par des allusions subtiles. Tout d'abord il insista, pendant l'ascension de la montagne, pour qu'Aaron occupât la place d'honneur, c'est-à-dire celle du milieu, qui revenait normalement à Moïse lui-même. Mais Aaron, attribuant cette insistance à la courtoisie et à l'humilité bien connue de son frère, n'en saisit pas la signification cachée. Quelques instants plus tard, Moïse dit à son frère :

« Lorsqu'une lampe a brûlé longtemps, n'est-il pas naturel, selon toi, que sa flamme vacille et s'éteigne ? »

Aaron, croyant que Moïse faisait allusion au candélabre sacré que le grand prêtre avait le devoir d'entretenir en permanence, s'empressa de rassurer son frère :

« Ne t'inquiète pas, lui dit-il, j'ai mis beaucoup d'huile dans le candélabre avant de partir, il ne s'éteindra pas avant notre retour. »

Juste avant d'arriver au sommet de la montagne, les trois hommes s'arrêtèrent un instant pour se reposer et manger un morceau de pain. Voyant qu'Aaron transpirait abondamment, Moïse lui dit :

« En te voyant, je me souviens des paroles que Dieu adressa à Adam, lorsqu'il le chassa du paradis terrestre : c'est à la sueur de ton visage que tu mangeras ton pain, jusqu'à ce que tu retournes à la terre dont tu as été tiré ; car poussière tu fus, et poussière tu redeviendras ! »

Cette fois Aaron commence à comprendre.

« Est-ce pour moi que tu dis cela ? demande-t-il à son frère.

— Oui », lui répond tristement Moïse.

Quelques heures plus tard, Moïse et Éliazar redescendirent seuls de la montagne. En les voyant revenir à deux alors qu'ils étaient partis à trois, et en observant qu'Éliazar était revêtu des habits de grand prêtre, les Israélites comprirent qu'Aaron était mort. Leur affliction fut profonde, car Aaron, plus encore que Moïse, était aimé de tous. Pendant près de quarante ans, il n'avait cessé de soutenir le moral du peuple, d'apaiser les disputes et de rétablir la bonne harmonie dans les ménages désunis. Plus de quatre-vingt mille enfants, issus de couples raccommodés par lui, portaient, en son honneur, le prénom d'Aaron.

La malédiction manquée de Balaam

Après avoir observé un deuil de trente jours, les Israélites reprirent leur marche. Ils atteignirent bientôt une région située à l'est de la mer Morte et habitée par les Moabites, un peuple descendant de Loth, le neveu d'Abraham. Soucieux d'éviter si possible un conflit avec ces parents lointains d'Israël, Moïse envoya des émissaires au roi de Moab, nommé Balak, pour lui demander de traverser son territoire.

« Sois assuré, disait-il dans un message, que

nous ne piétinerons pas tes champs et que nous ne boirons pas l'eau de tes citernes ; nous suivrons la chaussée centrale, sans nous en écarter ni à droite ni à gauche. »

Malgré ces assurances, Balak refusa le passage aux Israélites et s'apprêta à les combattre. Mais, ayant entendu dire que les Israélites étaient protégés par un dieu puissant, il hésitait à les attaquer. Une idée lui vint, qu'il exposa à ses collaborateurs.

« Avant de livrer combat aux Israélites, nous devons faire en sorte qu'ils soient privés de la protection divine. Pour cela, faisons-les maudire par Balaam. »

Balaam était un magicien, un interprète de rêves et un jeteur de sorts internationalement connu. C'était un vrai professionnel, qui ne s'intéressait qu'à l'argent ; il était disposé, moyennant honoraires, à accepter n'importe quelle mission, pour n'importe quel client. Il n'hésitait même pas à bénir et à maudire successivement la même personne, en se faisant rémunérer d'abord par elle puis par ses ennemis.

Le roi de Moab envoya chez Balaam, qui habitait la Mésopotamie, des émissaires munis d'une grosse somme d'argent, pour lui demander de venir maudire le peuple d'Israël.

« Laissez-moi une nuit de réflexion, leur demanda Balaam ; je vous dirai si ce travail est dans mes cordes. »

Le lendemain matin, il se récusa.

« Israël, déclara-t-il, est un peuple très spécial et son dieu un dieu très puissant. Je regrette de ne pouvoir vous aider. »

Informé du refus de Balaam, le roi de Moab lui envoie, quelques jours plus tard, de nouveaux émissaires.

« Notre souverain, disent-ils au magicien, insiste pour que tu viennes ; il te prie de fixer toi-même le montant de tes honoraires. »

Cette fois, Balaam se laisse tenter.

« J'irai maudire Israël, leur répond-il, mais je ne puis vous dire à l'avance dans quels termes je le ferai. »

Il selle son ânesse et se met en route en compagnie des émissaires moabites.

Comme ils cheminaient, un ange envoyé par Dieu se dresse tout à coup devant eux, une épée flamboyante à la main. Cet ange est invisible aux yeux des hommes, mais visible à ceux des ânesses ; celle de Balaam, effrayée, fait un écart et sort de la route.

« Qu'est-ce qui te prend ? » lui crie Balaam en la frappant de son bâton.

Quelques instants plus tard, nouvelle apparition de l'ange à un endroit où la route était bordée par des murs de pierre ; en se jetant sur le côté, l'ânesse écrase le pied de son maître contre l'un des murs.

« Es-tu devenue folle ? », lui crie Balaam, et il la frappe à nouveau.

Un demi-mille plus loin, l'ange apparaît pour la troisième fois aux yeux de l'animal qui, cette fois, trébuche et tombe en entraînant son maître dans sa chute. Balaam se relève, ramasse sa trique et s'apprête à administrer une correction à sa monture ; celle-ci ouvre alors la bouche et interpelle son maître :

« Qu'est-ce que je t'ai donc fait, pour que tu me frappes ainsi à trois reprises ?
— Par trois fois, lui répond Balaam, tu m'as ridiculisé publiquement ! Si j'avais une épée, je te tuerais sur-le-champ !
— Tu as besoin d'une épée pour tuer une malheureuse ânesse, et tu prétends anéantir un peuple entier avec ta seule malédiction ? Laisse-moi rire ! », réplique l'ânesse.

A ce moment, les yeux de Balaam se dessillent et il aperçoit l'ange. Se prosternant devant lui, il lui demande :

« Dois-je revenir en arrière et renoncer à maudire Israël ?
— Poursuis ta route, lui répond l'ange, mais, lorsque tu maudiras, garde-toi de prononcer d'autres paroles que celles que Dieu mettra dans ta bouche ! »

Quelques jours plus tard, Balaam est accueilli à Moab par le roi Balak.

« Tu t'es fait un peu prier, lui dit celui-ci d'un ton de reproche ; croyais-tu que je n'avais pas les moyens de te payer à ta juste valeur ?
— Puisque je suis ici, lui répond Balaam, de quoi te plains-tu ? »

Dès le lendemain matin, Balak conduit Balaam

sur une hauteur d'où l'on apercevait le camp d'Israël.

« Voici ceux que tu dois maudire », lui dit-il.

Balaam fait dresser un autel, y sacrifie sept taureaux et sept béliers, entre en transe et prononce les paroles suivantes :

« Balak, roi de Moab, m'a fait venir pour maudire les enfants de Jacob. Mais comment maudirais-je ceux que Dieu a bénis ? Puissé-je mourir comme mourront ces justes !

— Qu'est-ce que c'est que ce procédé ? s'indigne Balak. Je te fais venir pour maudire mes ennemis, et c'est tout ce que tu trouves à dire ?

— Excuse-moi, répond Balaam, un peu penaud, la langue m'a fourché !

— Eh bien, reprend Balak, allons nous placer un peu plus haut sur la colline, à un endroit d'où la vue sur Israël est plus claire, et tâche cette fois de faire mieux. »

Balaam procède à un nouveau sacrifice, se concentre profondément et s'écrie d'une voix forte :

« L'Éternel, le Dieu tout-puissant, ne voit point de mal en Israël, point d'iniquité chez les enfants de Jacob ! Il a béni son peuple et ne se dédira point ; il l'a libéré de la servitude et lui a fait don d'un pays ruisselant de lait et de miel.

— Écoute, lui dit Balak, si tu n'es pas capable de maudire ce peuple, ne le maudis pas ; mais, au moins, abstiens-toi de le bénir !

— Montons encore un peu plus haut, propose Balaam, et je vais faire une dernière tentative. »

Après un nouveau sacrifice, il est pris de tremblements convulsifs et déclare d'une voix émue :

« Qu'elles sont belles tes tentes, ô Israël, tes demeures, ô Jacob ! Tu es puissant comme le lion qui se lève, redoutable comme le léopard qui bondit. Heureux celui qui te bénit et malheur à qui te maudit !

— Restons-en là, dit Balak ; je t'avais appelé pour les maudire, et par trois fois tu les as bénis ! Tu peux retourner chez toi, mais ne compte pas sur moi pour payer tes honoraires. »

Les quarante années d'errance dans le désert, auxquelles Dieu avait condamné les Israélites, étaient presque écoulées. Pour s'assurer que le renouvellement complet de génération était achevé, Moïse procéda à un deuxième recensement nominatif de la population adulte. Le dépouillement fit apparaître que, sur les six cent mille hommes que comptait désormais le peuple d'Israël, pas un seul, à l'exception de Moïse, Josué et Caleb, ne figurait dans le recensement précédent : tous ceux qui avaient plus de vingt ans à l'époque du mont Sinaï étaient morts dans le désert. Moïse comprit alors que le moment tant attendu d'entreprendre la conquête de la Terre promise était enfin arrivé.

XXIX. Testament et mort de Moïse

Le dernier discours de Moïse

Moïse réunit les Israélites dans une vaste plaine, à l'est du Jourdain, pour leur donner ses dernières instructions.

« Vous allez bientôt, leur dit-il, franchir le Jourdain et pénétrer dans le pays que Dieu a promis à vos ancêtres, Abraham, Isaac et Jacob. C'est un pays béni, arrosé de torrents et de cours d'eau qui se répandent dans les vallées ; un pays qui produit le froment et l'orge, le raisin et la grenade, l'olive huileuse et le miel ; un pays où vous ne manquerez de rien. C'est sans moi, hélas, que vous irez prendre possession de cette belle contrée, car l'Éternel s'est courroucé contre moi – à cause de vous – et a juré que je ne franchirais pas le Jourdain. Celui qui me remplacera à votre tête, c'est Josué, mon disciple. Obéissez à sa voix comme vous avez obéi à la mienne – et même, si possible, un peu mieux !

Le pays où vous allez pénétrer est occupé par des nations nombreuses, et gardé par des places puissamment fortifiées. Mais vous n'avez rien à craindre ; quand vous irez à la bataille et que vous verrez s'avancer contre vous une armée supérieure à la vôtre, n'en soyez pas effrayés, car l'Éternel sera à vos côtés. Souvenez-vous de ce qu'il a fait jadis au pharaon et à son armée lors de la traversée de la mer Rouge ; ainsi fera-t-il encore à tous les peuples qui s'opposeront à vous.

« Pendant la conquête de Canaan, tous les hommes de vingt à cinquante ans seront mobilisés ; toutefois diverses exemptions seront admises. Si un homme a bâti une maison neuve et ne l'a pas encore occupée, qu'il parte et s'en retourne chez lui, car il pourrait mourir à la bataille et un autre occuperait sa maison. Si quelqu'un a promis mariage à une femme et ne l'a pas encore épousée, qu'il parte et s'en retourne chez lui, car il pourrait mourir à la bataille et un autre prendrait sa fiancée. Si un homme, à l'approche du combat, est pris de peur parce qu'il craint de mourir, qu'il se retire et retourne chez lui, afin que le cœur de ses compagnons ne défaille pas comme le sien. Avant d'attaquer une ville, vous inviterez ses habitants à se soumettre sans combat ; s'ils acceptent, vous leur laisserez la vie et vous ne vous emparerez pas de leurs biens. Mais, s'ils refusent, vous les passerez au fil de l'épée sans vous laisser attendrir ; car si vous les épargnez, ils seront ensuite comme des épines dans vos yeux, comme des aiguillons dans vos flancs ; ils vous harcèleront sans cesse et ne vous laisseront pas de repos.

« Vous êtes, ne l'oubliez jamais, le peuple élu de Dieu. S'il vous a distingués entre tous les peuples qui vivent sur la terre et s'il vous a choisis, ce n'est pas que vous soyez le plus fort ou le plus nombreux, car vous êtes au contraire le moindre de tous ; c'est parce que Dieu n'a pas oublié le serment qu'il avait fait à vos aïeux, Abraham, Isaac et Jacob. Votre premier devoir, votre devoir suprême, sera d'observer la Loi que Dieu vous a donnée par ma bouche, et de la transmettre, sans rien y changer, à vos enfants et aux enfants de vos enfants. Dieu a placé devant vous le bonheur et le malheur ; c'est à vous de choisir. Si vous vous conduisez selon sa Loi, si vous lui êtes fidèles, il bénira vos demeures et vos champs ; il fera pleuvoir sur votre pays les pluies opportunes au printemps et à l'automne ; vous récolterez en abondance votre blé, votre vin et votre huile ; vous mettrez vos ennemis en fuite et vous deviendrez le premier de tous les peuples de la terre ; vous prêterez à beaucoup de nations et n'emprunterez à aucune ; la paix régnera dans votre pays et nul n'y troublera votre repos.

« Mais prenez garde ! Quand Dieu vous aura installés dans la Terre promise, dans ces villes grandes et belles que vous n'avez pas eu la peine de bâtir, parmi ces vignes et ces oliviers que vous n'avez pas eu la peine de planter, quand vous boirez l'eau de ces citernes que vous n'avez pas eu la peine de creuser, prenez garde à ne pas outrager le Seigneur ! Car si vous oubliez vos devoirs envers lui, votre punition sera terrible. Vous sèmerez le grain, mais vous ne récolterez pas la moisson ; vous planterez la vigne, mais vous n'en boirez pas le vin ; vous bâtirez une maison, et n'y habiterez point. Dieu suscitera contre vous d'effrayants fléaux ; il vous frappera de consomption, de fièvre chaude, de gale, de jaunisse et d'éruptions cutanées ; vous serez affligés d'hémorroïdes, de vers intestinaux, de vertiges, de cécité et d'aliénation mentale. Dieu lancera sur vous une nation guerrière, rapide comme l'aigle, inexorable comme le tigre, qui n'aura pas de respect pour le vieillard ni de pitié pour l'enfant. Vous serez arrachés de votre pays et dispersés parmi les nations, d'une extrémité de la terre à l'autre. Vous serez la fable et la risée de tous les peuples, ils vous accableront de leur mépris et de leur cruauté. Voilà ce qui t'attend, Israël, si tu outrages ton Dieu et si tu oublies sa Loi ! »

Lorsqu'il eut terminé son discours, Moïse quitta l'assemblée et, comme il le faisait chaque jour, se rendit au tabernacle pour y recevoir les instructions de Dieu.

Moïse sur le mont Nébo

« Le jour de ta mort est venu, lui dit Dieu ; gravis le mont Nébo, cette colline qui fait face à Jéricho, et contemple le pays que je donne à ton peuple. Quand tu l'auras contemplé, tu mourras sur cette montagne, car – je te l'ai dit – tu ne traverseras pas le Jourdain. »

Moïse se mit en route, tout seul, et gravit la montagne. Lorsqu'il fut au sommet, il se tourna vers l'ouest et vit, à ses pieds, le pays de Canaan. Dieu lui apparut alors et lui dit :

« Voilà le pays que j'ai promis par serment à Abraham, Isaac et Jacob, et qui appartiendra à leur postérité. Je te le fais voir, mais tu n'y entreras point. Tes pieds n'en fouleront pas le sol, tes mains n'en cueilleront pas les fruits. »

Depuis l'affaire du rocher de Mériba, Moïse se savait condamné à ne pas entrer au pays de Canaan ; mais, au fond de lui-même, il n'avait jamais pris cette condamnation tout à fait au sérieux et avait conservé le secret espoir que Dieu reviendrait sur sa décision. Aussi, en entendant les paroles divines, fut-il pris pour la première fois de sa vie d'un sentiment de révolte. Lui qui, si souvent, avait plaidé devant Dieu la cause de son peuple, il crut avoir le droit de plaider aussi la sienne. Debout, face à face avec Dieu, il s'adressa à lui – selon son habitude – comme un homme parle à un autre homme.

« Je te demande, lui dit-il, de me laisser traverser moi aussi le Jourdain ! N'est-il pas écrit, dans la Loi que tu m'as dictée toi-même : "Tu remettras à l'ouvrier son salaire avant que le soleil ne se couche, car il attend son salaire avec anxiété" ? Ignoreras-tu ta propre Loi en me refusant mon salaire, à moi qui ai consacré ma vie à ton service ?
— Ton salaire, lui répondit Dieu, tu le recevras dans les siècles futurs ; ce sera la gloire d'avoir donné à Israël une loi parfaite et immuable. Regarde plutôt : je vais te faire voir comment les sages des temps à venir commenteront tes paroles. »

Le songe de Moïse

Moïse s'assoupit soudain et eut un songe. Il se trouvait dans une maison d'étude où, par petits groupes, des hommes barbus, vêtus de manteaux noirs et coiffés de chapeaux ronds, discutaient avec passion certains passages de la Loi. Chaque phrase, chaque mot et même chaque lettre du passage étudié faisaient l'objet d'une montagne d'interprétations, d'explications et de distinguos subtils. Lui-même, Moïse, passait d'un groupe à l'autre en écoutant leurs discussions passionnées sans toujours les comprendre. Il finissait par ne plus savoir lui-même ce qu'il avait voulu dire dans les textes que les sages commentaient.

Dans un premier groupe, un homme qui paraissait jouir d'une grande considération de la part de ses interlocuteurs, qui l'appelaient rabbi Éliezer ben Ruben, distinguait trois degrés dans le crime consistant à manger du porc ; c'était, par ordre croissant de gravité :
— manger du porc alors qu'on croit manger du mouton (crime involontaire),
— manger du mouton alors qu'on croit manger du porc (crime volontaire mais non effectif),
— et manger du porc en sachant qu'on mange du porc (crime à la fois volontaire et effectif).

Dans un autre groupe, le débat portait sur la manière dont un homme doit lacer ses chaussures.
« C'est par le pied droit qu'il faut commencer, affirmait l'un des sages, car il est écrit : "Le juste sera à la droite du Seigneur" ; cela démontre que le côté droit est le plus important et qu'il faut lui donner la priorité.
— Pas du tout, rétorquait son voisin, car lorsque nous prions le Seigneur, nous sommes en face de lui ; la droite du Seigneur correspond à notre gauche à nous, et c'est donc par le pied gauche qu'il faut commencer.
— Vous vous trompez tous les deux, affirmait le troisième, car il est écrit : "Jacob croisa ses mains ; il mit sa main droite sur la tête d'Éphraïm, qui était à sa gauche, et sa main gauche sur la tête de Manassé, qui était à sa droite." A l'instar de Jacob, il faut donc, pour se chausser, croiser les jambes

et commencer par le pied situé à gauche, c'est-à-dire le pied droit. »

Dans un troisième groupe, un homme encore jeune demandait à ses aînés de lui expliquer une apparente anomalie de la Loi :
« Un bouc, faisait-il observer, a plus de valeur qu'une chèvre ; or, l'amende prévue pour le vol d'un bouc est inférieure à celle qui s'applique au vol d'une chèvre !
— C'est bien simple, lui répondait son voisin, dans les deux cas la Loi impose – en plus de l'amende – la restitution de l'animal volé ; or, compte tenu de l'odeur que dégage un bouc, le fait d'avoir à le porter sur l'épaule pour le rapporter à son propriétaire constitue déjà, pour le voleur, une peine dissuasive. »

La mort de Moïse

Moïse sortit de son sommeil.
« Eh bien, lui dit Dieu, n'es-tu pas fier de savoir qu'après ta mort d'innombrables générations de savants passeront leur vie à méditer chacune de tes paroles ? N'est-ce pas là la plus belle des récompenses ?
— Que m'importe, réplique Moïse, d'être récompensé quand je serai mort ? Ce que je veux, c'est entrer vivant au pays de Canaan.

— C'est impossible, répond Dieu ; je t'ai prévenu il y a longtemps que tu n'y entrerais pas.

— Ce n'est pas exactement cela que tu m'as dit, objecte Moïse ; tu as dit à Aaron et à moi-même : "Ce n'est pas vous qui *conduirez* ce peuple dans le pays que je lui ai promis." Je veux bien ne pas l'y conduire, mais laisse-moi au moins l'y *accompagner*, non pas comme chef mais comme simple citoyen.

— Tu sais bien, observe Dieu, que, toi vivant, aucun autre Israélite n'aurait assez d'autorité pour commander à ta place.

— Eh bien, suggère Moïse, si je ne puis entrer en Terre promise comme un citoyen, change-moi en mouton ou en oiseau, pour que je puisse au moins goûter l'herbe ou les fruits de cette terre !

— Les Israélites, objecte Dieu, pourraient alors être tentés de faire de toi une idole. Et n'as-tu pas écrit toi-même : "Vous ne vous ferez pas d'images d'un animal terrestre ou volatile quelconque" ?

— Si je ne puis entrer vivant au pays de Canaan, supplie Moïse, permets-moi au moins d'y entrer mort. Autorise les Israélites à y enterrer mes os !

— Cela suffit, tranche Dieu ; n'insiste pas plus longtemps, car tu finirais par lasser ma patience ! »

Mais Moïse refuse encore de s'incliner.

« La moindre des choses, dit-il à Dieu, c'est que tu me dises clairement ce que tu me reproches. Si vraiment j'ai fait quelque chose de mal, je suis prêt à accepter ma punition.

— Tu as douté de moi en frappant par deux fois

le rocher de Mériba, alors que je t'avais seulement dit de lui parler.

— Et toi, rétorque Moïse, n'as-tu pas douté de moi, le jour du buisson ardent, en m'adjoignant mon frère Aaron pour parler aux Israélites, sous prétexte que j'avais une mauvaise élocution ?

— En outre, reprend Dieu sans relever la réplique de Moïse, tu as jadis commis un meurtre sur la personne d'un Égyptien.

— C'était peu de chose, rétorque Moïse, à côté de celui que tu as commis toi-même, la nuit de Pâques, sur tous les premiers-nés égyptiens !

— De toute façon, reprend Dieu, il faut bien mourir un jour : les patriarches eux-mêmes, Abraham, Isaac et Jacob, n'ont pas échappé au sort commun de l'humanité.

— Au moment de leur mort, rappelle Moïse, ils étaient tous les trois "dans une heureuse vieillesse et rassasiés de jours", ce qui n'est pas mon cas. Accorde-moi donc quelques années de plus !

— Je regrette, répond Dieu, ton heure a sonné. »

Et il disparaît de devant les yeux de Moïse.

Celui-ci déclenche alors une épreuve de force ; il trace autour de lui un cercle sur le sol et se mit à réciter à haute voix la Loi, qu'il connaît par cœur. Quelques instants plus tard, l'ange de la mort apparaît ; il a été envoyé par Dieu pour recueillir l'âme de Moïse, mais il n'ose franchir le cercle tracé par Moïse et interrompre la récitation du texte sacré ; il s'en retourne bredouille.

Successivement, les archanges Michel, Gabriel,

Uriel et Raphaël sont invités par Dieu à aller chercher Moïse ; mais leur respect pour le prophète est si grand qu'ils ne sauraient lui faire violence. Dieu retourne alors lui-même sur le mont Nébo.

« Je suis disposé à t'accorder un sursis, dit-il à Moïse ; mais sache que le peuple d'Israël ne pourra entrer en Terre promise qu'après ta mort.
— Dans ce cas, répond Moïse – qui aimait son peuple plus que lui-même –, dans ce cas, je préfère mourir tout de suite. »

Et, dans un baiser sur la bouche de Moïse, Dieu prit son âme, aussi légèrement qu'on ôte une poussière de la surface du lait.

XXX. La conquête de Canaan

La traversée du Jourdain

Josué, qui avait succédé à Moïse, n'avait pas les mêmes qualités intellectuelles que son prédécesseur. On raconte que, quelques heures à peine après avoir pris le pouvoir, il avait déjà oublié trois cent six des six cent treize commandements de la Loi, que Moïse lui avait laborieusement enseignés. Mais c'était un homme droit et un excellent soldat. Lorsque les trente jours de deuil national observés par Israël en l'honneur de Moïse se furent écoulés, Dieu apparut à Josué dans un songe et lui dit : « Dispose-toi à traverser le Jourdain avec tout ce peuple, pour entrer dans le pays que je vous ai promis. Nul ne pourra te résister, tant que tu vivras : comme j'ai été avec Moïse, je serai avec toi. »

Josué assembla le peuple et lui annonça que la traversée du Jourdain aurait lieu trois jours plus tard.

Pendant que les Israélites se préparaient, Josué envoya deux espions de l'autre côté du Jourdain, pour reconnaître le terrain.

« Allez examiner le pays, leur dit-il, et notamment la ville de Jéricho, située à quelques milles seulement à l'ouest du fleuve ; ce sera notre premier objectif. »

Jéricho était une ville puissamment fortifiée : un rempart élevé l'entourait de toutes parts. Les espions entrèrent dans la ville à la nuit tombante, rencontrèrent une femme de mauvaise vie nommée Rahab, et l'accompagnèrent dans sa maison. Cette maison se trouvait à la périphérie de la cité, et faisait partie de la ceinture de remparts entourant Jéricho ; sa porte d'entrée ouvrait sur l'intérieur de la ville, et ses fenêtres, percées dans la muraille extérieure, donnaient sur la campagne. L'arrivée des espions n'étant pas passée inaperçue, le roi de Jéricho en fut averti. Il envoya aussitôt quelques soldats à la maison de Rahab, avec mission de s'emparer des deux étrangers suspects.

En entendant frapper à sa porte, Rahab fit monter les deux espions sur sa terrasse et les dissimula sous un tas de tiges de lin qui y séchaient ; puis elle alla ouvrir sa porte aux soldats et leur dit :

« Les hommes que vous cherchez sont bien venus chez moi, mais ils sont ressortis presque aussitôt et ont quitté la ville. »

Quand les soldats furent partis, elle remonta sur sa terrasse et dit aux espions :

« Je sais qui vous êtes, et je sais que votre peuple, protégé par un dieu puissant, va bientôt conquérir cette ville. Puisque j'ai été charitable envers vous et que je ne vous ai pas livrés, promettez-moi de m'épargner, moi et ma famille. »

Les espions lui répondirent :

« Lorsque notre armée prendra cette ville d'assaut, attache un fil écarlate à l'une des fenêtres de ta maison, et enferme-toi, avec les tiens, dans ta demeure. Pas un seul d'entre vous ne sera molesté par nos soldats. »

Au milieu de la nuit, Rahab fit descendre les espions par une fenêtre, au moyen d'une corde ; ils purent rejoindre leur camp sans encombre, et rendre compte de leur mission à Josué. Le lendemain matin, les Israélites se mirent en marche en direction du Jourdain. Lorsqu'ils en atteignirent la rive, Josué ordonna aux Lévites qui portaient l'arche sacrée de pénétrer dans le fleuve. Dès qu'ils y eurent mis le pied, les eaux d'amont s'arrêtèrent en formant un mur, cependant que les eaux d'aval continuaient de s'écouler, en laissant apparaître le fond. Le peuple entier put ainsi traverser le Jourdain à pied sec.

Les trompettes de Jéricho

Josué rassembla l'armée d'Israël et alla prendre position devant la ville de Jéricho, dont les portes avaient été fermées. Il dit aux soldats :

« Dieu m'est apparu en songe et m'a fait savoir comment nous devions procéder pour nous emparer de cette ville. Chaque matin, pendant six jours, notre armée entière, précédée par l'Arche Sacrée que porteront les Lévites, fera une fois le tour des remparts, dans un silence absolu. Le septième jour, le même cortège tournera sept fois autour de la ville ; au septième tour, à mon ordre, les Lévites souffleront dans leurs trompes et l'armée poussera un cri immense. Ce sera le signal de l'assaut. »

Pendant six jours, les ordres de Josué furent exécutés ponctuellement, et rien ne se passa. Le septième jour, dans un silence total, l'armée fit sept fois le tour des remparts ; à la fin du septième tour, sur un signe de Josué, les trompes des Lévites sonnèrent, six cent mille poitrines poussèrent une grande clameur, et les murailles de Jéricho s'abattirent comme un château de cartes. La ville fut prise d'assaut et la population entière passée au fil de l'épée, à l'exception de Rahab et de sa famille, qui furent épargnées.

Les victoires de Josué

Après la prise de Jéricho, la conquête de Canaan fut poursuivie par Josué sans relâche. Dieu protégeait Israël, et opérait des miracles en sa faveur chaque fois que c'était nécessaire. Au cours d'une bataille, Josué, craignant de voir lui échapper les survivants de l'armée ennemie à la faveur de la nuit, pria le Seigneur de prolonger la durée du jour ; le soleil attendit pour se coucher, et la lune attendit pour se lever, que la victoire d'Israël fût totale.

Après six années de campagne, la conquête du pays de Canaan était bien avancée, mais elle était loin d'être achevée : la côte de la Méditerranée restait occupée par les Philistins, et de nombreuses enclaves cananéennes subsistaient entre les territoires occupés par Israël. Dieu apparut en songe à Josué et lui dit : « Te voilà vieux et fatigué, inapte désormais à poursuivre la conquête de ce pays. Réunis l'assemblée d'Israël et procède au partage des territoires conquis – ainsi que de ceux qui restent à conquérir – entre les tribus d'Israël. »

C'est dans la ville de Silo, où s'était établie l'Arche Sacrée, que Josué attribua leurs lots aux douze tribus. Puis il abandonna ses fonctions de guide suprême et se retira dans ses terres. Il y mena jusqu'à sa mort une vie effacée, se contentant de compléter la législation établie par Moïse, mais sur des points très mineurs. Certains commentateurs croient même pouvoir affirmer que la contribution de Josué se limita à un seul règlement, de portée modeste, autorisant la pêche toute l'année dans le lac de Tibériade.

CINQUIÈME PARTIE

Les grands rois d'Israël : Saül, David et Salomon

XXXI. L'époque des juges

Après la mort de Josué et pendant plus d'un siècle, les tribus d'Israël, au lieu d'achever ensemble la conquête du pays de Canaan, se contentèrent des territoires qui leur avaient été attribués par Josué et vécurent isolées les unes des autres. De temps à autre, cependant, elles devaient faire face à une agression étrangère, menée par l'un ou l'autre des peuples païens qui les entouraient. Les tribus menacées par l'invasion formaient alors une alliance provisoire, sous l'autorité d'un chef nommé juge. Douze juges apparurent ainsi successivement en Israël, parmi lesquels quatre accomplirent des exploits mémorables.

Déborah

Le premier d'entre eux fut une femme nommée Déborah. Alors que les tribus de Nephtali et de Zabulon étaient opprimées par un roi cananéen, ce fut elle, une femme, qui fit honte à ses compatriotes de leur lâcheté, qui prit la tête de la résistance et qui remporta la victoire. Ensuite, pendant plusieurs années, elle exerça son autorité sur plusieurs tribus ; elle rendait la justice sous un palmier dont on montre encore l'emplacement, dans la montagne d'Éphraïm.

Gédéon

Après sa mort, les tribus du nord furent victimes d'une invasion et d'une occupation étrangères de la part, cette fois, des Madianites. Ce fut un jeune homme appelé Gédéon, de la tribu de Manassé, qui mena la guerre de libération. A son appel, quatre tribus d'Israël décrétèrent une levée en masse des hommes valides. Trente-deux mille hommes, pour la plupart mal armés, mal entraînés et dépourvus de qualités guerrières, furent ainsi rassemblés. Gédéon, qui préférait la qualité à la quantité, les passa en revue et leur dit :

« Que tous ceux d'entre vous qui craignent de mourir retournent chez eux ! »

Vingt-deux mille hommes sortirent des rangs et s'en allèrent. Aux dix mille qui restaient, Gédéon imposa alors, en guise d'entraînement, un sévère parcours du combattant. Après les avoir fait courir pendant plusieurs heures, il les conduisit au bord d'une rivière et les autorisa à se désaltérer.

La plupart s'agenouillèrent au bord de l'eau, qu'ils lapèrent comme des chiens ; seuls trois cents d'entre eux eurent encore assez de force pour rester debout, et assez de souplesse pour se pencher sur la rivière, prendre de l'eau dans le creux de leurs mains et la porter à leurs lèvres. Ce furent ceux-là seuls que Gédéon retint pour mener une expédition nocturne contre les Madianites.

A chacun d'eux il donna une trompe, une torche et une cruche.

« Allumez votre torche, leur dit-il, et dissimulez-la dans votre cruche, afin qu'on n'en voit pas la flamme. Nous allons former un cercle tout autour du camp ennemi et, à mon signal, vous briserez vos cruches et soufflerez dans vos trompes. »

L'opération fut exécutée au milieu de la nuit. Réveillés en sursaut, les Madianites se crurent encerclés par une armée nombreuse, furent pris de panique et s'enfuirent en désordre. Dans leur retraite, poursuivis par la petite troupe de Gédéon, les survivants madianites traversèrent le territoire d'Éphraïm. Avertis par des messagers que leur avait envoyés Gédéon, les Éphraïmites harcelèrent les fuyards et leur tendirent des embuscades ; l'armée madianite fut anéantie. Mais les Éphraïmites furent vexés de n'être intervenus que tardivement dans cette opération ; ils en firent reproche à Gédéon.

« Pourquoi ne nous as-tu pas appelés plus tôt, lorsque tu as décidé d'attaquer les Madianites ? »

Habilement, Gédéon les apaisa en flattant leur amour-propre :

« Que sont mes exploits, leur dit-il, en comparaison des vôtres ? Le grappillage d'Éphraïm ne vaut-il pas mieux que la vendange de Gédéon ? »

Jephté

Jephté fut le troisième des grands juges d'Israël. Fils d'une femme de mauvaise vie, il appartenait à la tribu de Gad. Méprisé par ses voisins, il avait quitté depuis quelques années son village, pour prendre la tête d'un ramassis d'aventuriers avec qui il vivait de rapines, lorsque la tribu de Gad et celle voisine de Manassé furent attaquées par le roi des Ammonites. Les anciens de Gad et de Manassé allèrent trouver Jephté et lui dirent :

« Sois notre chef, toi qui es habile au maniement des armes et habitué aux combats.

— N'est-ce pas vous, répliqua Jephté, qui m'avez chassé de la maison de mon père ? Pourquoi donc venez-vous à moi, maintenant que vous êtes dans la détresse ? Je n'accepterai de vous aider que si vous me promettez de me conserver pour juge, après la victoire. »

Les anciens durent accepter ses conditions.

Avant la bataille, Jephté fit un vœu au Seigneur.

« Si tu me donnes la victoire, je t'offrirai en holocauste la première créature que je rencontrerai en retournant dans mon village. »

Jephté marcha sur les Ammonites et les écrasa. Comme il rentrait chez lui, il aperçut, sortant du village pour aller à sa rencontre, sa fille, son unique enfant, qui marchait à la tête d'un cortège de chanteurs et de danseurs. Il déchira ses vêtements, éclata en sanglots, et finit par révéler à sa fille le vœu insensé qu'il avait fait.

« Mon père, lui répondit-elle, tu t'es engagé devant Dieu ; fais ce que tu as promis. Accorde-moi seulement, je t'en prie, deux mois de sursis pour que je me prépare à mourir.

— Va », lui dit-il, et il la laissa libre deux mois.

Après quoi, elle retourna chez son père, qui accomplit sur elle le serment qu'il avait prononcé.

L'affaire de « chibboleth »

A peine avait-il enterré sa fille qu'une nouvelle épreuve le frappait : une guerre civile éclatait entre la tribu de Manassé, que gouvernait Jephté, et la tribu voisine d'Éphraïm. On ne pouvait imaginer conflit plus fratricide que celui-ci, puisque Éphraïm et Manassé, qui avaient Joseph pour ancêtre commun, étaient souvent considérées comme une seule et même tribu, appelée la

Maison de Joseph. C'est l'amour-propre démesuré des habitants d'Éphraïm qui fut à l'origine de la dispute. Ayant appris que Jephté avait triomphé des Ammonites, les Éphraïmites se rendirent chez lui, de l'autre côté du Jourdain, et lui adressèrent de vifs reproches.

« Pourquoi es-tu allé en guerre contre les Ammonites sans nous inviter à marcher avec toi ? Pour t'apprendre la politesse, nous allons brûler ta maison ! »

Jephté rassembla les hommes de Manassé, livra combat aux Éphraïmites et les mit en déroute.

Les survivants d'Éphraïm s'enfuirent vers l'ouest, dans l'intention de repasser le Jourdain pour rentrer chez eux ; mais, lorsqu'ils parvinrent à la rivière, Jephté les avait devancés et occupait, avec ses hommes, tous les gués. Les Éphraïmites eurent alors l'idée de se faire passer pour des voyageurs manassites. Cette ruse était habile, car rien ne ressemblait autant à un Manassite qu'un Éphraïmite, et il était bien difficile de les distinguer. Il y avait toutefois entre les deux tribus une petite différence d'accent : les Éphraïmites étaient incapables d'articuler correctement la chuintante « ch », qu'ils prononçaient « ç » ; c'est ainsi que, pour se saluer, au lieu de dire « chalom », ils disaient « çalom ». En voyant affluer la foule des prétendus Manassites, Jephté soupçonne la supercherie.

« Nous ne vous laisserons passer le gué qu'un par un, leur dit-il, et après un contrôle d'identité. »

Ledit contrôle consista à demander à chaque voyageur, en lui montrant un épi de blé [1] : « Comment appelles-tu ceci ? » S'il répondait « chibboleth », on le laissait passer ; mais s'il disait « sibboleth », on l'exécutait sur-le-champ.

Samson

Le dernier des grands juges d'Israël fut Samson, un homme de la tribu de Dan. Au moment de l'enfanter, sa mère avait fait un vœu : « Si je donne le jour à un garçon, je m'engage à ne jamais lui couper les cheveux, afin qu'il devienne un nazir[2]. » La première partie de cet engagement fut respectée : aucun rasoir n'approcha la tête de Samson pendant son enfance et son adolescence. Mais il ne devint pas pour autant un nazir : la croissance de sa chevelure, loin de susciter chez lui des penchants à la sainteté, n'eut pour résultat que de lui donner une vigueur physique extraordinaire et des appétits charnels hors du commun.

Pendant l'enfance de Samson, une guerre éclata entre les tribus israélites qui habitaient l'ouest

---

1. « Épi » se dit en hébreu « chibboleth ».
2. Les nazirs étaient des adolescents qui, pendant quelques années, menaient une vie de sainteté entièrement consacrée au Seigneur. Ils devaient s'abstenir de se couper les cheveux ainsi que de boire du vin.

du pays de Canaan et les Philistins, un peuple païen qui occupait toute la bande côtière de la Méditerranée. Les Philistins l'emportèrent et imposèrent leur tutelle aux tribus vaincues, dont celle de Dan à laquelle appartenait Samson.

Lorsqu'il eut une vingtaine d'années, Samson tomba amoureux d'une jeune fille philistine habitant un village voisin du sien. Il demanda à ses parents l'autorisation d'épouser cette jeune fille ; malgré leurs réticences, ils finirent par accepter. Samson partit pour le village voisin et, en chemin, il rencontra un lion. Bien qu'il n'eût pas d'armes, il l'attaqua hardiment et, de ses bras nus, l'étouffa. Puis il se remit en route, fit sa demande en mariage et fut agréé ; la date de la noce fut fixée à quelques semaines plus tard. En retournant vers son village, il s'arrêta pour examiner le cadavre du lion qu'il avait tué, et constata qu'un essaim d'abeilles sauvages s'y était installé.

Lorsque la date fixée pour la noce fut venue, Samson se rendit au village de sa fiancée. Les parents de la jeune fille avaient organisé de grandes réjouissances, qui devaient durer sept jours et au terme desquelles le mariage devait être célébré. Trente garçons d'honneur avaient été invités. Dès qu'ils virent Samson, ils lui demandèrent s'il avait apporté des présents pour eux.

« Je vais, leur répondit-il, vous proposer une énigme ; si vous pouvez la résoudre, je vous donnerai à chacun une chemise et une tunique ; sinon, c'est vous qui m'en ferez don. »

Les jeunes gens ayant consenti à ce marché, Samson leur proposa une énigme qui lui avait été inspirée par sa découverte d'un essaim d'abeilles dans le cadavre du lion.

« De celui qui mange est sorti ce qui se mange, et du fort est sorti le doux : qu'est-ce que c'est ? »
Après s'être creusé la tête pendant toute la journée, les garçons d'honneur vont trouver la fiancée de Samson.

« Si nous ne résolvons pas l'énigme, lui disent-ils, c'est nous qui allons devoir offrir des cadeaux à ton fiancé ! Est-ce donc pour nous dépouiller que tu nous as invités à ta noce ? Va voir Samson et persuade-le de te donner la solution de sa devinette. »

Pendant six jours, la jeune fille implore en vain Samson de lui révéler la clé de l'énigme ; enfin, le septième jour, lassé de son insistance, il cède. Elle s'empresse d'en informer ses amis, qui se rendent aussitôt chez Samson et lui disent :

« Qu'y a-t-il de plus doux que le miel et de plus fort que le lion ? »

Samson comprend qu'il avait été trahi par sa fiancée. Il donne aux devineurs les vêtements promis, puis, plein de fureur, retourne à son village sans attendre la cérémonie nuptiale. Ne sachant que faire de sa fille, le père de la fiancée la donne pour épouse à l'un des garçons d'honneur.

Quelque temps après, Samson décide d'aller prendre possession de sa fiancée, dont il ignorait le mariage avec un autre. Muni d'un cadeau pour le père de la jeune fille, il se présente à lui et réclame sa femme.

« C'est trop tard, lui répond le père, j'ai cru que tu l'avais prise en grippe et je l'ai mariée à quelqu'un d'autre. De toute façon, sa sœur cadette est mieux qu'elle, épouse-la à sa place ! »

Indigné, Samson quitte le village, parcourt la campagne, s'empare de trois cents renards qu'il attache deux à deux par la queue ; il fixe une torche allumée sur chaque paire de queues et lâche les renards dans les champs philistins, qui sont bientôt dévorés par l'incendie.

Les Philistins ayant lancé une expédition de représailles contre les tribus d'Israël, Samson prit la tête de la résistance et remporta la victoire. A lui seul, ayant pour seule arme une mâchoire d'âne, il tua au cours de la bataille plusieurs centaines d'adversaires. A la suite de ce triomphe, il fut nommé juge et gouverna Israël pendant dix ans. Au cours de cette période, les Philistins, impressionnés par la force surhumaine de Samson, n'osèrent pas l'attaquer. Mais ils n'attendaient qu'une occasion pour triompher de lui par la ruse.

Ils apprirent un jour que Samson était tombé amoureux d'une femme nommée Dalila. Ils allèrent la trouver secrètement et lui dirent :

« Toi qui as tant de pouvoir sur lui, tâche de découvrir d'où lui vient sa vigueur prodigieuse et comment nous pouvons nous emparer de lui. Si tu y parviens, nous te donnerons cinq mille sicles d'argent. »

Pendant la nuit, alors que Samson était couché à côté d'elle, Dalila lui dit :

« Apprends-moi pourquoi ta force est si grande, et avec quoi il faudrait te lier pour te dompter ? »

Méfiant, Samson lui répond :

« Si l'on m'attachait avec des cordes neuves, n'ayant pas encore servi, je perdrais ma force et deviendrais comme un autre homme. »

Dès qu'il est endormi, Dalila prend des cordes neuves avec lesquelles elle le lie ; puis elle va ouvrir sa porte aux soldats philistins et les fait entrer, tout en criant à Samson :

« Les Philistins viennent te surprendre ! »

Samson se dresse, brise les cordes comme s'il se fût agi de fils de laine, et met les Philistins en fuite.

Quelques jours plus tard, Dalila revient à la charge :

« Tu t'es moqué de moi, dit-elle à Samson, tu m'as dit un mensonge ! Allons, sois gentil et dis-moi maintenant avec quoi on pourrait vraiment te lier.

— J'avais seulement oublié de te dire, réplique Samson, que pour rendre les cordes incassables, il fallait d'abord les mouiller. »

Profitant du sommeil de Samson, Dalila l'attache cette fois avec des cordes mouillées avant de faire entrer les Philistins. Mais Samson se libère aussi facilement que la première fois.

La nuit suivante, Dalila adresse à Samson de vifs reproches.

« Tu prétends que tu m'aimes, lui dit-elle, et tu me caches la vérité ! Deux fois, déjà, tu t'es moqué de moi en refusant de me révéler le secret de ta force. »

Excédé par l'insistance de Dalila, Samson finit par lui révéler son secret.

« Jamais rasoir n'a touché ma tête depuis ma naissance. Si l'on me coupait les cheveux, je perdrais toute ma force. »

Dalila sentit que, cette fois, il avait dit la vérité.

« Repose ta tête sur mes genoux, lui dit-elle ; j'aime que tu t'endormes ainsi comme un enfant. »

Lorsqu'il fut endormi, elle prit des ciseaux, lui coupa ses longues boucles, et cria aux Philistins d'entrer. Réveillé en sursaut, Samson, qui ne savait pas ce qu'avait fait Dalila, s'écrie : « Je m'en sortirai comme toujours ! »

Mais il a perdu toute sa force. Les Philistins s'emparent de lui, lui crèvent les yeux, l'enchaînent et le mettent en prison.

Un an plus tard, une grande fête eut lieu chez les Philistins en l'honneur de leur dieu Dagon. Rassemblés dans leur temple national, plusieurs milliers d'hommes se livrèrent aux réjouissances ; mis de belle humeur par le vin qu'ils avaient bu, ils eurent l'idée de faire sortir Samson de sa prison et de le faire venir pour se moquer de lui, comme d'une bête curieuse. Depuis qu'il était en prison, Samson n'avait pas retrouvé la vue, mais ses cheveux avaient repoussé. En entrant dans le temple, il dit au jeune garçon qui le conduisait par la main :

« Amène-moi, je te prie, jusqu'aux deux colonnes centrales qui soutiennent le temple, afin que je m'y appuie, car la tête me tourne un peu. »

Lorsqu'il fut entre les deux colonnes, il adressa une prière à Dieu : « Seigneur, lui dit-il, daigne me rendre assez fort pour que je puisse, d'un coup, faire payer mes deux yeux aux Philistins ! » Puis, de toutes ses forces, il écarta les deux colonnes, l'une de son bras droit, l'autre de son bras gauche, en criant aux Philistins : « Vous allez mourir avec moi ! »

Le temple s'écroula, ensevelissant sous ses pierres tous les Philistins qui se trouvaient à l'intérieur de l'édifice. Samson fit ainsi périr, le jour de sa mort, plus de Philistins qu'il n'en avait tué pendant toute sa vie.

XXXII. Les prophètes Éli et Samuel

Après la mort de Samson, dernier des juges d'Israël, les tribus se divisèrent à nouveau. Leurs disputes atteignirent un point culminant lors d'un conflit fratricide opposant la tribu de Benjamin à toutes les autres.

La guerre civile benjamite

Un Lévite, qui résidait sur le territoire de la tribu d'Éphraïm, avait une femme originaire de la tribu de Juda [1]. Cette femme, de caractère frivole, fit un jour une fugue. Après avoir passé quelques mois en compagnie de son amant, elle fut abandonnée par lui et retourna chez ses parents. Le

---

1. La tribu de Lévi n'avait pas de territoire propre. Ses membres, les Lévites, vivaient au sein des autres tribus et se consacraient exclusivement aux activités religieuses.

Lévite, averti par son beau-père, alla rechercher son épouse et reprit, avec elle, le chemin de sa maison. Un soir, comme il traversait le territoire de Benjamin, il décida de passer la nuit dans un village appelé Ghibéa. Les habitants de ce village avaient des mœurs violentes et dépravées. A son arrivée, le Lévite demanda l'hospitalité à plusieurs personnes, qui la lui refusèrent. A la fin, cependant, un vieillard accepta de recevoir le Lévite et sa femme, et leur offrit à souper.

A peine s'étaient-ils mis à table qu'une bande de jeunes Benjamites éméchés vinrent frapper à la porte du vieux, en exigeant qu'il leur livrât son invité. Le vieillard commença par refuser d'ouvrir sa porte. Mais les assiégeants ayant menacé de mettre le feu à la maison, le Lévite lui-même, qui n'avait sans doute pas tout à fait digéré la fugue de sa femme, décida de la leur livrer, en espérant qu'ils s'en contenteraient. C'est ce qui se produisit : après avoir été violentée, la malheureuse femme fut laissée sans connaissance, au petit matin, devant la porte de la maison.

Si étrange que cela puisse paraître, le Lévite et son hôte, après avoir livré la jeune femme, s'étaient endormis tranquillement, sans chercher à savoir ce qui se passait au-dehors. Le soleil était déjà haut lorsque le Lévite se leva, ouvrit la porte et trouva sa femme étendue dans la poussière. « Lève-toi, lui dit-il, nous repartons. »

Comme elle ne bougeait pas, il l'examina de plus près et constata qu'elle était morte des sévices qu'elle avait subis. Le Lévite chargea le cadavre sur l'un de ses deux ânes, enfourcha l'autre et rentra chez lui. A peine arrivé, il prit un couteau et découpa le cadavre de sa femme en douze morceaux qu'il envoya, par porteurs, aux chefs des douze tribus d'Israël, avec un rapport circonstancié sur l'affaire.

Le comportement odieux des habitants de Ghibéa et le procédé spectaculaire employé par le Lévite pour alerter l'opinion produisirent une telle émotion dans le pays que les chefs de toutes les tribus, à l'exception de celle de Benjamin, convoquèrent une assemblée générale du peuple, composée de délégués de toutes les villes et de tous les villages d'Israël. Après avoir délibéré, les délégués adoptèrent à l'unanimité deux résolutions : la première était un engagement solennel, pris par les délégués au nom de leurs mandants, de ne jamais consentir à ce que leurs filles épousassent un membre de la tribu de Benjamin ; la seconde consistait à envoyer des ambassadeurs aux chefs de cette tribu, pour exiger le châtiment des habitants de Ghibéa.

Quelques jours plus tard, les ambassadeurs revinrent bredouilles de leur mission : les autorités benjamites avaient refusé de livrer ou même de punir les coupables. L'assemblée du peuple décida alors d'entreprendre une expédition punitive contre Ghibéa.

Une armée de quatre cent mille hommes, composée de contingents fournis par toutes les tribus, prit le chemin de Ghibéa. Les Benjamites, qui avaient été prévenus, avaient de leur côté mobilisé tous leurs hommes en âge de combattre, soit vingt-six mille. L'issue du combat ne semblait guère douteuse, tant était grande la supériorité des troupes coalisées.

Mais les Benjamites étaient des soldats d'élite, grâce à la particularité qu'ils possédaient presque tous d'être ambidextres [1]. Cette particularité avait une origine historique : Benjamin, le plus jeune fils de Jacob et l'ancêtre de tous les Benjamites, étant gaucher, ses descendants avaient décidé, par respect pour sa mémoire, que tous les enfants mâles de la tribu seraient gauchers eux aussi. Comme la plupart d'entre eux ne l'étaient pas naturellement, l'entraînement qu'ils recevaient pour se servir de leur main gauche ne les empêchait pas de conserver leur adresse de la main droite. En contrepartie de cet avantage, beaucoup de Benjamites, traumatisés par la contrainte à laquelle ils étaient soumis dans leur enfance, restaient bègues toute leur vie.

Grâce à leurs qualités guerrières, les Benjamites résistèrent longtemps aux assauts des tribus coalisées ; ils finirent cependant par succomber sous le nombre. Exaspérés par la résistance qu'ils avaient rencontrée, les assaillants se répandirent sur le territoire de Benjamin, passant au fil de l'épée presque toute la population, hommes,

---

1. C'est-à-dire capables de se servir indifféremment de l'une ou l'autre main.

femmes et enfants. De toute la tribu de Benjamin, six cents hommes seulement parvinrent à s'échapper et à gagner une région montagneuse où ils trouvèrent refuge.

C'est seulement quelques mois plus tard que les Israélites prirent conscience des conséquences de leur expédition : l'une des treize tribus historiques issues de Jacob était pratiquement anéantie, et le peuple d'Israël s'en trouvait gravement mutilé. Sans doute six cents hommes de Benjamin survivaient-ils encore, mais étant donné que toutes les femmes de leur tribu avaient été massacrées, et que les autres tribus s'étaient engagées à ne pas marier leurs filles à des Benjamites, l'extinction totale de la tribu de Benjamin paraissait inévitable.

Les chefs des autres tribus se réunirent à nouveau pour examiner la situation. En relisant le compte rendu de l'assemblée au cours de laquelle avait été pris le fatal engagement, on s'aperçut que, par suite d'une erreur de transmission, un village retiré de la tribu de Manassé, appelé Jabès-Galaad, n'avait pas envoyé de délégués à l'assemblée, et ne se trouvait donc pas lié par ses décisions. Aussitôt, des émissaires sont mandés à Jabès-Galaad pour inviter ses habitants à marier toutes les jeunes filles du village aux Benjamites survivants.

« Il n'en est pas question, répondent les villageois ; la plupart de nos jeunes filles sont déjà fiancées à des jeunes gens d'ici. »

Devant ce refus, les chefs des tribus sont saisis

d'un nouvel accès de colère : un corps expéditionnaire est envoyé à Jabès-Galaad, dont il massacre tous les habitants mâles et toutes les femmes mariées ; seules les jeunes filles vierges sont épargnées et envoyées, sous bonne escorte, aux Benjamites survivants. C'est ainsi que la tribu de Benjamin fut sauvée de l'anéantissement.

Au lendemain de la guerre civile benjamite, l'anarchie régna de nouveau en Israël. « En ce temps-là, dit la Bible, il n'y avait pas de roi en Israël, et chacun faisait ce que bon lui semblait. » Toutefois, à défaut d'une autorité politique, un prêtre réussit à prendre une certaine autorité morale sur le peuple israélite. Il se nommait Éli, et fut le premier à être officiellement appelé prophète.

Le prophète Éli

Éli, membre de la tribu de Lévi et descendant direct d'Aaron, appartenait à la caste héréditaire des prêtres. Devenu grand prêtre peu après la fin de la guerre civile, il menait une vie exemplaire et même ascétique. Les jeûnes fréquents et prolongés qu'il s'imposait l'avaient amaigri à tel point que, lorsqu'il mangeait une figue, on pouvait à l'œil nu en suivre le cheminement dans l'œsophage, l'estomac et même les premières circonvolutions de l'intestin grêle. Il réussit, pendant les quarante ans que dura son sacerdoce, à maintenir en Israël un minimum de respect pour les lois religieuses et morales.

Malheureusement, ses deux fils, qu'il avait pris pour adjoints et dont il espérait faire ses successeurs, n'étaient pas dignes de lui. Lorsqu'un fidèle venait offrir en sacrifice un veau ou un agneau, les fils d'Éli, au lieu de se contenter de la part qui était normalement réservée aux prêtres, piquaient effrontément une longue fourchette dans la casserole et en retiraient, pour leur consommation personnelle, les meilleurs morceaux. Lorsque c'était une jolie femme qui venait prier, ils ne craignaient pas d'user de leur prestige pour essayer d'obtenir ses faveurs. Leur père, qui faisait preuve à l'égard de tous les Israélites d'une rigueur intransigeante, manifestait au contraire envers ses fils une indulgence sans limites.

Pourtant, les plaintes formulées par le peuple à leur égard devenant toujours plus vives, Éli jugea nécessaire de se faire assister dans ses fonctions par un troisième adjoint. Son choix se porta sur Samuel.

Les débuts de Samuel

Samuel n'appartenait pas à la caste des prêtres et n'était même pas lévite. Sa mère, nommée Hannah, était restée stérile pendant plusieurs années après son mariage. C'est pourquoi elle avait fini par se rendre à Silo, ville où était installée l'Arche Sacrée et où officiait Éli, afin de prier le Seigneur de la rendre féconde. Se plaçant devant l'entrée du sanctuaire, elle s'adressa à Dieu en ces termes :

« De deux choses l'une : ou bien tu as fait de moi un être purement spirituel qui ne mange pas, ne boit pas et ne procrée pas ; je veux bien, mais alors il faut aussi que tu m'accordes l'immortalité ; ou bien tu as fait de moi un être de chair et de sang, condamné à mourir un jour ; dans ce cas, il faut aussi que je jouisse de la faculté d'avoir une descendance. »

Le grand prêtre Éli, qui se trouvait à l'intérieur du sanctuaire, n'entendait pas les paroles d'Hannah, mais voyait remuer ses lèvres. Habitué aux écarts de conduite des femmes israélites, il la crut ivre et l'interpella avec colère :

« Combien de temps vas-tu étaler ton ivresse dans ce lieu saint ? Va donc cuver ton vin ailleurs !

— Je n'ai pas bu de vin, lui répondit Hannah, je suis seulement venue prier le Seigneur. »

Et elle exposa à Éli l'objet de sa prière. Honteux de s'être emporté injustement, Éli la bénit en lui souhaitant d'avoir bientôt un fils.

« Si je suis exaucée, lui promit Hannah, je consacrerai ce fils au service de Dieu. »

Quelques mois plus tard, Hannah était enceinte. Le fils qui lui naquit fut appelé Samuel. Lorsqu'il eut sept ans, elle le conduisit chez Éli, qui accepta de le garder près de lui et de l'instruire.

Dès son adolescence, Samuel se signala par son intelligence, sa piété et l'égalité de son caractère. Autant les fils d'Éli étaient corrompus et arrogants, autant il était intègre et modeste. Autant Éli lui-même était intransigeant et emporté, autant Samuel était doux et patient. Un jour, alors qu'il conversait avec Éli, un voyageur étranger se présenta à eux.

« Je voudrais, demanda-t-il à Éli, connaître la Torah, la Loi d'Israël. Mais, comme je suis pressé, il faut que tu me l'enseignes tout entière pendant le temps où je me tiendrai debout sur un pied. »

Éli le rabroua vertement, en lui faisant observer qu'après avoir consacré soixante-dix ans de sa vie à l'étude de la Torah, lui, Éli, était encore loin de la connaître parfaitement. L'étranger fit alors la même demande à Samuel, qui lui répondit :

« Ne fais pas à ton prochain ce que tu ne voudrais pas qu'on te fît à toi-même. C'est là la Torah tout entière : le reste n'est que commentaires. »

Samuel demeurait dans la même maison qu'Éli et couchait dans une chambre voisine. Une nuit, il fut réveillé par une voix qui l'appelait : « Samuel, Samuel ! » Croyant son maître souffrant, il se hâte d'aller le trouver.

« Tu m'as appelé ? lui demande-t-il.

— Non, mon enfant, je n'ai pas appelé, va te recoucher. »

Quelques instants plus tard, la même voix se fait entendre. Samuel retourne chez Éli, qui l'assure à nouveau qu'il ne l'a pas appelé. La troisième fois, Éli comprit que c'était Dieu qui avait parlé à Samuel.

« Mon fils, lui dit-il, Dieu a reconnu tes mérites et t'a choisi pour être son prophète, comme il m'avait jadis choisi moi-même. Désormais, c'est toi qui transmettras au peuple les volontés divines et, à ma mort, c'est toi qui me succéderas. »

L'Arche Sacrée perdue et retrouvée

Samuel n'attendit pas longtemps pour commencer sa carrière de prophète, mais ses débuts ne furent guère brillants. Un conflit ayant éclaté entre la tribu de Juda et les Philistins, Samuel réunit les chefs des autres tribus et leur enjoignit, au nom de Dieu, de se porter au secours de Juda. Une première bataille se solda par une défaite des Israélites. Pour ranimer leur ardeur, Samuel ordonne alors aux deux fils d'Éli, aidés par une équipe de Lévites, de transporter l'Arche Sacrée, contenant les tables de la Loi, de Silo où elle se trouvait jusqu'au champ de bataille. Elle est accueillie par l'armée israélite avec des clameurs de joie. Réconfortés par sa présence, les Israélites repartent à l'assaut, mais ils subissent une nouvelle défaite : trente mille des leurs sont tués, parmi lesquels les deux fils d'Éli ; plus grave encore, pour la première fois dans l'histoire, l'Arche Sacrée tombe aux mains de l'ennemi.

Éli était resté à Silo. Assis sur une chaise à l'entrée du sanctuaire, il attendait avec anxiété des nouvelles du front. Un messager arrive, hors d'haleine.

« Nous avons perdu la bataille, annonce-t-il, et trente mille de nos soldats sont morts... »

Éli frémit, mais soutient le choc.

« ... Tes deux fils ont péri... », continue le messager.

Éli se met à pleurer.

« ... Et l'Arche Sacrée est tombée aux mains des Philistins ! », achève le messager.

A ces mots, Éli tombe à la renverse, se brise la nuque et meurt sur le coup. Il était âgé de quatre-vingt-dix-huit ans. Samuel, qui en avait trente-neuf, lui succéda aussitôt.

Son autorité, ébranlée par les conséquences désastreuses de sa première prophétie, fut bientôt rétablie par le retour miraculeux de l'Arche Sacrée. Quelques semaines s'étaient écoulées depuis la défaite israélite lorsque trois espions, que Samuel avait envoyés chez les Philistins, vinrent lui apporter des nouvelles étranges.

« Une épidémie d'hémorroïdes s'est abattue sur les Philistins », annonce le premier espion.

« Leur pays est ravagé par une invasion de mulots », annonce le deuxième.

Le troisième espion ajoute que, les mulots ayant pénétré jusque dans les latrines des Philistins, ceux-ci ne pouvaient plus s'y rendre sans se faire grignoter les hémorroïdes par les mulots.

Quelques jours plus tard, ces nouvelles recevaient une confirmation éclatante. Convaincus, à tort ou à raison, que les fléaux dont ils étaient accablés étaient dus à la présence chez eux de l'arche d'Israël, les Philistins décidaient de la restituer à ses légitimes propriétaires. Et, pour faire bonne mesure, ils y joignaient en prime dix objets d'art en or massif : cinq d'entre eux représentaient des mulots grandeur nature, et les cinq autres des hémorroïdes agrandies dix fois.

Les Israélites demandent un roi

Pendant une dizaine d'années, Samuel exerça ses fonctions de prophète à la satisfaction générale. Puis, se sentant vieillir, il se déchargea peu à peu de certaines de ses tâches sur ses deux fils, en leur confiant notamment l'administration de la justice. Or, sans être tout à fait aussi indignes que l'avaient été les fils d'Éli, ceux de Samuel étaient notoirement incompétents. Les Israélites ne tardèrent pas à s'en apercevoir et, plutôt que de soumettre leurs litiges à des juges en qui ils n'avaient pas confiance, ils prirent l'habitude de se faire justice à eux-mêmes, de sorte que la violence et l'insécurité prirent bientôt des proportions inquiétantes. S'étant réunis, les anciens des tribus d'Israël se rendirent chez Samuel et lui déclarèrent :

« Nous sommes fatigués du désordre et de l'anarchie ; nous voulons avoir un roi, comme les autres nations, pour nous défendre contre les ennemis extérieurs et maintenir l'ordre dans le pays. »

Samuel s'opposa d'abord à ce projet.
« Vous n'êtes pas, leur dit-il, une nation comme les autres ; vous avez pour roi le Dieu de vos ancêtres, et il vous suffit, pour vous protéger contre tous les dangers, de respecter ses commandements. En outre, si vous vous donnez un roi, il prendra vos fils pour en faire ses soldats, vos filles pour en faire ses servantes ou ses concubines, et il lèvera sur vous de lourds impôts. »
Les délégués du peuple restèrent insensibles à ces arguments, se contentant de répéter :
« Nous voulons être comme les autres peuples, nous voulons un roi !
— Eh bien, finit par concéder Samuel avec tristesse, je vais vous en chercher un. »

XXXIII. Saül, premier roi d'Israël

L'onction de Saül

Depuis la guerre civile où elle avait failli disparaître à tout jamais, la tribu de Benjamin s'était peu à peu reconstituée. Elle restait cependant, et de loin, la moins nombreuse des tribus d'Israël. Son territoire occupait la partie centrale de la Palestine, et c'est sans doute pour cette raison qu'Éli d'abord, puis Samuel, s'y étaient installés avec l'Arche Sainte.

Dans un village de Benjamin, situé à trois jours de marche de Rama, nouveau siège du sanctuaire, vivait un homme appelé Kich. Il ne faisait pas partie des notables de la tribu, mais il était honorablement connu. Son fils unique, nommé Saül, était d'une exceptionnelle beauté physique et d'une taille imposante. Il possédait en outre de grandes qualités morales : il était brave, honnête et d'une extrême modestie ; il ne profitait pas de sa beauté pour séduire les femmes, et faisait preuve d'une fidélité exemplaire envers son unique épouse ; sans être très savant dans les matières religieuses, il était pieux ; enfin, bien qu'il fût un droitier contrarié comme tous les Benjamites, il ne bégayait pas.

Saül vivait avec son père, qu'il assistait dans la gestion de la ferme familiale. Un jour, deux ânesses s'étant échappées de l'étable, Kich demanda à Saül de partir à leur recherche. Celui-ci se mit en route, accompagné d'un serviteur. Ils parcoururent d'abord les environs immédiats du village, puis, leurs recherches étant demeurées vaines, s'en éloignèrent de plus en plus. Le troisième jour, Saül dit à son serviteur :
« Je crois que nous devrions retourner à la maison ; mon père doit maintenant s'inquiéter pour nous plus que pour ses ânesses. »
Mais comme il se disposait à rebrousser chemin, il vit une bande de jeunes filles qui revenaient de la rivière après y avoir lavé leur linge.
« N'auriez-vous pas aperçu deux ânesses ? leur demanda-t-il.
— Non, répondirent-elles ; mais il y a, dans la ville voisine, appelée Rama, un prophète nommé Samuel ; c'est un homme qui sait tout, et tout ce qu'il annonce se réalise ; il pourra sûrement te dire où sont tes ânesses. »
Saül décide alors de se rendre à Rama, se fait indiquer la demeure du prophète et demande à lui parler.

Samuel allait se mettre à table, en compagnie de plusieurs fidèles qui venaient d'offrir, au sanctuaire, quelques sacrifices. Dès qu'il aperçoit Saül, il est frappé par sa beauté et la noblesse de son maintien. Il l'invite à sa table, le fait asseoir à côté de lui, ordonne qu'on lui serve les meilleurs morceaux. Pendant le repas, il s'informe de l'identité et des origines de son hôte. La distinction naturelle de Saül, son bon sens, l'impression de force qui se dégageait de lui achèvent de convaincre Samuel que Dieu vient de lui envoyer l'homme qu'il cherchait. Le repas terminé, Samuel prend Saül à part et lui annonce qu'il a décidé de faire de lui le roi d'Israël. Stupéfait, Saül commence par refuser catégoriquement :

« Comment pourrais-je devenir roi, moi qui appartiens à la plus petite tribu d'Israël, et à l'une des plus modestes familles de cette tribu ?
— Écoute-moi, lui dit Samuel. Tu vas rentrer maintenant chez ton père et tu te rendras aussitôt à son étable ; si tu y trouves les deux ânesses que tu cherchais, tu sauras que je t'ai dit la vérité. »

Saül n'était qu'à moitié convaincu. Il consentit cependant à ce que Samuel lui versât sur le front quelques gouttes d'une huile sacrée.

« Cette onction divine, lui assura Samuel, ne t'engage à rien ; elle restera secrète, jusqu'à ce que tu aies accepté la dignité que je te propose et que les Israélites aient entériné mon choix. »

Saül retourna chez lui. Son père l'accueillit avec soulagement et lui annonça que les ânesses étaient revenues toutes seules deux jours plus tôt. Saül ne souffla pas mot de sa conversation avec Samuel.

L'investiture manquée de Saül

Quelques semaines plus tard, Samuel convoquait une assemblée du peuple à Rama, en vue de la désignation d'un roi. Lorsque le peuple fut réuni – plusieurs dizaines de milliers d'hommes, représentant toutes les tribus et tous les villages d'Israël –, Samuel, qui craignait d'essuyer un refus en proposant un Benjamite, annonça qu'il aurait recours à un tirage au sort, afin que Dieu désignât lui-même son élu. Samuel tire d'abord, d'une première urne, le nom d'une tribu ; comme par hasard, c'est celle de Benjamin ; un deuxième tirage, parmi tous les villages de Benjamin, désigne celui où habitait Kich ; et un troisième, parmi tous les hommes de ce village, tombe sur Saül.

On cherche aussitôt l'heureux élu, on veut savoir de quoi il a l'air. Mais, bien que les autres délégués de son village assurent qu'il était encore là quelques minutes auparavant, Saül a disparu. On finit par le découvrir, caché dans l'enclos où étaient entassés les bagages des délégués. Il se lève, dépassant de la tête et des épaules tous ceux qui l'entouraient, et se laisse conduire, un peu intimidé, à la tribune où Samuel officiait. Celui-ci reprend la parole et annonce la procédure qu'il va suivre pour le déroulement de l'assemblée : en premier lieu, lui, Samuel, exposera les droits et les obligations des futurs rois d'Israël ; puis le candidat désigné, Saül, présentera son programme ; enfin, après discussion, l'assemblée votera pour ou contre l'investiture.

« Les pouvoirs du roi, commença Samuel, seront très étendus : il commandera l'armée et l'administration, dirigera la politique étrangère, lèvera les impôts ; la justice sera rendue par lui ou, en son nom, par des magistrats qu'il aura nommés. Ses sujets lui devront le respect. Lorsqu'ils comparaîtront devant lui, ils se prosterneront, à l'exception du grand prêtre qui lui parlera d'égal à égal. Nul ne devra le voir dans une position peu honorable, par exemple tout nu. Nul ne pourra monter ses chevaux ou ses mules, utiliser ses couverts, ou épouser, même après sa mort, ses épouses ou ses concubines.

« En contrepartie, il devra se soumettre à diverses obligations : il évitera de s'enivrer ; il sera toujours propre, bien vêtu, et se fera couper les cheveux toutes les semaines ; il s'abstiendra de prendre trop d'épouses ou de concubines, afin de ne pas négliger ses devoirs envers le peuple ; il ne possédera pas trop de chevaux, afin de ne pas être tenté de retourner avec tout son peuple en Égypte ; et il n'amassera pas trop d'or, afin de ne pas sombrer dans l'idolâtrie. Enfin, dès son avènement, il recopiera de sa main, sur un rouleau de parchemin, le texte intégral de la Torah qu'il conservera toujours près de lui. »

La charte de la monarchie ayant ainsi été formulée, Samuel passa la parole à Saül, en le priant d'exposer son programme. Saül fut un peu pris de court. Au lieu de proposer des mesures dont la popularité était assurée, comme l'organisation de fêtes populaires, il inquiéta les Israélites par la perspective d'expéditions guerrières destinées à libérer le pays de la menace des nations voisines. Son discours fut accueilli froidement. La plupart des orateurs qui lui succédèrent à la tribune, tout en lui reconnaissant une prestance royale, soulignèrent son défaut d'expérience et son aventurisme.

On passa au vote : par une large majorité, l'investiture fut refusée. Sans amertume, Saül retourna à son village, cependant que les Israélites retombaient dans leurs dissensions. Samuel, vexé, fit savoir qu'il renonçait à chercher un roi pour un peuple aussi capricieux.

L'avènement de Saül

Quelques mois plus tard, le territoire de Manassé fut envahi par les Ammonites, qui vinrent assiéger la ville de Jabès-Galaad, celle-là même dont les jeunes filles, quarante-cinq ans plus tôt, avaient été enlevées de force par les Israélites pour être données en mariage aux Benjamites survivants de la guerre civile. Après quelques semaines de siège, les notables de la ville, jugeant la situation désespérée, firent savoir au roi des

Ammonites qu'ils étaient prêts à se rendre et lui demandèrent ses conditions.

« Je ne traiterai avec vous que si vous vous crevez tous l'œil droit, leur répondit-il ; c'est un déshonneur que je veux infliger à tout Israël.
— Accorde-nous sept jours de réflexion », demandèrent les notables.

Et ils envoyèrent des messagers à toutes les tribus d'Israël pour leur demander assistance.

C'est vers la tribu de Benjamin que les messagers se dirigèrent d'abord, dans l'intention de s'adresser au prophète Samuel. Avant d'arriver à Rama, ils traversèrent le village de Saül et rencontrèrent celui-ci.

« Pourquoi faites-vous cette tête ? » leur demanda-t-il.

Lorsqu'ils lui eurent exposé la situation de Jabès-Galaad, il fut saisi d'une émotion d'autant plus vive que sa propre mère était originaire de ce village. Séance tenante, inspiré sans doute par l'exemple du Lévite qui avait été à l'origine de la guerre civile benjamite, il égorge l'un de ses bœufs, le découpe en douze morceaux qu'il distribue aux messagers, et leur confie la mission suivante : « Allez trouver de ma part les chefs des tribus d'Israël ; dites-leur que je lève une armée pour aller au secours de Jabès-Galaad, et que tout homme valide qui me refusera son concours verra ses bœufs subir le même sort que celui-ci. »

Quelques jours plus tard, à la tête d'une armée de deux cent mille hommes, Saül tombait par surprise sur les Ammonites et les mettait en fuite ; le jour même, dans l'enthousiasme de la victoire, il était proclamé roi.

La désobéissance involontaire de Jonathan

Ayant vaincu les Ammonites, Saül, traversant toute la Palestine, alla s'attaquer aux plus redoutables ennemis des Israélites, les Philistins. La guerre fut cette fois plus longue et plus difficile. Seuls de toute l'armée, Saül et son fils aîné, Jonathan, possédaient une épée. Les autres soldats n'étaient armés que d'arcs et de frondes.

Alors que les combats duraient déjà depuis plusieurs semaines, Jonathan, sans en avertir son père, décida un jour, à l'aube, d'aller faire une reconnaissance dans le camp ennemi avec quelques soldats d'élite. La chance voulut que les Philistins, qui s'étaient enivrés la veille au soir, fussent encore endormis. Surpris, leurs avant-postes s'enfuirent devant Jonathan. Saül, témoin de cette débandade dont il ignorait la cause, n'a garde de laisser passer l'occasion. Il ordonne à ses troupes de poursuivre l'ennemi et de l'anéantir. « Que personne, aujourd'hui, ne prenne un instant de repos, même pour se restaurer. Celui qui mangera aujourd'hui sera puni de mort, fût-il mon propre fils ! »

Les combats se poursuivent pendant toute la journée, à l'avantage des Israélites qui ont pu s'emparer des armes abandonnées par les Philistins. Les ordres de Saül sont scrupuleusement respectés, sauf par Jonathan qui les ignorait ; vers deux heures de l'après-midi, passant dans un petit bois, il avise une ruche sauvage dans le creux d'un arbre ; s'arrêtant un instant, il trempe son épée dans un rayon de miel et la porte à sa bouche ; puis il reprend la poursuite.

Le soir, Israël est victorieux, mais une partie de l'armée philistine a pu échapper au massacre. Saül s'en étonne et s'en irrite : « Quelqu'un, pense-t-il, a dû désobéir à mes ordres. » Il rassemble ses troupes, leur rappelle les consignes qu'il leur avait données et le châtiment qu'il avait promis à celui qui mangerait ce jour-là.

« Et maintenant, ajoute-t-il, qu'on me désigne celui qui m'a désobéi ! »

Jonathan se lève.

« C'est moi le coupable, dit-il ; je t'ai désobéi sans le savoir, en mangeant un peu de miel. Je suis prêt à mourir. »

Saül, qui savait qu'un roi doit être fidèle à ses engagements, s'apprête à faire exécuter son fils. Mais l'armée tout entière intercède en faveur de Jonathan :

« Quoi, crient les soldats, Jonathan mourrait, lui qui a procuré une si grande victoire à Israël ? Garde-toi bien, Saül, de faire tomber un seul cheveu de sa tête ! »

Saül ne se fait pas prier longtemps et accorde sa grâce à Jonathan.

Le péché de Saül

Au cours des mois qui suivirent, Saül remporta de nombreuses victoires et, comme il s'y était engagé, libéra Israël de la tutelle de ses voisins. Le prophète Samuel le soutenait dans ses entreprises guerrières et l'encourageait même à les étendre. C'est ainsi qu'il lui enjoignit un jour de lancer une expédition contre les Amalécites, un peuple nomade vivant au sud de la Palestine. Ce peuple, qu'on appelait aussi Amalek, s'était fort mal conduit avec les Israélites au moment où ceux-ci, trois siècles plus tôt, s'apprêtaient à entrer en Palestine ; les Amalécites les avaient attaqués, leur avaient infligé de lourdes pertes, et s'étaient rendus coupables d'atrocités diverses, allant jusqu'à couper la verge des prisonniers israélites avant de les mettre à mort.

Samuel, faisant état d'un rêve qui lui avait été envoyé par Dieu, assura à Saül que l'heure de la vengeance avait sonné. « Va frapper Amalek, anéantis-le ! Fais tout périr sans pitié, homme et femme, bœuf et brebis, âne et chameau ! »

Saül, qui n'éprouvait pas d'animosité particulière à l'égard des Amalécites et qui entretenait même d'assez bonnes relations avec leur roi Agag, se fit un peu prier ; mais il ne pouvait rien refuser à Samuel, qui l'avait fait roi.

La guerre fut courte et la victoire totale. Saül avait donné à ses soldats des consignes précises.

« Passez la population entière au fil de l'épée, n'épargnez personne. Cependant, pour montrer à ces incirconcis que vous êtes plus civilisés qu'eux, abstenez-vous de leur couper la verge ; tranchez-leur seulement la tête. »

Ces consignes furent respectées, à deux exceptions près, que Saül eut la faiblesse de tolérer : d'une part, le roi d'Amalek, Agag, fut fait prisonnier au lieu d'être exécuté ; d'autre part, une partie du bétail fut épargnée, les Israélites ne voyant pas l'intérêt de se priver d'un si précieux butin. Après quoi, l'armée de Saül prit le chemin du retour.

Le soir, alors que Saül s'apprêtait à prendre son repas, on vint lui annoncer l'arrivée du prophète Samuel qui, impatient de connaître l'issue de la campagne, s'était porté à la rencontre de l'armée.

« Eh bien ? demande-t-il à Saül.

— Tout a été fait selon tes instructions », lui répond le roi.

Mais Samuel s'étonne :

« Que sont ces bêlements que j'entends, et ces mugissements qui parviennent à mes oreilles ? »

Saül cherche une excuse.

« Ce sont, dit-il, ceux des animaux que nous avons ramenés pour les offrir en sacrifice au Seigneur.

— Quoi ! reprend Samuel, crois-tu que les sacrifices aient autant de prix aux yeux de l'Éternel que l'obéissance à ses ordres ? Crois-tu que la graisse des béliers lui soit plus agréable que la soumission de son peuple ? »

Saül, confus, baisse la tête. En réponse aux questions pressantes de Samuel, il finit par avouer qu'il a aussi laissé la vie sauve à Agag. Cette fois, l'indignation de Samuel ne connaît plus de bornes. Il ordonne de massacrer séance tenante tout le bétail des Amalécites, et fait couper le roi Agag en petits morceaux dont aucun, paraît-il, n'est plus gros qu'une olive.

« Quant à toi, dit-il à Saül, tu as trahi tes devoirs, tu t'es rendu coupable d'un crime impardonnable. Néanmoins, comme tu as reçu l'onction du Seigneur, tu régneras jusqu'à ta mort. Mais tes fils ne te succéderont pas et la couronne d'Israël ne restera pas dans ta famille. »

XXXIV. La jeunesse de David

Jessé

Au cours des semaines qui suivirent, Samuel passa de longues heures à s'interroger sur les raisons pour lesquelles Saül, en qui il avait placé tant de confiance, ne s'en était pas montré digne. Il finit par les découvrir. En premier lieu, si Saül avait manqué d'autorité sur ses soldats, c'était parce qu'il appartenait à la tribu de Benjamin, qui ne jouissait pas d'une grande considération. En second lieu, s'il avait désobéi aux ordres divins que lui avait transmis Samuel, c'était parce que son éducation religieuse était insuffisante.

Samuel tira les conséquences de cette analyse : le successeur de Saül, décida-t-il, devrait avoir reçu une instruction religieuse poussée et appartenir à la tribu de Juda. Celle-ci était en effet la plus prestigieuse de toutes ; en outre – et Samuel se reprocha de ne pas s'en être souvenu plus tôt –, une prophétie formulée quelques siècles plus tôt par Jacob, au moment où il bénissait ses enfants [1], annonçait que les futurs rois d'Israël seraient issus de la tribu de Juda. Samuel chargea donc quelques émissaires de parcourir le territoire de Juda et d'établir une liste de candidats possibles à la succession de Saül. A leur retour, les émissaires recommandèrent unanimement à Samuel de faire son choix parmi les fils de Jessé.

« Jessé, lui dirent-ils, est un notable de la ville de Bethléem, et c'est l'homme le plus savant de Juda en matière de religion. Il est trop âgé lui-même pour pouvoir un jour succéder à Saül, mais parmi ses huit fils, à qui il a donné une excellente éducation, il serait surprenant qu'aucun ne fît l'affaire. »

Rendu prudent pas son expérience malheureuse avec Saül, Samuel ne voulait prendre aucun risque. Il demanda donc à son principal adjoint, un certain Doëg, de mener une enquête sur la famille de Jessé. Doëg, bien qu'il eût trente ans à peine, était de première force dans l'étude de la Loi ; ses analyses étaient rigoureuses, ses commentaires subtils et ses conclusions intransigeantes. Doëg était aussi – mais Samuel l'ignorait – un homme dévoré d'ambition : il caressait secrètement l'espoir insensé de succéder lui-même un jour à Saül. Il partit donc pour Bethléem, bien décidé à chercher des poux dans la tête de Jessé, et ne manqua pas d'en trouver. Dès son retour, il

---

[1]. Voir page 180

prit un air faussement contrit pour annoncer à Samuel :

« Tous les renseignements sur Jessé sont excellents, à ceci près – mais c'est malheureusement rédhibitoire – qu'il n'est pas israélite, et par conséquent ses fils non plus. Il a en effet du sang moabite dans les veines, ce qui, selon mon interprétation de la Loi, l'exclut de la nation d'Israël.

— Nous examinerons plus tard cette question juridique, répondit Samuel ; expose-moi d'abord les faits. »

Et Doëg retraça, dans les termes suivants, l'ascendance moabite de Jessé.

Ruth, la Moabite

« Il y a plus de cent ans, un homme de la tribu de Juda, découragé par une sécheresse qui se prolongeait depuis plusieurs années, quitta son pays et s'en alla chercher fortune chez les Moabites, avec qui, pour une fois, Israël n'était pas en guerre. Il emmena avec lui sa femme Noémi et ses deux fils. Ceux-ci épousèrent quelques années plus tard deux jeunes filles moabites, appelées Ruth et Orpa. Là-dessus, une épidémie se déclara au pays de Moab et emporta en quelques jours le mari de Noémi et ses deux fils. Restée veuve et sans descendance, Noémi résolut de retourner en Israël. Lorsqu'elle eut fait ses bagages, elle voulut prendre congé de ses deux brus, mais celles-ci insistèrent pour l'accompagner au moins jusqu'à la frontière.

« Après une journée de marche, Noémi leur dit : "Rebroussez chemin, mes filles, et que chacune de vous retourne dans la maison de son père. Puisse le Seigneur vous rendre l'affection que vous m'avez témoignée et vous faire retrouver une vie paisible dans la maison d'un nouvel époux." Les deux brus pleurèrent avec elle, puis Orpa, à contrecœur, prit congé de sa belle-mère. Mais Ruth ne voulut rien entendre : "N'insiste pas, dit-elle à Noémi, pour que je te quitte : partout où tu iras, j'irai ; où tu demeureras, je veux demeurer ; ton peuple sera mon peuple et ton Dieu sera mon Dieu."

« Quelques jours plus tard, elles arrivèrent à Bethléem, sans ressources, sans parents proches et sans amis. C'était l'époque de la moisson. Une coutume, plus ou moins bien respectée, autorisait les indigents à suivre les équipes de moissonneurs et à glaner les épis qu'ils avaient laissé tomber. Sur les conseils de sa belle-mère, Ruth décida de tenter sa chance. Avisant un vaste champ d'orge qu'une équipe de jeunes ouvriers était occupée à moissonner, elle se mit à glaner derrière eux ; on la laissa faire. Le champ dans lequel le hasard l'avait conduite appartenait à un riche vieillard de Bethléem, appelé Booz ; c'était un parent éloigné du défunt mari de Noémi. Tous les jours, pendant la moisson, il se rendait vers midi sur ses terres pour surveiller ses ouvriers. "Quelle est cette jeune fille qui glane derrière vous ? leur demanda-t-il. — C'est une étrangère, une Moabite, qui est arrivée récemment à Bethléem avec sa belle-mère Noémi." Booz avait entendu parler d'elle. "Laissez-la glaner, dit-il à ses moissonneurs, ne la molestez pas, gardez-vous de lui parler avec dureté, et ayez soin de laisser tomber quelques épis que vous abandonnerez pour qu'elle les ramasse."

« Puis, allant trouver Ruth, il s'adressa à elle avec bonté. "On m'a rapporté tout ce que tu as fait pour ta belle-mère après la mort de ton mari ; que tu as quitté ton père, ta mère et ton pays natal pour te rendre auprès d'un peuple que tu ne connaissais ni d'Eve ni d'Adam. Tu peux glaner dans mes champs aussi longtemps que tu le voudras ; j'ai recommandé aux jeunes gens de ne pas t'importuner. Si tu as soif, va où sont les cruches et bois à satiété ; lorsque viendra l'heure de la pause, joins-toi aux moissonneurs et partage leur repas." Confuse et reconnaissante, Ruth se prosterna devant lui. Le soir, Noémi demanda à sa bru où elle avait glané. "Chez un homme appelé Booz", lui répondit Ruth. "Cet homme nous touche de près, reprit Noémi, c'est un de nos parents. Attache-toi aux pas de ses gens, jusqu'à ce qu'ils aient fini la moisson ; ainsi, tu ne seras pas exposée à être mal accueillie chez un autre propriétaire."

« Pendant la journée du lendemain, Noémi réfléchit. Bien qu'elle ne fût pas très érudite, elle savait que la loi hébraïque autorisait une veuve sans enfants à se remarier, si elle le souhaitait, avec le plus proche parent de son défunt mari. Lorsque Ruth fut de retour, Noémi lui dit : "Lave-toi, parfume-toi, mets tes plus beaux habits et retourne au champ de Booz. Quand il aura soupé, il ira, d'humeur joyeuse, se coucher dans sa tente. Sans te faire remarquer, tu l'y suivras et te glisseras dans sa couche. Pour la suite, laisse-toi guider par ton inspiration – ou par la sienne !" Ruth fit ce que sa belle-mère lui avait prescrit. Lorsqu'elle entra dans le lit de Booz, celui-ci, déjà endormi, ne s'en aperçut point.

« Mais, pendant la nuit, Booz eut un cauchemar, se réveilla en sursaut, et voilà qu'une femme était couchée à côté de lui. "Qui es-tu ? lui demanda-t-il. — Je suis Ruth, ta parente ; je voudrais devenir ta femme." Booz reprit : "Je suis bien vieux pour toi, mon enfant ; en outre, il existe un parent plus direct que moi de ton défunt mari. Demain matin, nous irons le voir ; s'il consent à t'épouser, qu'il le fasse ! Mais s'il s'y refuse – et si tu le souhaites vraiment –, c'est moi qui t'épouserai." Le lendemain, Booz alla trouver le parent en question et lui présenta l'affaire de telle manière que celui-ci renonça à son droit de préemption. Agé de quatre-vingts ans, Booz épousa Ruth, qui en avait vingt-cinq. Il lui donna un fils, qui fut le père de Jessé.

« Ainsi, conclut Doëg, aux termes de la Loi, Jessé et ses fils, descendants d'une Moabite, n'appartiennent pas au peuple d'Israël. »

Samuel, qui avait écouté cet exposé en silence,

resta songeur quelques instants puis répondit à Doëg :

« Pour une fois, je ne partage pas ton point de vue. L'exclusion prononcée jadis par Moïse contre les Moabites ne concernait en effet que les mâles ; par conséquent, par son mariage et sa conversion, Ruth est devenue une Israélite à part entière. »

L'onction de David

Convaincu par ses propres arguments, Samuel décida de faire la connaissance de Jessé et de ses fils. Craignant d'éveiller la méfiance de Saül – qui régnait toujours sur Israël –, il attendit l'époque où se célébraient, à Bethléem, d'importantes cérémonies religieuses, et s'y rendit pour les présider. Accueilli par les notables de la ville, il les invita à participer au festin qui suivait les sacrifices. Ayant fait placer Jessé à sa droite, il le pria de lui présenter ses fils. L'aîné lui fit d'abord bonne impression, par sa haute taille et son expression franche ; mais, en causant avec lui, il le trouva un peu sot. Aucun des six autres fils de Jessé présents au banquet ne convainquit davantage Samuel.

« Est-ce que ce sont là tous tes fils ? demande-t-il à Jessé.

— Non, répond celui-ci, j'en ai un huitième, nommé David ; comme c'est le plus jeune, c'est lui que j'ai chargé aujourd'hui de garder mes troupeaux.

— Fais-le venir, suggère Samuel ; j'aimerais le connaître aussi. »

Dès que David apparut, Samuel eut le coup de foudre. David, âgé alors de vingt-huit ans, avait une taille moyenne, mais des proportions parfaites ; son teint était clair, ses yeux bleus, ses cheveux d'un blond roux ; ses traits étaient d'une grande finesse. Pour le mettre à son aise et pour se faire une idée de son caractère, Samuel l'interrogea sur son métier de berger. David lui raconta comment, quelques jours plus tôt, il avait affronté un lion et un ours, pour sauver de leurs griffes un agneau égaré. Il exposa aussi à Samuel la méthode de rotation des troupeaux qu'il avait imaginée. « Dans chacun des pâturages, je place d'abord les agneaux et les jeunes veaux, dont la bouche est encore fragile, afin qu'ils se nourrissent des brins les plus tendres ; les vaches passent ensuite et trouvent une herbe encore haute, mais plus dure, qui leur convient ; enfin les brebis et les chèvres, qui se contentent d'une végétation courte et sèche, achèvent de tondre proprement les prés. »

Les propos de David produisirent sur Samuel une impression favorable. « Voilà, songea-t-il, un homme qui se préoccupe du bien-être de son troupeau, et qui est prêt à se battre vaillamment pour le défendre. C'est d'un berger comme lui que le peuple d'Israël a besoin. »

Après le repas, Samuel prit David à part, lui

annonça, au nom du Seigneur, qu'il succéderait un jour à Saül, et versa sur son front, comme il l'avait fait pour Saül, quelques gouttes de l'huile sacrée. Il lui recommanda cependant de ne pas divulguer, jusqu'à nouvel ordre, cette prophétie et cette onction.

David et Goliath

Pendant ce temps, Saül continuait de faire la guerre aux Philistins. Les trois fils aînés de Jessé furent mobilisés et s'en allèrent rejoindre le camp israélite. Les deux armées avaient pris position l'une en face de l'autre, sur les deux versants opposés de la vallée de Térébinthe. Contrairement à son habitude, Saül, bien qu'il fût présent, n'exerçait pas le commandement de ses troupes. En effet, depuis quelques mois, il était sujet à des accès fréquents de neurasthénie et se trouvait précisément, à ce moment, dans une période de profonde dépression. Il avait donc confié le commandement à son meilleur capitaine, un cousin germain à lui, nommé Abner. Le roi des Philistins, absent du champ de bataille, avait aussi délégué ses pouvoirs à l'un de ses généraux. Les deux armées étant à peu près de force égale, Abner et le général philistin hésitaient l'un et l'autre à prendre l'initiative d'un combat.

Pendant plusieurs jours, les adversaires se

firent face, en se provoquant de la voix et du geste. Puis, un matin, les Israélites virent sortir du camp des Philistins un guerrier impressionnant. Mesurant plus de deux mètres de haut, il portait un casque de bronze dont la visière couvrait le haut de son visage ; il était vêtu d'une cotte de mailles, et ses jambes étaient protégées par des jambières d'airain. Ce géant s'appelait Goliath ; il était petit-fils – d'aucuns disent arrière-petit-fils – d'Orpa, la sœur de Ruth la Moabite ; c'était donc un cousin très éloigné de Jessé et de David.

L'épée au côté, le javelot sur l'épaule gauche, la lance à la main droite, il s'avance vers les Israélites et les apostrophe en ces termes :

« Pourquoi vous disposez-vous à livrer bataille ? Désignez plutôt l'un d'entre vous pour qu'il m'affronte en combat singulier ; convenons par avance que, si votre champion est vainqueur, l'armée philistine se retirera dans son pays, mais que, si je le tue, vous deviendrez nos sujets. »

Ces paroles sont accueillies par un silence gêné. En d'autres temps, Saül lui-même eût sans nul doute relevé aussitôt le défi. Mais, dans l'état de prostration où il se trouve, il en est bien incapable, et aucun autre Israélite ne se sent de force à affronter le géant. Pendant toute une semaine, la même scène se reproduit tous les matins : Goliath, acclamé par les Philistins, va défier les Israélites, mais il a beau les abreuver d'injures et de sarcasmes, aucun n'ose se dresser contre lui.

Pendant ce temps, à Bethléem, Jessé, sans nouvelles de ses trois fils sous les drapeaux, commençait à s'inquiéter pour eux. Il chargea son plus jeune fils, David, d'aller s'enquérir de leur santé.

« Emporte quelques pains de froment pour eux, et quelques fromages pour le chef de leur compagnie, afin qu'il prenne tes frères en sympathie. »

David était si pressé de revoir ses frères, et plus encore d'assister pour la première fois de sa vie à une bataille, qu'il marcha toute la journée, toute la nuit, et arriva au camp israélite au petit matin. On le conduisit à ses frères et, pendant qu'ils s'embrassaient, des clameurs se firent entendre dans le camp philistin, cependant qu'un murmure parcourait le camp israélite : c'était l'heure où Goliath allait lancer son défi rituel.

« Que se passe-t-il ? », demande David.

Ses frères le mettent rapidement au courant.

« Tous les matins, Goliath, le géant philistin, vient nous proposer un combat singulier. A celui qui aurait le courage d'affronter Goliath et qui parviendrait à le vaincre, le roi Saül a promis qu'il donnerait sa fille aînée en mariage. Mais personne, jusqu'ici, ne s'est porté volontaire. »

David avait souvent entendu parler par son père de Goliath, leur parent éloigné, dans des termes peu flatteurs. Au dire de Jessé, Goliath était une brute obtuse. Indigné de voir la terreur qu'inspirait un tel personnage aux soldats de l'armée israélite, David demande à parler à Saül.

« Puisque aucun de tes soldats n'ose affronter

Goliath, lui dit-il, laisse-moi le faire à leur place. »

Saül ne voulut pas d'abord y consentir.

« Tu ne peux pas aller te battre avec ce Philistin ; tu n'es qu'un enfant, et lui est un homme de guerre depuis sa jeunesse. »

Mais David insista :

« Pour défendre mes troupeaux, il m'est arrivé plus d'une fois, armé seulement de mon bâton de berger et de mon couteau, d'affronter un lion ou un ours. Dieu, qui m'a protégé du lion et de l'ours, me protégera aussi du Philistin. »

Saül finit par se laisser convaincre et voulut prêter son casque, sa cuirasse et ses armes à David. Mais David était beaucoup plus petit et fluet que Saül ; il flottait dans la cuirasse, le casque lui tombait sur les yeux, il se prenait les pieds dans le fourreau de l'épée.

« Je ne puis, dit-il à Saül, marcher avec cette cuirasse ni combattre avec ces armes, car je n'y suis pas accoutumé. » Et il s'en débarrassa.

Il prit son bâton de berger, sa fronde, ramassa cinq cailloux ronds qu'il mit dans sa musette, et sortit des rangs israélites à la rencontre de Goliath.

Celui-ci, comme à son habitude, s'avance à pas lents, en apostrophant les Israélites de sa voix puissante. En voyant David, il se met à rire.

« Suis-je un chien, pour que tu viennes à moi avec un bâton ? Si tu oses t'approcher, je donnerai ton cadavre aux animaux des champs !
— Où as-tu appris que les animaux des champs

étaient carnivores ? lui demande David avec ironie ; regarde plutôt au-dessus de ta tête : les vautours attendent déjà de venir la picorer ! »

Machinalement, Goliath lève la tête, découvrant ainsi son visage que protégeait jusque-là la visière de son casque ; faisant tournoyer sa fronde, David lance avec adresse l'un de ses cinq cailloux qui atteint Goliath en plein front. Le géant s'écroule, inanimé. David court vers lui, s'empare de son épée et lui tranche la tête. Sous les acclamations des Israélites, il retourne vers Saül en portant d'une main la tête de Goliath, ruisselante de sang, de l'autre son épée. En voyant revenir David, Saül demande à Abner, son général :

« Sais-tu qui est cet homme ?
— Je l'ignore, répond Abner qui commence à éprouver à l'égard de David une certaine jalousie, mais d'après son apparence ce doit être un simple berger, originaire d'une famille obscure.
— De qui es-tu le fils, demande alors Saül à David.
— Je suis le fils de Jessé, le Bethléemite, de la tribu de Juda.
— Je connais ton père de réputation, reprend Saül ; retourne chez lui et dis-lui de ma part que je souhaite te garder auprès de moi. »

C'est ainsi que David devint l'écuyer de celui à qui, selon la prophétie secrète de Samuel, il devait un jour succéder. Saül ne tarda pas à découvrir chez son écuyer d'autres qualités que le courage, et d'autres talents que l'adresse à la fronde : David était cultivé et sensible, il écrivait des poèmes et jouait admirablement de la harpe. Chaque fois que Saül se sentait déprimé, il faisait venir David et lui demandait de lui jouer de la musique ; aussitôt, le mauvais esprit le quittait.

Bientôt, il ne put plus se passer de David, qu'il traitait comme son fils. Le vrai fils de Saül, Jonathan, n'en éprouvait pourtant nulle jalousie : il s'était pris pour David d'une amitié passionnée et le couvrait de cadeaux, lui offrant ses manteaux, ses tuniques et jusqu'à son épée.

XXXV. Saül contre David

La jalousie de Saül

La renommée que David s'était acquise dans l'armée par sa victoire sur Goliath ne fit que s'accroître au cours des mois qui suivirent. En sa qualité d'écuyer de Saül, il participait à toutes les batailles et y manifestait de grands talents militaires. Quant aux femmes, éblouies par sa beauté et par son charme, elles étaient toutes folles de lui. Saül, malgré l'affection paternelle qu'il portait à David, ne tarda pas à prendre ombrage de sa popularité. Ses deux principaux collaborateurs, à savoir Abner, chef de l'armée, et Doëg, l'ancien adjoint de Samuel devenu conseiller du roi, excitaient la jalousie de Saül en répandant des calomnies perfides sur le compte de David, qu'ils haïssaient.

Le premier succès de Doëg et d'Abner fut de persuader Saül de ne pas donner sa fille aînée, Mérab, en mariage à David, bien qu'il s'y fût engagé ; un beau jour, sans en avoir été averti, David apprit que Mérab venait d'être mariée à un autre. Comme, en dehors des champs de bataille, il était d'un naturel conciliant et même un peu faible, il ne protesta pas.

Quelque temps après, Saül fut pris d'un de ses fréquents accès de mélancolie. Doëg vint cependant, comme tous les matins, lui apporter les nouvelles du royaume. D'un ton faussement amusé, il raconta à Saül que, chaque fois que David traversait une ville ou un village, les jeunes filles lui jetaient des fleurs, tout en chantant un refrain qui faisait fureur : « Saül a battu des cents, et David a battu des milles ! » Saül ne fit pas de commentaires, mais son visage s'assombrit. L'après-midi, David se rendit chez le roi pour lui jouer de la harpe. Pendant que les mains, les yeux et l'esprit de David étaient occupés par l'instrument, Saül restait prostré sur une chaise, l'air égaré. Brusquement, il se lève, saisit sa lance et se précipita sur David qu'il tente de clouer au mur. Au dernier moment, par miracle, David lève les yeux et réussit à éviter la lance ; stupéfait, épouvanté, il sort de la pièce en courant.

Saül, resté seul, reprend ses esprits. Pour éviter de se retrouver en tête à tête avec David, il le nomma chef de mille et l'envoie au front ; en même temps, pour racheter ses torts envers lui, il lui offre la main de sa deuxième fille, Mikhal, qui – comme toutes les jeunes filles d'Israël – était amoureuse de l'écuyer de son père. David hésite à accepter, car il n'est pas assez riche pour offrir à

Mikhal un cadeau de mariage digne de la fille d'un roi. Saül le rassure :

« Tout ce que je te demande, comme cadeau, c'est de m'apporter les prépuces de cent Philistins que tu auras tués au combat. »

En faisant cette proposition, Saül espérait secrètement que David prendrait des risques inconsidérés et se ferait tuer. Cet espoir fut déçu. David tua non pas cent, mais deux cents Philistins, déposa leurs prépuces aux pieds de Saül, et devint le gendre du roi, auprès duquel il reprit ses fonctions d'écuyer-harpiste.

Mais ce répit fut de courte durée. Doëg et Abner ne cessaient, devant le roi, de peindre David comme un rival possible, sinon pour lui, du moins pour ses fils. Une seconde fois, dans un accès de démence, Saül tenta de tuer David pendant que celui-ci lui jouait de la harpe. Cette fois encore, David évita le coup et courut se réfugier chez lui.

« Il n'y a plus, dit-il à sa femme Mikhal, qu'un pas entre la mort et moi ! »

Il ne se trompait pas : Saül, décidé à en finir, envoya pendant la nuit des soldats chez David, pour s'emparer de lui. Heureusement, Mikhal veillait, les vit venir et fit sortir David par-derrière. Saül se rend alors lui-même chez sa fille et s'emporte contre elle :

« Pourquoi as-tu favorisé la fuite de mon ennemi ? »

Mikhal se défend par un mensonge :

« C'est lui qui m'a dit : laisse-moi partir ou je te tuerai !

— Dans ce cas, reprend Saül, tu n'as plus rien à faire avec un tel mari. »

Et dès le lendemain, au mépris de la loi qui interdit à une femme d'avoir simultanément deux époux, il la marie à un autre homme, fort honorable au demeurant, nommé Palti.

David, désemparé, était allé chercher refuge auprès du prophète Samuel. L'ayant appris, Saül se rend à son tour chez Samuel, dans l'intention de se faire livrer David ou de s'emparer de lui par la force. Mais, dès qu'il est en présence du prophète, il cède à l'ascendant que celui-ci a toujours exercé sur lui, et lui promet de ne plus rien tenter contre David.

David et Jonathan

Malgré cette promesse, David n'était pas pleinement rassuré. Il alla trouver Jonathan, le fils de Saül, dans un endroit isolé où ils avaient l'habitude de se rencontrer, et lui dit :

« Demain commencent les fêtes religieuses du début du mois ; chaque jour, pendant trois jours, il y aura un festin à la table de ton père. Il m'y a invité, mais je n'ai pas l'intention de m'y rendre. Observe bien sa physionomie et ses commentaires lorsqu'il remarquera mon absence, et tâche de discerner quels sont ses sentiments à mon égard. Puis reviens ici me rendre compte de tes observations.

— Je le ferai volontiers, répond Jonathan ; mais si mon père te veut toujours du mal, il pourrait être tenté de me faire suivre pour savoir où tu te caches. Convenons donc de ceci : dès que je serai informé des dispositions de mon père, je reviendrai ici avec mon serviteur et je ferai mine de m'entraîner à l'arc ; je tirerai quelques flèches dans les fourrés et j'enverrai mon serviteur les chercher ; si je lui crie : "Elles ne sont pas si loin, reviens vers moi", cela voudra dire que tu peux sans crainte retourner chez mon père ; mais si je crie : "Elles sont plus loin, éloigne-toi encore", cela signifiera que tu dois t'enfuir. »

Le premier jour de la fête, Saül se met à table, avec Abner à sa droite et Jonathan en face de lui ; le siège situé à gauche du roi a été réservé pour David. Constatant qu'il reste vide, Saül ne fait ce jour-là aucune observation. Mais le lendemain, la place de David demeurant inoccupée, Saül demande à Jonathan :

« Pourquoi le fils de Jessé n'a-t-il pas paru ni hier ni aujourd'hui au repas ? »

Le fait que Saül aît employé la périphrase « le fils de Jessé », comme si le nom de David lui fût sorti de la mémoire ou lui eût écorché les lèvres, ne parut pas de bon augure à Jonathan. Il répondit à son père :

« David m'a dit qu'il allait passer les fêtes dans sa famille, à Bethléem, et m'a prié de l'excuser auprès de toi. »

Saül s'emporte :

« David me méprise, et toi tu complotes avec lui ; ne comprends-tu pas qu'il ne songe qu'à te dépouiller de tes droits et peut-être même à m'arracher ma couronne ? »

Jonathan prend la défense de son ami.

« Pourquoi dis-tu cela, qu'a-t-il fait de mal ? »

Exaspéré, Saül saisit un javelot et le lance à travers la table en direction de Jonathan ; celui-ci esquive le coup, se lève de table et sort en courant, les larmes aux yeux. Il se hâte d'aller prévenir David, à l'aide du signal convenu, d'avoir à prendre la fuite. Mais David ne veut pas partir sans remercier son ami. Il sort de sa cachette, court vers Jonathan ; les deux jeunes gens renouvellent leur serment d'amitié et s'embrassent en pleurant – surtout David, car il a le cœur tendre.

La fuite de David

Une fois de plus, David prend la fuite ; il est seul et, dans sa hâte, il a omis de se munir d'argent, de provisions et d'armes. C'est vers la ville de Nob qu'il se dirige en premier lieu. A cette époque, c'est à Nob que se trouvait l'Arche Sacrée et que résidait Ahimélec, alors grand prêtre d'Israël, en compagnie de quatre-vingt-cinq autres prêtres chargés du service des lieux saints. David se rend chez le grand prêtre ; craignant que celui-ci ne refuse de l'aider s'il apprend qu'il est en fuite, il lui raconte qu'il effectue une mission secrète pour le compte du roi et lui demande un peu de pain pour son voyage ; Ahimélec lui en donne.

« Je suis parti si vite, ajoute David, que je n'ai pas emporté mes armes ; n'as-tu pas ici, sous la main, une lance, une épée, n'importe quoi ?
— Il n'y a pas d'autre arme chez moi, lui répond Ahimélec, que l'épée de Goliath, celle que tu lui as prise et que Saül a déposée ici.
— Elle n'a pas sa pareille, déclare David, donne-la-moi. »

Puis il reprend sa route vers l'ouest. Avant d'être sorti de Nob, il a la désagréable surprise d'apercevoir, au coin d'une rue, son ennemi mortel, Doëg, le conseiller de Saül. « Cet homme-là, se dit David, ne va pas tarder à me dénoncer. » Il ne se trompait pas.

L'état mental de Saül, depuis quelques mois, s'était aggravé : à sa dépression chronique venait s'ajouter maintenant la manie de la persécution. Les nouvelles que lui apporte Doëg le mettent hors de lui. Il réunit sa garde personnelle, composée exclusivement de membres de sa propre tribu, celle de Benjamin, la seule en qui il ait encore confiance. Il leur adresse de violents reproches :

« Vous complotez tous contre moi, personne ne

me dit rien ! Et pourtant, ne croyez pas que David, lorsqu'il sera devenu roi, vous traitera comme je le fais. »

Abner, Doëg, les soldats qui entourent Saül protestent de leur fidélité. Saül leur enjoint alors de s'emparer des prêtres de Nob et de les lui amener. Dès qu'ils sont devant lui, il les accuse d'avoir porté assistance à David et ordonne qu'ils soient mis à mort. Quelques minutes plus tard, l'exécution est consommée : des quatre-vingt-cinq prêtres de Nob, un seul, Ébiathar, fils du grand prêtre, absent de la ville au moment de la rafle, a échappé au massacre. En apprenant la mort de son père et de ses compagnons, il s'enfuit et part à la recherche de David.

Celui-ci, après avoir erré quelques jours sur le territoire de Juda sans oser demander l'asile nulle part, avait fini par prendre l'étrange parti de chercher refuge chez les Philistins, en espérant qu'il n'y serait pas reconnu. Il entre dans la ville de Gath et demande à être reçu par le roi, qui se nomme Akhich. Il le trouve entouré de ses gardes du corps parmi lesquels, avec horreur, il reconnaît le frère de Goliath, lequel s'exclame en le voyant :

« Mais c'est David, celui dont on dit en Israël : Saül a battu des cents, et David des milles ! »

Pris d'une inspiration subite, David décide de simuler la folie. Il tient des propos sans suite, se met à baver et trace avec sa salive, sur le mur de la pièce où on l'a conduit, les mots suivants :

« Akhich me doit un million de schekels. » Akhich, dont la femme et la fille souffrent de légers dérangements mentaux, demande à ses soldats :

« Pourquoi m'avez-vous amené ce fou ? Est-ce que je n'en ai pas déjà assez autour de moi ? »

Et il s'empresse de faire expulser David du pays.

XXXVI. David, chef de bande

Le bref séjour de David à Keila

Repoussé par les Philistins, David retourne sur le territoire de Juda. Là, il est rejoint d'abord par ses frères, puis par Ébiathar, le fils du défunt grand prêtre, enfin par tout un ramassis d'aventuriers, de condamnés de droit commun, de débiteurs poursuivis par leurs créanciers, au total, quatre cents hommes environ. Il devient leur chef et s'installe avec eux dans la petite ville de Keila. Mais il apprend bientôt que Saül, informé de sa présence à Keila, aurait l'intention de venir l'y chercher à la tête d'une forte armée. Désemparé, incertain de ce qu'il doit faire, David voudrait bien savoir ce que l'avenir lui réserve.

Il existait, à cette époque, trois manières légitimes de prévoir les événements futurs : la première était les rêves, mais David ne savait pas les interpréter ; la deuxième était la parole des prophètes, mais le seul prophète vivant en Israël était

Samuel, et David ne pouvait pas le joindre ; la troisième était la consultation du grand prêtre, en sa qualité d'oracle officiel. Dans ce troisième cas, la procédure était la suivante : le grand prêtre passait autour de son cou un collier sacré, composé de douze pierres précieuses de couleurs différentes. Le demandeur posait ses questions, qui devaient être simples et, lorsqu'il y en avait plusieurs, posées une par une dans un ordre logique. Le grand prêtre, interprétant les reflets du soleil sur les pierres précieuses de son collier, répondait successivement, par une phrase brève, à chacune des questions posées.

Depuis la mort de son père, Ébiathar, sans avoir officiellement le titre de grand prêtre, en exerçait les fonctions. En quittant Nob, il avait emporté le collier sacré. C'est donc à lui que s'adressa David en ces termes :

« Seigneur, Dieu d'Israël, les habitants de la ville de Keila me livreront-ils aux mains de Saül ? Saül viendra-t-il à Keila, comme je l'ai entendu dire ? »

La question de David, ainsi formulée, comportait deux irrégularités flagrantes. D'abord, elle était double et non unique ; ensuite, ses deux parties étaient placées dans un ordre illogique : il eût fallu demander *d'abord* si Saül viendrait à Keila et, en cas de réponse affirmative, demander *ensuite* si les habitants de cette ville lui livreraient David. Par conséquent, si Dieu, représenté en l'occurrence par Ébiathar, avait voulu se montrer formaliste, il aurait fort bien pu ne pas répondre à une telle question.

Cependant, tenant compte de l'agitation bien naturelle de David, Dieu fit preuve d'indulgence ; de lui-même, il rétablit l'ordre normal des questions et répondit à celle qui aurait dû être posée en premier : « Oui, Saül viendra. » Comprenant son erreur, David répéta alors sa seconde question : « Les habitants de Keila me livreront-ils ? », et Ébiathar lui répondit encore par l'affirmative.

Sans attendre l'arrivée de Saül, David rassemble ses hommes, sort de Keila et va se cacher dans la montagne. Pour sa part, ayant appris le départ de David, Saül renonce à aller à Keila. Ainsi, en définitive, aucune des deux prédictions de l'oracle ne s'était accomplie : Saül n'était pas allé à Keila, et les habitants de la ville ne lui avaient pas livré David.

Les commentateurs expliquent cette double erreur d'Ébiathar par le fait qu'il n'avait pas le titre officiel de grand prêtre, et n'était donc pas qualifié pour se servir du collier sacré.

David épargne Saül

Pendant les mois qui suivirent, Saül mena contre David et sa bande une implacable chasse à l'homme. Samuel, la seule personne qui aurait pu tenter de ramener le roi à la raison, venait de mourir. David, serré de près, se déplaçait sans cesse. A plusieurs reprises, des dénonciateurs révélèrent à Saül la cachette de David mais, chaque fois, Jonathan réussit à prévenir son ami à temps. Un jour que Saül, à la tête de trois mille hommes, était sur les talons de David, celui-ci alla se cacher avec ses compagnons au fond d'une vaste caverne à flanc de montagne. Au moment où Saül et son armée passaient devant l'entrée de la caverne, le roi fut pris d'un besoin pressant. Conformément à la charte monarchique établie par Samuel, Saül s'était fait une règle de ne jamais se montrer devant ses soldats dans une position peu honorable.

« Attendez-moi un instant, leur dit-il, je vais me couvrir les pieds. »

Il pénètre assez profondément dans la caverne ; ses yeux n'étant pas habitués à l'obscurité, il ne remarque pas la présence de David et de ses hommes. Il retire son manteau et s'accroupit.

« C'est Dieu qui le livre entre nos mains », chuchote à David l'un de ses soldats.

Mais David repousse la suggestion.

« Jamais, dit-il, je ne porterai la main sur mon souverain ! »

Il se contente de s'approcher sans bruit de Saül et de couper un morceau de son manteau. Le roi, qui ne s'est aperçu de rien, quitte la caverne et reprend sa route. David sort à son tour et appelle Saül :

« Mon seigneur, mon roi ! »

La voix de David produit sur Saül un effet imprévu et immédiat : il se sent repris tout à coup de son ancienne tendresse pour le jeune homme.

« Est-ce la voix de David, est-ce toi, mon fils ? », demande-t-il en se retournant.

David s'avance et se prosterne devant le roi ; il lui montre le pan du manteau qu'il a coupé.

« Tu vois, lui dit-il, j'aurais pu tout à l'heure te prendre la vie comme je t'ai pris ce morceau d'étoffe. Mais jamais je ne porterai la main sur mon père, sur mon roi. Pourquoi donc écoutes-tu ceux qui disent que je veux te nuire ? Pourquoi me poursuis-tu sans relâche, moi qui ne suis qu'un misérable chien errant ? »

Saül est aussi ému que David.

« Tu vaux mieux que moi, lui dit-il ; je t'ai fait du mal et tu m'as épargné lorsque j'étais à ta merci. »

Les deux hommes s'embrassent, puis Saül reprend le chemin de sa capitale cependant que David, qui redoute les changements d'humeur de son ex-beau-père, préfère continuer sa vie errante.

Abigaïl

Après avoir pris congé de Saül, David alla s'établir dans une région proche de la ville de Carmel. Cette région était couverte de prairies où les éleveurs de Carmel faisaient paître leurs troupeaux pendant l'été. Le plus riche fermier de Carmel, un nommé Nabal, y maintenait plusieurs milliers de brebis, sous la garde d'une dizaine de bergers. David veilla à ce qu'aucune exaction ne fût commise par ses hommes contre ces troupeaux, et assura même leur protection contre les voleurs. Lorsque la saison de la tonte fut venue, les bergers et leurs troupeaux descendirent à Carmel. David, qui manquait cruellement d'argent et qui, avec ses hommes, souffrait de la faim, envoya dix de ses compagnons à Carmel, avec mission d'en rapporter des provisions.

« Allez voir Nabal, leur dit-il, rappelez-lui que nous nous sommes bien conduits avec ses bergers et demandez-lui s'il peut nous faire cadeau d'un peu de pain ; s'il vous offre en plus de la viande, de l'huile ou du vin, n'ayez garde de refuser ! »

Nabal était un homme dur et avare. Il était occupé à surveiller la tonte de ses troupeaux lorsque les messagers de David vinrent lui présenter la requête de leur chef.

« Qui est ce David dont vous me parlez ? leur répond-il brutalement ; mon pain et ma viande sont pour mes tondeurs, et non pour des aventuriers de votre espèce ! »

Et les hommes de David s'en retournent les mains vides.

La douceur et la patience de David étaient grandes, mais non sans limites. En apprenant l'accueil que Nabal avait réservé à ses émissaires, il est pris d'un accès de fureur.

« Prenez vos armes, dit-il à ses hommes ; puisque Nabal ne veut rien nous donner, nous allons nous servir nous-mêmes et passer toute sa maison au fil de l'épée ! »

Après que les envoyés de David avaient été éconduits par Nabal, l'un des bergers de celui-ci, craignant non sans raison que David ne prît fort mal cet affront, était allé trouver l'épouse de son maître, une femme belle et intelligente appelée Abigaïl.

« David, lui dit-il, a envoyé des hommes à notre maître, qui les a rudoyés. Pourtant, David a toujours été très bon pour nous pendant que nous étions dans les montagnes ; maintenant, je crains qu'il ne se mette en colère. Je n'ose en parler à notre maître, car il est violent, mais j'ai pensé que tu pourrais peut-être, toi, faire quelque chose pour apaiser David. »

Abigaïl partage l'avis du berger. En outre, bien qu'elle n'ait jamais vu David, elle est sensible, comme toutes les femmes d'Israël, à sa réputation de héros, de proscrit et de justicier. Sans prévenir son mari, elle fait charger sur des ânes deux cents pains, deux outres de vin, cinq brebis déjà préparées, des gâteaux de figue et des raisins secs. Elle fait seller un âne pour elle-même et, accompagnée de quelques serviteurs, elle part en direction de la montagne.

A mi-chemin, elle rencontre David à la tête de sa troupe ; elle le reconnaît aussitôt à sa chevelure dorée et à son allure royale, ainsi qu'aux imprécations et aux menaces qu'il ne cesse de proférer contre Nabal. Elle descend de son âne, se jette aux pieds de David, implore sa clémence.

« Ne fais pas attention à ce que dit Nabal, mon mari ; c'est un homme brutal et sans cœur. Tes serviteurs n'auraient pas dû s'adresser à lui, mais à moi ; je leur aurais fourni aussitôt, comme je le fais maintenant, des provisions en abondance. Quant à toi, chacun sait en Israël que tu deviendras roi ; ne salis pas ta réputation en te faisant justice à toi-même et en versant du sang innocent. »

Ému par le discours d'Abigaïl – et par sa beauté –, David se calme à l'instant ; il relève la jeune femme prosternée à ses pieds et lui dit :

« Sans toi, je te le jure, Nabal et tous ses gens auraient péri aujourd'hui même, et je me serais rendu coupable d'une mauvaise action. Ton mari ne mérite pas une femme comme toi !

— C'est toi qui la mérites », répond Abigaïl en baissant les yeux.

David rebrousse chemin, Abigaïl retourne chez elle. Elle y trouve son mari en train de festoyer et déjà à moitié ivre. Elle l'informe de la démarche qu'elle a faite et du danger mortel dont elle l'a sauvé. La colère de Nabal est telle qu'il tombe à la renverse, frappé d'une congestion cérébrale ; il meurt quelques jours plus tard.

Dès que David l'apprend, il fait savoir à Abigaïl qu'il désire l'épouser. Elle selle à nouveau son âne et va rejoindre David dans son camp.

David au service des Philistins

Leur tranquillité y est de courte durée. Repris par son obsession, Saül s'est lancé une fois de plus à la poursuite de David, qui doit reprendre la fuite. Mais, cette fois, les habitants de la région sont du côté de David et le tiennent informé des mouvements du roi.

Un soir, ils viennent l'avertir que Saül et son armée, épuisés par une longue journée de marche, se sont arrêtés non loin de l'endroit où se cache David. Au milieu de la nuit, celui-ci, accompagné par un seul de ses soldats, part vers le camp de Saül. Aucune sentinelle ne le garde, tous les soldats sont profondément endormis. En silence, David parcourt le camp et finit par découvrir Saül et Abner, endormis eux aussi. La lance de Saül est fichée dans le sol, non loin de lui, et une cruche d'eau fraîche a été placée à portée de sa main. Le compagnon de David s'apprête à dégainer son épée, mais David le retient.

« Ne fais pas de mal à Saül, chuchote-t-il, va seulement prendre sa lance et sa cruche d'eau. »

Puis les deux hommes se retirent sans bruit, en traversant un ravin qui longe le camp. Lorsqu'ils sont sur l'autre versant, hors d'atteinte des hommes de Saül mais encore à portée de voix, David crie :

« Abner, Abner, réveille-toi ! Si c'est ainsi que tu veilles sur ton maître, le premier venu pourrait l'assassiner. Regarde où sont passées sa lance et sa cruche ! »

Puis il s'adresse à Saül, qui s'est réveillé en même temps qu'Abner.

« Mon père, pourquoi t'acharnes-tu contre moi ? Est-il convenable que le roi d'Israël passe son temps à me poursuivre et à me faire sauter d'un endroit à l'autre, comme une puce affolée ?
— Tu as raison, répond Saül, j'ai péché. Mais je ne te ferai plus de mal ; reviens vivre à mes côtés ! »

David s'en garde bien ; il sait par expérience que les bons sentiments de Saül à son égard ne dureront pas. Il est las de fuir et de se cacher sans cesse ; la seule issue, songe-t-il, c'est de quitter le territoire d'Israël. Se souvenant qu'Akhich, le roi philistin de Gath, ne s'était pas trop mal comporté à son égard quelques mois plus tôt, c'est à lui qu'il s'adresse, en lui proposant de mettre à son service, en qualité de mercenaires, ses quatre cents soldats d'élite. Akhich accepte, installe David au sud de son territoire et l'autorise à mener, avec ses hommes, de fructueuses expéditions de pillage dans les pays voisins. Saül, ayant appris que David s'est établi chez les Philistins, renonce à le poursuivre.

Un an plus tard, la guerre se rallume entre Israël et une coalition de plusieurs rois philistins, parmi lesquels Akhich. Celui-ci, qui n'a qu'à se féliciter des services de David, l'invite à participer à ses côtés à la guerre.

« Vous viendrez avec moi, toi et tes hommes, et vous formerez ma garde personnelle. »

Malgré sa réticence à porter les armes contre son propre peuple, David se sent moralement lié par son contrat avec Akhich ; la mort dans l'âme, il se joint à l'armée des Philistins, au risque de compromettre à jamais ses chances de devenir roi d'Israël. Saül, de son côté, rassemble son armée et vient prendre position en face des Philistins.

Mort de Saül

Devant la supériorité numérique des Philistins, renforcés par le contingent de David, la prudence voudrait que Saül ordonnât la retraite. Mais il sent que cela ne lui ferait gagner que quelques jours ou quelques mois ; au fond de lui-même, il sait qu'il a perdu la partie contre David. Fatigué de lutter, il décide de tout risquer et, s'il faut mourir, de mourir au moins avec honneur.

Au lever du jour, il dispose ses troupes en ordre de bataille. Les Philistins en font autant. C'est alors que, pour la première fois, le commandant en chef de la coalition philistine s'aperçoit de la présence de David et de ses hommes ; il s'en étonne auprès d'Akhich :

« Que font ici ces Hébreux ?
— Ce sont, lui répond Akhich, les hommes de David, des dissidents d'Israël, chassés de leur pays par Saül ; je réponds absolument de leur loyauté. »

Mais le commandant philistin ne se laisse pas convaincre.

« Oublies-tu que David a été, dans le passé, notre plus redoutable adversaire ? Au plus fort du combat, il se retournera contre nous. »

A contrecœur, Akhich va trouver David et lui demande de se retirer du champ de bataille ; David obtempère, en dissimulant son soulagement. La bataille s'engage, les Israélites sont mis en déroute, Jonathan et deux de ses frères sont tués.

Saül, luttant avec héroïsme, reste presque seul, entouré de toutes parts. Craignant d'être pris et torturé par les Philistins, il ordonne à son écuyer de le tuer. Celui-ci s'y refuse ; Saül se transperce alors lui-même le cœur avec son épée. Les Philistins découvrent son cadavre, le dépouillent de ses armes et de ses vêtements, lui tranchent la tête et attachent son corps à un arbre, pour qu'il soit dévoré par les vautours et les bêtes sauvages.

XXXVII. David devient roi

L'éloge funèbre de Saül

Après qu'Akhich lui avait enjoint de quitter les rangs philistins, David s'était retiré vers le sud, à une journée de marche du champ de bataille. Là, il attendait des nouvelles du combat, partagé entre son patriotisme, qui lui faisait souhaiter une victoire israélite, et son intérêt personnel, qui la lui faisait craindre. Le lendemain de la bataille, un fuyard de l'armée israélite, épuisé et couvert de poussière, arriva au camp de David et demanda à lui parler. Cet homme se trouvait au côté de Saül au moment de son suicide, et avait ramassé la couronne royale, qu'il avait emportée dans sa musette. Il annonça à David la défaite des Israélites, la mort de Jonathan et celle du roi. Mais, dans l'espoir d'obtenir une récompense, il fit, de la mort de Saül, un récit mensonger.

« Le roi, dit-il, se voyant cerné, m'a demandé de le tuer pour ne pas tomber aux mains des Philistins ; j'ai fait ce qu'il me demandait, j'ai ramassé sa couronne et je me suis empressé de te l'apporter. »

Loin de se réjouir, David laisse éclater son chagrin et son indignation.

« Comment as-tu pu porter la main sur ton roi ? » demande-t-il avec colère au fuyard.

Celui-ci, décontenancé, s'étonne de voir David déplorer la mort de Saül.

« Il est vrai, reprend David, que Saül s'est mal conduit envers moi. Mais cela ne l'empêchait pas d'être un bon roi et un homme vertueux, meilleur que moi-même à bien des égards ; il était patriote, il était juste, il était honnête ; il n'a jamais accumulé de richesses et n'a aimé qu'une seule femme. En le tuant, tu t'es rendu coupable de régicide et tu mérites la mort. »

David fait exécuter le fuyard et se retire sous sa tente où, pour exhaler son chagrin, il compose un psaume en l'honneur de Saül et de Jonathan :

« Comme ils sont morts,
ces braves, en plein combat !
Face à l'ennemi, dans le fracas de la bataille,
l'arc de Jonathan ne reculait pas,
l'épée de Saül ne restait pas au fourreau.
Plus rapides que des aigles, plus courageux que
des lions, ils ont toujours combattu côte à côte ;
la mort elle-même n'a pu les séparer !
Jonathan, mon frère, ton affection m'était
plus précieuse que l'amour des femmes...
Comme ils sont tombés,
ces braves, en plein combat ! »

La division du royaume

Après quoi, David rassembla ses hommes et retourna en Israël pour y recueillir la succession de Saül, qui lui avait été promise naguère par le prophète Samuel. Juda, sa propre tribu, lui fit un accueil chaleureux et l'investit de la dignité royale. Mais il n'en fut pas de même des autres tribus. Dès la mort de Saül, Abner, craignant pour son influence et même pour sa vie au cas où David monterait sur le trône, avait réussi à faire désigner comme roi, par toutes les tribus autres que Juda, le dernier fils survivant de Saül, appelé Isboseth. Israël se trouva donc divisé en deux royaumes : le premier, borné à la seule tribu de Juda, avait pour roi David et pour capitale Hébron ; le second, dont le roi en titre, Isboseth, n'était qu'un fantoche entre les mains d'Abner, avait pour capitale Mahanaïm, sur la rive orientale du Jourdain. Pour tenter d'éviter une guerre civile, David décida d'envoyer à Isboseth une délégation. Il en confia la direction à son principal lieutenant, son neveu Joab.

Joab et Abner

Joab était pour David ce qu'Abner avait été pour Saül : un collaborateur dévoué, jaloux, prêt à tout pour défendre les intérêts de son maître –

et aussi pour en rester le bras droit. Les deux hommes se haïssaient et rivalisaient dans tous les domaines. Abner l'emportait légèrement sur Joab en force physique, mais Joab possédait des qualités intellectuelles supérieures ; il se faisait un devoir de consacrer une part de son temps à l'étude de la Loi, de sorte que, sans être devenu un véritable savant, il avait acquis une certaine culture religieuse.

A la tête d'une petite troupe, Joab part donc en direction de Mahanaïm, capitale du roi Isboseth. Au même moment, Abner quitte cette ville, en direction d'Hébron, après avoir été chargé par Isboseth, ou plutôt après s'être chargé lui-même, d'une mission analogue. Les deux hommes se rencontrent à mi-chemin. Une brève discussion les ayant convaincus de l'impossibilité de parvenir à un accord amiable, Abner propose à Joab, qui accepte, de trancher le débat par un combat en champ clos, opposant douze soldats de chaque camp. Les vingt-quatre hommes se ruent les uns sur les autres avec une telle violence qu'en un instant ils sont tous morts.

Après l'échec de cette tentative de conciliation, la guerre civile éclata. A première vue, le parti d'Isboseth, soutenu par onze tribus, semblait disposer d'un grand avantage numérique sur celui de David, qui ne s'appuyait que sur la tribu de Juda. Mais, alors que les Judéens manifestaient à l'égard de David un entier dévouement, les sujets d'Isboseth, à l'exception de la tribu de Benjamin à laquelle appartenait la maison de Saül, ne soutenaient leur roi qu'avec mollesse. C'est pourquoi, malgré l'énergie d'Abner, le camp de David prit peu à peu l'avantage.

La guerre aurait toutefois pu se prolonger longtemps, faute d'une victoire décisive, si Isboseth ne s'était maladroitement avisé un jour de reprocher à Abner d'avoir épousé une ancienne concubine de Saül. Abner prit fort mal la chose.

« Pendant des années, dit-il à Isboseth, j'ai été le plus fidèle serviteur de ton père et, depuis sa mort, c'est moi qui te soutiens à bout de bras sur le trône. Et tu viens me reprocher aujourd'hui une misérable affaire de femme ! Puisqu'il en est ainsi, ne compte plus sur moi pour défendre tes intérêts. »

Et, sans se laisser fléchir par les excuses d'Isboseth, Abner, qui n'attendait sans doute qu'une occasion pour mettre fin à un combat de plus en plus inégal, envoie à David un émissaire pour lui proposer son ralliement. David lui fait répondre qu'il est prêt à accepter cette offre, mais il pose comme condition préalable que lui soit restituée son ancienne épouse Mikhal, fille de Saül, que celui-ci lui avait reprise indûment et qu'il avait donnée en secondes noces à un certain Palti. Abner va trouver Palti et obtient la restitution de Mikhal à David.

Dans le même temps, il prend langue avec les anciens de toutes les tribus, et les persuade d'abandonner la cause d'Isboseth pour donner la couronne à David. Abner se rend alors lui-même à

Hébron pour annoncer à David que tout est réglé, et pour se faire payer le prix de son ralliement. David le reçoit bien, et lui laisse espérer un poste honorable dans l'armée ou le gouvernement. Abner prend congé de David, et se met en route pour Mahanaïm.

Quelques heures après le départ d'Abner, Joab, de retour d'une expédition militaire, rentre à Hébron où il apprend le ralliement de son rival. L'inquiétude le saisit à l'idée qu'Abner va cesser d'être un adversaire pour devenir un concurrent. Sans en avertir David, il part avec quelques hommes à la poursuite d'Abner. Il le rejoint le lendemain, peu avant la tombée de la nuit, lui fait bonne figure et lui dit qu'il est venu, de la part de David, régler avec lui quelques questions pratiques. « Mais, ajoute-t-il, nous verrons cela demain ; pour ce soir, soupons ensemble et parlons d'autre chose. »

Abner, tout en se montrant aimable, reste sur ses gardes, ne se défait pas de son épée et, pendant le souper, ne quitte pas Joab des yeux. La conversation porte sur des sujets religieux et juridiques ; les deux hommes, dont la rivalité s'étend aussi à ce domaine, cherchent à faire valoir leur érudition en se posant mutuellement des questions subtiles. Vers la fin du souper, Joab soulève un cas particulièrement difficile.

« Comment une femme manchote peut-elle remplir l'obligation qui lui est faite d'ôter à son mari ses sandales lorsqu'il rentre à la maison ? »

Abner donne sa langue au chat.

« C'est bien simple, explique Joab : elle le fait avec ses dents.

— Ce n'est pas possible, objecte Abner, vexé d'avoir été pris en défaut.

— Mais si, assure Joab, tu n'as qu'à essayer toi-même avec mes sandales. »

Oubliant un instant sa méfiance, Abner s'agenouille devant Joab, place ses mains derrière son dos pour faire comme s'il était manchot, et penche son visage jusqu'aux pieds de Joab. Celui-ci en profite pour dégainer rapidement son épée et égorger Abner.

En apprenant la mort d'Abner, David fut consterné, non seulement parce qu'il avait une haute estime pour lui, mais aussi parce qu'il craignait que le peuple d'Israël ne l'accusât, lui David, d'être l'instigateur de l'assassinat. Il n'osait cependant punir sévèrement Joab, qui restait son plus solide soutien. Il se contenta donc de reprocher publiquement à celui-ci son geste criminel, et d'organiser en l'honneur d'Abner des funérailles nationales au cours desquelles il prononça un éloge funèbre qui se terminait par ces mots : « Abner était un grand prince et un grand soldat. Devait-il être abattu par le crime, lui qui n'avait jamais été vaincu au combat ? »

Les Israélites comprirent que David n'avait pris aucune part au meurtre d'Abner ; son discours leur plut, comme d'ailleurs leur plaisait tout ce qu'il disait et tout ce qu'il faisait.

Jérusalem, capitale du royaume

Quelques semaines plus tard, les douze tribus, y compris celle de Benjamin, s'étant ralliées à lui, David, qui venait d'avoir trente-sept ans, régnait sur tout Israël. Pour bien marquer qu'une nouvelle époque commençait, il ne voulut conserver pour capitale ni Hébron ni Mahanaïm. Entre ces deux villes, aux confins des territoires de Juda, tribu de David, et de Benjamin, tribu de Saül, subsistait une petite enclave étrangère, occupée par un peuple appelé les Jébuséens.

David, estimant que les Jébuséens avaient manifesté pendant la guerre civile un comportement hostile à son égard, et considérant en outre que leur ville principale serait une capitale idéale pour Israël, y mit le siège et s'en empara sans difficultés. Il s'y établit avec sa famille, son entourage et son gouvernement, se faisant construire pour lui-même une maison en bois de cèdre. Cette ville s'appelait Jérusalem et fut surnommée, à partir de cette époque, la « cité de David ».

L'affaire Mikhal

Peu après son installation à Jérusalem, David, désireux d'assurer la réconciliation nationale, fit savoir que, s'il restait encore des descendants de

Saül, il les traiterait avec bienveillance. On lui apprit que le seul survivant mâle de la lignée de Saül était un fils de Jonathan, appelé Méphiboseth. Un accident qui lui était survenu pendant son enfance l'avait laissé boiteux et, qui plus est, boiteux des deux jambes. Inapte aux exercices physiques, il s'était consacré à l'étude, et était devenu très savant en matières religieuses et légales.

L'ayant envoyé chercher, David lui dit :

« Ne crains rien, je veux te traiter avec faveur, en considération de ton père Jonathan qui fut mon ami intime. Je te restitue toutes les terres de ton grand-père Saül, et je te nomme mon conseiller juridique ; tu dîneras tous les jours à ma table, afin que je puisse te consulter facilement. »

Deux autres collaborateurs immédiats de David partageaient quotidiennement, avec Méphiboseth, l'honneur de dîner avec le roi : c'étaient Joab d'une part, le chef de l'armée, et un jeune homme doté d'une intelligence brillante mais totalement dépourvu de principes moraux, appelé Ahitophel, qui exerçait auprès de David les fonctions de conseiller politique. Ahitophel et Méphiboseth ne s'aimaient guère et exprimaient presque toujours des avis opposés lorsque David les consultait ensemble.

Il eut justement l'occasion de le faire au sujet de la conduite à tenir à l'égard de sa première femme Mikhal, qui venait de lui être restituée par le second mari de celle-ci, Palti. David, qui était très scrupuleux en matière religieuse, avait décidé de ne pas cohabiter avec Mikhal tant que la validité juridique de cette restitution n'aurait pas été établie. C'est sur cette question délicate qu'il consulta ses deux principaux conseillers.

Après avoir analysé la situation, Méphiboseth opina que David ne pouvait pas reprendre Mikhal sans la rendre coupable de bigamie, attendu que Palti, son époux, était encore vivant. Ahitophel, qui ne songeait qu'à plaire à David, exprima un avis contraire.

« Il est exact, fit-il observer, que la bigamie est interdite aux femmes ; mais, précisément pour cette raison, Mikhal n'aurait jamais dû se marier avec Palti, puisque son premier mari, David, n'était pas mort. Le mariage de Mikhal avec Palti doit donc être considéré comme nul. »

Méphiboseth ne se laisse pas convaincre.

« Je veux bien admettre, reprend, que le mariage de Mikhal avec Palti n'est pas valide ; mais dans ce cas, en vivant avec lui, elle s'est rendue coupable d'adultère. Or, s'il est permis dans certaines circonstances à un citoyen normal de pardonner à son épouse adultère, cela est interdit à un roi. »

Malgré son agilité mentale, Ahitophel reste sans réplique, et David, navré, s'apprête à faire reconduire Mikhal chez Palti, lorsque celui-ci demande à être entendu comme témoin, pour faire une révélation importante.

« C'est à mon corps défendant, déclare-t-il, que

j'ai accepté il y a quelques années d'épouser Mikhal, que je savais légitimement mariée à David. Pour ne pas me rendre coupable d'un péché, je me suis abstenu de toute relation sexuelle avec elle et, pour me rappeler sans cesse cet engagement, j'ai placé dès le premier soir, dans mon lit, une épée entre Mikhal et moi. Il n'y a donc eu ni bigamie ni adultère. »

Cette déposition ayant mis tout le monde d'accord, Mikhal put reprendre sa place auprès de David. Mais elle n'était plus la seule à l'occuper : six épouses légitimes et un nombre égal de concubines se partageaient désormais les faveurs du roi. Sachant que la bigamie n'était interdite qu'aux femmes, Mikhal ne pouvait rien reprocher à son mari ; mais le dépit qu'elle éprouvait de n'être plus l'épouse unique, joint au sentiment de supériorité que lui donnaient ses origines royales, aigrirent son caractère et provoquèrent bientôt, entre elle et David, des disputes fréquentes.

XXXVIII. La gloire de David

L'Arche Sacrée à Jérusalem

L'Arche Sacrée, qui contenait les tables de la Loi et qui était elle-même abritée dans une sorte de grand pavillon de toile appelé le tabernacle, résidait dans une petite ville du territoire de Benjamin sous la garde du grand prêtre Ébiathar. Quelques mois après s'être installé à Jérusalem, David proposa à Ébiathar d'y établir le sanctuaire national. Ébiathar y ayant consenti, une grandiose cérémonie de transfert fut organisée : précédée par les prêtres en grande tenue, portée et escortée par les Lévites, suivie par un immense cortège populaire qui progressait au son des luths, des cymbales et des tambourins, l'Arche Sacrée fit son entrée dans la cité de David. Le roi lui-même, saisi d'une exaltation mystique, chantait et dansait éperdument. Pour être plus à son aise, il avait retroussé le bas de sa tunique. Les femmes et les jeunes filles de la ville, massées sur les balcons et les terrasses, acclamaient David et lui jetaient des fleurs. Lorsque la cérémonie fut terminée, David retourna chez lui, le cœur content. Sa femme Mikhal l'accueillit avec une ironie cinglante.

« En vérité, lui dit-elle, le roi d'Israël a donné aujourd'hui un digne spectacle aux boniches de Jérusalem ! Mon père, Saül, s'était fait une règle de ne jamais dévoiler devant ses sujets ne serait-ce que ses chevilles ; son successeur, lui, ne craint pas de montrer ses genoux et même ses cuisses ! »

Brusquement dégrisé, David lui répond :

« C'est justement parce que ton père attachait plus de prix à sa dignité personnelle qu'à la gloire du Seigneur qu'il a perdu sa couronne à mon profit. Quant à moi, si je me suis humilié aujourd'hui, sache que c'est devant Dieu et non devant les hommes. »

De ce jour, David cessa d'aimer Mikhal, qui n'eut jamais d'enfants.

David était satisfait de la présence de l'Arche à Jérusalem, mais il l'était moins des conditions matérielles dans lesquelles elle était logée ; gêné d'habiter lui-même une vraie maison de bois, alors que celle de Dieu n'était qu'un pavillon de toile, il se demandait s'il ne devait pas faire construire, pour abriter l'Arche, un temple solide et majestueux. Il s'ouvrit de son projet à ses deux conseillers, Méphiboseth et Ahitophel, qui exprimèrent comme d'habitude des avis opposés. Il alla ensuite en parler au grand prêtre Ébiathar, qui se refusa à prendre position.

« Cette question, expliqua-t-il, est du ressort d'un prophète, plutôt que du grand prêtre.
— Sans doute, lui répondit David, mais tu sais bien que depuis la mort de Samuel il n'y a plus de prophète en Israël.
— Tu te trompes, reprit Ébiathar, il y en a un. »
Et il exposa à David qu'au cours des mois précédents, alors que l'attention du roi était absorbée par les nouvelles de la guerre civile, un événement d'une grande portée s'était produit dans le domaine religieux : un homme appelé Nathan, de la tribu d'Issachar, avait prouvé, par de nombreuses prophéties suivies d'effets, qu'il était en communication directe avec Dieu.

Interrogé par David sur l'opportunité d'entreprendre la construction d'un temple, le prophète Nathan répondit, au nom de Dieu, qu'il n'y avait pas d'urgence.
« Pendant plus de trois siècles, expliqua-t-il, l'Esprit saint s'est accommodé du modeste pavillon que Moïse avait fait construire pour lui, et il s'en contentera bien encore quelques années. Avant de construire un temple, songe plutôt à assurer la sécurité d'Israël contre les ennemis qui l'entourent. »
Faisant preuve, à l'égard du prophète Nathan, d'une confiance qui ne devait pas se démentir pendant tout son règne, David abandonna provisoirement son projet et décida de consacrer son temps et son énergie à faire la guerre.

Les victoires de David

Sur toutes ses frontières, Israël était harcelé en permanence par les peuples voisins, qui avaient profité du conflit entre la maison de Saül et celle de David pour conquérir de vastes portions du territoire israélite. Pour les chasser, David s'attaqua successivement à ses différents adversaires. Pendant les premières années de son règne, la guerre ne cessa pas et fut marquée par des combats acharnés, parfois même sauvages. David, cependant, faisait preuve à l'égard de ses adversaires de sentiments d'humanité assez exceptionnels pour l'époque. Il n'était pas rare qu'il laissât la vie sauve aux populations civiles des cités conquises.

Il lui arriva même, le soir d'une bataille contre les Moabites, d'ordonner qu'un tiers des prisonniers capturés pendant la journée fussent graciés. Pour l'application pratique de cette mesure de clémence, on fit allonger les prisonniers par terre, sur une longue rangée que l'on mesura au cordeau ; au fur et à mesure du déroulement de l'opération, deux toises de Moabites étaient exécutées et la troisième était épargnée.

Mais c'est surtout envers ses propres soldats que David faisait preuve d'une sollicitude paternelle qui lui valait leur adoration. Un jour qu'il poursuivait une troupe ennemie, il s'aperçut que la moitié de ses soldats, épuisés, n'étaient plus en état de marcher et retardaient son avance. Il leur ordonna de s'arrêter, en leur laissant la garde des bagages. Puis, avec les hommes valides, il reprit sa marche, rattrapa l'ennemi, le mit en pièces et s'empara d'un abondant butin. De retour au camp, il ordonna, malgré les protestations de ceux qui avaient participé au combat, que le butin fût partagé également entre tous les soldats.

« Les bagagistes, dit-il, ont rempli eux aussi leur devoir et méritent de recevoir leur part. »

Il se faisait une règle de mener la même vie que ses soldats, de supporter les mêmes épreuves et de ne bénéficier d'aucun privilège. Un jour que, par une chaleur accablante, il participait à un âpre combat devant la ville de Bethléem, occupée alors par les Philistins, il déclara en plaisantant qu'il donnerait bien tout son royaume pour un verre d'eau fraîche. Aussitôt, trois de ses soldats sortent des rangs, courent vers une citerne qu'on apercevait au pied des murailles de Bethléem, y remplissent une outre et regagnent les lignes israélites, sous une pluie de flèches auxquelles ils échappent miraculeusement. Fiers de leur exploit, heureux de faire plaisir à leur roi, ils s'approchent de David et lui tendent l'outre. Il la prend, la débouche et en verse le contenu dans la poussière en déclarant :

« David ne boira jamais le sang de ses soldats. »

Après quelques années de guerre, David avait libéré Israël de toute occupation étrangère et, bien que la paix ne fût pas complète ni définitive, il put se consacrer aux affaires intérieures du royaume. Il réorganisa l'administration et frappa de nouvelles pièces de monnaie d'argent, qui portaient sur une face l'effigie d'un berger, sur l'autre celle d'une tour, symbolisant ainsi le rôle de guide et de protecteur joué par le roi.

La vie privée de David

Malgré ses occupations officielles, David trouvait encore le temps de jouer de la harpe et de composer des psaumes auxquels il a attaché son nom. Ceux qu'il écrivit pendant les premières années de son règne sont des actions de grâce adressées à Dieu : « Tu es mon rocher et ma forteresse, tu es un bouclier qui me protège... Devant toi, la mer se met à fuir, le Jourdain retourne en arrière, les montagnes bondissent comme des béliers, les collines comme des agneaux ! »

Enfin, ses multiples activités n'empêchaient pas David d'être un bon époux et un bon père. Bien que sa beauté et son prestige le rendissent à peu près irrésistible pour toutes les femmes du royaume, il n'en abusait pas ; il consacrait la plupart de ses nuits à ses épouses légitimes et à ses concubines dont le nombre, tout en augmentant de temps à autre d'une unité, restait dans des limites raisonnables. Quant à ses enfants, il les adorait, s'en occupait beaucoup et s'inquiétait constamment pour leur avenir.

« Cesse donc de te faire du souci pour eux, lui disait parfois le cynique Ahitophel ; s'ils ne sont bons à rien, ils vendront de la cire sur les marchés ! »

Le seul reproche qu'on pût faire à David était de trop gâter ses fils et de pousser parfois l'indulgence pour eux jusqu'à la faiblesse.

L'achat d'un terrain pour le temple

Comblé de gloire et de bonheur, David se reprit à penser à son projet de construction d'un temple à Jérusalem. Avant toute chose, il lui fallait un terrain. Il fixa son choix sur une aire étendue et plate, située sur le mont Moriah, à l'endroit même où, jadis, Abraham s'était disposé à sacrifier son fils Isaac. Ayant appris que ce terrain appartenait à un Jébusien nommé Ornan, David alla le trouver et lui demanda de fixer lui-même son prix. Désireux de s'attirer les faveurs du roi, Ornan voulut d'abord lui faire cadeau de son terrain, mais David refusa.

« Nous autres Israélites, dit-il à Ornan, n'avons pas pour habitude de demander ni même d'accepter des faveurs. Lorsque mon ancêtre Abraham voulut acquérir un caveau pour sa famille, à

Makhpéla, il insista pour le payer à son juste prix ; je n'agirai pas différemment avec toi. »

David fixa lui-même un prix généreux pour le terrain d'Ornan, et le paya rubis sur l'ongle.

Mais au moment où tout semblait sourire à David, les premiers orages de son règne étaient sur le point d'éclater.

XXXIX. Les deux fautes de David

Le recensement

Jugeant que la manière la plus équitable de répartir les impôts et la levée des conscrits entre les tribus était de le faire au prorata de leurs effectifs, David ordonna à Joab de procéder à un recensement de tous les hommes en âge de travailler et de porter les armes. L'opération fut menée tambour battant ; en quelques semaines, toutes les tribus, sauf celle de Benjamin, avaient été recensées. Joab avait laissé pour la fin la tribu de Benjamin, car il s'attendait à y rencontrer quelque résistance, en raison de la rancune qu'éprouvaient beaucoup de ses anciens à l'égard de David depuis qu'il avait supplanté la maison de Saül.

Effectivement, lorsque les agents recenseurs se présentèrent dans la capitale de Benjamin pour y accomplir leur mission, le conseil de la tribu leur opposa un refus catégorique en déclarant que le recensement était « illégal ». David réunit alors un comité de sages, auquel il demanda de se prononcer sur l'objection juridique soulevée par Benjamin. Ce comité se donna pour président le prophète Nathan et pour rapporteur un autre sage réputé, qu'on appelait « Gad le voyant [1] ».

Les sages délibérèrent pendant toute une journée ; le soir, Gad alla présenter leurs conclusions à David.

« La tribu de Benjamin a raison, lui dit-il ; le recensement que tu as ordonné est illégal – et même criminel. En effet, il est écrit dans la Torah, en plusieurs endroits, que Dieu a promis aux patriarches d'Israël "une postérité innombrable comme les étoiles du ciel ou le sable de la mer". En bon hébreu, "innombrable" signifie "qui ne peut être dénombré". Compter les Israélites au moyen d'un recensement, c'est donc infliger à Dieu un démenti sacrilège.

— Pourtant, objecte David, je ne suis pas le premier à avoir ordonné un recensement : Moïse, que l'on ne peut taxer d'ignorance en ces matières, en a fait faire deux dans le désert, si je ne m'abuse.

— Pas du tout, reprend Gad, Moïse a fait quelque chose de tout à fait différent : il a ordonné à tous les hommes israélites de vingt à soixante ans de lui apporter chacun une pièce d'argent, et il a fait ensuite compter les pièces ! »

---

1. Le titre de « voyant » était, en un peu plus modeste, presque synonyme de celui de prophète.

Prenant conscience de la gravité de sa faute, David demande à Gad comment il peut se racheter.

« Dieu, lui répond Gad, t'offre le choix entre trois punitions possibles : trois années de famine, trois mois de défaites militaires ininterrompues, ou trois jours de peste. »

Après réflexion, David opta pour le troisième châtiment, qui lui parut le moins injuste : dans une famine, en effet, les riches s'en tirent mieux que les pauvres ; dans une défaite militaire, les plus agiles parviennent à s'échapper ; alors que, dans une épidémie, chacun est logé à la même enseigne. Ce fut donc la peste qui s'abattit sur Israël.

Au bout de deux jours, elle avait déjà fait de tels ravages que David, ému par le malheur de son peuple, et secrètement fâché à l'idée que, par suite de l'accroissement exceptionnel de la mortalité, les résultats de son infortuné recensement allaient être caducs avant même d'avoir été publiés, s'en alla trouver Nathan et Gad. Il leur représenta qu'il n'était pas juste de faire supporter à tout le peuple d'Israël les conséquences d'une faute dont lui, David, était l'unique coupable. Nathan et Gad intercédèrent auprès de Dieu et eurent gain de cause : l'épidémie s'arrêta net.

En contrepartie, ils firent savoir à David que Dieu l'avait condamné à ne pas entreprendre, sa vie durant, la construction du temple.

Bethsabée

David, à cette époque, approchait de la cinquantaine. Il commençait à se ressentir de la vie harassante qu'il avait menée depuis qu'il était roi. C'est pourquoi, lorsqu'une nouvelle guerre éclata contre les Ammonites, il décida pour la première fois de ne pas y participer personnellement et de confier le commandement de son armée à son fidèle lieutenant Joab. Pendant que celui-ci allait mettre le siège devant la ville ammonite de Raba, David demeura à Jérusalem.

C'était l'été ; David avait coutume de faire une assez longue sieste l'après-midi et d'aller ensuite prendre le frais sur la terrasse de sa maison, qui dominait la ville. Un soir, peu avant le coucher du soleil, il était là, en compagnie de quelques-uns de ses serviteurs ; il admirait distraitement le magnifique spectacle qui s'offrait à sa vue... et l'admira tout à coup d'une manière moins distraite en apercevant, à peu de distance en contrebas, une superbe jeune femme, entièrement nue, qui se baignait dans sa piscine sans se douter qu'elle était observée.

« Savez-vous qui est cette femme ? demande David à ses serviteurs.
— Mais voyons, lui répondent-ils, c'est Bethsabée ! Elle est bien connue pour sa beauté. Son mari, Urie, est officier de l'armée et se trouve actuellement sur le front, avec Joab. »

Dès le lendemain, David invitait Bethsabée à

dîner, tombait amoureux d'elle et faisait sa conquête.

Leur liaison, facilitée par l'absence du mari, fut d'abord sans histoire ; jusqu'au jour où Bethsabée annonça à David qu'elle était enceinte et que son mari, Urie, qui ne l'avait pas approchée depuis plus de deux mois, ne manquerait pas de s'en étonner.

« Il n'est pas encore trop tard, observa David, pour faire croire à ton mari que c'est lui le père ; il suffit pour cela qu'il couche avec toi le plus tôt possible, ne serait-ce qu'une seule nuit ; lorsque l'enfant naîtra, on pourra toujours dire qu'il est venu avant terme. »

David envoya donc un message à Joab, l'invitant à lui faire porter d'urgence des nouvelles de la guerre, par l'intermédiaire d'Urie et de personne d'autre. Dès qu'Urie fut arrivé à Jérusalem, David lui donna audience, lui fit un accueil aimable, s'enquit longuement auprès de lui de l'humeur de Joab, du bien-être de la troupe et du succès de la campagne, puis, lui donnant une tape amicale sur l'épaule :

« Rentre chez toi, lui dit-il, lave-toi les pieds et va dormir avec ta femme : tu l'as bien mérité. »

Mais Urie était un de ces officiers de carrière pénétrés du sens du devoir et aussi durs avec eux-mêmes qu'avec leurs hommes. Lorsque, quelques instants plus tard, David sortit de son bureau pour gagner son appartement, il aperçut, en traversant le patio intérieur, le brave Urie, couché par terre et déjà à moitié endormi.

« Pourquoi n'es-tu pas allé chez toi ? lui demande-t-il.

— Je suis en mission et non en permission, lui répond Urie ; comment irais-je me coucher dans un lit quand mon général et mes hommes dorment en plein champ ? »

Le lendemain, David retint Urie à déjeuner, le fit beaucoup boire et tenta encore de le convaincre d'aller faire une sieste chez lui. Mais Urie, malgré son ivresse, ne se laissa pas convaincre, alléguant qu'il devait repartir l'après-midi même pour le front.

« Dans ce cas, lui dit David, tu porteras à Joab une lettre de ma part. »

Il s'assied à son bureau et écrit à Joab une lettre lui enjoignant de placer Urie à l'endroit le plus exposé de la bataille pour qu'il se fasse tuer par les Ammonites. Puis il cachète le pli et le remet à Urie.

Joab avait pour habitude d'obéir sans discuter aux ordres de son roi, même s'il n'en comprenait pas les motifs. Dès qu'il eut pris connaissance de la lettre de David, il ordonna à Urie d'attaquer, avec sa compagnie, l'une des portes de la ville de Raba. A l'abri de leurs remparts, les Ammonites accueillirent les assaillants par une pluie de flèches et de pierres ; en quelques minutes, Urie et ses hommes furent tous massacrés. Joab envoya aussitôt un messager à David pour lui rendre compte de l'escarmouche. En se présentant devant le roi, le messager n'était guère rassuré, car il savait que David s'emportait parfois quand on lui apportait de mauvaises nouvelles de la guerre.

« Joab me charge de te dire, commence-t-il d'une voix hésitante, qu'une attaque lancée par nous contre les Ammonites vient d'être repoussée. »

David fronce les sourcils.

« Les pertes ont-elles été lourdes ?

— Une compagnie entière de l'armée a été exterminée, et son chef, Urie, est parmi les morts. »

A la grande surprise du messager, David accueille cette nouvelle d'un air impavide.

« Retourne dire à Joab, de ma part, qu'il ne se frappe pas trop ; dans une guerre, il y a des hauts et des bas, et les pertes humaines sont inévitables. »

En apprenant la mort d'Urie, Bethsabée fut profondément affectée. Lorsque la période de deuil fut écoulée, David la fit amener dans sa demeure et l'épousa. Elle était alors enceinte de huit mois.

L'intervention de Nathan

Quelques jours après que David eut épousé Bethsabée, le prophète Nathan vint le voir.

« Je voudrais, dit-il à David, connaître ton avis sur une curieuse affaire qu'on vient de me rapporter. Deux hommes vivaient dans la même ville, l'un riche et l'autre pauvre. Le premier avait des troupeaux nombreux et ne manquait de rien ; le second n'avait qu'une petite brebis qu'il adorait : elle vivait près de lui, mangeant son pain, buvant dans sa coupe, reposant sur son sein, traitée comme sa fille. Un jour, l'homme riche reçut la visite d'un ami et l'invita à dîner. Mais au lieu de faire tuer, pour le repas, l'une de ses nombreuses bêtes, il s'empara de l'unique brebis de son voisin, et la servit à son hôte. Que penses-tu de sa conduite ?

— Par l'Éternel, répond David avec indignation, cet homme est un criminel et mérite la mort !

— Cet homme, reprend Nathan d'une voix sévère, n'est autre que toi-même : Dieu t'avait donné la puissance, la richesse et la gloire ; tu possédais déjà douze femmes et rien ne t'empêchait, si le cœur t'en disait, d'en prendre encore douze de plus parmi les vierges d'Israël qui ne rêvent que de toi. Mais c'est vers Bethsabée, l'unique épouse d'Urie, que s'est porté ton désir, et tu n'as pas hésité à assassiner le mari pour coucher avec la femme ! »

Nul autre que Nathan n'aurait pu se permettre impunément d'adresser un tel reproche à David ; mais le prophète avait le droit de tout dire, puisqu'il parlait au nom de Dieu. David baissa la tête.

« C'est vrai, dit-il, j'ai commis un grave péché et je m'en repens ; comment puis-je le réparer ?

— Il est irréparable, reprit Nathan, mais Dieu ne manquera pas de te punir, et il le fera dans ce qui t'est le plus cher, c'est-à-dire dans tes enfants. »

La première des punitions annoncées par Nathan ne tarda guère : Bethsabée ayant accouché d'un garçon, celui-ci, quelques jours après sa naissance, tomba gravement malade. Pendant trois jours et trois nuits, David, dévoré d'inquiétude et de chagrin, ne quitta pas le chevet de l'enfant, gémissant, pleurant, priant, refusant de dormir, de manger ou de boire. Le matin du quatrième jour, épuisé par ses veilles, il s'assoupit dans le fauteuil où il était assis. Pendant qu'il dormait, l'enfant mourut. Les serviteurs de David n'osaient le réveiller pour lui annoncer la nouvelle, craignant que, dans l'excès de son désespoir, il n'attentât à sa propre vie.

De lui-même, il s'éveille enfin et devine, à l'expression de ceux qui l'entouraient, que tout est fini. « L'enfant est-il mort ? » demande-t-il d'une voix calme ; et comme ses serviteurs détournaient la tête sans lui répondre, il se lève tranquillement, va prendre un bain, se rase, se coiffe, se parfume et se fait servir un excellent repas qu'il mange avec appétit. Stupéfaits par le brusque changement d'humeur de David, ses serviteurs finissent par lui en demander l'explication.

« C'est bien simple, leur répond-il : tant que l'enfant vivait, mes veilles, mes prières et mes jeûnes pouvaient peut-être servir à quelque chose. Mais maintenant qu'il est mort, tous mes efforts ne le feront pas revivre. J'irai le rejoindre un jour, mais lui ne reviendra pas près de moi. »

David réconforta sa femme Bethsabée, qu'il aimait plus que toutes les autres, et cohabita de nouveau avec elle. Un an plus tard, elle accouchait d'un second fils. Consulté par David sur l'avenir de cet enfant, le prophète Nathan lui répondit :

« Donne à ce fils le nom de Salomon, car il sera un prince pacifique [1]. Bien qu'il ne soit pas ton aîné, c'est lui qui te succédera sur le trône d'Israël ; Dieu lui accordera un règne glorieux et paisible. »

Confondu de reconnaissance, David est repris de l'ardent désir de construire un temple à l'Éternel. Mais Nathan, une fois de plus, s'y oppose.

« Ce n'est pas toi qui construiras la maison du Seigneur, car tu es un homme de guerre et tes mains sont souillées de sang ; c'est à ton fils Salomon, un homme de paix, que Dieu a réservé cet honneur. »

---

1. Salomon vient du mot « shalom » qui signifie « paix ».

XL. La révolte d'Absalon

Le viol de Thamar

Avant la naissance de Salomon, David avait déjà eu, de ses douze épouses et concubines, de nombreux enfants. L'aîné de ses fils, appelé Amnon, était l'héritier présomptif du trône ; arrogant et brutal, il ne s'intéressait qu'aux femmes. Le deuxième, Absalon, né d'une autre mère que celle d'Amnon, était le plus beau des fils de David. Depuis la plante des pieds jusqu'au sommet de la tête, il n'y avait pas un défaut dans sa personne. Il était célèbre pour sa magnifique chevelure et en était si fier qu'il ne la faisait couper qu'une fois par an. David, sans vouloir l'avouer, avait pour lui une certaine préférence.

Absalon avait une sœur, nommée Thamar, née de la même mère et aussi belle que lui. Alors qu'Absalon portait à Thamar une affection purement fraternelle, Amnon, qui n'était que son demi-frère, tomba amoureux d'elle. Il dissimula d'abord sa passion coupable, mais son amour, de plus en plus obsédant, finit par le rendre malade et il dut s'aliter. Son père, David, inquiet de le voir dépérir, le suppliait en vain de s'alimenter.

« Qu'est-ce qui te ferait plaisir ? lui demanda-t-il un jour.

— J'aimerais que Thamar, la sœur de mon frère Absalon, vînt me préparer un gâteau au miel, dont elle connaît la recette. »

David dit à Thamar :

« Va, je te prie, dans la demeure de ton frère Amnon, et prépare-lui un repas. »

Thamar alla chez Amnon, qui se leva pour la recevoir et la regarder préparer le gâteau dans la cuisine. Mais quand elle voulut le lui faire goûter, il refusa en disant :

« Je ne me sens pas bien, je vais me recoucher. Sois gentille de me porter le gâteau dans ma chambre. »

Lorsque Thamar, sans méfiance, s'approcha du lit d'Amnon pour le faire manger, il la saisit par la taille en lui disant :

« Viens coucher avec moi, ma sœur !

— Non, mon frère, ne me fais pas violence : ce n'est pas ainsi qu'on agit en Israël à l'égard d'une vierge. Si tu me désires pour épouse, pourquoi ne parles-tu pas à notre père ? Il ne refusera peut-être pas de m'unir à toi. »

Mais Amnon ne l'écouta pas et la violenta.

Sitôt qu'il a assouvi son désir, Amnon ressent pour Thamar un brusque et profond dégoût.

« Lève-toi et sors d'ici », lui dit-il.

Blessée par le changement d'attitude d'Amnon, elle le lui reproche :

« Ta dureté est encore plus coupable que la violence que tu m'as faite ! »

Amnon s'emporte alors et appelle ses serviteurs. « Qu'on me débarrasse de cette femme en la jetant dans la rue, et qu'on ferme la porte sur elle ! »

Thamar, en pleurant, court chez son frère Absalon à qui elle raconte tout. Indigné, il l'exhorte pourtant à ne pas chercher réparation de l'offense qu'elle venait de subir.

« Nous ne pouvons rien faire, lui dit-il, car Amnon est ton frère, et notre père ne voudra jamais le condamner. »

De fait, lorsque David fut informé de ce qui s'était passé, il en parut très affligé mais, faisant preuve de son habituelle faiblesse à l'égard de ses fils, il s'abstint de punir Amnon. Absalon, pour sa part, n'adressa plus la parole à son frère et se jura de venger un jour l'honneur de sa sœur.

La vengeance d'Absalon

L'occasion lui en fut donnée quelques mois plus tard. Absalon possédait une ferme à quelque distance de Jérusalem ; il s'y rendait une fois par an, au moment de la tonte des brebis. Lorsque ce moment fut venu, il alla trouver son père et l'invita à assister, avec toute sa famille, au grand repas qui, traditionnellement, clôturait la tonte.

« Non, mon fils, lui répondit affectueusement David, cela t'occasionnerait trop de travail et de dépense.
— Permets au moins à mes frères d'y aller », reprit alors Absalon.

David, pensant que ce repas allait permettre à Absalon et à Amnon de se réconcilier, y consentit. Le repas fut joyeux, on y but beaucoup. Quand tous les convives furent ivres, les serviteurs d'Absalon, conformément aux instructions que leur avait données leur maître, se ruèrent sur Amnon et le mirent à mort.

Pendant que les autres fils de David, horrifiés, regagnaient en hâte Jérusalem, Absalon, craignant la colère de son père, s'enfuit vers le nord et alla demander asile au roi d'un pays voisin. Il y resta trois ans, jusqu'au moment où il apprit que David semblait disposé à lui pardonner son crime. Il retourna alors à Jérusalem, se rendit chez son père et se prosterna devant lui. David le releva et l'embrassa en pleurant.

Le complot d'Absalon

La joie d'Absalon fut de courte durée. Bien que son père lui manifestât de nouveau son affection, il lui marquait aussi, par son attitude, qu'il ne le considérait pas comme l'héritier du trône. Absalon s'en aperçut et comprit que David regardait désormais son plus jeune fils, Salomon, comme son futur successeur. Cependant, rien n'était encore définitif : Salomon n'avait que dix ans, et c'est seulement lorsqu'il atteindrait sa majorité religieuse, c'est-à-dire à l'âge de treize ans, qu'il pourrait être désigné officiellement. Absalon résolut de profiter de ce sursis pour s'emparer, par la force, de la couronne à laquelle il jugeait avoir droit.

Pour réussir son complot, il avait besoin de certains appuis. Il en trouva jusque dans l'entourage immédiat du roi : Ahitophel, le brillant et ambitieux conseiller politique de David, estimant que ses talents n'étaient pas suffisamment reconnus, offrit son concours à Absalon, moyennant la promesse d'être nommé Premier ministre. Absalon avait aussi besoin du soutien du peuple. Pour l'obtenir, il eut recours, sur les conseils d'Ahitophel, au dénigrement et à la démagogie ; tous les matins, il allait se placer à l'une des portes de Jérusalem et engageait la conversation avec les nombreux Israélites qui, de toutes les tribus, venaient à la capitale pour y effectuer des démarches ou y faire juger un procès. Il s'informait de leur affaire, leur donnait des conseils, les mettait en garde contre l'incompétence et la partialité de David et de ses magistrats, qu'il accusait de favoriser systématiquement les membres de la tribu de Juda. « Ah, soupirait-il, si j'étais roi d'Israël, les juges seraient plus justes, l'administration plus efficace et les impôts moins lourds ! »

Lorsque Absalon sentit que la situation était mûre, il se rendit à Hébron, l'ancienne capitale de Juda ; là, après qu'Ahitophel l'eut rejoint, il publia une proclamation annonçant que David était destitué et remplacé sur le trône par son fils aîné, Absalon.

La fuite de David

David apprit la nouvelle de la rébellion de son fils avec stupeur, avec tristesse, mais sans colère. Loin de manifester son énergie et sa combativité habituelles, il parut aussitôt se résigner à la défaite. Comme Joab et quelques autres officiers qui lui restaient fidèles le pressaient d'organiser la résistance contre les insurgés, il leur répondit : « Je ne veux plus connaître les horreurs de la guerre civile et je ne veux pas me battre contre mon propre fils ; si Israël ne veut plus de moi, je suis prêt à céder ma place. »

Quelques jours plus tard, apprenant qu'Absalon marchait sur Jérusalem à la tête d'une grande partie de l'armée, David décida de quitter la ville. Il réunit ses épouses, ses concubines, ses serviteurs et sa garde personnelle, composée encore pour une large part de survivants des quatre cents aventuriers qui, trente ans plus tôt, avaient été ses premiers compagnons. « Je ne veux pas, leur dit-il d'une voix brisée, vous entraîner dans ma chute, dans mon exil, peut-être dans la mort. Je vous remercie pour votre dévouement constant et je vous dis adieu. »

L'émotion est intense, les femmes sanglotent, poussent des cris stridents, s'évanouissent ; sur les visages crispés et farouches des vétérans, des larmes coulent. Un vieux soldat d'origine philistine, appelé Ittaï, qui avait rejoint David au moment où celui-ci était réfugié à Gath, s'avance vers lui et lui demande la permission de l'accompagner dans sa fuite.

« Pourquoi veux-tu venir avec moi ? lui demande David, ému. Reste ici avec le nouveau roi, ou rentre dans ton pays. Comment te ferais-je partager ma vie errante, moi qui ne sais même pas où aller ? »

Mais Ittaï ne veut pas en démordre et, à son exemple, toute la garde de David, tous ses serviteurs et Joab lui-même déclarent qu'ils n'abandonneront jamais leur roi. C'est au tour de David de pleurer d'émotion.

« Eh bien, suivez-moi, dit-il enfin ; mais qu'au moins mes épouses et mes concubines restent à la maison, car elles ne pourraient supporter la vie qui nous attend. »

Au moment où David atteint la porte nord de la ville, il voit venir à lui l'un de ses vieux amis, appelé Houchaï, qui se trouvait à Hébron au moment du coup d'État et qui en revenait. Houchaï lui fournit quelques détails sur ce qui s'est passé, et lui apprend notamment qu'Ahitophel est parmi les conjurés ; puis il s'apprête à se joindre à la troupe de David.

« Non, lui dit celui-ci, tu es âgé et tu serais pour moi une gêne. Reste plutôt à Jérusalem et, lorsque Absalon arrivera, offre-lui tes services, afin de contrecarrer dans la mesure du possible les manœuvres d'Ahitophel. Fais-moi parvenir ensuite secrètement toutes les informations que tu pourras te procurer. »

Les injures de Simméi

Le lendemain, David et sa troupe quittaient le territoire de Juda pour entrer dans celui de Benjamin. Cette tribu n'avait jamais pardonné complètement à David d'avoir arraché la royauté aux descendants de Saül. Aussi David ne fut-il pas étonné de rencontrer, dans les villages qu'il traversait, un accueil glacial et parfois ouvertement hostile. Alors qu'il passait par la ville de Bahourim, un homme qui se trouvait sur la place reconnut David et, saisi d'une frénésie subite, se mit à lui lancer des pierres, des injures et des malédictions :

« Va-t'en d'ici, criait-il, homme de sang, homme indigne ! Dieu a fait retomber sur toi le sang de Saül, dont tu occupes le trône ! »

Voyant que David ne répliquait pas et paraissait ne pas entendre, son lieutenant Joab, qui marchait à ses côtés, s'en étonne et s'en indigne :

« Comment permets-tu à ce chien enragé de te couvrir d'insultes ? Pour moi, je vais les lui faire rentrer dans la gorge ! »

Il dégainait déjà son épée lorsque David l'arrêta :

« Si mon propre fils Absalon, sorti de mes entrailles, se révolte contre moi et en veut à ma vie, que puis-je attendre d'un Benjamite, et comment m'offenserais-je de ses aboiements ? »

Loin d'être découragé par l'indifférence de David, enhardi au contraire par la mansuétude dont celui-ci fait preuve à son égard, l'homme accompagne maintenant le cortège, marchant à la hauteur de David et continuant de l'apostropher. Mais il change peu à peu de registre, passe des injures aux sarcasmes et des malédictions aux quolibets. Dans ce nouveau genre, il déploie d'ailleurs de l'esprit et de la culture. David, intéressé malgré lui par ce personnage original, finit par demander aux gens de sa suite si quelqu'un le connaît.

« Oui, répond l'un de ses officiers, cet homme se nomme Simméi ; il est de la famille de Saül. C'est le plus savant de tous les Benjamites, mais aussi le plus intolérant et le plus fanatique. »

A ce moment, traversant un village, David, qui ne connaît pas bien la région, éprouve le besoin de s'orienter. Avisant une jeune femme sur le pas de sa porte :

« Pourrais-tu m'indiquer, lui demande-t-il, quel est le meilleur chemin pour aller à Michmas ? »

La jeune femme, sans lui répondre, lui tourne le dos, rentre chez elle et claque sa porte. Simméi ricane.

« Cela t'apprendra, dit-il à David, à enfreindre la Loi !

— Quelle infraction ai-je commise ? ne peut s'empêcher de lui demander David.

— La Loi interdit à un homme de bavarder avec une femme inconnue.

— Mais je n'ai pas bavardé, j'ai seulement demandé mon chemin !

— Tu n'avais pas besoin de lui faire une si longue phrase : il suffisait que tu lui dises, d'un ton interrogatif : "Michmas ?" »

« Il vaudrait mieux avoir un tel homme pour ami que pour adversaire ! » songe David.

Les conseils d'Ahitophel

Quelques heures après le départ de David, son fils Absalon avait fait son entrée à Jérusalem, en compagnie de son conseiller Ahitophel et des deux ou trois mille soldats qui s'étaient ralliés à lui. Il fut désagréablement surpris par l'accueil assez froid que lui réserva la population, et s'en inquiéta auprès d'Ahitophel.

« Les gens hésitent encore à se prononcer pour

toi, lui expliqua ce dernier, parce qu'ils craignent que tu ne te raccommodes un jour avec ton père et qu'ils ne fassent alors les frais de votre réconciliation. Pour dissiper leurs craintes, il faut leur faire comprendre que les ponts sont définitivement rompus entre toi et ton père. Va t'installer dans sa demeure et cohabite, au vu et au su de tous, avec ses concubines. »

Le conseil d'Ahitophel plut à Absalon. On dressa pour lui une tente sur la terrasse, et il eut publiquement commerce avec les concubines de son père. Mais ce spectacle ne produisit pas sur la population l'effet escompté : le lendemain, alors qu'Absalon s'attendait à être acclamé dans les rues de Jérusalem, il constata au contraire que la plupart des habitants feignaient de ne pas le voir. Seul un vieil homme, en apercevant Absalon, se mit à crier avec enthousiasme : « Vive le roi, vive le roi ! » C'était Houchaï, l'ami de David, à qui celui-ci avait demandé de rester à Jérusalem pour y jouer, auprès d'Absalon, le rôle d'espion.

Absalon le reconnaît et s'étonne de son attitude :

« C'est cela, ton dévouement pour mon père ? Pourquoi ne l'as-tu pas suivi, toi qui protestais sans cesse de ta fidélité ? »

Houchaï lui répond :

« Ma fidélité, c'est à toi que je la dois désormais, puisque tu as été agréé comme roi par le peuple ; j'ai servi le père, je servirai le fils !
— Eh bien, reprend Absalon, suis-moi jusqu'à ma maison, où je vais tenir conseil ; ton expérience et tes avis peuvent m'être utiles. »

Autour d'Absalon se réunissent Ahitophel, Houchaï et les principaux officiers de l'armée. C'est le perfide Ahitophel qui prend le premier la parole.

« Je viens d'apprendre, dit-il à Absalon, que David, fatigué, découragé et entouré seulement de quelques centaines de soldats, se trouve actuellement sur le territoire de Benjamin dont la population lui est hostile. Dans ces conditions, il te sera facile de lui infliger une défaite définitive. Envoie sans tarder tes hommes à la poursuite de ton père, avec ordre de s'emparer de lui mort ou vif. »

Le conseil d'Ahitophel était judicieux, et Absalon eût été bien inspiré de le suivre. Mais sa confiance en Ahitophel avait été un peu ébranlée par l'insuccès de la précédente manœuvre recommandée par celui-ci, à propos des concubines de David. C'est pourquoi, avant de prendre une décision, Absalon demanda à Houchaï ce qu'il pensait du plan d'Ahitophel.

« Pour une fois, lui répond Houchaï, je crois qu'Ahitophel se trompe. Ton père et ses hommes sont braves et sont exaspérés comme une lionne à qui on a enlevé ses petits ; David, en outre, est un homme de guerre expérimenté. Si nous l'attaquons maintenant, avec le peu de troupes dont nous disposons, nous risquons une défaite. Je te conseille donc d'attendre, pour attaquer David, d'avoir renforcé ton armée. »

Absalon jugea que l'avis d'Houchaï était bon.

Au cours des années précédentes, Ahitophel, par ses brillantes qualités intellectuelles, avait pris un tel ascendant, sur David d'abord puis sur Absalon, que ses conseils avaient fini par être considérés comme des oracles. En se voyant désavoué par Absalon, il éprouve une humiliation mortelle. Très pâle, sans prononcer une parole, il se lève, quitte la salle du conseil, rentre chez lui, s'enferme dans sa chambre et décide de se suicider. Auparavant, il rédige pour la postérité un testament politique, dans lequel il condense, en quelques règles fondamentales, les enseignements qu'il a tirés de sa longue et riche expérience. « Premièrement, écrit-il, il ne faut jamais rien tenter contre quelqu'un qui a de la chance. Deuxièmement, il est imprudent de se soulever contre la maison royale de David. » Il réfléchit quelques instants pour s'assurer qu'il n'a rien oublié d'important, puis il ajoute : « Troisièmement, s'il fait beau le jour de la Pentecôte, il faut semer de l'orge. » Après quoi, il se pend.

Houchaï, lui aussi, était rentré chez lui dès la fin du conseil ; il y avait rédigé pour David un message secret, l'informant de ce qu'Absalon avait décidé. Au moment de terminer la rédaction de ce message, il avait appris la nouvelle du suicide d'Ahitophel et l'avait ajoutée à la lettre en post-scriptum. Il avait ensuite confié cette lettre à un émissaire de confiance.

Le réveil du lion

Lorsque l'émissaire d'Houchaï arrive au camp de David, il est frappé par l'atmosphère d'abattement et de désarroi qui y règne. Il se fait conduire à la tente de David, devant laquelle quelques soldats montent la garde.

« Comment va le roi ? leur demande-t-il.
— Toujours aussi déprimé, lui répondent-ils. Il ne sort pas de sa tente et, au lieu d'agir, il passe son temps à composer des psaumes et à les chanter. »

Effectivement, de l'intérieur de la tente s'élève la voix dolente de David : « Aie pitié de moi, Seigneur, car je suis abattu. L'angoisse m'étreint et personne n'est là pour m'aider. Mes yeux sont usés de chagrin, mes membres sont à bout de force. Mon Dieu, mon Dieu, pourquoi m'as-tu abandonné ? »

L'émissaire se fait annoncer à David, lui remet la lettre d'Houchaï. En la lisant, David change peu à peu de visage. Arrivé au post-scriptum, il est devenu un autre homme. « Ahitophel est mort, s'écrie-t-il, alors rien n'est perdu ! » Il convoque Joab, fait sonner le rassemblement et harangue ses hommes avec une énergie retrouvée :

« Nous allons monter vers le nord, traverser le Jourdain, nous installer dans la ville de Mahanaïm et nous préparer à la bataille. »

L'armée de David est prête au combat lorsque, quinze jours plus tard, Absalon et ses troupes, ayant à leur tour traversé le Jourdain, vinrent prendre position en face de Mahanaïm. David passe ses hommes en revue et leur annonce qu'il va diriger personnellement la bataille. Mais les officiers et les soldats s'y opposent.

« N'en fais rien, lui disent-ils, car tu vaux dix mille hommes comme nous. Si nous fuyons devant l'ennemi, si même la plupart d'entre nous sont tués, rien ne serait encore perdu ; mais si tu meurs ou si tu es pris, la défaite serait irrémédiable. Reste donc dans la ville et ne t'expose pas. — Je ferai ce qu'il vous plaira », répond David, et il s'apprête à retourner à Mahanaïm.

Mais, en jetant un dernier coup d'œil sur l'armée ennemie qui s'avance, il aperçoit son fils Absalon, reconnaissable à sa longue chevelure. Son cœur de père est ému ; il voudrait dire à ses soldats : « Ne touchez pas à mon fils », mais il est gêné d'employer le terme de « fils » à l'égard de celui qui, à leurs yeux, est avant tout un rebelle. Se tournant vers Joab, il lui crie :

« Ménage, si tu le peux, *le jeune homme Absalon* ; fais cela pour moi ! »

La mort d'Absalon

La bataille s'engage. Moins nombreux mais animés d'une plus grande ardeur, les soldats de David remportent la victoire. Leurs adversaires s'enfuient dans une forêt voisine, poursuivis par Joab et ses hommes. Absalon lui aussi a pris la fuite, monté sur un mulet. Alors qu'il passe au galop sous un chêne, son front heurte une branche, sa chevelure s'y accroche et il reste suspendu entre ciel et terre, sans connaissance, pendant que son mulet prend le large. Un soldat de David l'aperçoit dans cette position, le reconnaît et va dire à Joab :

« J'ai vu Absalon suspendu à un chêne !

— Pourquoi ne l'as-tu pas tué ? lui demande Joab ; je me serais fait un plaisir de te donner dix pièces d'argent !

— Tu m'en donnerais mille, lui répond le soldat, que je ne porterais pas la main sur lui, car j'ai entendu David te dire d'épargner le jeune homme.

— Eh bien, je vais m'en charger moi-même », réplique Joab.

Il part à la recherche d'Absalon, le trouve, toujours évanoui, et le tue.

David, resté à Mahanaïm, a vu du haut des remparts l'armée d'Absalon prendre la fuite en direction de la forêt. Depuis, il attend avec anxiété des nouvelles du combat. Enfin, il aperçoit dans la plaine un homme qui court vers la ville, en agitant joyeusement les bras.

« Tout va bien, crie-t-il à David, l'ennemi est en déroute !

— Et le jeune homme, Absalon, est-il sain et sauf ? » demande David.

Le soldat, gêné, détourne les yeux.

« Je ne sais pas, répond-il, il y avait partout une grande confusion et, quand j'ai quitté les lieux, on ne connaissait pas le sort d'Absalon. »

A ce moment, un deuxième messager, envoyé par Joab, se présente devant David.

« Nous sommes vainqueurs », lui crie-t-il, croyant être le premier à annoncer la nouvelle et s'apprêtant à faire un récit circonstancié de la bataille. Mais David l'interrompt.

« Je sais, je sais, mais quel est le sort d'Absalon ? »

Vexé d'avoir été devancé, le second messager ne prend pas de gants.

« Absalon est mort, et puissent tous les ennemis du roi subir le même sort que lui ! »

Loin de se réjouir de la victoire, David est accablé de chagrin. Il se retire dans sa chambre, en haut du donjon de la ville, et interdit qu'on le dérange. De l'extérieur de la pièce, ses serviteurs l'entendent marcher de long en large en criant d'une voix déchirante : « Mon fils Absalon ! Absalon, mon fils, ô mon fils ! »

Quelques heures plus tard, Joab et l'armée victorieuse sont de retour à Mahanaïm. Les soldats, qui s'attendaient à recevoir les félicitations du roi, apprennent que celui-ci est enfermé dans le donjon et ne veut voir personne. Déçus, mais respectueux de son chagrin, ils regagnent discrètement leurs quartiers. Joab, lui, est saisi d'indignation. Il monte l'escalier du donjon, se dirige à grands pas vers la chambre d'où lui parvient la voix de David répétant, comme une litanie : « Absalon, mon fils, mon fils Absalon ! » Il pousse la porte et reproche rudement à David son attitude.

« Tu fais honte à tes soldats, qui ont versé aujourd'hui leur sang pour sauver ta vie et ton trône. Tu pleures tes ennemis et tu insultes tes amis. Si Absalon était vivant et nous morts, tu trouverais cela très bien ! Ressaisis-toi et va parler à tes hommes, car, je te le jure, si tu ne le fais pas, ni moi ni aucun de tes serviteurs ne resterons demain à tes côtés. »

La réprimande de Joab produit sur David un effet immédiat ; il se calme, se lave le visage, fait rassembler ses soldats et leur présente ses excuses et ses remerciements.

« Dès demain, leur annonce-t-il, nous reprendrons le chemin de Jérusalem. »

Le retour de David

Lorsque David atteignit le Jourdain, des délégations de toutes les tribus d'Israël l'attendaient sur l'autre rive pour lui souhaiter la bienvenue. Le premier à venir lui rendre hommage fut Simméi, ce Benjamite qui, quelques jours plus tôt, avait couvert David d'injures et de sarcasmes.

Se jetant aux pieds du roi, il implore son pardon :

« Que mon seigneur veuille bien oublier la

mauvaise conduite de son serviteur. J'ai reconnu que j'étais coupable, et je suis venu le premier à la rencontre du roi ! »

Joab ne l'entend pas de cette oreille, et conseille à David de faire mettre Simméi à mort. Mais David s'y oppose.

« Personne, en ce jour de triomphe, ne sera puni en Israël pour les fautes qu'il a pu commettre à mon égard. »

Il relève Simméi, et lui promet même de faire appel un jour à ses services.

Au lendemain de son retour à Jérusalem, David voulut reprendre le cours habituel de ses activités. Mais il s'aperçut bientôt que les épreuves et les années avaient diminué sa vigueur. Prenant prétexte de ce que ses concubines avaient été, malgré elles, déshonorées par Absalon, il se sépara d'elles, tout en les installant confortablement dans une résidence à la campagne. Un peu plus tard, il se vit contraint de renoncer à ses activités militaires, à la suite d'un malaise dont il fut victime au cours d'une bataille.

Se voyant vieillir, il se mit à songer sérieusement à sa succession. Son fils Salomon, à qui il souhaitait laisser le trône, ayant atteint sa majorité, David jugea qu'il convenait de le préparer à son futur métier de roi. Il confia l'instruction du jeune homme au prophète Nathan et à Gad le voyant, assistés, pour certaines matières juridiques, par Simméi, le savant Benjamite.

XLI. Salomon succède à son père

Le complot d'Adonias

Agé de près de soixante-dix ans, David ne quittait plus sa chambre et ne s'occupait presque plus des affaires du royaume. Comme il se plaignait d'avoir toujours froid, ses proches avaient eu l'idée de placer à son service, comme demoiselle de compagnie, une ravissante jeune fille nommée Abisag ; sa seule présence avait pour effet de réchauffer le sang du vieux roi.

Depuis que les deux premiers fils de David, Amnon et Absalon, étaient morts, le troisième, Adonias, était devenu l'aîné. C'était, comme son défunt frère Absalon, un jeune homme d'une grande beauté. David, qui était d'une faiblesse extrême avec ses enfants, l'avait trop gâté et ne lui avait jamais adressé une parole de réprimande.

Persuadé que la mort de son père était proche,

Adonias, désireux de lui succéder sur le trône, se mit à intriguer pour s'assurer des appuis. Il en trouva deux, de première importance, en la personne de Joab, chef de l'armée, et d'Ébiathar, le grand prêtre. Ces deux personnages étaient parmi les plus anciens et les plus fidèles serviteurs de David ; ils avaient toujours fait preuve d'une entière loyauté à son égard et en avaient été royalement récompensés. Mais, craignant de perdre leur influence le jour où David mourrait et où Salomon, son successeur désigné, monterait sur le trône, ils se rallièrent à Adonias et l'encouragèrent dans ses projets.

« Tu es tout désigné, lui dirent-ils, pour succéder à ton père, d'abord parce que tu es l'aîné, ensuite parce que, depuis la mort d'Absalon, tu es le plus beau de la famille ; or, si l'on en juge par les exemples de Saül et David, la première qualité d'un roi d'Israël n'est-elle pas la beauté ? »

Fort de ces appuis, Adonias mit son projet à exécution : à l'occasion d'une cérémonie religieuse célébrée dans un village situé à quelques milles de Jérusalem, il organisa un grand festin auquel il convia tous ses frères, à l'exception de Salomon, et tous les dignitaires du royaume, sauf Nathan et Gad. A la fin du repas, ses complices firent crier à la foule : « Vive le roi Adonias ! »

Au même moment, Gad, qui venait d'être averti du complot, entrait précipitamment dans la salle du palais royal où Nathan instruisait Salomon, et les mettait au courant de la situation.

Nathan ne perdit pas la tête ; il alla trouver aussitôt Bethsabée, la mère de Salomon et l'épouse préférée de David.

« Va chez le roi, lui dit-il, rappelle-lui la promesse qu'il t'a faite de céder le trône à ton fils Salomon, et apprends-lui qu'Adonias, en ce moment même, est en train de se faire acclamer comme roi. Pendant que tu parleras à David, j'entrerai à mon tour chez lui et je confirmerai tes paroles. »

Bethsabée va trouver le roi dans sa chambre, où il cause comme à son habitude avec la belle Abisag.

« Que veux-tu ? demande David à Bethsabée.
— Seigneur, lui répond-elle, tu m'as juré que Salomon régnerait après toi ; et maintenant, voici qu'Adonias s'est proclamé roi, et toi, tu l'ignores ! Quand tu nous auras quittés, qu'adviendra-t-il de ton fils Salomon et de moi-même ? »

Comme elle achève ces mots, Nathan entre, se prosterne devant le roi et lui dit :

« Est-ce toi, seigneur, qui as désigné Adonias pour ton successeur ? Est-ce toi qui l'as autorisé à offrir un sacrifice en présence de tous les dignitaires du royaume qui l'acclament au cri de "Vive le roi Adonias !" »

David répond :

« Par le Dieu vivant, j'ai juré que Salomon serait mon successeur, et j'entends qu'il en soit ainsi. Écoute mes ordres, Nathan. Toi, Gad et le grand prêtre adjoint, Zadok, vous allez conduire Salomon sur la grande place de Jérusalem ; vous

irez à pied et lui sera monté sur ma mule ; en présence du peuple, vous ferez couler quelques gouttes de l'huile sacrée sur le front de Salomon, vous sonnerez le cor et vous crierez : "Vive le roi Salomon !" Vous le ramènerez ensuite au palais et le ferez asseoir sur mon trône.
— Amen », répond Nathan, employant pour la première fois un terme qui est maintenant passé dans le langage courant.

Quelques heures plus tard, Adonias et ses invités, toujours attablés à leur festin, entendent des sonneries de cor, des cris et des acclamations qui viennent de Jérusalem. « Le peuple est-il déjà en train de célébrer mon couronnement ? s'étonne Adonias.
— Pas du tout, lui répond un serviteur qui arrive, tout essoufflé, de la capitale ; le peuple acclame Salomon, à qui David vient de donner la royauté ! »

Saisis de frayeur, les invités d'Adonias se lèvent de table en toute hâte et vont s'enfermer chez eux. Quant à lui, il va se réfugier dans le sanctuaire national et charge un prêtre de porter à Salomon le message suivant : « Adonias ne sortira du sanctuaire que si tu t'engages à ne pas lui faire de mal. »

« S'il se conduit bien, lui fait répondre Salomon, pas un cheveu ne tombera de sa tête ; mais s'il recommence à comploter, il mourra. »

Mort de David

Quelques jours plus tard, David adressa à Salomon ses dernières recommandations.

« Mon fils, lui dit-il, je vais m'en aller bientôt, là où vont toutes les créatures. Prends courage et sois un homme ; obéis fidèlement à l'Éternel, ton Dieu, afin que tu réussisses dans toutes tes entreprises. Pratique la justice, dis la vérité, respecte tes engagements, fût-ce à ton détriment, et efforce-toi de maintenir la paix ; il y a moins de mérite pour un roi à ceindre son épée avant la bataille qu'à la déposer après la victoire. N'hésite pas cependant à défendre ton trône contre ceux qui tenteraient de t'en priver. Tu sais tout le mal que m'a fait Joab, le chef de l'armée ; en pleine paix, il a assassiné jadis Abner ; puis, malgré mes ordres, il a tué mon fils Absalon ; ces jours-ci encore, il a manqué à ses devoirs en prenant, contre toi, le parti d'Adonias ; si tu m'en crois, ne le laisse pas mourir de vieillesse. Méfie-toi aussi du grand prêtre Ébiathar, et accorde plutôt ta confiance à son adjoint, Zadok.

« Quant à Simméi le Benjamite, qui a participé à ton instruction, c'est un homme savant mais dangereux : il y a quelques années, lorsque je fuyais Absalon, il m'a accablé des plus cruels outrages ; j'ai eu la faiblesse de lui pardonner, mais toi, qui es un homme avisé, tu ne laisseras pas ses cheveux blancs descendre en paix vers la tombe. En quittant cette terre, je n'aurai qu'un regret : celui de n'avoir pas pu construire moi-même un temple pour l'Éternel. J'en ai préparé les plans, mais Dieu n'a pas voulu que sa maison fût construite par un homme de guerre comme moi. C'est à toi qu'il appartiendra d'achever mon œuvre en construisant le temple. »

Le lendemain était jour de sabbat ; c'était aussi le dernier jour des soixante-dix années de vie que Dieu avait assignées à David. Assis dans sa chambre, le roi lisait la Torah ; à côté de lui, invisible, l'ange de la mort attendait, n'osant enlever son âme à un homme en train de prier. Rien ne semblait pouvoir distraire David de sa lecture, et l'ange s'impatientait. Soudain, la belle Abisag entra dans la chambre ; David leva les yeux de son livre, et l'ange en profita pour lui ôter la vie. David avait régné quarante ans sur Israël.

Salomon assure son pouvoir

Son successeur, Salomon, ne lui ressemblait guère. Il était loin de posséder la bravoure, la générosité, la tendresse de cœur, la piété, le sens artistique et surtout la beauté physique de son père. Mais il lui était très supérieur du point de vue de l'intelligence et de la culture. Bien qu'il n'eût pas encore vingt ans à son avènement, il n'allait pas tarder à manifester son habileté dans la manière dont il se débarrasserait des quatre hommes susceptibles de lui porter ombrage.

Adonias, son frère, fut sa première victime. Quelques jours après la mort de David, il alla trouver Bethsabée, la mère de Salomon, et lui dit :

« Tu sais comme moi que la royauté aurait dû me revenir, et que j'en ai été dépouillé par mon père au profit de ton fils Salomon. Je me suis incliné, mais en contrepartie je te prie de m'accorder une petite faveur : va demander à Salomon de me donner pour épouse la belle Abisag ; Salomon est ton fils, je suis sûr qu'il ne te le refusera pas.

— C'est bon, dit Bethsabée, je parlerai pour toi à Salomon. »

Et elle se rendit chez le roi. En la voyant s'approcher, Salomon se lève de son trône, embrasse sa mère et la fait asseoir à côté de lui.

« J'ai, lui dit-elle, une petite faveur à te demander.

— Parle, répond Salomon, tu sais que je ne peux rien te refuser !

— Je serais heureuse, reprend Bethsabée, que tu accordes la main d'Abisag à ton frère Adonias. »

Aucune requête n'aurait pu indisposer Salomon davantage que celle-là, d'abord parce qu'elle émanait d'Adonias, dont il ait de bonnes raisons de se méfier, ensuite parce qu'elle concernait Abisag, pour qui il éprouvait depuis longtemps un penchant secret. Il répond à sa mère :

« Comment oses-tu me demander de donner Abisag à mon frère ? Pourquoi ne me demandes-tu pas aussi, pendant que tu y es, de lui donner la royauté ? Par le Dieu vivant, que je perde mon trône si cette parole d'Adonias ne lui coûte pas la vie aujourd'hui même ! » Et, sur l'ordre de Salomon, Adonias est exécuté.

Ébiathar, qui avait soutenu Adonias dans sa tentative d'usurpation, fut éliminé d'une manière plus douce : Salomon se contenta de lui retirer ses fonctions de grand prêtre pour les confier à son adjoint Zadok.

En apprenant l'exécution d'Adonias et la destitution d'Ebiathar, Joab se sentit menacé. Il alla chercher refuge dans le tabernacle, pensant que Salomon n'oserait pas l'en arracher par la force. Dès qu'il en est informé, Salomon ordonne à son plus fidèle serviteur, Benaïahou, de se saisir de Joab.
« Le roi t'ordonne de sortir, dit Benaïahou à Joab.
— Non, répond celui-ci, si je dois mourir, ce sera ici même. »
Benaïahou retourne chez Salomon et lui fait part de la réponse de Joab.
« Eh bien, s'exclame Salomon, fais ce qu'il te dit : tue-le dans le tabernacle ! »
Quand Benaïahou eut exécuté l'ordre de Salomon, il fut nommé chef de l'armée à la place de Joab.

A l'égard de Simméi, Salomon se montra d'abord indulgent.

« Tu as jadis insulté mon père, lui dit-il ; en outre tu es un homme intolérant et fanatique. Mais, en considération de ta grande érudition et de la part que tu as prise à ma propre instruction, je te laisse la vie. Toutefois, pour pouvoir te surveiller, je t'assigne à résidence à Jérusalem. Tu pourras t'y consacrer, avec d'autres savants de ton genre, à l'étude de la Torah. Mais ne t'avise pas de sortir de la ville sans mon autorisation. »

Pendant un an, Simméi observa les consignes de Salomon ; au cours des discussions savantes auxquelles il participait et dont il était la vedette, il proposa plus de trois cents interprétations, explications et commentaires brillants de la Loi de Moïse. Là-dessus, deux de ses esclaves s'étant enfuis de chez lui, Simméi oublia les ordres de Salomon, sangla son âne et partit à la recherche des fugitifs. Il avait à peine franchi les portes de la ville que la police l'arrêtait pour le conduire devant le roi.

« Pour te punir, lui dit Salomon, je décrète que ton nom sera effacé pour toujours de tous les commentaires de la Loi dont tu es l'auteur ; on ne dira plus : "selon Simméi..." ou "Simméi observe...", mais : "certains disent..." ou "d'autres opinent...". »

Simméi fut si affecté par cette punition que, quelques jours plus tard, il se suicida.

Salomon n'attendait que cela pour réaliser un projet qu'il caressait depuis quelque temps, mais qu'il avait différé par crainte des reproches que n'eût pas manqué de lui adresser Simméi : celui d'épouser la fille du pharaon d'Égypte. Cette alliance, qui fut célébrée en grande pompe, allait permettre à Salomon de maintenir, pendant tout son règne, des relations pacifiques et même amicales avec l'Égypte.

Le songe de Salomon

Au moment où s'achevait la première année de son règne, Salomon, dans un rêve, vit Dieu lui apparaître et lui dire :

« Demande-moi ce que tu veux, je te l'accorderai.

— Seigneur, répondit Salomon, je suis encore un tout jeune homme, je suis dépourvu d'expérience et j'ai la charge de gouverner un peuple nombreux. Donne-moi donc, je te prie, l'intelligence et la sagesse, afin que je puisse m'acquitter de ma tâche.

— Lorsque tu dis "intelligence" et "sagesse", s'enquiert Dieu, s'agit-il d'une simple répétition, ou fais-tu une différence entre ces deux mots ?

— Ce sont deux choses différentes, précise Salomon : l'intelligence est l'aptitude à distinguer ce qui est vrai de ce qui est faux, et la sagesse ce qui est bon de ce qui est mauvais. »

Dieu lui répond :

« Parce que tu ne m'as demandé ni une longue

existence, ni des trésors, ni la vie de tes ennemis, mais seulement l'intelligence et la sagesse, je te les accorde volontiers ; tu en auras plus qu'aucun roi n'en eut jamais avant toi ou n'en aura jamais après toi. Et je te donne, en plus, ce que tu ne m'as pas demandé : la richesse, la puissance et la gloire. »

XLII. La sagesse de Salomon

Puissance et richesse de Salomon

Dès son accession au trône, Salomon réorganisa l'administration du royaume et renforça son armée, qu'il dota de mille quatre cents chars de combat et de douze mille chevaux. Sa puissance militaire et son alliance avec l'Égypte assurèrent à Salomon une longue période de paix, au cours de laquelle Israël connut une prospérité sans précédent. Le peuple mangeait, buvait et était heureux ; le pays était si riche que l'argent n'y était même plus considéré comme un métal précieux, et qu'à Jérusalem l'or était aussi commun que les pierres. Cette richesse immense permit à Salomon d'édifier à Jérusalem de grandioses monuments.

Le premier fut naturellement le temple destiné à servir de demeure permanente à l'Arche Sacrée. Les matériaux les plus précieux y furent employés : marbre, bois de cèdre, or en quantité prodigieuse. La construction dura sept ans et occupa des milliers d'ouvriers, presque tous des étrangers recrutés dans les pays voisins. Un contingent de six cents ouvriers fut même envoyé, à la demande de Salomon, par son beau-père le pharaon ; mais on constata, à leur arrivée, qu'ils étaient si vieux, si fatigués et si malades qu'il n'était pas question de les faire travailler. Salomon les renvoya en Égypte, après avoir fait cadeau à chacun d'eux d'un cercueil, et avoir remis à leur chef un message pour le pharaon : « Je suppose que l'Égypte manque de cercueils ; avec ceux que je t'offre, tu pourras enterrer ces six cents moribonds. »

Après l'achèvement du temple, Salomon entreprit d'autres grands travaux ; il édifia en particulier, au centre de la ville, un palais royal beaucoup plus somptueux que celui qu'avait construit David. La salle du trône était impressionnante : un escalier de douze degrés conduisait au fauteuil royal ; des statues de lions en or massif se dressaient de part et d'autre de chaque marche ; elles ouvraient la gueule et rugissaient lorsque quelqu'un gravissait l'escalier.

C'est dans ce palais que Salomon installa son harem, composé de soixante épouses légitimes et de quatre-vingts concubines. Chacune de ses femmes reçut un appartement et plusieurs servantes ; dans l'attente d'une éventuelle visite de leur époux, elles faisaient toutes préparer chez elles, chaque soir, un souper fin qu'elles finissaient presque toujours par manger seules.

La justice de Salomon

Plusieurs fois par semaine, dans la salle du conseil, Salomon rendait la justice à propos des affaires les plus délicates, celles qui n'avaient pu être tranchées par les juridictions ordinaires. Il manifestait d'une manière éclatante, dans cette fonction, les qualités d'intelligence et de sagesse qu'il avait demandé à Dieu de lui accorder. Il ne se déterminait jamais, dans un procès, sans avoir écouté attentivement les arguments de toutes les parties. « Après qu'a parlé le premier plaideur, disait-il, tout le monde est prêt à lui donner raison ; mais lorsque intervient la partie adverse, on s'aperçoit que l'affaire est moins simple qu'on ne le pensait. »

Il était très exigeant envers les témoins, à qui il rappelait constamment qu'il ne faut pas confondre ce qu'on a *vu* avec ce qu'on a *supposé*. « Dites que vous avez vu un homme, une épée à la main, courir derrière un autre ; que vous les avez vus tourner au coin de la rue ; qu'en vous approchant, vous avez vu le premier, son épée ruisselante de sang, debout à côté du second, mort et ensanglanté ; soit, mais ne dites pas que vous avez vu un meurtre ! »

La première affaire qui lui fut déférée rendit à jamais célèbre le « jugement de Salomon ». Deux femmes de mauvaise vie revendiquaient la maternité d'un enfant. La première donna sa version des faits.

« Cette femme et moi vivons seules dans la même maison. Nous avons eu toutes les deux un bébé, à trois jours d'intervalle. Une nuit, l'enfant de ma compagne est mort, parce que en dormant elle s'était couchée sur lui et l'avait étouffé. Elle s'est levée, a enlevé d'à côté de moi mon fils vivant et a déposé à sa place le cadavre de son enfant. Le lendemain matin, comme je me disposais à allaiter mon bébé, je vis qu'il était mort. Lorsqu'il fit grand jour, je l'examinai attentivement et je constatai que ce n'était pas le mien. »

« C'est faux, protesta la seconde femme ; mon fils est vivant, et c'est le tien qui est mort. »

Elles se disputèrent longtemps, en présence de Salomon, sans qu'aucune pût apporter la moindre preuve de ses allégations. Salomon prit alors la parole.

« Qu'on m'apporte un glaive », dit-il à ses gardes.

On le lui apporta. Salomon reprit :

« Coupez en deux l'enfant, et donnez-en une moitié à l'une de ces femmes, l'autre moitié à l'autre : c'est en prévision de cas de ce genre que Dieu a créé l'homme avec des organes en nombre pair – deux yeux, deux oreilles, deux bras, deux jambes... – afin qu'on puisse les partager équitablement. »

La seconde femme approuva hautement ce verdict ; mais la première s'écria :

« De grâce, seigneur, ne fais pas mourir cet enfant ! Donne-le plutôt à l'autre ! »

Salomon reprit la parole :

« Donnez l'enfant vivant à celle qui vient de parler, dit-il ; c'est elle la vraie mère. »

Le jour où Salomon rendit ce jugement, son beau-père, le pharaon, se trouvait en visite à Jérusalem et assistait à l'audience. Ayant suivi les débats avec intérêt, il félicita Salomon pour sa perspicacité.

« Si cette affaire s'était passée en Égypte, lui dit-il, j'aurais fait couper la tête aux deux femmes et j'aurais gardé l'enfant comme esclave. Mais je me réjouis de voir que tu appliques ici d'autres principes, et je vais en profiter pour t'exposer maintenant l'objet de ma visite à Jérusalem. Lorsque, voila près de trois siècles, les Israélites ont quitté l'Égypte sous la conduite de Moïse, ils ont emporté avec eux, tu ne l'ignores pas, d'énormes quantités d'or et d'objets précieux qu'ils avaient "empruntés" à leurs voisins égyptiens. Mes comptables ont évalué ces emprunts à l'équivalent de cent vingt-trois mille six cent douze talents d'or. Je suis venu pour t'en demander le remboursement.

— Cette requête me semble parfaitement légitime, répond Salomon. Mais puisque nous faisons des comptes, je vais te demander, pour ma part, de me verser le total des salaires que tes ancêtres pharaons auraient dû verser aux Israélites pendant la période où ils les ont employés, sans les payer, à construire des routes et des pyramides. Je vais faire calculer par mes mathématiciens combien cela représente, à raison d'un schekel d'argent par jour et par personne pendant trois cent cinquante ans. »

Les mathématiciens se mirent au travail ; ils n'étaient pas arrivés à cent ans que l'Égypte était acculée à la faillite.

« Ne parlons plus de ces misérables affaires d'argent », s'empressa de déclarer le pharaon à Salomon.

Salomon et la reine de Saba

Outre ses qualités d'homme d'État, Salomon possédait un grand talent d'écrivain. On lui doit un long et brûlant poème sur l'amour, intitulé *Le Cantique des Cantiques*, un livre de philosophie intitulé *L'Écclésiaste*, et un recueil de règles morales et de conseils pratiques, intitulé *Les Proverbes*, qui se termine par ce précepte fameux : « La crainte de Dieu est le commencement de la sagesse. »

L'intelligence et la science de Salomon étaient renommées dans tout l'Orient et attiraient à Jérusalem de nombreux rois étrangers, désireux de faire la connaissance d'un homme aussi éminent. La plus célèbre des personnalités qui vinrent lui rendre visite fut la reine de Saba, dont le royaume se situait en Éthiopie.

Ayant entendu vanter les mérites de Salomon, elle décida d'aller le voir et de l'éprouver par des énigmes qu'elle avait fait préparer par ses devins. Elle se mit en route, à la tête d'une caravane de chameaux chargés d'aromates, d'or et de pierres précieuses. Lorsqu'elle fut à deux jours de marche de Jérusalem, elle manda des émissaires à Salomon pour l'avertir de son arrivée. Salomon envoya aussitôt le chef de son armée, Benaïahou, à la rencontre de la reine. Benaïahou était très beau et avait une prestance royale ; en le voyant s'approcher, la reine de Saba le prit pour Salomon et descendit de chameau pour le saluer.

« Je ne suis pas Salomon, lui dit Benaïahou, mais seulement l'un de ses serviteurs. »

« Si déjà ses serviteurs sont aussi beaux, songea la reine, quel homme doit être le roi ! »

Sa déception fut si grande, en arrivant à Jérusalem et en voyant Salomon, qu'elle ne put la dissimuler.

« Comment un esprit aussi brillant, lui dit-elle, peut-il habiter un corps aussi ordinaire ?
— Ce n'est pas dans des vases en or, réplique Salomon, que l'on conserve le vin précieux, mais dans de grossières jarres de terre.
— Pourtant, objecte la reine, l'intelligence n'exclut pas nécessairement la beauté : j'ai connu des hommes à la fois beaux et intelligents.
— C'est possible, reprend Salomon ; mais s'ils avaient été plus laids, ils auraient été encore plus intelligents. »

Après cet échange de vues, la reine propose à Salomon ses énigmes. « Quel est l'orifice qui est ouvert quand les neuf autres sont fermés, et fermé quand les neuf autres sont ouverts ?

— C'est le nombril, répond Salomon, et les neuf autres sont les deux yeux, les deux oreilles, les deux narines, la bouche, l'anus et l'orifice urinaire : dans le ventre de la mère, seul le nombril est ouvert ; au moment où le bébé vient au monde, les neuf autres orifices s'ouvrent et le nombril se ferme.

— Quel est, demande alors la reine de Saba, l'objet qui, vivant, résiste au vent et, mort, se laisse mouvoir par lui ?

— C'est le cèdre du Liban : vivant, il brave la tempête, mort, on fait de lui un navire.

— Pourquoi, demande enfin la reine, le soleil ne se couche-t-il pas du côté où il s'est levé ?

— C'est, répondit Salomon, pour qu'on sache, en le regardant, s'il est l'heure de déjeuner ou de souper.

« C'était donc vrai, s'exclame la reine, ce que j'avais entendu dire de tes discours et de ta sagesse. Je n'y croyais pas, avant d'être venue ici, et pourtant ce qu'on m'avait dit n'était pas la moitié de la vérité ! »

Pendant son séjour de quelques semaines à Jérusalem, la reine de Saba, qui avait apparemment cessé de trouver Salomon laid, le rencontra chaque jour. Neuf mois plus tard, de retour dans son pays, elle donna le jour à un garçon qu'en souvenir de Salomon elle fit circoncire et qui, selon certains historiens, fut l'ancêtre des Juifs éthiopiens.

La vieillesse de Salomon

Malgré toute sa sagesse, Salomon, au cours de son règne, avait enfreint d'une manière flagrante trois règles fondamentales formulées jadis par Samuel à propos des devoirs des futurs rois d'Israël : il avait accumulé trop de chevaux, trop de femmes et trop d'or. Il en fut puni par une crise de scepticisme et de dépression qu'il traversa, semble-t-il, vers la fin de sa vie.

« Vanité des vanités, disait-il alors, tout est vanité ! Ce qui a été, c'est ce qui sera ; ce qui s'est fait, c'est ce qui se fera : il n'y a rien de nouveau sous le soleil !

« Moi, Salomon, je suis devenu roi d'Israël, et j'ai voulu d'abord consacrer ma vie à apprendre, à étudier, à méditer pour devenir un sage. J'ai accumulé plus de connaissances que tous ceux qui m'avaient précédé, et à quoi cela m'a-t-il servi ? En dépit de ses efforts, l'homme ne peut comprendre le monde qui l'entoure. Loin d'être utile à l'homme, la science accroît son inquiétude : abondance de sagesse, abondance de chagrins !

« J'ai songé alors : "Si la sagesse est vaine et inaccessible, peut-être convient-il de chercher le bonheur dans la vertu." Mais j'ai bientôt compris que la vertu était rarement récompensée : j'ai vu des méchants vivre de longues années dans la prospérité, tandis que des justes disparaissaient prématurément dans la misère. Et je me suis dit : "Ne sois pas juste à l'excès, ne soit pas plus vertueux qu'il ne le faut !"

« Je me suis alors attaché à accumuler des richesses et à édifier de grandioses monuments ; je me suis bâti des palais, des jardins et des parcs, j'ai acquis des esclaves et des servantes, j'ai amassé de l'argent et de l'or, et j'ai surpassé en richesse tous les rois de la terre. Mais cela ne m'a pas donné le bonheur : qui aime l'argent n'en est jamais rassasié, et le plus pauvre des laboureurs dort mieux que le plus fortuné des rois.

« Je résolus alors de me consacrer au plaisir et de me donner du bon temps. "A quoi bon, me dis-je, te faire du tracas et te soucier de l'avenir ? Demain, tu seras mort, et tu te seras tourmenté pour un monde qui ne sera plus le tien ! Profite plutôt de la brève existence que Dieu t'accorde : mange ton pain allégrement, jouis de la vie avec la femme que tu aimes !" Mais j'ai découvert que le plaisir, lui aussi, n'était que vanité ; même dans le rire, le cœur peut souffrir, et la joie finit toujours en tristesse. La jeunesse ne dure pas, et les années, en s'écoulant, tarissent l'une après l'autre les sources du plaisir ; déjà mes bras s'affaiblissent, mes dents se piquent, ma vue se fatigue ; bientôt les collines me paraîtront des montagnes, une sauterelle sera pour moi un pesant fardeau, les câpres n'exciteront plus mon appétit.

« J'ai pris alors la vie en haine, et la condition humaine en aversion : qu'elle est ridicule, ai-je pensé, cette prétention de l'homme d'être l'objet des préférences de Dieu ! La supériorité de l'homme sur l'animal est nulle : tous deux sont venus de la poussière, tous deux y retourneront. Et qui pourrait affirmer qu'après la mort le souffle des fils d'Adam monte vers le haut, tandis que celui des bêtes descend vers le bas ? »

Mais, en dépit de ses désillusions, Salomon, dans ses dernières années, retrouva une certaine paix : « Il faut, conseillait-il alors à ses amis, prendre la vie telle qu'elle vient, chaque chose en son temps : il y a un temps pour parler et un temps pour se taire ; un temps pour rire et un temps pour pleurer ; un temps pour aimer et un temps pour haïr ; un temps pour naître et un temps pour mourir ... » C'est dans cet état d'esprit que Salomon mourut tranquillement dans son lit, après quarante années de règne.

SIXIÈME PARTIE

L'époque des prophètes

XLIII. La division du royaume

La punition posthume de Salomon

Pendant les dernières années de sa vie, Salomon avait commis de graves fautes religieuses : il avait pris de nombreuses épouses païennes et, pour leur faire plaisir, les avait autorisées à bâtir des temples pour leurs dieux et à rendre un culte à leurs idoles. Il avait poussé la faiblesse jusqu'à participer lui-même, de temps à autre, à des cérémonies idolâtres. Ce comportement avait suscité le courroux de Dieu qui, dans un songe, annonça à Salomon qu'il serait sévèrement châtié : « Tu t'es prosterné, lui dit-il, devant la déesse Astarté, cette ordure des Sidoniens, devant le dieu Milkom, cette saleté des Ammonites, et devant le dieu Kemoch, cette immondice des fils de Moab. Par égard pour ton père David, qui m'a toujours été fidèle, je ne te punirai pas de ton vivant. Mais, après ta mort, ton royaume se divisera et tes descendants n'en conserveront qu'une petite partie. »

L'instrument du châtiment divin fut un jeune et brillant fonctionnaire de Salomon, appelé Jéroboam. Quelques mois avant la mort de Salomon, Jéroboam était sorti un jour de Jérusalem pour se rendre dans une ville voisine. Alors qu'il marchait seul dans la campagne, il fut abordé par un homme, appelé Ahiya, qu'il connaissait de vue et qui passait pour un voyant.

« J'ai une importante nouvelle à t'annoncer, lui dit Ahiya : as-tu remarqué que je porte aujourd'hui un manteau neuf ? »

Jéroboam l'avait remarqué et en avait même été surpris car, jusque-là, il avait toujours vu Ahiya vêtu de haillons.

« Eh bien, reprend Ahiya, regarde ce que j'en fais. »

En prononçant ces mots, il sort un canif de sa poche, découpe son manteau neuf en douze morceaux et en met dix dans les mains de Jéroboam.

« Mon manteau, explique-t-il, représente le royaume d'Israël. Après la mort du roi Salomon, ce royaume se divisera en douze parties correspondant aux douze tribus. C'est toi, Jéroboam, qui régneras sur dix d'entre elles, et le fils de Salomon, pour sa part, ne régnera que sur une seule. »

Jéroboam, qui avait fait de fortes études de mathématique, fit observer à Ahiya que dix plus une ne faisaient pas douze.

« C'est juste, reconnut Ahiya, et j'aurais dû te dire, pour être précis, que le fils de Salomon régnerait sur deux tribus, celle de Juda et celle de

Benjamin ; mais comme elles vivent ensemble, depuis bien des années, dans la ville de Jérusalem et dans ses environs, on peut considérer qu'elles n'en forment plus qu'une. »

Sur ces mots, Ahiya prit congé de Jéroboam.

Celui-ci resta pensif. L'idée qu'il pût régner sur dix des tribus d'Israël lui paraissait surprenante mais, d'un autre côté, il ne pouvait pas croire qu'Ahiya eût sacrifié un manteau neuf pour le seul plaisir de plaisanter. Il retourna à Jérusalem et commit l'imprudence de raconter à quelques amis la prédiction d'Ahiya. Salomon en fut informé et tenta de faire arrêter Jéroboam. Celui-ci dut quitter précipitamment Jérusalem pour aller se réfugier en Égypte.

La sécession d'Israël

L'héritier légitime de Salomon était le plus âgé de ses fils, appelé Roboam – à ne pas confondre avec Jéroboam, dont nous venons de parler. Quelques jours après la mort de Salomon, Roboam réunit les représentants de toutes les tribus d'Israël pour se faire désigner comme roi. Avant de lui accorder leurs suffrages, ils voulurent savoir comment il avait l'intention de gouverner.

« Ton père Salomon, lui dirent-ils, a fait peser sur nous un joug sévère et nous a soumis à de lourds impôts. Nous n'avons pas protesté, parce qu'il était un grand roi, d'une intelligence et d'une sagesse prodigieuses. Mais toi, nous espérons bien que tu nous gouverneras d'une main plus légère. »

Roboam, qui était orgueilleux et maladroit, leur répondit :

« J'ai plus de force dans mon petit doigt que n'en avait mon père dans tout son corps. Il vous a menés avec un fouet, et moi je vous mènerai avec des scorpions [1].

Irritées par cette réponse, dix tribus, celles qui habitaient le nord du royaume, se retirèrent de l'assemblée en déclarant qu'elles ne reconnaissaient pas Roboam pour roi. Elles décidèrent de constituer ensemble un nouveau royaume, qu'elles appelèrent le royaume d'Israël, et elles choisirent pour roi le jeune Jéroboam qui, ayant appris la mort de Salomon, était aussitôt revenu d'Égypte. Seules restèrent fidèles à Roboam les deux tribus qui vivaient dans le sud du royaume, à Jérusalem et dans ses environs, à savoir les tribus de Juda et de Benjamin, ainsi que les Lévites qui assuraient les services religieux dans le temple. Ce royaume réduit prit le nom de royaume de Juda.

---

1. Les scorpions étaient des griffes de fer que l'on attachait aux lanières d'un fouet pour rendre ses coups plus douloureux.

Les destins séparés d'Israël et de Juda

Parvenu à ce stade de son récit, l'oncle Simon informa mes parents qu'il n'avait pas l'intention de me raconter d'une manière détaillée tous les événements qui, en l'espace de quatre siècles, entraînèrent le déclin progressif et la destruction finale des royaumes d'Israël et de Juda. Il avait, pour cela, deux bonnes raisons.

La première était que, selon lui, l'histoire des deux royaumes au cours de cette période était d'une inextricable complication. Pas moins de dix-neuf rois se succédèrent sur le trône d'Israël et vingt sur le trône de Juda. Certains ne régnèrent que trois mois, d'autres plus de cinquante ans, et ils prirent tous un malin plaisir à ne pas mourir en même temps que leur confrère du royaume voisin, de sorte que leurs règnes se chevauchèrent constamment : « dans la troisième année du règne de Menahem, roi d'Israël, Yotam devint roi de Juda... Dans la deuxième année du règne de Yotam, roi de Juda, Peqahya devint roi d'Israël... Dans la première année du règne de Peqahya, roi d'Israël, Achaz devint roi de Juda... » Pour embrouiller encore un peu plus les historiens, les rois de Juda et d'Israël portaient souvent des noms très proches, et parfois même un nom identique : c'est ainsi qu'il y eut un Ochozias, roi de Juda, et un autre Ochozias, roi d'Israël ; qu'un certain Joas monta sur le trône d'Israël au moment où mourait un autre Joas, roi de Juda ;

et même que, pendant quelques années, le roi d'Israël et le roi de Juda s'appelèrent tous les deux Joram. Bref, les spécialistes eux-mêmes ont du mal à s'y retrouver et y perdent parfois leur latin – ou plutôt leur hébreu.

La seconde raison qu'invoquait l'oncle Simon pour ne pas me raconter dans tous ses détails l'histoire des deux royaumes, c'est que, selon lui, elle est d'une grande monotonie. « C'est, disait-il, le même cycle qui se répète constamment : un mauvais roi monte sur le trône et encourage son peuple à se livrer à l'idolâtrie ; un prophète surgit, qui accable le roi et le peuple de reproches et d'imprécations, en leur annonçant un châtiment imminent ; ce châtiment prend la forme d'une invasion étrangère qui provoque la mort violente du mauvais roi. De temps à autre, un bon roi renverse les idoles et les temples païens, restaure le culte du Dieu unique et s'efforce de combattre l'immoralité ; son royaume retrouve alors pour quelque temps la paix et la prospérité, jusqu'au moment où un mauvais roi lui succède et où le cycle recommence. » Pour éviter de fastidieuses redites, l'oncle Simon avait donc décidé, avec raison, de ne me parler que des principaux personnages qui s'illustrèrent au cours de cette période.

XLIV. Élie et Élisée

Le prophète Élie

Au cours des cent cinquante années qui suivirent la division du royaume de Salomon, six rois se succédèrent dans le royaume d'Israël, qu'on appelait aussi « royaume du Nord », ou encore « royaume de Samarie », du nom de sa capitale. Ces six rois firent tous, selon les termes de la Bible, « ce qui est mal aux yeux de l'Éternel », à l'exception d'un seul qui n'en eut pas le temps car il ne régna que sept jours avant d'être assassiné.

Le septième roi d'Israël, nommé Achab, « fut pire encore que tous ceux qui l'avaient précédé ». Il avait épousé une princesse païenne, nommée Jézabel, une femme belle et intelligente, mais orgueilleuse, autoritaire et cruelle. Grâce à sa beauté, qu'elle mettait en valeur par des toilettes élégantes et un maquillage savant, elle faisait ce qu'elle voulait de son mari, le roi Achab. Elle lui fit construire à Samarie, capitale du royaume, un temple dédié au dieu Baal, et parvint à convaincre

Achab d'aller lui-même se prosterner devant ce dieu.

En ce temps-là, dans le royaume d'Israël, vivait un prophète du nom d'Élie. Grand et maigre, il portait les cheveux longs, s'habillait avec une simplicité frisant la négligence, oubliait facilement l'heure des repas et consacrait tout son temps à la prière et à la prédication. Lorsqu'il apprit que le roi Achab, pour complaire à sa femme Jézabel, était allé se prosterner devant la statue du dieu Baal, Élie alla le trouver et lui adressa de vifs reproches. « Pour te punir, lui dit-il, Dieu va frapper ce pays d'une longue période de sécheresse. » Puis, pour échapper à la colère du roi et de la reine, Élie alla se cacher dans une région montagneuse et inhabitée, au bord d'un torrent.

Comme d'habitude, il n'avait pas songé à la manière dont il assurerait sa subsistance, et il serait rapidement mort de faim si Dieu n'avait pris, en sa faveur, des dispositions appropriées : tous les matins, une troupe de corbeaux apportaient du pain au prophète, et tous les soirs ils revenaient lui apporter de la viande. Quiconque connaît la voracité des corbeaux et sait à quel point ils sont amateurs de pain et de viande reconnaîtra qu'il s'agissait là d'un miracle de première grandeur.

Le miracle du mont Carmel

La prédiction d'Élie se réalisa : une sécheresse sévère s'abattit sur le royaume, et le prophète en fut d'ailleurs l'une des premières victimes, car le torrent auquel il buvait fut bientôt tari. C'est peut-être ce qui décida Élie à sortir de sa retraite et à se rendre de nouveau chez le roi Achab pour tenter de l'arracher à ses pratiques idolâtres. En le voyant arriver, Achab s'écria :

« Voici l'homme qui porte malheur au pays et qui est la cause de cette sécheresse !
— Ce n'est pas moi qui porte malheur à Israël, lui répondit Élie, c'est toi-même, parce que tu es infidèle à Yahvé, le Dieu unique, et que tu te prosternes devant la statue de Baal. Mais si tu veux savoir lequel est le vrai Dieu, de Yahvé ou de Baal, je te propose une épreuve : convoque le peuple d'Israël sur le mont Carmel, et fais-y venir les quatre cent cinquante prêtres de Baal ; ils invoqueront leur dieu, et moi, j'invoquerai le mien ; nous verrons bien quel est celui qui se manifestera ! »

Lorsque le peuple fut assemblé, Élie s'adressa en ces termes aux quatre cent cinquante prêtres de Baal :

« Préparez un taureau pour l'offrir en sacrifice à votre dieu, et construisez un bûcher sur lequel vous placerez le taureau ; mais ne mettez pas le feu au bûcher. Pour ma part, je ferai de même, et nous prierons nos dieux respectifs d'allumer nos bûchers. »

Quand les prêtres de Baal eurent construit leur bûcher, ils prièrent Baal d'y mettre le feu, mais rien ne se passa. Élie se moqua d'eux. « Votre dieu Baal est peut-être occupé ailleurs, ou endormi, ou tout simplement un peu dur d'oreille ; criez donc plus fort pour qu'il vous entende ! »

Les prêtres de Baal se mirent à hurler, à sauter à cloche-pied autour du bûcher et à se faire des entailles sur tout le corps pour attirer l'attention de leur dieu ; mais le bûcher ne s'alluma point.

Élie dit alors aux Israélites qui l'entouraient :

« Versez quatre cruches d'eau sur mon bûcher. »

Ils les versèrent.

« Doublez la dose », leur dit Élie.

Ils la doublèrent.

« Ajoutez-y encore quatre cruches », insista Élie.

Ils les ajoutèrent. Élie s'écria alors d'une voix forte :

« Yahvé, Dieu d'Abraham, d'Isaac et de Jacob, montre à ton peuple que tu es le Dieu unique et que je suis ton serviteur ! »

Un éclair jaillit du ciel et embrasa en un instant le bûcher mouillé d'Élie, le taureau, et même les pierres et la terre détrempées sur lesquelles était posé le bois. Tous les Israélites se prosternèrent en criant : « C'est Yahvé qui est Dieu ! » Élie leur ordonna de s'emparer des quatre cent cinquante prêtres de Baal et de les massacrer, ce qui fut fait. Aussitôt après, des nuages apparurent dans le ciel et la pluie se mit à tomber, mettant fin à la sécheresse.

La rencontre d'Élie et d'Élisée

Lorsque la reine Jézabel apprit par son mari qu'Élie avait fait mourir les prêtres de Baal, elle jura de se venger. Le prophète dut s'enfuir à nouveau. Ne sachant ce qu'il devait faire, il se rendit sur le mont Horeb, avec l'espoir que Dieu lui parlerait et lui donnerait des instructions, comme il l'avait fait quelques siècles plus tôt, au même endroit, pour le plus grand des prophètes, Moïse [1].

En arrivant sur le mont Horeb, Élie se prosterna et attendit. Un ouragan se déchaîna, d'une violence telle qu'il déplaçait et brisait les rochers de la montagne. Élie crut qu'il allait entendre la voix de Dieu, mais Dieu n'était pas dans l'ouragan. Après l'ouragan, la montagne fut secouée par un tremblement de terre terrifiant. Élie crut qu'il allait entendre la voix de Dieu, mais Dieu n'était pas dans le tremblement de terre. Du fond des

---

1. Je rappelle à mes lecteurs que Moïse fut le seul prophète à qui Dieu se montrait et à qui il parlait face à face, « comme un homme parle à un autre homme ». Les autres prophètes entendaient parfois la voix de Dieu, mais ne voyaient jamais son visage.

crevasses que le tremblement de terre avait ouvertes dans la montagne jaillit un feu dévorant. Élie crut qu'il allait entendre la voix de Dieu, mais Dieu n'était pas dans le feu.

Alors se fit entendre un murmure doux et subtil, semblable à celui d'une brise de printemps ou d'un ruisseau champêtre. Dieu était dans le murmure et parla à Élie. Il l'encouragea à poursuivre sa mission prophétique et à se trouver un adjoint qui le remplacerait le moment venu.

En redescendant de la montagne, Élie passa près d'un homme qui labourait son champ, à la tête d'un attelage de douze bœufs superbes ; de nombreux serviteurs le suivaient. Cet homme, un riche fermier, se nommait Élisée. Il reconnut Élie, courut vers lui et lui dit :

« Tu es le prophète de Dieu ; laisse-moi te suivre et te seconder. »

Mais Élie songea : « Cet homme est trop riche pour renoncer à son confort et pour mener la vie errante et misérable d'un prophète. » Il répondit à Élisée :

« Laisse-moi tranquille, je ne t'ai rien demandé ! »

Élisée détela ses bœufs, les égorgea et les découpa en morceaux ; de leurs jougs et du bois de la charrue, il fit un grand feu sur lequel il mit à cuire les morceaux de viande, qu'il distribua à ses serviteurs. S'étant ainsi débarrassé de ses possessions terrestres, il renouvela son offre de services à Élie, qui consentit alors à le prendre comme assistant.

La vigne de Naboth

Le roi Achab et son épouse Jézabel vivaient à Samarie dans un palais assez vaste mais dont le parc était de dimensions modestes. En bordure de ce parc s'étendait une vigne, dont le propriétaire était un simple citoyen nommé Naboth. Le roi convoqua Naboth et lui dit :

« J'ai besoin de ta vigne pour agrandir mon parc. Je suis prêt à te la payer un bon prix ou, si tu le préfères, à te l'échanger contre une vigne plus grande et mieux exposée. »

Mais Naboth lui répondit :

« Cette vigne est dans ma famille depuis de nombreuses générations, je ne souhaite pas la vendre. »

Achab eut beau insister, Naboth resta ferme dans son refus.

Le soir, à dîner, la reine Jézabel remarqua que son mari avait l'air préoccupé et ne mangeait pas.

« Qu'est-ce qui te tracasse ? », lui demanda-t-elle.

Lorsque Achab lui eut raconté sa conversation avec Naboth, Jézabel laissa éclater sa colère.

« Qui donc est roi d'Israël, est-ce toi ou Naboth ? Si tu es trop faible pour t'emparer de sa vigne, je m'en chargerai moi-même ! »

Dès le lendemain, elle fit convoquer Naboth devant un tribunal. Deux faux témoins, soudoyés par la reine, affirmèrent avoir entendu Naboth maudire et menacer le roi. Il fut condamné à mort et Achab prit possession de sa vigne.

Lorsque Élie fut informé de cette affaire, il se rendit chez le roi.

« Toi et ta femme, lui dit-il, avez commis un crime dont vous serez punis : vous mourrez tous les deux de mort violente, à quelques pas de la vigne de Naboth. Les chiens lécheront le sang du roi Achab et dévoreront le cadavre de la reine Jézabel dont ils ne laisseront que les os. »

La première partie de cette prédiction ne tarda pas à se réaliser. Au cours d'une bataille contre un peuple voisin, Achab fut mortellement blessé : il reçut, dit-on, plus de trois cents flèches, qui le percèrent de telle manière que son corps ressemblait à une passoire. « Emmenez-moi d'ici, dit-il à ses soldats, car j'ai l'impression d'être sérieusement blessé » – et c'était, en effet, le moins que l'on pût dire. Perdant son sang en abondance, il fut transporté du champ de bataille jusqu'à son palais de Samarie où on le monta dans sa chambre ; à peine couché dans son lit, il rendit l'âme. Profitant de ce que son char était resté sans escorte à la porte du palais, les chiens y montèrent et lapèrent le sang dont il était couvert.

Au cours des quelques années qui suivirent la mort d'Achab, deux de ses fils régnèrent successivement sur Israël, mais ce fut la veuve d'Achab, la belle et cruelle Jézabel, qui exerça en réalité le pouvoir.

Élisée, faiseur de miracles

Le prophète Élie étant mort peu de temps après le roi Achab, c'est son disciple Élisée qui prit sa succession. Bien qu'il n'eût pas la même autorité et la même éloquence que son maître, il le surpassait dans un domaine particulier, celui des miracles : Élie en avait accompli quelques-uns dans des circonstances exceptionnelles, Élisée, lui, les faisait à répétition, chaque fois que l'occasion se présentait.

Il commença à Jéricho, en assainissant à l'aide d'une simple poignée de sel les eaux de sources qui étaient polluées. Peu après, il opéra un deuxième miracle moins glorieux. Alors qu'il cheminait dans la campagne, il croisa une troupe d'enfants qui se moquèrent de sa calvitie, laquelle était, il est vrai, très prononcée. Vexé, il les maudit au nom de Yahvé. Aussitôt, deux ours sortirent d'un bois et mirent en pièces quarante-deux de ces enfants.

Dans la liste innombrable de ses miracles en tous genres, le plus spectaculaire fut celui qu'il réalisa en faveur du général Naaman, commandant en chef de l'armée araméenne. Naaman était un homme puissant et riche, mais il eut le malheur d'être frappé un jour par une affreuse maladie, la lèpre. Il alla consulter les médecins les plus réputés, mais aucun ne put le guérir. Un jour, l'une de ses servantes, d'origine israélite, lui dit :

« Tu devrais aller voir le prophète Élisée, à Samarie, c'est un spécialiste des miracles. »

Prenant avec lui une grosse somme d'argent, Naaman se rendit chez Élisée et lui exposa son cas. Le prophète lui dit :

« Va te baigner sept fois dans les eaux du Jourdain, et tu seras guéri. »

Naaman crut qu'il s'agissait d'une mauvaise plaisanterie, et se retira fort mécontent : « S'il suffisait de se baigner pour se débarrasser de la lèpre, je n'aurais pas eu besoin de faire un aussi long voyage ; les fleuves de mon pays valent bien le Jourdain ! »

Mais ses serviteurs le raisonnèrent.

« Écoute, lui dirent-ils, si le prophète t'avait recommandé de faire une chose difficile et désagréable, ne l'aurais-tu pas faite ? Alors, à plus forte raison, pourquoi refuses-tu de prendre quelques bains ? »

Naaman se laissa convaincre et, à la septième baignade, il fut guéri. Il alla remercier Élisée et voulut lui faire accepter, en témoignage de sa reconnaissance, tout l'argent qu'il avait apporté. Élisée refusa fermement.

« Je n'accepterai rien de ta part, lui dit-il, pas même un modeste cadeau : je ne suis pas un médecin qui soigne les gens pour recevoir des honoraires, je suis un prophète au service de Yahvé, le Dieu unique. »

Impressionné par ce désintéressement, Naaman annonça à Élisée son intention de se convertir à la religion d'Israël, et reprit la route de son pays.

Le serviteur d'Élisée, un nommé Guéhazi, avait été témoin de cette conversation et conçut l'idée d'en tirer un profit personnel. Il demanda un congé à Élisée, sella son âne et partit à la poursuite de Naaman, qu'il rejoignit quelques heures plus tard. En le voyant approcher, Naaman le reconnut et crut qu'il était arrivé quelque chose de fâcheux au prophète.

« Que se passe-t-il ? demande-t-il à Guéhazi avec inquiétude.

— Rien de grave, lui répond Guéhazi ; simplement, les deux neveux de mon maître Élisée viennent d'arriver chez lui à l'improviste, et il souhaiterait leur faire quelques cadeaux. Il a pensé que, peut-être, tu pourrais lui donner deux talents d'argent et deux tuniques.

— C'est avec plaisir, reprend Naaman, que je te remets pour ton maître non pas deux, mais quatre talents d'argent et autant de tuniques. »

Guéhazi rentre chez lui, cache l'argent et les tuniques dans sa tente, et se présente à Élisée.

« Où es-tu allé ? » lui demande le prophète.

— Nulle part », répond Guéhazi.

Mais Élisée n'est pas dupe.

« Tu as demandé de l'argent à Naaman, dit-il à son serviteur, et il te l'a donné. Eh bien moi, je vais te faire cadeau de la maladie dont je l'ai guéri ! »

Et Guéhazi fut atteint d'une lèpre dont il ne guérit jamais.

Jéhu

Malgré son intense activité de faiseur de miracles, Élisée ne se désintéressait pas des affaires publiques du royaume d'Israël. Il se souvenait que, quelques années auparavant, son maître Élie avait annoncé au roi Achab et à la reine Jézabel qu'ils seraient punis pour le meurtre de Naboth. Or, si la prédiction d'Élie s'était bien réalisée pour Achab, qui avait péri de mort violente et dont le sang avait été léché par les chiens, Jézabel, elle, était toujours bien vivante et même exerçait le pouvoir par l'intermédiaire de son fils, le roi Joram.

Élisée jugea qu'il était de son devoir d'intervenir. Il choisit, comme instrument de la justice divine, un général de l'armée israélite, appelé Jéhu, un homme énergique, expéditif et brutal. Il fit dire à Jéhu, par l'intermédiaire d'un messager : « Tu as été désigné par Dieu pour liquider le roi Joram, la reine Jézabel et toute leur famille, et pour monter toi-même sur le trône d'Israël. » Jéhu se laissa facilement convaincre et partit aussitôt pour la ville d'Yzreel où le roi Joram se remettait d'une maladie.

Du haut des remparts de la ville, un guetteur voit venir Jéhu entouré d'une troupe nombreuse. Il va prévenir le roi.

« Jéhu s'approche de la ville, il conduit son char à toute vitesse, comme un dément ! »

Effrayé, le roi Joram envoie un émissaire à la rencontre de Jéhu.

« Est-ce que tout va bien ? demande l'émissaire.
— Qu'est-ce que cela peut te faire ? » lui répond Jéhu sans ralentir son allure.

Un deuxième émissaire envoyé par le roi reçoit la même réponse. Le roi Joram lui-même sort alors de la ville, s'avance vers Jéhu et lui demande d'une voix tremblante :

« Est-ce que tout va bien ? »

Pour toute réponse, Jéhu lui décoche une flèche en plein cœur. Puis, sans mettre pied à terre, il change de direction et se dirige au galop vers la capitale, Samarie, où se trouve la reine mère, Jézabel. Celle-ci le voit s'approcher, fait fermer les portes de la ville, s'habille, se couvre de bijoux et se maquille avec un soin particulier pour dissimuler les rides que l'âge et la débauche ont creusées sur son visage. Elle monte sur les remparts de Samarie au moment où Jéhu arrive à leur pied, et lui demande avec ironie :

« Est-ce que tout va bien, monsieur l'assassin ? »

Jéhu lève les yeux et aperçoit Jézabel, entourée par deux serviteurs épouvantés.

« Si vous tenez à votre vie, dit-il aux serviteurs, jetez cette femme au bas des remparts ! »

Les serviteurs s'exécutent, et le corps de Jézabel vient s'écraser sur le sol, à l'endroit même où s'étendait naguère la vigne de Naboth. Jéhu se fait ouvrir les portes de la ville, et monte dans le palais où il se fait servir un repas. Après avoir bien mangé et bien bu, il dit à ses soldats :

« Allez enterrer cette femme maudite, car c'était quand même une reine. »

Mais lorsque les soldats voulurent prendre le corps de Jézabel, il n'en restait plus que quelques os épars : les chiens avaient dévoré tout le reste.

Le dernier miracle d'Élisée

Peu de temps après ces événements, le prophète Élisée mourut et fut enterré. Au moment où les fossoyeurs allaient reboucher sa tombe, un autre cadavre fut apporté au cimetière. Pour ne pas avoir à creuser un nouveau trou, les fossoyeurs le mirent dans la tombe d'Élisée. En touchant la dépouille mortelle du prophète, le cadavre ressuscita, se leva et repartit avec sa famille. Même mort, Élisée ne pouvait pas s'empêcher de faire des miracles !

La fin du royaume d'Israël

Jéhu et ses successeurs régnèrent pendant plus d'un siècle sur le royaume d'Israël. Comme la plupart de leurs prédécesseurs, « ils firent ce qui est mal aux yeux du Seigneur ». Au cours de cette période, le pays ne cessa de s'affaiblir et passa peu à peu sous la tutelle de son puissant voisin, le royaume d'Assyrie. Le dernier roi d'Israël, Osée, ayant tenté de se libérer de cette tutelle, l'armée assyrienne vint mettre le siège devant Samarie. Après un siège de trois ans, pendant lequel les habitants affamés en vinrent à manger la chair de leurs propres enfants, la résistance cessa. Samarie fut rasée, et tous les survivants de la ville et du royaume furent déportés dans différentes régions d'Assyrie. Ils abandonnèrent rapidement leur religion, leur langue et leur culture, pour se fondre dans les populations qui les entouraient.

Quelques dizaines d'années plus tard, les descendants des dix tribus du nord d'Israël avaient perdu jusqu'au souvenir de leurs origines ; plus personne ne pouvait dire – et plus personne ne peut dire aujourd'hui : « Je suis un descendant de Ruben, de Siméon, d'Éphraïm ou de Manassé... » Après la disparition du royaume d'Israël, seules restèrent dépositaires de l'héritage hébraïque les deux tribus qui formaient le royaume du Sud, c'est-à-dire celles de Juda et de Benjamin, ainsi que les Lévites qui, à Jérusalem, exerçaient les fonctions religieuses.

XLV. Isaïe et Jérémie

Jusqu'à la destruction du royaume d'Israël, le royaume voisin de Juda, dont la capitale était Jérusalem, avait connu une existence relativement tranquille. Mais lorsque le royaume d'Israël eut disparu, celui de Juda se trouva en contact direct avec le puissant royaume assyrien, et les choses se gâtèrent.

Le roi de Juda, à cette époque, se nommait Ézéchias. Quand il apprit que le roi d'Assyrie se proposait d'envahir Juda et de conquérir Jérusalem, il tenta de l'en dissuader en lui envoyant, à titre de cadeau, tous les objets précieux du Temple. Mais le roi d'Assyrie poursuivit sa route et, à la tête d'une puissante armée, vint mettre le siège devant Jérusalem. Là, ses hérauts s'adressèrent en hébreu aux soldats et aux habitants de la ville qui s'étaient massés sur les remparts.

« Ouvrez-nous vos portes, leur dirent-ils, et n'essayez pas de résister ; nous avons déjà battu des adversaires plus nombreux que vous, à commencer par vos frères du royaume d'Israël. Et ne comptez pas sur votre dieu, Yahvé, pour vous sauver : il n'est pas plus fort que les dieux des pays que nous avons conquis. Soyez raisonnables, rendez-vous, et nous vous traiterons avec bienveillance. »

Les habitants de Jérusalem et le roi Ézéchias, saisis de panique, s'apprêtaient déjà à ouvrir les portes de la ville, lorsqu'une voix s'éleva pour les exhorter à la résistance.

Isaïe le résistant

Isaïe, membre d'une des meilleures familles de Jérusalem, était un homme vertueux, un patriote ardent et un orateur éloquent. Il avait acquis, par ses prédications, une grande autorité sur ses compatriotes. Maintes fois, dans le passé, il avait fustigé, en termes enflammés, leur immoralité et leur hypocrisie :

« Ah ! nation pécheresse, leur criait-il, peuple chargé de fautes, race de malfaisants, vous avez abandonné Yahvé ! Vous croyez conserver ses faveurs en lui sacrifiant de temps à autre quelques animaux ; mais que lui importe le sang des taureaux, des béliers ou des agneaux ? Cessez plutôt de faire le mal, rendez justice à l'orphelin et défendez la veuve ! »

Lorsqu'il vit que le roi Ézéchias était sur le

point de capituler devant l'envahisseur, il alla le trouver et ranima son courage.

« Yahvé, lui dit-il, n'abandonnera pas son peuple et, s'il le faut, opérera un miracle en notre faveur. »

Ézéchias le crut et ordonna à ses troupes de se préparer au combat. C'est alors que le miracle annoncé par Isaïe se produisit : ayant appris qu'une révolte avait éclaté dans sa propre capitale, le roi d'Assyrie dut lever le siège de Jérusalem et retourner dans son royaume.

Malheureusement, le successeur d'Ézéchias, son fils Manassé, fut un mauvais roi et, pour assurer sa tranquillité, il se soumit peu à peu à la tutelle du roi d'Assyrie. Comme Isaïe cherchait à s'opposer, par ses discours, à cette lâche politique, le roi ordonna à ses soldats d'arrêter le prophète. Isaïe prit la fuite et alla se cacher dans un arbre creux, aux environs de Jérusalem. Cette cachette ayant été découverte, le roi fit scier l'arbre creux, avec le prophète qui se trouvait dedans.

Quelques années plus tard, on apprit à Jérusalem que le royaume d'Assyrie, à son tour, avait été envahi par un grand conquérant, le roi de Babylone, appelé Nabuchodonosor. Cette nouvelle provoqua, chez les habitants de Jérusalem, une explosion de joie. Mais ils avaient tort de se réjouir, car Nabuchodonosor, non content d'avoir conquis l'Assyrie, avait bien l'intention de s'emparer aussi du royaume de Juda.

Jérémie le défaitiste

En ce temps-là, le roi de Juda s'appelait Joïachim, et le principal prophète du royaume se nommait Jérémie. Le roi Joïachim inclinait à défendre son pays contre Nabuchodonosor, mais le prophète Jérémie, pour sa part, était un partisan acharné de la paix à tout prix.

Jérémie était, à bien des égards, l'opposé de son prédécesseur Isaïe. Timide, tourmenté, profondément pessimiste, il ne cessait, depuis des années, d'annoncer aux Juifs les pires catastrophes : « Comme une femme trahit son mari et l'abandonne, vous avez été infidèles à votre Dieu. Dieu se lassera de vos péchés et vous punira : un lion sortira de sa forêt, un grand conquérant venu du nord sortira de sa demeure pour détruire et dévaster Juda... Quoi que vous puissiez faire, Jérusalem tombera aux mains de Nabuchodonosor ! »

Constatant que de tels propos démoralisaient les Juifs et affaiblissaient leur volonté de résistance, le roi de Juda, Joïachim, voulut montrer publiquement le peu de cas qu'il faisait des imprécations, des lamentations et des prophéties de Jérémie. Un jour qu'il faisait grand froid à Jérusalem, le roi s'assit sur son trône, se fit allumer un feu dans un brasero, et demanda qu'on lui lise à haute voix les discours complets de Jérémie, discours qui étaient consignés sur un rouleau de parchemin. Toutes les cinq minutes, le roi sortait un canif de sa poche, découpait la partie du texte qu'on venait de lire, et la jetait dans le feu.

Chute et destruction de Jérusalem

Quelques jours plus tard, Joïachim prit la tête de son armée, se porta à la rencontre de Nabuchodonosor, et fut tué au cours de la bataille. Son fils qui, pour embrouiller les historiens futurs, avait presque le même nom que son père – il s'appelait Joïachin – offrit à Nabuchodonosor sa capitulation. Il fut emmené prisonnier à Babylone, ainsi que tous les soldats de l'armée et toute l'aristocratie de Juda. Seules restèrent à Jérusalem les classes inférieures, sous l'autorité d'un nouveau roi désigné par Nabuchodonosor et appelé Sédécias. Le prophète Jérémie, lui aussi, fut autorisé à demeurer à Jérusalem.

Cette première chute de Jérusalem avait eu lieu en 598 avant J.-C. Pendant quelques années, le roi Sédécias se soumit docilement à la tutelle de Nabuchodonosor. Puis, il eut le courage de se révolter. Comme d'habitude, le prophète Jérémie se répandit en propos défaitistes. « C'est de la folie, disait-il, de chercher à lutter contre Nabuchodonosor, car il est beaucoup plus fort que nous. Mieux vaut supporter patiemment son joug, en nous consacrant à la prière. »

Pour mieux se faire comprendre, Jérémie parcourut un jour les rues de Jérusalem en portant sur son cou un joug de bœuf. Indigné, un autre prophète – moins connu, mais patriote – prit le joug, le brisa et le jeta au feu. Jérémie s'écria alors : « Si vous rejetez votre joug de bois, Nabuchodonosor vous imposera un joug de fer ! »

Quand il apprit que Sédécias s'était révolté, Nabuchodonosor revint mettre le siège devant Jérusalem. La population résista pendant deux ans, malgré les appels répétés de Jérémie à la capitulation.

Pour persuader les habitants de Jérusalem de se rendre, le prophète leur faisait espérer des jours meilleurs après la guerre : « Vous serez peut-être déportés à Babylone, comme l'ont été les familles riches il y a quelques années, mais Yahvé, soyez-en sûrs, vous fera revenir un jour à Jérusalem et la vie reprendra comme avant. »

Pour illustrer sa prophétie, il fit un geste symbolique : alors que, dans la ville assiégée et dans la campagne dévastée par la guerre, plus aucune transaction immobilière ne se réalisait et que les terrains ne valaient plus rien, Jérémie se rendit ostensiblement chez un notaire pour acheter à l'un de ses cousins, au prix de dix-sept sicles d'argent, un champ situé dans les environs de Jérusalem, comme pour montrer qu'il croyait fermement à une prochaine remontée des cours. « Un jour, déclara-t-il, on achètera de nouveau des champs à prix d'argent, on dressera des actes, on les signera en présence de témoins. » Ses appels à la capitulation finirent par lui valoir des ennuis avec les autorités : accusé de trahison, il fut emprisonné et condamné à mort ; il aurait été exécuté si le roi Sédécias ne l'avait généreusement gracié.

Jérémie était encore en prison lorsque la résistance de Jérusalem cessa. Nabuchodonosor s'empara de la ville, la pilla de fond en comble, abattit les remparts, rasa le temple de Salomon ainsi que le palais royal, et mit le feu aux autres édifices. Presque toute la population de Jérusalem et du royaume de Juda, à l'exception de quelques vieillards, de quelques indigents et de quelques agriculteurs, fut déportée à son tour à Babylone. L'un des premiers gestes de Nabuchodonosor, après son entrée dans la ville, avait été de libérer Jérémie de prison, en recommandant à ses soldats de traiter le prophète avec les plus grands égards : « Accordez-lui, ordonna le roi, tout ce qu'il vous demandera, et autorisez-le à rester à Jérusalem pour y poursuivre ses lamentations. »

Ainsi, en l'an 597 avant J.-C., douze siècles après qu'Abraham avait quitté Babylone pour se rendre dans le pays de Canaan, ses lointains descendants revenaient, vaincus et captifs, vers cette même ville de Babylone. Ce retour à la case départ allait-il marquer la fin du peuple hébreu ?

Non, car à la différence de leurs frères du royaume d'Israël, les membres des tribus de Juda, de Benjamin et de Lévi, en dépit des épreuves, resteraient toujours fidèles à leur religion et s'adresseraient chaque année l'un à l'autre, le soir de Pâques, le souhait rituel : « L'an prochain... à Jérusalem ! »

XLVI. Daniel

Daniel chez le roi de Babylone

Le roi Nabuchodonosor savait que les Juifs étaient généralement plus instruits que ses propres sujets. C'est pourquoi il chargea le chef de sa garde de choisir, parmi les déportés de Jérusalem, quelques jeunes gens de bonne famille pour en faire des fonctionnaires royaux. Nabuchodonosor avait stipulé que ces jeunes gens ne devraient présenter aucun défaut : il les voulait beaux, athlétiques, intelligents et bien élevés. Le chef de la garde ne trouva que quatre garçons répondant à ces conditions. L'un s'appelait Daniel, et les autres portaient des noms compliqués que Nabuchodonosor remplaça d'ailleurs par des noms plus compliqués encore ; l'oncle Simon jugea inutile de me les faire connaître, et j'en userai de même avec mes lecteurs.

Le roi ordonna au chef de sa garde de loger les quatre jeunes gens dans des chambres confortables du palais, de leur servir les mêmes repas que ceux de la famille royale, et de leur faire donner pendant trois ans une solide formation portant notamment sur la langue et sur les lois de Babylone.

Daniel et ses compagnons étaient des Juifs pratiquants qui se faisaient un devoir de ne pas boire d'alcool et de ne manger que de la nourriture « kasher », c'est-à-dire autorisée par la Loi de Moïse. Lorsque, pour leur premier repas, on leur apporta du vin et de la viande non kasher, ils s'abstinrent d'y goûter, en prétextant leur manque d'appétit. Mais un tel prétexte ne pouvait pas servir indéfiniment. Aussi Daniel décida-t-il de parler franchement au chef de la garde.

« Notre religion, lui dit-il, nous interdit de boire votre vin et de manger vos viandes. Nous nous contenterons, si tu le veux bien, de pain, de légumes, de laitages et d'eau fraîche. »

Le chef de la garde, bien qu'il eût de la sympathie pour Daniel, commença par refuser.

« Si je vous nourris de la sorte, lui dit-il, vous ne tarderez pas à maigrir et à vous affaiblir, et le roi me le reprochera. »

Mais Daniel insista :

« Faisons un essai pendant dix jours, proposa-t-il, et tu jugeras par toi-même des résultats. »

Dix jours plus tard, Daniel et ses compagnons avaient une mine superbe et se portaient à merveille. Le chef de la garde en fut si impressionné qu'il décida d'adopter lui-même leur régime végétarien.

Le songe de Nabuchodonosor

La période de formation des jeunes gens n'était pas encore achevée lorsque Daniel eut l'occasion, pour la première fois, de se distinguer aux yeux du roi. Un matin, Nabuchodonosor convoqua ses devins et leur dit :

« Au milieu de la nuit, j'ai fait un rêve étrange et effrayant ; je me suis réveillé en sursaut, couvert de sueur et le cœur battant. Non sans peine, j'ai pu me rendormir, mais je voudrais que vous me révéliez le sens de mon rêve.

— Avec plaisir, répondirent les devins ; raconte-nous ton rêve, et nous te l'expliquerons.

— En me demandant de vous raconter mon rêve, répliqua le roi, vous ne cherchez qu'à gagner du temps : puisque vous êtes devins, vous devez être capables de deviner ce que j'ai rêvé ! C'est à vous qu'il appartient de me raconter mon rêve ; si vous le faites d'une manière exacte, je saurai que je peux vous faire confiance mais, dans le cas contraire, pourquoi voudriez-vous que je croie à votre interprétation ?

— Sire, s'écrièrent les devins, jamais personne, pas même un roi, n'a demandé une chose pareille à ses devins, magiciens ou astrologues : nul ne peut savoir ce qu'un autre a rêvé ! »

Mais Nabuchodonosor ne voulut pas en démordre et, constatant qu'aucun devin ne pouvait lui raconter son rêve, il ordonna de les faire exécuter le lendemain. Le soir, à dîner, le chef de la garde informa Daniel de cette affaire et, en réponse aux questions précises du jeune homme, lui en exposa tous les détails. Après avoir réfléchi quelques instants, Daniel lui dit :

« Conduis-moi auprès du roi, car je pense être capable de lui raconter et de lui expliquer son rêve. »

Quand il fut devant le roi, Daniel lui dit :
« Voici ce que tu as rêvé. Une immense statue se dressait devant toi, au centre de Babylone. Sa tête était en or massif, son torse et ses bras en argent, son ventre en bronze, ses jambes en fer et ses pieds en terre cuite. Une lourde pierre, lancée par une main invisible, frappait les pieds de la statue et les brisait en mille morceaux ; privée de ses pieds, la statue s'écroulait avec fracas. Et voici maintenant quel est le sens de ce songe. La statue représente les cinq royaumes qui se succéderont à Babylone. Le premier – c'est le tien – est parfait comme la tête d'or de la statue. Les suivants seront de moins en moins brillants : après l'or viendra l'argent, puis le bronze, puis le fer, puis la terre cuite. Fragile comme la terre cuite, le dernier de ces royaumes succombera sous les coups d'un conquérant, et il ne restera plus rien de la gloire passée de Babylone.

— C'est bien cela que j'ai rêvé, dit Nabuchodonosor à Daniel, et ton interprétation me paraît juste. Tu es, en vérité, le devin le plus fort que j'aie jamais rencontré.

— Ce n'est pas moi, répond Daniel, qu'il faut féliciter ; c'est le Dieu d'Israël, Yahvé, qui m'a fait deviner et comprendre ton rêve.

— Dans ce cas, reprend Nabuchodonosor, ton dieu est un grand dieu, et je vais publier dès demain un édit autorisant les Juifs à célébrer librement son culte. Quant à toi, Daniel, je te nomme gouverneur de la province de Babel, et tu seras désormais mon conseiller personnel. »

Etait-ce vraiment Dieu qui, comme l'affirmait Daniel, lui avait révélé le songe de Nabuchodonosor ? Je n'en sais rien mais l'oncle Simon, lui, ne le croyait pas. Selon lui, Daniel, qui avait étudié le livre de Joseph sur les rêves, savait qu'on ne se souvient jamais, le matin, des rêves qu'on a faits au milieu de la nuit [1]. Il en avait conclu que si Nabuchodonosor demandait qu'on lui racontât son propre rêve, c'était tout simplement parce qu'il l'avait complètement oublié. Daniel pouvait donc inventer un rêve quelconque sans risquer d'être démenti !

Le festin de Balthazar

Tant que régna Nabuchodonosor, Daniel resta son homme de confiance. Mais le fils de Nabuchodonosor, nommé Balthazar, ne garda pas

1. Voir p. 152

Daniel auprès de lui. C'est pendant le règne de Balthazar que le royaume de Babylone fut envahi par un grand conquérant venu de l'est, le roi de Perse Cyrus [1]. Après avoir subi plusieurs défaites militaires, Balthazar se replia sur sa capitale, Babylone, et, pour oublier ses soucis, se fit servir un somptueux banquet, qui est resté célèbre sous le nom de « festin de Balthazar ». Ayant bu d'une manière immodérée, Balthazar fut pris d'un délire alcoolique et fut victime d'une hallucination terrifiante : il crut voir apparaître une main, une main sans bras et sans corps, qui se déplaçait toute seule dans les airs et qui allait tracer trois mots sur le mur de chaux de la salle à manger. Ces trois mots étaient : « Comptez, pesez, coupez. »

La terreur du roi fut telle que son visage changea de couleur, que ses genoux s'entrechoquèrent et que, ses muscles abdominaux se contractant puis se relâchant brusquement, il ne put contenir une violente diarrhée. Il raconta sa vision à ses devins et leur demanda de la lui expliquer, mais ils en furent incapables. Ce qui les intriguait surtout, c'était l'ordre dans lequel les trois mots mystérieux se succédaient. Si encore la main avait écrit : « Coupez, comptez, pesez », on aurait pu penser qu'il s'agissait d'une consigne donnée aux maîtres d'hôtel chargés de servir le dessert du fes-

---

[1]. Les textes bibliques concernant cette époque comportent des inexactitudes historiques : Balthazar y est présenté comme le fils de Nabuchodonosor, alors qu'en réalité il n'en était qu'un lointain descendant ; quant au roi de Perse, Cyrus, il est appelé par erreur Darius.

tin : *Coupez* le gâteau, *comptez* le nombre de parts, et *pesez*-les pour vous assurer qu'elles sont égales. Mais le roi était catégorique : le mot « coupez » venait en troisième et non en premier.

Quelqu'un se souvint alors que Daniel, l'ancien conseiller de Nabuchodonosor, était expert dans l'interprétation des rêves et des visions. On le fit venir et il élucida le mystère.

« Les mots écrits sur le mur, expliqua-t-il, sont des ordres donnés par Dieu à ses anges au sujet du roi Balthazar : *Comptez* ses jours, et vous verrez qu'il en a vécu assez ; *pesez* ses mérites, et vous constaterez qu'il en a peu ; en conséquence, *coupez* le fil de sa vie ! »

L'interprétation donnée par Daniel fut confirmée le soir même : les troupes perses s'emparèrent de Babylone, firent irruption dans le palais royal et tuèrent Balthazar. Le roi de Perse, Cyrus, à qui l'on avait vanté les mérites de Daniel et la justesse de ses prédictions, le nomma ministre. Le jeune homme eut bientôt l'occasion de donner une nouvelle preuve de sa perspicacité.

Suzanne et les vieillards indignes

Parmi les Juifs exilés à Babylone se trouvait une jeune femme, jolie et vertueuse, nommée

Suzanne. Son mari, Joachim, possédait une belle maison entourée d'un parc, dans laquelle se réunissaient régulièrement les principaux notables de la communauté juive. Les plus assidus d'entre eux étaient deux vieillards réputés pour leur sagesse et leur érudition. Bien qu'ils prétendissent se rendre chez Joachim pour y discuter d'affaires sérieuses, la véritable raison de leurs fréquentes visites, c'est qu'ils étaient tous deux secrètement amoureux de Suzanne.

Ils avaient remarqué, chacun de son côté, que lorsque les réunions se terminaient et que les visiteurs se retiraient, Suzanne allait souvent se promener seule dans le parc de sa maison. Un matin, après avoir participé à une longue discussion, les deux vieillards déclarèrent qu'il était temps, pour tout le monde, d'aller déjeuner. Ils sortirent ensemble, prirent congé l'un de l'autre en se souhaitant bon appétit, et se dirigèrent vers leurs demeures respectives qui se trouvaient dans des directions opposées. Après avoir tourné le coin de la rue, chacun d'eux attendit quelques minutes, puis revint furtivement sur ses pas. Ils se retrouvèrent nez à nez à la porte du parc, et durent s'avouer mutuellement leur passion coupable pour Suzanne. « Entrons ensemble, se dirent-ils, et cachons-nous pour essayer de voir notre belle en tenue légère. »

Suzanne, ce jour-là, avait l'intention de prendre un bain dans sa piscine. Elle se fit déshabiller par ses deux suivantes, puis leur demanda d'aller en ville acheter du savon et du parfum. Dès qu'elles se furent éloignées, les deux vieillards, ne pouvant se contenir, sortirent de leur cachette et voulurent violer Suzanne, qui se mit à crier. En entendant ses cris, son mari accourt et demande ce qui se passe. Pour se tirer d'un mauvais pas, les deux vieillards n'hésitent pas à mentir et à calomnier le jeune femme.

« Nous étions encore dans le parc, disent-ils, lorsque nous avons vu entrer un jeune homme qui est allé retrouver Suzanne sous un arbre, pour se livrer avec elle à des ébats coupables. Nous avons tenté de nous saisir du jeune homme, mais il était plus fort que nous et a pu s'enfuir. »

Naturellement, Suzanne proteste énergiquement et présente sa propre version des faits. Les vieillards exigent alors la convocation d'un tribunal, qui se réunit le soir même. La réputation des deux vieillards est telle que le tribunal ajoute foi à leurs déclarations et s'apprête à condamner Suzanne à mort. Mais Daniel, qui passe par là et qui a assisté aux débats, demande la parole.

« Vous n'avez pas le droit, dit-il aux juges, de condamner quelqu'un à mort sans avoir mené une enquête sérieuse. Permettez-moi d'interroger séparément les deux accusateurs de cette jeune femme. »

Le tribunal y ayant consenti et ayant fait placer les deux vieillards à une certaine distance l'un de l'autre, Daniel demande au premier :

« Tu prétends avoir vu Suzanne et son amant

sous un arbre ; pourrais-tu me dire de quel arbre il s'agissait ?

— D'un chêne », répond le vieillard avec aplomb.

Daniel posa la même question au deuxième vieillard qui, avec autant d'assurance, déclare qu'il s'agissait d'un sycomore.

« Vous voyez, dit Daniel aux juges, que ces deux hommes ont menti. Je vous propose de les punir en vous inspirant de leurs déclarations : que celui qui a vu un chêne soit mis dans les chaînes, et que celui qui a vu un sycomore soit condamné à mort ! »

L'affaire du dieu Bel

Le principal dieu de Babylone était une idole en forme de serpent appelée Bel. Chaque soir, le roi de Perse, Cyrus, allait se prosterner devant Bel et faisait déposer, devant sa bouche, une grande quantité de viandes grillées, de gâteaux et de cruches de vin. Le lendemain, la nourriture avait disparu et les cruches étaient vides. Cyrus, qui avait de l'affection pour Daniel, lui dit un jour :

« Pourquoi ne vénères-tu pas, comme moi, le dieu Bel ?

— C'est, répondit Daniel, parce que j'adore Yahvé, le Dieu vivant, et non les idoles mortes construites par la main de l'homme.

— Pourtant, objecte Cyrus, Bel est aussi un dieu

vivant ; la preuve, c'est qu'il mange et boit, toutes les nuits, les provisions que je lui offre. »

Daniel se met à rire.

« Bel a une bouche de bronze et un ventre d'argile ; comment veux-tu qu'il mange et qu'il boive ? Crois-moi, ce sont ses prêtres qui, par quelque artifice, font disparaître la nourriture et le vin. »

Cyrus voulut en avoir le cœur net. Il convoqua les prêtres de Bel et leur dit :

« Si vous ne me prouvez pas, d'une manière certaine, que c'est Bel qui mange et qui boit, vous serez révoqués ; si vous me le prouvez, en revanche, c'est Daniel qui sera puni pour son scepticisme. »

Les prêtres de Bel proposèrent à Cyrus une expérience :

« Ce soir, lui dirent-ils, après avoir déposé comme d'habitude des provisions devant le dieu, tu sortiras le dernier du temple, tu fermeras la porte derrière toi et tu y apposeras des scellés revêtus de ton sceau royal. Ainsi tu pourras vérifier par toi-même, demain matin, que personne n'est entré dans le temple pendant la nuit pour faire disparaître les provisions. »

Ce que les prêtres ne disaient pas à Cyrus, c'est que, dans le plancher du temple, il y avait une trappe secrète communiquant avec l'extérieur ; c'est par cette trappe que, chaque nuit, les prêtres venaient, avec leurs femmes et leurs enfants, s'offrir un repas gratuit.

Le soir, Cyrus vint au temple en compagnie de Daniel, fit sortir les prêtres et déposa devant Bel la quantité habituelle de viandes, de gâteaux et de vin. Daniel lui dit alors :

« Avant de quitter le temple, permets-moi, je te prie, de répandre sur le sol une fine pellicule de cendre. »

Cyrus y consentit. Les deux hommes sortirent ensemble et Cyrus apposa son sceau sur la porte. Lorsqu'ils revinrent le lendemain matin, tous les prêtres de Bel attendaient devant la porte du temple, dont les scellés étaient intacts. Dès que la porte est ouverte, les prêtres s'écrient triomphalement :

« Tu vois, ô roi, Bel a tout mangé et tout bu ! »

Mais avant que quiconque ait pu franchir le seuil, Daniel intervient.

« Regarde, dit-il à Cyrus, ces empreintes de pas qui se détachent clairement sur la cendre ! »

Et il montre au roi les traces qu'avaient laissées les prêtres, leurs femmes et leurs enfants en allant de la trappe jusqu'à la statue de Bel.

Daniel dans la fosse aux lions

A la suite de cette affaire, Cyrus, qui accordait désormais une confiance totale à Daniel, fit de lui son Premier ministre. Les autres ministres en conçurent une vive jalousie et résolurent de perdre Daniel dans l'esprit du roi. Ils allèrent trouver Cyrus et lui dirent :

« Nous avons préparé un édit interdisant à quiconque, dans le royaume, d'adorer un autre dieu que toi-même. Selon cet édit, toute personne qui sera convaincue d'avoir prié un autre dieu sera jetée dans la fosse aux lions. Dès lors que tu auras apposé ton sceau sur cet édit, il sera irrévocable. »

Cyrus, à qui il ne déplaisait pas de passer pour un dieu auprès de ses sujets, accepta de signer l'édit.

Or Daniel était un homme d'une grande piété. Trois fois par jour, dans sa chambre, il se tournait vers l'ouest, dans la direction de Jérusalem, s'agenouillait et priait Yahvé. Malgré l'édit de Cyrus, il ne changea rien à ses habitudes. Les ministres, qui le surveillaient de près, le surprirent pendant sa prière et allèrent le dénoncer au roi. Celui-ci chercha d'abord à excuser son favori, mais les ministres lui firent observer que personne, pas même le roi, n'avait le droit de revenir sur un décret revêtu du sceau royal. La mort dans l'âme, Cyrus dut donner l'ordre de jeter Daniel dans la fosse aux lions. L'exécution fut fixée au surlendemain.

Pour s'assurer que les lions auraient faim lorsqu'on leur livrerait Daniel, on les mit à la diète : pendant deux jours, on supprima leur repas quotidien, composé de deux veaux, de deux brebis et de deux esclaves. Quand le jour fatal fut arrivé,

Cyrus, avec des sanglots dans la voix, prit congé de Daniel :

« J'espère, lui dit-il, que ton dieu, que tu pries avec tant de ferveur, te sauvera de ce danger ! »

Daniel fut jeté dans la fosse aux lions, sur laquelle on posa une lourde pierre, et le roi rentra chez lui. Il était si triste en pensant au sort du jeune homme qu'il fut incapable de dîner et ne ferma pas l'œil de la nuit. Le lendemain, dès l'aube, il se lève et court à la fosse. Aucun bruit n'en sort : « Les lions, pense Cyrus, doivent s'être assoupis après leur sinistre repas. Hélas, s'écrie-t-il, j'ai perdu mon meilleur ministre et mon meilleur ami ! »

La voix calme de Daniel s'élève alors de la fosse :

« Ne te fais pas de soucis pour moi, dit-il au roi ; mon Dieu a veillé sur moi et les lions ne m'ont fait aucun mal. »

Cyrus fit retirer la pierre qui recouvrait la fosse, et Daniel en sortit : il n'avait pas une égratignure. Les ministres qui l'avaient dénoncé furent livrés aux lions à sa place, et leurs corps furent happés et dévorés avant même d'avoir touché le sol, ce qui prouve bien que ce n'était pas par manque d'appétit que les lions avaient épargné Daniel. En témoignage de sa considération pour le dieu d'Israël, Cyrus publia un édit autorisant les Juifs déportés à Babylone – ou du moins ceux qui en feraient la demande – à retourner à Jérusalem pour y rebâtir leur Temple.

XLVII. Jonas, un prophète pas comme les autres

Seule une minorité des Juifs exilés retournèrent à Jérusalem, comme Cyrus les y avait autorisés. Les autres qui, depuis cinquante ans, s'étaient établis dans diverses provinces de l'empire perse où ils menaient une vie paisible préférèrent y rester. Parmi eux, l'un des plus attachés à sa tranquillité était un homme un peu étrange nommé Jonas. Dès son jeune âge, il s'était rendu compte qu'il possédait des dons prophétiques, mais il s'était bien gardé de les révéler à quiconque pour ne pas s'exposer aux tracas et aux risques que comportait alors – et que comporte toujours – l'exercice du métier de prophète. Une nuit, il entendit en rêve la voix de Dieu qui lui disait : « Les habitants de la ville de Ninive se livrent à toutes sortes de pratiques immorales. Va les trouver et annonce-leur, de ma part, qu'ils seront sévèrement punis. »

Au lieu d'obtempérer aux ordres de Dieu comme l'aurait fait tout autre prophète, Jonas se déroba. Il prit un petit bagage, se rendit dans le port le plus proche de la ville où il habitait, et s'embarqua sur un navire en partance pour Tarsis, une ville située à l'autre extrémité de la Méditerranée. En s'éloignant ainsi, il espérait que Dieu l'oublierait et chargerait un autre prophète d'aller à Ninive.

Après deux jours de traversée, une tempête se leva et menaça de faire chavirer le navire sur lequel s'était embarqué Jonas. Les matelots, épouvantés, avaient beau implorer la protection de leurs dieux, la tempête ne se calmait pas. Pendant ce temps, Jonas dormait tranquillement au fond de la cale. Le capitaine, s'en étant aperçu, le réveilla et lui dit :

« Ne pourrais-tu pas aussi, toi qui es juif, prier ton Dieu pour notre salut ? Peut-être aurais-tu plus de succès que nous ! »

Mais Jonas ne se faisait pas d'illusions.

« Cela ne servirait à rien que je prie mon Dieu, dit-il au capitaine, car je suis plutôt en froid avec lui : si je suis sur ce navire, c'est pour ne pas avoir à exécuter ses ordres.

— Dans ce cas, suggéra le capitaine, c'est peut-être pour te punir que ton Dieu nous envoie cette tempête.

— C'est très probable, reconnut Jonas avec la lucidité qui le caractérisait ; et c'est pourquoi je vous conseille de me jeter à la mer ; il y a de grandes chances pour qu'elle se calme aussitôt ! »

Malgré la sympathie que leur inspirait l'honnêteté intellectuelle de Jonas, les marins suivirent son conseil et le jetèrent par-dessus bord. Comme il l'avait prévu, la tempête s'apaisa.

Jonas, qui ne savait pas nager, était sur le point de se noyer lorsqu'un énorme poisson l'avala. Dans l'estomac du poisson, Jonas pria Dieu qui eut pitié de lui ; trois jours plus tard, le poisson rejetait Jonas, sain et sauf, sur une plage. La nuit suivante, il entendit à nouveau la voix de Dieu qui lui disait : « Va à Ninive et annonce de ma part aux habitants que, pour les punir de leurs péchés, je les ferai mourir dans quarante jours. »

Cette fois, Jonas ne pouvait pas décemment refuser. Il alla à Ninive et délivra le message dont il était chargé. Le roi de la ville prit cette prophétie tout à fait au sérieux : il ordonna à ses sujets de mettre un terme à leurs péchés et décréta un jeûne de trois jours pendant lequel tous les habitants se consacreraient à la pénitence. Satisfait de leur repentir, Dieu décida de leur pardonner et le fit savoir à Jonas.

« C'est bien ce que je craignais ! s'écria Jonas avec colère, et c'est la raison pour laquelle, la première fois que tu m'as demandé d'aller à Ninive, je me suis dérobé ; je savais en effet que tu étais un dieu miséricordieux et qu'il suffirait d'un rien pour te faire changer d'avis. Et maintenant, de quoi ai-je l'air, moi qui leur ai annoncé qu'ils seraient exterminés dans quarante jours ? »

Furieux, Jonas quitta la ville et alla planter sa tente à quelque distance de là, en plein désert. Le premier jour, il souffrit beaucoup de la chaleur. Le lendemain matin, il constata avec plaisir que Dieu avait fait pousser pendant la nuit, au-dessus de sa tente, un ricin qui lui apportait un peu d'ombre et de fraîcheur. Hélas ! la nuit suivante un ver vint ronger les racines du ricin, et le ricin mourut. Lorsque le soleil fut levé, la chaleur devint intolérable et Jonas se mit à adresser de véhéments reproches à Dieu pour avoir laissé mourir le ricin. Il entendit alors la voix de Dieu qui lui disait : « Quoi, Jonas, tu t'affliges pour la disparition d'un misérable ricin, qu'une nuit avait vu naître et qu'une nuit a vu mourir, et tu voudrais que je détruise, d'un cœur léger, la grande et antique cité de Ninive, avec ses cent vingt mille habitants dont beaucoup sont encore trop jeunes pour distinguer leur main droite de leur main gauche ? »

XLVIII. Esther

Assuérus et la reine Vasthi

A l'occasion de l'anniversaire de son couronnement, l'un des successeurs de Cyrus, le roi de Perse Assuérus [1], invita ses courtisans à un somptueux festin qui dura une semaine entière. Simultanément, l'épouse d'Assuérus, la reine Vasthi, offrait elle aussi, dans une autre salle du palais, un festin du même genre à ses dames de compagnie et à ses suivantes. Le septième jour, le roi Assuérus, qui avait beaucoup bu, déclara à ses courtisans que la reine Vasthi, son épouse, était la plus belle femme du monde ; pour le prouver, il ordonna à ses serviteurs d'aller chercher la reine et de l'amener, toute nue, dans la salle du banquet.

Vasthi refusa tout net de se prêter à cette exhibition indécente. Assuérus, contrarié par ce refus,

---

1. Les historiens ne connaissent aucun roi perse de ce nom, et pensent qu'il s'agit plutôt de Xerxes, d'Artaxerxes, ou encore d'un roi imaginaire.

demanda aux ministres qui l'entouraient comment, à leur avis, il devait réagir.

« L'affaire est grave, lui dirent-ils, et porte atteinte non seulement à ton autorité domestique mais à la paix des ménages dans tout le royaume. Lorsque les femmes perses apprendront que le roi avait convoqué son épouse et qu'elle n'est pas venue, elles penseront pouvoir, elles aussi, désobéir impunément à leurs époux. Tu dois donc, sans tarder, faire un exemple et publier un édit annonçant que tu répudies la reine. »

Assuérus reconnut le bien-fondé de cette proposition, apposa son sceau sur l'édit qu'on lui proposait, et y ajouta même une phrase rappelant que, dans le royaume de Perse, « tout homme doit rester le maître dans sa maison ».

Quelques jours plus tard, sa colère étant tombée, Assuérus commença à regretter de s'être séparé de sa femme. Ses ministres s'inquiétèrent de ce revirement et se dirent : « Si le roi revient sur sa décision et rappelle la reine Vasthi, elle utilisera certainement son influence retrouvée pour se venger de nous. Il faut donc, le plus vite possible, trouver pour Assuérus une autre épouse qui lui fera oublier l'ancienne. » Ils proposèrent donc au roi, qui accepta, de lancer une campagne de recrutement des plus jolies filles du royaume. Celles qui seraient sélectionnées passeraient douze mois dans le harem royal, où elles recevraient des soins de beauté ainsi qu'une formation leur permettant d'acquérir tous les talents et tous les raffinements dont une reine a besoin pour rendre heureux son époux ; on leur apprendrait à se farder, à se parfumer, à s'habiller, à marcher, à sourire, à parler et aussi à se taire. Au terme de cette période, chaque candidate, tour à tour, passerait une nuit avec Assuérus, jusqu'à ce qu'il jette son dévolu sur l'une d'entre elles et lui pose sur le front le diadème royal.

Mardochée et Esther

Dans la ville de Suse, capitale du royaume et résidence principale du roi, vivait une assez nombreuse communauté juive. L'un des membres les plus éminents de cette communauté était un vieillard nommé Mardochée, un lointain descendant de Simméi le Benjamite, cet homme qui, après avoir copieusement insulté le roi David, en était devenu le conseiller [1]. De son ancêtre Simméi, Mardochée avait hérité l'intelligence, l'habileté et l'érudition : on disait notamment de lui qu'il comprenait parfaitement les dix-huit langues parlées dans le royaume de Perse.

Mardochée, célibataire, vivait avec sa nièce Esther, une jeune fille orpheline de père et de mère qu'il avait élevée depuis son enfance et qu'il traitait comme sa fille. Esther, qui était d'une

---

1. Voir ci-dessus, chapitre 40.

extraordinaire beauté, ne pouvait manquer d'être remarquée par les agents recruteurs du roi, qui la conduisirent dans le harem royal. Mardochée ne s'était pas opposé au départ de sa nièce ; il lui avait seulement recommandé de ne dire à personne qu'elle était juive.

Mardochée dévoile un complot

Pendant toute la durée de la formation d'Esther, Mardochée prit l'habitude de se rendre chaque jour à la porte du harem royal et, par l'intermédiaire de gardiens qu'il avait soudoyés, d'échanger des nouvelles avec sa nièce. Un jour que Mardochée attendait devant la porte du harem, il vit passer deux officiers du roi qui paraissaient absorbés dans une conversation mystérieuse. Ces deux officiers, originaires d'une province lointaine, s'exprimaient dans leur langue maternelle et étaient convaincus que personne, à Suse, ne pouvait les comprendre. Mais Mardochée, on l'a dit, était un polyglotte émérite. Les propos qu'il surprit lui permirent de comprendre que les deux officiers préparaient un complot contre le roi et projetaient de l'assassiner. Mardochée en informa aussitôt l'un des gardiens, qui transmit l'information au gouverneur du harem, qui la fit parvenir au ministre de la Justice, lequel s'empressa de la communiquer au roi. Les deux officiers furent arrêtés, jugés et pendus, cependant que tous les détails de l'affaire étaient consignés par écrit, conformément à la règle, dans les annales officielles du royaume.

Esther devient reine
et Aman Premier ministre

Lorsque arriva le tour d'Esther de passer une nuit avec le roi, elle se rendit chez lui sans aucun maquillage et vêtue seulement d'une robe très simple. Le roi tomba amoureux d'elle, posa sur son front le diadème royal et l'installa dans les appartements réservés à la reine, qui étaient vacants depuis la répudiation de la reine Vasthi. Pour pouvoir consacrer tout son temps à sa nouvelle épouse, Assuérus décida de se décharger du soin de gouverner son royaume et, pour cela, désigna parmi ses collaborateurs un Premier ministre doté des pouvoirs les plus étendus. Ce Premier ministre se nommait Aman. C'était un homme compétent, mais d'une ambition, d'une avidité et d'un orgueil démesurés. Le premier décret qu'il fit signer par le roi enjoignait à tous les habitants du royaume de s'agenouiller et de se prosterner devant le Premier ministre.

Mardochée, qui était très pieux, avait pour principe de ne se prosterner que devant Dieu.

C'est pourquoi, lorsque par hasard il se trouva sur le chemin d'Aman dans une rue de Suse, il fit comme s'il ne l'avait pas vu. Aman en fut ulcéré :

« Quel est, demanda-t-il à ses serviteurs, ce vieillard qui se permet de ne pas se prosterner devant moi ?

— C'est, lui répondit-on, un certain Mardochée, l'un des principaux dirigeants de la communauté juive.

— Il se repentira de son insolence, déclara Aman, et ses coreligionnaires aussi ! »

Le décret fatal

Aman alla trouver le roi et lui dit :

« Il existe, dans ton royaume, un peuple à part, différent de tous les autres : il n'occupe pas une région particulière, mais vit dispersé dans toutes les provinces ; il n'obéit qu'à ses propres lois et méprise celles de l'État ; il vénère avec fanatisme un dieu unique, et se moque de tous les autres. Ce peuple, le peuple juif, représente une grave menace pour ton autorité et pour la sécurité de l'empire. Je te propose donc de l'exterminer, de l'anéantir et de saisir toutes ses richesses, qui sont considérables, pour les verser dans les caisses de l'État. »

Assuérus, qui n'avait l'esprit occupé que par son amour pour Esther, répondit à Aman :

« Ne m'ennuie pas avec cette affaire. Ce peuple ne m'intéresse pas, et ses richesses non plus : fais-en ce que tu voudras. Si tu souhaites promulguer un décret à leur sujet, voici mon sceau, tu n'auras qu'à l'apposer toi-même. »

Et Assuérus tendit à Aman le sceau royal qui avait la propriété de rendre irrévocables les décrets sur lesquels il était apposé.

Dès qu'il fut sorti de chez le roi, Aman rédigea, promulgua et publia dans toutes les provinces du royaume un décret invitant la population à « prendre les armes le 13 du mois d'Adar [c'est-à-dire six mois plus tard] pour massacrer et exterminer radicalement, en un seul jour, tous les Juifs vivant dans le royaume, hommes, femmes et enfants, sans épargner ni les vieillards ni les nouveau-nés ». « Leurs biens, ajoutait l'édit, pourront être pillés librement. »

On peut imaginer la consternation et la panique que provoqua ce décret dans les communautés juives, et en particulier dans celle de Suse. Mardochée s'habilla d'un sac en signe de deuil et se rendit à la porte du palais royal dans l'espoir de pouvoir communiquer avec Esther. Celle-ci n'était au courant de rien. Lorsqu'on lui dit qu'un vieillard vêtu d'un sac prétendait avoir un message pour elle, elle lui envoya un serviteur pour savoir ce qui se passait. Mardochée remit au serviteur une lettre pour Esther, par laquelle il l'informait de la situation et lui enjoignait de se rendre chez le roi pour tenter de faire révoquer l'édit fatal.

Réponse d'Esther : « Il m'est impossible de faire ce que tu me demandes : toute personne, même la reine, qui se rend chez le roi sans y avoir été invitée risque la peine de mort, à moins que le roi, en signe de pardon, ne lui tende son sceptre d'or. »

Nouveau message de Mardochée à Esther : « Tu dois prendre ce risque, car personne d'autre que toi ne peut nous sauver. Et ne crois pas que, le jour du massacre général, tu serais épargnée : il se trouvera bien quelqu'un pour dire à Aman que tu es juive ! »

Nouvelle réponse d'Esther : « J'irai voir le roi au péril de ma vie. Priez pour moi ! »

Première intervention d'Esther

Pour aller voir le roi, Esther mit la robe qu'elle portait le soir où, pour la première fois, elle lui avait été présentée. En la voyant entrer dans la salle du trône, les courtisans furent frappés de stupeur et crurent que la reine avait signé son arrêt de mort. Mais Assuérus, qui l'aimait passionnément, lui tendit son sceptre, lui dit de s'asseoir et lui demanda :

« Que puis-je faire pour toi ? Tout ce que tu souhaiteras, fût-ce la moitié de mon royaume, te sera accordé !

— Je n'en demande pas tant, dit Esther, je voudrais seulement que tu viennes dîner ce soir dans mes appartements, en compagnie d'Aman, le Premier ministre. »

Assuérus et Aman dînèrent ce soir-là chez Esther. A la fin du repas, le roi demanda de nouveau à son épouse si elle désirait un cadeau ou une faveur.
« Je désire seulement, répondit Esther, que vous reveniez chez moi tous les deux demain soir. »
Le roi y consentit volontiers.

L'humiliation d'Aman

Enchanté de sa soirée, Aman sortit du palais pour retourner chez lui. En chemin, il rencontra Mardochée qui, comme d'habitude, s'abstint de le saluer. Cette marque de défi eut pour effet de gâcher la bonne humeur et la digestion d'Aman. En le voyant rentrer le visage crispé, sa femme lui demanda ce qui n'allait pas.
« Tout va bien, lui répondit-il ; le roi m'a donné les pleins pouvoirs, j'ai dîné avec lui chez la reine, et j'y suis invité à nouveau demain. Mais je viens de subir un nouvel affront de la part du Juif Mardochée, et cela me gâte tout mon plaisir.
— Ne t'en fais donc pas pour cela, lui dit sa femme ; dans six mois, comme tu l'as décidé,

Mardochée sera mort, ainsi que tous ses coreligionnaires.

— C'est vrai, reprit Aman, mais six mois, c'est bien long !

— Eh bien, lui suggéra sa femme, fais dresser un gibet dans notre cour, et demande dès demain au roi l'autorisation d'y pendre Mardochée. »

Aman trouva l'idée si bonne qu'il fit dresser le gibet le soir même, avant d'aller se coucher.

Pendant ce temps, le roi Assuérus, qui avait trop mangé et trop bu au dîner d'Esther, ne pouvait trouver le sommeil. Il fit venir son chancelier et lui demanda de lui lire quelques passages des annales officielles du royaume ; l'expérience lui avait en effet appris que cette lecture, fort ennuyeuse, provoquait infailliblement chez lui une rapide somnolence. Par hasard, ce soir-là, le chancelier tomba sur le passage des annales où était relatée la découverte, par Mardochée, d'un complot contre le roi.

« Quelle récompense, demanda Assuérus, a-t-on donnée à ce brave homme qui m'a sauvé la vie ? »

Le chancelier chercha bien, mais ne put trouver aucune trace d'une récompense.

« C'est inadmissible, observa le roi ; il faudra, dès demain, réparer cette injustice. »

Le lendemain matin, Aman se rendit chez le roi pour lui demander la permission de faire pendre Mardochée. Mais avant qu'il ait pu parler, Assuérus lui posa une question :

« Que crois-tu, Aman, que je devrais faire pour récompenser un homme qui m'a rendu un immense service ? »

« C'est certainement de moi qu'il s'agit », se dit Aman, qui ne pouvait s'imaginer un instant que le roi pensait à Mardochée. Aussi répondit-il au roi :

« Pour récompenser cet homme, tu devrais le faire vêtir d'un costume que tu as porté, le faire monter sur ton meilleur cheval, et lui faire parcourir les rues de la ville, précédé d'un grand personnage du royaume qui crierait : "Voici comment le roi traite un homme qu'il veut honorer !"
— C'est une bonne idée, dit le roi. Va donc chercher le Juif Mardochée, qui doit se trouver comme d'habitude près de la porte du palais, habille-le d'une de mes robes, aide-le à monter sur mon meilleur cheval, et précède-le toi-même dans les rues de la ville en criant... ce que tu disais ! »

Après une telle humiliation, Aman n'avait pas beaucoup d'appétit en se rendant, le soir même, au deuxième dîner auquel la reine l'avait convié en compagnie du roi.

Le deuxième souper d'Esther

Après avoir bu quelques coupes, Assuérus adressa à Esther sa question rituelle : « Ma chère, dis-moi ce qui pourrait te faire plaisir et, fût-ce la

moitié de mon royaume, cela te sera accordé. » Il s'attendait sans doute à ce qu'Esther exprimât, comme les jours précédents, le désir de recevoir de nouveau son époux à dîner le lendemain, mais à sa grande surprise Esther lui répondit : « Ce que je te demande, ô mon roi, c'est de m'accorder la vie.
— La vie ! s'étonne Assuérus. Mais personne ne songe à te l'ôter !
— Si ! reprend Esther ; l'homme qui est assis à côté de toi, Aman, a promulgué en ton nom et sous ton sceau un décret ordonnant l'extermination du peuple juif... auquel j'appartiens. »

Bouleversé, Assuérus se lève de table sans dire un mot, sort de la salle à manger et va faire quelques pas dans le jardin pour se donner le temps de retrouver ses esprits. Aman, resté seul avec Esther, se jette à ses pieds, embrasse ses genoux et la supplie d'intercéder en sa faveur auprès du roi. A ce moment, Assuérus réapparaît et, voyant Aman dans une position compromettante, s'imagine qu'il cherche à violer la reine.

« C'en est trop ! s'écrie-t-il ; qu'on dresse un gibet séance tenante, et qu'on y pende cet homme !
— Il n'est pas nécessaire de dresser un gibet, observe un des serviteurs du roi ; il y en a déjà un dans la cour d'Aman. »

Et c'est ainsi qu'Aman fut pendu au gibet qu'il avait fait préparer lui-même pour Mardochée.

Après la mort d'Aman, Mardochée fut nommé Premier ministre. La première mesure qu'il proposa au roi fut de révoquer l'édit d'Aman invitant la population à massacrer les Juifs le 13 du mois d'Adar. Malheureusement cet édit, du fait qu'il était revêtu du sceau royal, était irrévocable. Pour tourner cette difficulté légale, Mardochée fit signer au roi un autre édit recommandant aux Perses de ne pas tenir compte du premier et autorisant les Juifs à se défendre par tous les moyens contre les gens qui, le 13 du mois d'Adar, s'aviseraient de les attaquer. Lorsque ce jour arriva, seul un petit nombre de Perses tentèrent de s'en prendre à la vie et aux biens des Juifs, qui n'eurent pas de peine à repousser et à massacrer leurs agresseurs.

Depuis cette époque, les Juifs commémorent chaque année, par une grande fête, l'anniversaire du jour où, grâce à l'habileté de Mardochée et au courage d'Esther, le peuple d'Israël fut sauvé de l'anéantissement. Cette fête joyeuse est appelée Pourim. Ce jour-là, tous les Juifs sont invités à rire, à chanter et à boire. Les sages eux-mêmes, qui sont ordinairement des gens sérieux et sobres, sont autorisés par le Talmud à s'enivrer consciencieusement, jusqu'au point de ne plus pouvoir faire la différence entre les cris de « Béni soit Mardochée ! » et « Maudit soit Aman ! »

Index

Les chiffres romains renvoient aux *chapitres* dans lesquels le personnage considéré apparait à plusieurs reprises et joue un rôle central. Les chiffres arabes renvoient aux *pages* dans lesquelles le personnage apparaît de façon épisodique. Pour les personnages cités très fréquemment (Jacob, Moïse, David, etc.), seuls font l'objet d'un renvoi les chapitres et les passages où ils jouent un rôle important.

Aaron, XXIII, 189, 193, 207-208, 221, 225, 228, 232, 235, 238, 241-244
Abel, 25
Abigaïl, 336-337
Abisag, 390, 392, 395-396
Abner, 315, 319, 321, 323
Abraham, VI, VII, VIII, IX, X, 81-82, 196
Absalon, XL
Achab, 421-423, 427-428
Achaz, 419
Adam, I, II, 25, 29, 39-40
Adonias, 390, 392-393, 396
Agag, 304-306
Agar, 46, 52, 68-69, 80

Ahitophel, 350-351, 354, 359, 375, 380, 382-383
Akhich, 328, 339-340
Amalécites (tribu), 220, 304
Amalek, 221, 304
Aman XLIII,
Ammonites (tribu), 66, 272, 300-302, 364, 366
Ange de la mort, 84, 260, 395
Arbre de vie, 14
Arbre de la connaissance, 13, 15, 17-19, 21, 23
Archanges, 11, 13
Arche de Noé, 28-31
Arche sacrée, 30-33
Assuérus, XLVIII,

Baal, 421-423, 425

Babel (tour de), 40, 42
Balaam, 246-248
Balak, 245, 248
Balthazar, 448-450
Bel, 453-454
Benaïahou, 397, 407
Benjamin, 121, 161-164, 167-168; 171-173, 176-177, 283-285, 295, 327, 361-362, 378, 416, 443
Béthouel, 77-78
Bethléem, 121, 308-309, 313, 316, 357
Bethsabée, 364-365, 367, 369, 392, 396
Bilha, 102, 108, 115, 121, 141, 171
Bithia, 191,-192
Booz, 310-312

Caïn, III, 25-27
Caleb, 236, 238
Canaan (pays de), 44-45, 47, 75, 86, 115, 117, 123, 163, 172, 184, 231, 233, 236, 239, 252, 255, 257, 265-266, 269, 276
Cantique des Cantiques, 406
Carmel, 334, 423
Cham, 31, 34, 39, 41
Commandements (les dix), 223

Coré, 239
Cyrus, 449-450, 453-455, 457

Dalila, 279-280
Dan, 102, 275
Daniel, XLV, 444-450, 452-453, 455, 457-458
David, XXXIV, XXXV, XXXVI, XXXVII, XXXVIII, XXXIX, XL, XLI, 22-23, 390, 394-395, 405, 425
Déborah, 269
Déluge, 30-31, 39
Dina, 103, 115, 119-120, 122
Doëg, 308, 312, 322-323, 327-328

Ebiathar, 328, 330-331, 353, 391, 394, 397
Ecclésiaste, 406
Eden (jardin d'), 13, 15, 23-25
Edom, 82, 122
Éliazar, 243, 245
Éli, XXXII
Élie (prophète), XLIV,
Éliézer, X, 49, 51, 55, 62, 71, 76-79, 82, 92, 95, 257
Élisée, XLIV,
Éphraïm 178, 180-181, 236, 270-271,

273-274, 284
Ésaü, XI, XIV, 122
Esther, XLVIII
Ézéchias, 19-20
Ève, I, II, 29

Fruit défendu, 19-20

Gabriel (archange), 11, 114, 260
Gad, 102, 272, 362-363
Gad le voyant, 389, 391
Gath, 328 377
Gédéon, 270-271
Goliath, 316-317, 319
Gomorrhe, 58-59, 61-62, 66

Hannah, 289
Hor (montagne de), 243
Horeb, 196, 425
Houchaï, 377, 380, 382, 384

Isaac, IX, X, XI, 91, 122, 196
Isaïe, XLV, 437
Ismaël, 52, 54, 68-69, 80
Issachar, 103, 144

Jacob, XI, XII, XIII, XIV, XV, XXI, 74, 140-141, 144, 167-168, 177, 182, 187-188, 196
Japhet, 31, 41
Jéhu, 432, 434
Jephté, 272-273
Jérémie, XLV
Jéricho, 255, 263, 265, 429
Jéroboam, 416
Jessé, 308 312-313
Jézabel, 421-422, 425-428, 432-433
Joab, 344, 347-348, 350, 361, 364-366, 376, 379, 384, 387, 389, 391, 394, 397
Joachim, 439-440, 451
Job, XVI, 122
Joïachim, 439-440
Jonas, 458-460
Jonathan, 302-303, 320, 324-325, 333, 341
Joram, 420, 430-433
Joseph, XVII, XVIII, XIX, XX, XXI, 103, 115, 216
Josué, XXX, 220, 236, 238, 251, 262-266
Juda, 101, 143, 145-147, 164, 168, 173-175, 182, 236, 282, 291, 307-309, 308-330, 344-345, 378, 416, 419, 433

Jugement de Salomon, 403

Kasher, 445
Keila, 330
Kich, 295-296

Laban, XII, XIII, 78
Léa, XII, XIII, 171
Lévi, 101, 119-120, 182, 232, 443
Loth, 44, 47, 59-60, 63-64, 245

Manassé (fils de Joseph), 178, 180-181, 270, 272-273, 286, 300
Manassé (roi de Juda), 438
Mardochée, XLVIII
Mathusalem, 23, 19-31
Méphiboseth, 350-351, 354
Mériba, 241, 255, 260
Michel (archange), 11, 260
Mikhal, 322-323, 346, 350, 352-354
Miryam, 189, 191-193
Moab, 66, 245-246, 248
Moïse, XXII, XXIII, XXIV, XXV, XXVI, XXVII, XXVIII, XXIX
Naboth, 427, 433

Nabuchodonosor, 438, 440
Nathan, 345, 363, 367, 370, 389, 391
Nemrod, 39, 42-43
Nephtali, 102, 269
Noé, IV, 41
Noémi, 309, 311

Ochozias, 419
Orpa, 309, 316

Palti, 346, 350-351
Paradis Terrestre, 39, 244
Philistins, 269, 279, 278, 280, 291-292, 302, 315, 323, 328, 329-340, 342, 357
Pourim, 474
Proverbes (Les), 406
Putiphar, 148, 150-151

Raba, 364, 366
Rachel, XII, XIII, 115, 121, 173
Rahab, 263-265
Rama, 295, 298, 301 261
Raphaël (archange), 261
Rébecca, X, XI, 91
Réfidim, 220, 242
Roboam, 417-418
Ruben, 101-102, 121,

142, 144, 165, 182
Ruth, 309-312, 316

Saba (reine de), 406-408
Sabbat, 16, 235, 395
Salomon, XLI, XLII, 375, 389, 415, 417
Samson, 275-280, 282
Samuel, XXXII, XXXIII, 307-308, 312-314, 324
Sanctuaire, 231-233, 240, 289, 292, 295, 297, 353, 393
Sara, VI, VII, VIII, IX, 80
Satan, 11, 17, 125, 127
Saül, XXXIII, XXXV, 307, 315, 317, 319, 332, 338-342
Sédécias, 440, 442
Sem, 31, 41
Sémites, 41
Seth, 22, 29
Sichem, 44, 47-57, 117-121, 141, 184
Siméon, 101, 119-120, 144, 164, 166, 170, 182
Simméi, 379, 388-389, 394, 397, 464
Sodome, 48, 58-66
Sodomites, 61-62, 62

Suzanne, 451

Tables de la Loi, 228, 231, 291, 353
Talmud, 474
Terre promise, 238, 241
Thamar (belle-fille de Juda), 145-147
Thamar (sœur d'Absalon), 371-372
Tharé, 42-43
Torah, 290, 362, 395, 398

Urie, 364-366
Uriel (archange), 11, 261

Vasthi, 462-463, 466
Veau d'or, 225-226, 228, 232

Yabbok, 113
Yahvé, 198-199, 201, 212, 423-424, 429, 437-438, 448, 453, 456
Yotam, 419
Yzreel, 432

Zabulon, 103, 143, 269
Zadok, 392, 394, 397
Zilpa, 102, 108, 115, 171
Zuleikha, 148-151

Cet
ouvrage,
le quatorzième
de la collection
CASTOR POCHE CONNAISSANCES,
a été achevé d'imprimer
sur les presses de l'imprimerie
G. Canale & C. S.p.A.
Borgaro T.se - Turin
en avril
1996

Dépôt légal : mai 1996.
N° d'Édition : 3821. Imprimé en Italie.
ISBN : 2-08-163821-5
ISSN : 1147-3533
Loi n° 49-956 du 16 juillet 1949
sur les publications destinées à la jeunesse

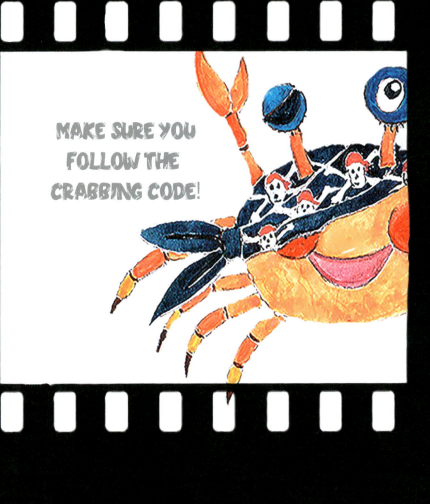

Emily Thuysbaert 2020

Emily Thuysbaert

Is a dyslexic author. In 2016 she challenged herself to write her first childrens book.

Mia - My Incredible Adventures in Looe

Emily's books are imaginative and creative. She was inspired by her siberian husky to start writing. MIA THE MAGIC HUSKY BOOKS

Emily's mission is to help children dream big dreams and to challenge the misconceptions around dyslexia by sharing her story at national events as well as internationally.

Books written by Emily Thuysbaert

Mia - My Incredible Adventures in Looe 2018
Mia - My Incredible Adventures on the Titanic 2019
Lady the Lady Bug 2019
Crinkle the Weird Fish 2019
Mia - My Incredible Adventures on the Mayflower Ship 2020
Huffy Puffs Random Acts of Kindness 2020
My Living History 2020
Mia - My Incredible Adventures of Hide and Seek 2020
Mia the Magic Husky and the Alphabet Potion 2021
Mia the Magic Husky and Mr. Zeus find a Timecapsule 2021

All illustrations are done by Pat Thuysbaert from Patsartbox
If you would like to follow or contact Emily Thuysbaert

E-mail : myincredibleadventures@outlook.com
www.facebook.com/myincredibleadventures

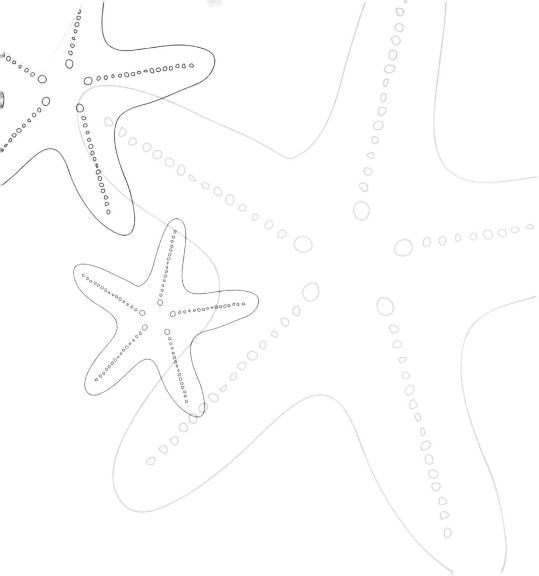

COLIN THE CRAB'S GONE CRABBING

This book belongs too

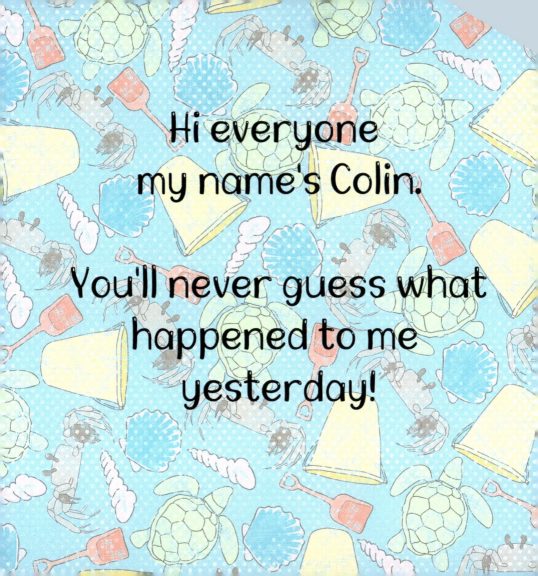

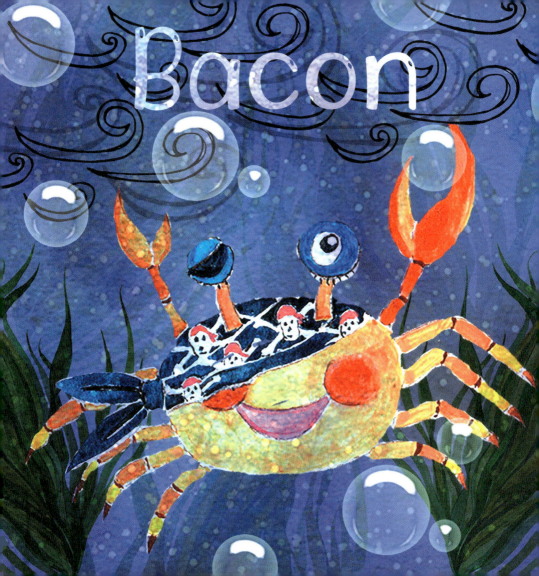

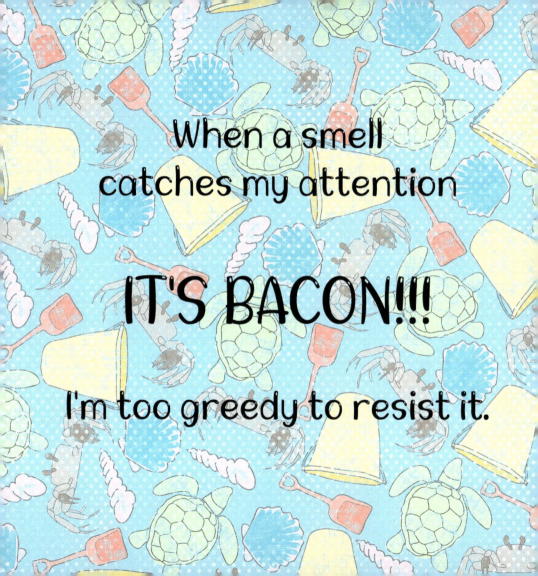

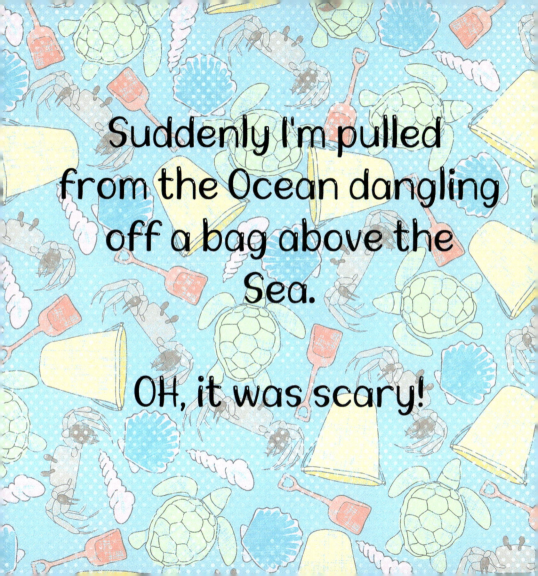

Suddenly I'm pulled from the Ocean dangling off a bag above the Sea.

OH, it was scary!

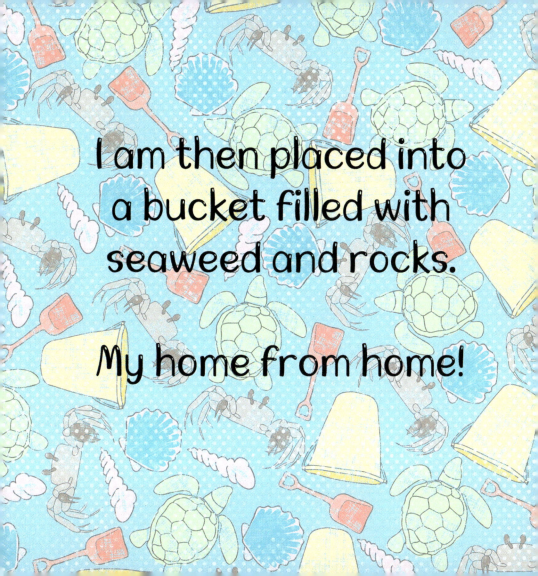

I am then placed into a bucket filled with seaweed and rocks.

My home from home!

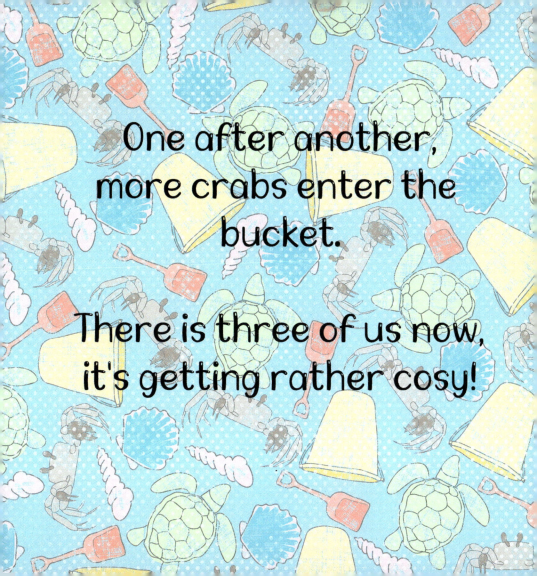

One after another, more crabs enter the bucket.

There is three of us now, it's getting rather cosy!

Next to our bucket is another bucket, where a loud commotion is going on.

Crusty the crab is arguing with another male crab. He's not very happy.

Thankfully Crusty is returned back to the sea before a fight breaks out.

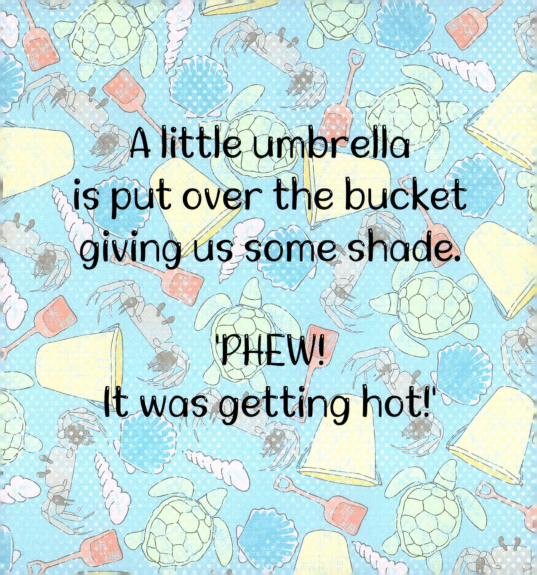

A little umbrella is put over the bucket giving us some shade.

'PHEW! It was getting hot!'

I swam around thinking to myself.

'How long have I been in this bucket now?'

Just as more sea water is added to the bucket.

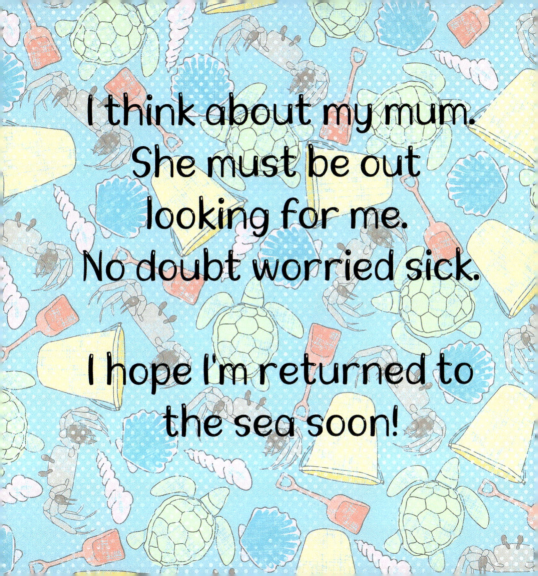

A small hand reaches in.

Fingers are placed either side of my shell to pick me up.

"Is that a fish?" the little boy asks.

"No it's a crustacean" the little girl holding me, replies.

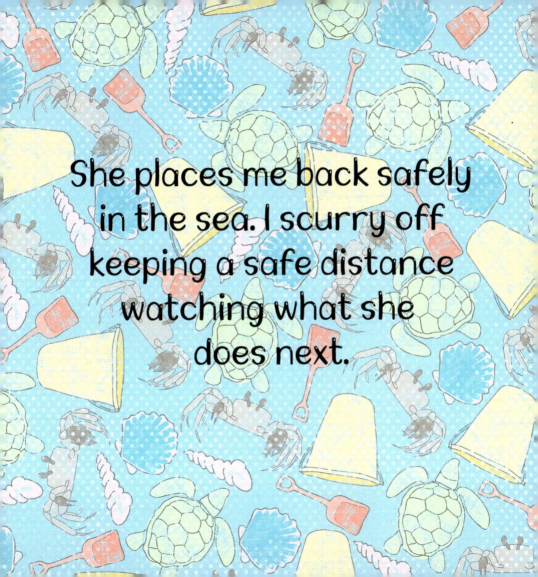

She places me back safely in the sea. I scurry off keeping a safe distance watching what she does next.

She puts all their crabbing equipment into a recycling station for others to use.

"What a great idea Reduce, Reuse, Recycle!"

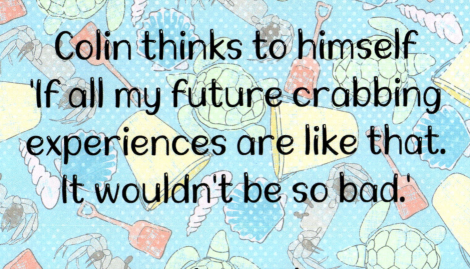

Follow the Crabbing Code

Refresh SEA WATER regularly

Only use a NET BAG for bait

No more the 3 crabs in a bucket

Keep crabs in the SHADE

REMOVE crabs who are fighting

CAREFULLY put crabs back in the water

TAKE ALL YOUR EQUIPMENT WITH YOU

THANK YOU FOR BUYING MY BOOK

I hope you enjoyed my new book about learning to crab safely.

Reader reviews are wonderful for an author like me.
If you liked my book, it might help others
decide if they'd like to buy it too.

So, if you can please:

1. Tell your friends

2. Tell me www.facebook.com/myincredibleadventures

3. Or leave me a review on Amazon

Emily

x

If you would like an author visit to your school
Please contact me on Facebook

www.facebook.com/myincredibleadventures

 @Looeartwork
@myincredibleadventure

e: PatsArtBox@yahoo.co.uk
w: www.PatsArtBox.co.uk
t: +44 (0)1503 262796

© Emily Thuysbaert 2021
© Pat Thuysbaert 2021

Printed in Great Britain
by Amazon